AF294958

Ella Quinn ist eine USA Today-Bestsellerautorin von intelligenten, sinnlichen Regency Romances, darunter „The Worthingtons" und „The Marriage Game Series". Bevor sie Liebesromane schrieb, war Ella Quinn Assistenzprofessorin, Anwältin und die erste Frau, die einer Green Beret-Einheit zugeteilt wurde. Sie ist Mitglied der Romance Writers of America und hat die Regency-Ära ausgiebig recherchiert, um ihre Geschichten mit dem Flair und dem Gefühl dieser Zeit auszustatten, so dass die Leser:innen sich in diese Zeit hineinversetzen können. Sie und ihr Mann leben derzeit in Deutschland, wenn sie nicht gerade mit ihrem Segelboot um die Welt segeln.

THE
WORTHINGTONS

FÜR IMMER MEIN EARL

ELLA QUINN

Erstausgabe Juli 2022

Copyright © 2022 dp Verlag, ein Imprint der
dp DIGITAL PUBLISHERS GmbH
Made in Stuttgart with ♥
Alle Rechte vorbehalten

FÜR IMMER MEIN EARL

ISBN 978-3-96087-847-9
E-Book-ISBN 978-3-96087-670-3

Copyright © 2018 by Ella Quinn
Titel des englischen Originals: You Never Forget Your First Earl

Published by Arrangement with KENSINGTON PUBLISHING
CORP., NEW YORK, NY 10018 USA
Dieses Werk wurde vermittelt durch die Literarische Agentur
Thomas Schlück GmbH, 30161 Hannover.

Übersetzt von: Dejla Jassim
Covergestaltung: ARTC.ore Design
Umschlaggestaltung: ARTC.ore Design
Unter Verwendung von Abbildungen von
shutterstock.com: © worapan kong, © Mikolaj Niemczewski,
© John A. Anderson, © Valeriy Karpeev, © Wirestock Creators,
© Art Stocker
PeriodImages.com: © Maria Chronis, VJ Dunraven Productions
Lektorat: Katrin Ulbrich
Satz: dp DIGITAL PUBLISHERS GmbH
Druck und Bindung: Books on Demand GmbH, Norderstedt

Das Werk darf – auch teilweise – nur mit
Genehmigung des Verlages wiedergegeben werden.

Sämtliche Personen und Ereignisse dieses Werks sind frei
erfunden. Etwaige Ähnlichkeiten mit real existierenden Personen,
ob lebend oder tot, wären rein zufällig.

KAPITEL 1

Geoffrey, Earl of Harrington, Erstgeborener und Erbe des Marquis of Markham, trat aus dem Haus. Er war erleichtert darüber, dass sein Vorhaben, eine Ehefrau zu finden, nun endlich vollbracht war.

Heute war der Tag, an dem er um Lady Charlotte Carpenters Hand anhalten würde. Er hatte ihrem Vormund und Schwager Lord Worthington geschrieben und um ein Treffen gebeten. Bald würde er die begehrteste Lady auf dem Heiratsmarkt heiraten und seine Reise auf den Kontinent beginnen, wo er seinen Posten in Sir Charles Stuarts Stab antreten würde.

Er bog in den Berkeley Square ein. Für diese morgendliche Uhrzeit waren verdammt viele Leute dort. Er betrat den Park und konnte vor Entsetzen nicht weitergehen. Es sah nach einer sich anbahnenden Katastrophe aus. Die zwei Dänischen Doggen von Lady Charlottes Familie waren einigen Bediensteten an die Hand gegeben worden.

Ein grobschlächtiger Mann wurde gerade abgeführt und Lady Charlotte stand mit den Händen auf den Hüften da, ihr Gesicht errötet, und sagte dem Marquis of Kenilworth etwas. Das war der letzte Gentleman, den Geoff jetzt sehen wollte. Der Mann war ihm schon seit seiner Rückkehr nach London ein Dorn im Auge gewesen. Doch er war sich sicher, dass Kenilworth noch nicht um ihre Hand angehalten hatte.

Was zum Teufel könnte jedoch so früh am Morgen vor sich gehen?

»Ich komme mit Ihnen. Sie wird einem einzelnen Mann nicht trauen«, verkündete Lady Charlotte.

Geoffs Blick schweifte zu einer wimmernden weiblichen Bediensteten. Die beiden jüngsten Mädchen, Charlottes Schwestern, versuchten gerade, sie zu beruhigen. Lord Merton, Worthingtons Cousin, hatte sich in die Auseinandersetzung eingemischt.

»Charlotte, das kannst du nicht«, sagte Lord Merton und blickte von ihr hinüber zu Kenilworth. Der Mann zuckte mit den Schultern, als wolle er damit sagen, dass es ihm egal war und er nicht einschreiten würde. »Worthington wird das nicht zulassen.«

Es dauerte noch ein paar Sekunden, bis Geoff verstand, was genau Worthington, Charlottes Schwager und Vormund, nicht erlauben würde. Dann fiel ihm auf, dass Kenilworth seine Kutsche nicht weit von hier stehen hatte. Hölle und Verdammnis! Unter keinen Umständen würde Geoff ihr erlauben, mit solch einem unzüchtigen Rabauken davonzugehen!

»Das sehe ich vollends gleich.« Geoff trat hervor, um ein Wort der Vernunft zu sprechen. »Lady Charlotte, Sie dürfen Lord Kenilworth nicht begleiten. Das verbiete ich.«

»*Sie.* Sie haben mir nichts zu sagen.« Ihre Stimme bebte vor Wut. »Nichts wird mich aufhalten. Wenn es nötig ist ...«

Geoff hatte sie noch nie derartig aufgebracht erlebt. Er wollte gerade versuchen, sie zu beruhigen, als ihr Schwager auftauchte.

»Aufhalten? Wo willst du hin?«, fragte Worthington, während er auf sie zusteuerte. Lady Worthington war an seiner Seite und musste fast rennen, um mit ihm mitzuhalten.

»Miss Betsy hat wieder eine Frau entführen lassen.« Charlotte warf Geoff einen bösen Blick zu, bevor sie ihm den Rücken kehrte. »Kenilworth fährt zu dem Inn, zu dem sie sie bringen. Ich fahre mit ihm.«

»Kenilworth?«, fragte ihr Bruder.

»Ich beschütze sie«, sagte der Mann.

»Ich erhebe Einspruch.« Geoff folgte Charlotte, als sie sich auf den Weg in Richtung Stanwood House machte.

Kenilworth packte Geoff an der Schulter. »Es steht Ihnen nicht zu, Einspruch zu erheben. Es ist die Entscheidung ihres Vormunds, und er hat sie bereits getroffen.«

Er befreite sich mit einem Ruck aus dem Griff des anderen Mannes. »Ich sehe, was hier vor sich geht«, teilte er Worthington mit. »Du ermutigst Kenilworths Werben meinem gegenüber.«

Worthington drehte sich um und starrte Geoff an, als sei dieser wahnsinnig. »Dieser Mann«, er zeigte auf Kenilworth, »hat um die Hand meiner Schwester angehalten, was ich von dir nicht gerade behaupten kann. Ich schlage vor, du gehst, bevor du dazu gezwungen wirst.«

Das konnte nicht wahr sein. Geoff konnte nicht glauben, was er da hörte und sah. Lady Charlotte, die Frau, die er als seine perfekte Gattin auserkoren hatte, fuhr mit diesem Tölpel Kenilworth davon. Und ihr Vormund hatte sich nicht nur geweigert, dies zu verhindern, er unterstützte und bestärkte Kenilworth obendrein.

Geoff klappte den Mund zu und wandte seinen Blick von der Kutsche ab. All seine Planung, all die Zeit und Mühe, die er aufgebracht hatte, um Lady Charlotte den Hof zu machen ... alles für die Katz. Was zum Teufel sollte er nun machen?

Verdammt! Er brauchte eine Frau, und zwar bald. Es musste doch noch eine Möglichkeit bestehen, dass nicht alles verloren war. Es musste einen Weg geben, sie zurückzugewinnen. »Mylord ...«

»Wenn du Lady Charlotte hättest heiraten wollen«, der Earl of Worthington unterbrach Geoff und fing an, wegzulaufen, als gäbe es nichts weiter zu besprechen, »dann hättest du nicht mitten in der Ballsaison verschwinden sollen.«

Er war nicht *verschwunden*. Er hatte Lady Charlotte ausdrücklich darüber in Kenntnis gesetzt, dass er seinen Vater aufsuchen musste. »Aber ich habe dir in einem Schreiben doch deutlich mitgeteilt, dass ich wünsche, mit dir über Lady Charlotte zu sprechen«, sagte Geoff und folgte Worthington über den Platz. Das war schließlich, was von einem anständigen Gentleman erwartet wurde, wenn er wünschte, eine Dame zu heiraten.

Worthington blieb stehen und drehte sich so schlagartig um, dass Geoff ihn beinahe überrannte. »Das mag sein, ich rechne jedoch fest damit, dass meine Schwester Kenilworth heiratet.« Sie hatten inzwischen die Haustür erreicht und Worthington stand nun neben Lady Merton, die gerade einen Bediensteten anwies, einen Koffer in ihre Kutsche zu laden. Er presste die Lippen aufeinander und sagte dann: »Akzeptiere die Tatsachen, wie sie sind, und konzentriere dich darauf, eine andere Lady zu finden.«

Geoff stockte der Atem, als wäre ihm in den Bauch geschlagen worden. Das war unerträglich. Wie zum Teufel sollte er eine Frau finden, die sein Vater akzeptieren würde, und diese in der kurzen Zeit heiraten, die ihm noch blieb?

Sein Mund öffnete sich, doch nichts kam heraus. Schließlich krächzte er: »So spät in der Saison? Das wird geradezu unmöglich sein.«

»Darüber hättest du nachdenken sollen, bevor du die Stadt verlassen hast.« Worthington neigte seinen Kopf. »Ich schlage vor, du schreitest gleich zur Tat. Lady Hollands Ball ist heute Abend. Die heiratsfähigen Ladies, die noch hier sind, sollten dort zugegen sein.«

Doch keine von ihnen war Lady Charlotte. Wenn er die Stelle bei Sir Charles – von dem es hieß, er hielte sich nun in Brüssel auf, um dem Prinzen von Oranien zu dienen – jedoch annehmen wollte, dann musste er heiraten. Worthington hatte recht. Geoff konnte keine Zeit mehr an Lady Charlotte verschwenden. Er musste eine Dame finden, die ihn heiraten und nicht mit einem anderen Mann davonfahren wollte. Doch wen nur? Keine andere Lady hatte seine Aufmerksamkeit erregt. Und er hatte seine Aufmerksamkeit die ganze Saison lang auf keine andere Frau gerichtet.

Er lenkte seine Gedanken wieder zurück zum heutigen Ball. Hatte er überhaupt eine Einladung zum Empfang bekommen? Nicht, dass es einen Unterschied machte. Selbst wenn Lady Holland ihn nicht eingeladen hätte, würde er hingehen können. Sie war eine

Freundin seiner Mutter und würde ihn nicht zurück-
weisen. Keine Gastgeberin würde einem heiratsfähigen
Gentleman den Eintritt verwehren. Außerdem könnte
sie ihm die Ladies vorstellen, die er noch nicht kennengelernt hatte.

Er konnte sich kaum davon abhalten, sich mit den
Fingern durch die Haare zu fahren. Wie konnte ihm
das nur widerfahren? Bisher hatte er immer Glück im
Leben gehabt. Nichts, was er jemals hatte erreichen
wollen, war ihm schwergefallen. Doch nun, weniger als
einen Monat, bevor er seine Stelle bei Sir Charles Stuart, Großbritanniens Botschafter in Frankreich und
Den Haag, antreten sollte – eine Stelle, die von ihm verlangte, eine Ehefrau zu haben – musste er eine geeignete Frau finden. Aus irgendeinem Grund meinte es
das Schicksal wohl nicht gut mit ihm.

Geoff ging auf die Straße zu und verließ den Square
in Richtung seiner Unterkunft in der Jermyn Street. Er
war sich seiner Zukunft mit Lady Charlotte so sicher
gewesen.

Zugegeben, er hatte die vergangenen drei Wochen auf
dem Hauptsitz seiner Familie verbracht, um sich um
seinen Vater zu kümmern und auf die Nachricht zu
warten, die ihm seine Stelle im Auswärtigen Amt als
Referent von Sir Charles Stuart bestätigte. Geoffs Vater,
der Marquis of Markham, hielt nichts von jungen Männern, die ihre Zeit damit vergeudeten, ihren Vätern
beim Sterben zuzusehen. Er selbst hatte als junger
Mann eine Weile im Auswärtigen Amt gearbeitet und
bestand nun darauf, dass sein ältester Sohn dasselbe
tat.

Es war nicht so, dass Geoff dem in irgendeiner Weise entgegenstand. Der Gedanke daran, in Kontinentaleuropa zu leben und mehr über die unterschiedlichen Kulturen zu lernen, und darüber, wie Auslandsbeziehungen die Welt beeinflussten, faszinierte ihn.

Die Bestätigung seiner Stelle hatte ihn vor drei Tagen erreicht. Die einzige Hürde, die er noch zu überwinden hatte, war seine Heirat. Eigentlich hatte er gedacht, das wäre einfach zu bewerkstelligen. Sein Vater hatte ihm die Erlaubnis erteilt, den Hauptgewinn der Saison zu heiraten, Lady Charlotte Carpenter. Lady Charlotte war alles, was sich ein hoffnungsvoller Diplomat von einer Ehefrau wünschen konnte, ihr Auftreten und ihre Manieren waren perfekt. Sie war nie vorlaut. Sie verlor nie die Fassung – wobei sie in letzter Zeit etwas mürrisch wirkte. Im Grunde genommen war sie in allen Lebensbereichen angemessen. Man nannte sie, ihre Schwester, die ehemalige Lady Louisa Vivers, und ihre Freundin, die ehemalige Miss Stern, auch die Drei Grazien.

Eine Stunde, nachdem der Bote mit der Nachricht seiner Berufung auf dem Anwesen seines Vaters eingekehrt war, hatte Geoff Fulbert Hall verlassen, entschlossen, sich mit Lady Charlottes Vormund zu treffen, um die Heiratspläne zu Ende zu bringen. Nun müsste er noch einmal ganz von vorn anfangen. Wie hatte alles dermaßen schiefgehen können?

»Mylord?« Sein Stallbursche führte sein Paar Blauschimmel mit sich und folgte Geoff.

Er hatte seine Pferde und seine Kutsche völlig vergessen. »Bringen Sie sie in den Stall. Ich gedenke, zu Fuß zu gehen.«

»Sehr wohl, Mylord.« Geoff wollte nicht in seine Gemächer zurückkehren, doch ihm fiel kein anderer Ort ein, an den er gehen könnte. Offenbar benötigte er Rat, wenn er schnell eine Frau finden wollte. Seine ältere Schwester war in der Stadt. Sie könnte ihm behilflich sein, doch das würde zweifellos seinen Stolz verletzen. Und das würde er lieber nicht über sich ergehen lassen.

Grandmamma war allerdings ebenfalls in der Hauptstadt. Es würde sie mehr als glücklich machen, eine Braut für ihn zu finden. So schwierig sollte es nicht sein. Er war eine überaus gute Partie und alles, was er verlangte, war eine Lady aus gutem Hause, mit einer gewissen Liebenswürdigkeit und der Fähigkeit, ein Gespräch zu führen – sie würde schließlich über allerlei Weltgeschehnisse mit anderen Diplomaten und deren Frauen diskutieren. Zudem sollte sie eine grazile Tänzerin sein – er konnte sich keine Ehefrau vorstellen, deren Unfähigkeit ihn blamieren würde – und über Intelligenz und ein bestimmtes Maß an Eleganz verfügen. Ja, das war alles, was er verlangte. Er wollte eine Lady, deren Anblick keine Zumutung war, doch außerordentliche Schönheit verlangte er nicht. Genau genommen könnte es sogar besser sein, wenn sie bloß etwas hübsch war.

Liebe war nicht wichtig. Ihm jedenfalls nicht. Die Schwierigkeit bestand darin, dass sich viele junge Frauen heutzutage scheinbar eine Liebesheirat wünschten. Seiner Meinung nach war das eine chaotische Art, eine Ehe zu beginnen. Weder seine Eltern noch seine Großeltern hatten aus Liebe geheiratet.

Er war sich sicher, dass seiner Großmutter jemand einfallen würde. Und wer würde besser darüber Bescheid wissen, was genau von der zukünftigen Marchioness of Markham erwartet wurde, als die verwitwete Marchioness of Markham?

Immer mehr überzeugt von dem Vorhaben, begann Geoff, in Richtung des Grosvenor Square zu schlendern, bevor ihm klar wurde, dass der Tag noch jung war. Wenn er Grandmammas Hilfe wollte, sollte er nicht vor elf Uhr bei ihr hereinschneien.

Die einzige Alternative war einer seiner Clubs. Er hielt einen Moment inne und überlegte, ob er ins *Boodle's* oder ins *White's* gehen sollte. Zu dieser Tageszeit war es nicht unwahrscheinlich, dass das *Boodle's* mit Provinzlern gefüllt sein würde. Es reizte ihn nicht gerade, sich deren Gerede über Ernten und Ackerpflanzen anzuhören. Er zuckte mit den Schultern. Dann wohl ins *White's*. Er machte sich auf den Weg in die entgegengesetzte Richtung, zur St. James Street.

Auf dem Weg vom Berkeley Square dorthin wurde Geoffs Gefühl, ausgenutzt worden zu sein, immer stärker. Wie konnte Lady Charlotte mit Kenilworth fortgehen, wenn sie doch gewusst hatte – in der Tat, Geoff hatte es ihr gesagt – dass er vorgehabt hatte, mit ihrem Bruder zu sprechen? Nun ja, einem Umzug ins Ausland schien sie ja sowieso äußerst abgeneigt. Und Kenilworth hatte sein Bestes gegeben, um all ihre Aufmerksamkeit für sich zu gewinnen. Geoff verzog das Gesicht. Der Mann hatte ebenfalls eine ganz schön saubere Leistung an den Tag gelegt.

In voller Erwartung, der einzige Mann zu sein, der zu dieser Tageszeit anwesend war, betrat er das *White's* und merkte, dass er sich geirrt hatte. Als er den Salon zu seiner Linken betrat, waren einige Herren gerade dabei, Zeitung zu lesen, und der Duft von Kaffee durchzog den Raum. Er schaute sich um und suchte nach Herren, die er kannte. Da er jedoch niemanden entdeckte, durchquerte er die Eingangshalle und ging in den anderen Salon.

»Harrington.« Mr. Gavin Turley, der älteste Sohn des Viscounts Turley, grüßte Geoff, als er zur Tür hereinkam. »Habe dich seit Wochen nicht gesehen. Was hast du getrieben?«

»Ich war bei meinem Vater.« Er setzte sich in den großen Ledersessel auf der anderen Seite des niedrigen Tisches. Ein Diener brachte ihm eine Tasse Tee und er nahm einen Schluck. Es war ein entspanntes Gefühl, so bekannt in einem Club zu sein, dass sie dort wussten, was er trank. Kaffee roch vielleicht gut, doch er konnte den Geschmack nicht ausstehen. Er zog in Erwägung, sein dringliches Dilemma für sich zu behalten, doch er war verzweifelt. »Wenn du es unbedingt wissen willst, ich bin auf dem Heiratsmarkt.«

Turley starrte Geoff einen Moment lang an, dann widmete er sich seiner Teetasse und schwenkte sie umher, bevor er schließlich wieder hochblickte. »Bist du das?«

»Ja.« Geoff nickte. »Und ich habe es eilig. Du hast vielleicht gehört ... Ach, unwichtig.« Es musste ja nicht die ganze Welt davon erfahren, wie schäbig er von Lady Charlotte behandelt worden war. Dafür zu sorgen, dass andere wussten, dass er heiraten wollte, war allerdings keine schlechte Idee. Schließlich wäre er für jede Lady ein würdiger Kandidat.

»Pass auf«, sagte Turley und lehnte sich nach vorn. »Komm diesen Nachmittag im Haus meines Vaters in der Green Street vorbei und leiste uns zum Tee

Gesellschaft.« Turley zog eine dunkelblonde Augenbraue hoch. »Falls du nicht schon andere Pläne hast, versteht sich.«

Das Bild einer Lady mit dem gleichen flachsblonden Haar kam Geoff in den Sinn. Lady Charlotte hatte ihm Miss Turley bereits vorgestellt. Die Schwester von Mr. Turley und die Tochter des Viscounts Turley. »Erinnere ich mich richtig, dass du eine Schwester hast, die auf dem Markt ist?«

»Das tust du.« Er lehnte sich in seinem dunkelbraunen Ledersessel zurück. »Sie genießt gerade ihre erste Saison. Sie ist sehr hübsch – zumindest denke ich das – und ziemlich liebenswürdig. Sogar wenn ich ihr auf die Nerven gehe, schafft sie es, nicht zu fluchen.« Geoff überlegte, dem anderen Mann mitzuteilen, dass er ihr bereits vorgestellt worden war, doch er entschied sich dagegen. Miss Turley auf einen Tee zu treffen, war schon mal ein Anfang. »Ich habe keine anderen Verpflichtungen. Besser gesagt, ich würde mich freuen.«

»Hervorragend.« Sein Gegenüber setzte seine Tasse ab und stand auf. »Dann sehen wir dich heute Nachmittag um drei Uhr.«

Geoff stand ebenfalls auf und streckte ihm die Hand hin. »Ich freue mich darauf.«

Als Turley gegangen war, versuchte sich Geoff an alles zu erinnern, was er über die Schwester dieses Mannes wusste. Sie war hübsch. Obwohl, er konnte sich eigentlich kaum an ihre Gesichtszüge erinnern. Ihr Bruder hatte blaue Augen. Er nahm an, auch ihre wären es. Gegen ihre Blutlinie gab es nichts einzuwenden. Ihr Adelstitel war recht alt. Sie waren mit den Normannen gekommen, wenn er sich recht entsann. Seines Wissens nach hatte es nie einen Skandal in der Familie gegeben. Seine Großmutter würde sicherlich mehr darüber wissen. Nachdem Lady Charlotte ihm Miss Turley vorgestellt hatte, hatte er sie zu einem Kontratanz aufgefordert. Soweit er sich erinnern konnte, war sie eine reizende Tänzerin und hatte das Gespräch mit ihm aufrechterhalten können. Ob sie nun auch als Ehefrau geeignet war, musste sich erst noch herausstellen. Er zuckte mit den Schultern. Mit etwas Glück würde er im Laufe des Tages mehr erfahren.

KAPITEL 2

Geoff ging in den Speisesaal und ließ sich Frühstück bringen. Somit verging mehr als eine Stunde, bis er eine Mietkutsche bestellte, die ihn zum Markham House auf dem Grosvenor Square brachte, wo seine Großmutter während der Ballsaison wohnte.

Ihr älterer Butler öffnete die Tür. Geoff erwartete fast, dass der alte Diener knarren würde wie ein schlecht geöltes Scharnier, als der Mann sich verbeugte. »Willkommen, Mylord. Ihre Ladyschaft ist in ihrem Salon.«

»Ich danke Ihnen, Gibson. Können Sie mir sagen, ob dieser verfluchte Papagei bei ihr ist?«

»Der Admiral hat gerade Freiflug, Mylord. Ich werde Ihre Ankunft verkünden.«

Geoff sandte ein Dankgebet gen Himmel. Seit das Tier seine Finger blutig gepickt hatte, als er ein Kind war, konnte er den verdammten Vogel seiner Großmutter nicht ausstehen. »Das ist nicht nötig. Ich finde mich zurecht.«

Bevor der Butler protestieren konnte, gab Geoff dem Bediensteten seinen Hut, ignorierte den mahnenden Blick des Mannes und ging rasch die Treppe hoch. Am Treppenabsatz bog er nach rechts ab, dann nach links den Korridor entlang zum hinteren Ende des Hauses.

Als er die Gemächer seiner Großmutter erreichte, klopfte er an die Tür. Wenige Momente später machte eine Cousine, die fast so alt wie Grandmamma war, sie auf.

»Harrington, wie nett, dass du uns besuchst. Wie ich sehe, wolltest du nicht auf Gibson warten.« Von einer entfernten Verwandten würde man vielleicht erwarten, dass sie ihre Etikette bewahrte und wenigstens knickste, nicht aber von Cousine Apollonia. Obwohl, was seine Großmutter anging, war das auch gut so. »Wahrscheinlich hast du damit seine Gefühle verletzt.«

»Lieber ein gebrochenes Herz als gebrochene Knochen.« Es hätte Geoff nicht überrascht, wenn der Bedienstete die Treppe heruntergefallen wäre. »Er ist nicht gerade stabil auf den Beinen. Wie kann es sein, dass er noch nicht in den Ruhestand entlassen wurde?« Er gab seiner Cousine einen liebevollen Kuss auf die Wange, die sie ihm hinhielt.

»Ich muss sagen, ich sehe es auch so, dass er ziemlich wackelig geworden ist. Trotzdem möchte Ihre Ladyschaft keinen jüngeren Butler. Sie sagt, es würde sie beunruhigen. Das kann man ihr nicht übel nehmen. Du weißt ja, wie eigensinnig sie ist. Einen neuen Butler anzulernen, *würde* ihre Nerven strapazieren.« Apollonia legte ihre Hand auf Geoffs Arm. »Abgesehen davon wäre es grausam, den armen Gibson von seinem Zuhause und seinen Freunden zu trennen, da er doch selbst nie geheiratet hat und keine Familie besitzt.«

Nun, das wies Geoff in seine Schranken. »Wenn du es so ausdrückst, komme ich mir tatsächlich nicht nett dabei vor, ihm den Ruhestand gewünscht zu haben. Ich schätze, ich werde ihn wohl weiterhin davor bewahren müssen, die Treppe herunterzufallen.« Aus dem Vorzimmer, das in Creme, einem Grünton, der dem Salbei im Garten seiner Mutter ähnelte, und Gold dekoriert war, steuerten sie auf den Salon seiner Großmutter zu, der ihm immer das Gefühl gab, er wäre in einem Garten. »Wie geht es Grandmamma?«

»Sie ist kein bisschen ruhiger geworden.« Seine Cousine lächelte liebevoll. »Ich glaube, sie denkt, es würde sie jung halten, sich ständig herumzutreiben. Obwohl«, Apollonia warf ihm einen Blick zu, »wir nicht mehr bis in die frühen Morgenstunden das Tanzbein schwingen. Wir bevorzugen es inzwischen, um Mitternacht nach Hause zu gehen.« Sie tippte ihm mit dem Finger auf den Arm. »Wenn du heute Abend auf Lady Hollands Ball gehst, erwarte ich, dass du sie zum Tanz aufforderst. Sie zieht es vor, mit jüngeren Männern zu tanzen. Sie sagt, sie seien fit.«

Geoff verkniff sich ein Lachen. »Selbstverständlich werde ich mit ihr tanzen.«

Doch wenn dieser Abend wie jeder andere wäre, würde es seiner Großmutter wohl kaum an geeigneten Tanzpartnern mangeln.

»Und nicht nur mit Ihrer Ladyschaft«, fuhr Apollonia fort. »Es dürften noch ein paar heiratsfähige junge Damen dort anwesend sein, die du um einen Tanz bitten könntest. Falls ihre Tanzkarten noch nicht voll sind, versteht sich. Es ist ja schon das Ende der Ballsaison und die meisten im *Ton* sind nach Brüssel gereist.« Auf die Fähigkeit seiner Cousine, immer auf dem neuesten Stand zu bleiben, war Verlass. Aber der Vorfall mit Charlotte hatte sich gerade erst zugetragen. »Woher weißt du von Lady Charlotte?«

»Mein lieber Junge«, Cousine Apollonia zog eine rote Augenbraue hoch, »die Nachricht, dass Lady Charlotte

Kenilworth heiraten würde, hatte sich schon in der ganzen Stadt verbreitet, bevor du zurückgekommen bist. Du hast dir mit ihr einen wirklich unglücklichen Spielzug geleistet.«

War er wirklich so blind gewesen, was Charlotte anging? Er dachte, er hätte alles Nötige getan, um sicherzustellen, dass sie ihn heiraten würde. Aber Moment mal. »*Bevor* ich zurückgekommen bin?«

»Dir ist doch sicherlich aufgefallen, wie viel Aufmerksamkeit er ihr geschenkt hat?«

»Ja, aber was ich *nicht* wusste, ist, dass sie verlobt sind.« Seltsamerweise hatte sie nie ein Wort über die Verlobung verloren.

»Du stellst dir doch nicht etwa vor, dass die Leute einfach zu dir herüber spazieren und es dir erzählen?«

»Nein.« Obwohl er sich durchaus wünschte, jemand hätte ihn davon abgehalten, sich zum Narren zu machen.

Apollonia zog ihn durch die Flügeltür, die in Grandmammas Salon führte. »Schau mal, wer gekommen ist, um uns zu besuchen.«

Grandmamma drehte sich nach ihm um und Geoff trat schnell hervor, senkte ein Knie vor ihrem Sessel und nahm ihre Hand in seine. Sie hatte die Siebzig bereits überschritten, doch sie sah etwa ein Jahrzehnt jünger aus und verhielt sich auch so.

»Grandmamma, du bist reizender als je zuvor.«

»Schwätzer.« Ihr Tonfall war streng, doch ihre warmen, grauen Augen tanzten. »Du solltest dich schämen, eine alte Frau um Geld anzuschnorren.«

»Ich doch nicht. So ehrlos bin ich nicht.« Er stand auf und verbeugte sich. »Ich bin hier, um dich um einen

Tanz zu bitten – und um deine Hilfe dabei, eine Ehefrau für mich zu finden.«

Ihre Lippen hoben sich zu einem Lächeln. »Es wird mir eine Freude sein, dir bei beidem auszuhelfen.«

Er zog einen Hocker hervor und setzte sich neben ihr Knie. »Ich hatte gehofft, dass du das sagst.«

»Nun, junge Dame.« Miss Elizabeth Turleys Tante, Lady Bristow, platzte in den kleinen Salon des Turley Hauses herein und setzte sich. »Lord Harrington ist zurückgekehrt und sucht verzweifelt nach einer Braut.«

Elizabeth legte ihren Stickrahmen weg und atmete tief ein. Sie hatte bereits gewusst, dass ihre gute Freundin Charlotte beschlossen hatte, Harrington eine Absage zu erteilen. Wenn er denn überhaupt dazu gekommen wäre, einen Antrag zu machen, was er nicht war. Sie war sogar diejenige, die Elizabeth Harrington vorgestellt hatte.

Immer noch ... *verzweifelt nach einer Braut?* Das klang nicht gut.

»Woher weißt du das?«

Ein Bediensteter kam mit einer frischen Kanne Tee herein, setzte sie ab und ging wieder. Elizabeth fing an, sich und ihrer Tante einzuschenken. Sie bereitete den Tee ihrer Tante so auf, wie diese ihn gern trank.

»Ich habe es von Lady Collingwood erfahren. Ihm wurde eine Stelle unter Sir Charles Stuart zugesagt, allerdings muss er dafür verheiratet sein. Und wie du weißt, will Lady Charlotte nichts von ihm wissen. Lady St. John hat sie heute Morgen sogar in Kenilworths Kutsche mitfahren sehen, woraufhin nur ein paar Minuten später Lady Mertons Kutsche folgte. Harrington wurde also eindeutig zurückgewiesen.« Tante Bristow nahm die Tasse Tee von Elizabeth entgegen. »Er muss möglichst bald zum Kontinent aufbrechen, wenn er diese Stelle antreten will. Und dafür braucht er eine Gattin.« Sie nahm einen Schluck und zog eine Braue hoch. »Für dich stellt sich nun die Frage, was du bereit bist, hinzunehmen.«

Sie hatte sich die ganze Zeit gefragt, wohin Charlotte wohl gefahren war, als der Satz ihrer Tante Elizabeths Aufmerksamkeit erregte. »Hinnehmen?« Sie kostete ihren Tee und gab noch mehr Zucker hinzu. Ihre Tante hatte offenbar beschlossen, mehr Assam in die Mischung zu geben, als Elizabeth lieb war. »Ich verstehe nicht.«

»Zwei oder drei Wochen werden wohl kaum genug Zeit sein, um eine Liebesheirat zu ermöglichen«, spottete ihre Tante. »Würdest du bloße Vereinbarkeit als Grundlage für die Ehe hinnehmen, wenn eine Chance besteht, dass sich die Liebe später noch entwickelt?«

Ganz und gar nicht. Das war genau, was ihre Cousine Lavvie getan hatte, und diese Ehe war ein Desaster gewesen. Nur der Tod ihres Mannes hatte sie retten können. Demnach zu urteilen, was Elizabeth diese Saison beobachtet hatte, waren zwei Wochen außerdem mehr als genug Zeit, um sich zu verlieben. Lady Louise Vivers, inzwischen die Duchess of Rothwell, hatte es innerhalb von ein paar Tagen geschafft, wenn nicht sogar weniger. Dotty und Merton hatten auch nicht lange gebraucht. Deren Gentlemen hatten sich sogar auch verliebt. Bei Charlotte hatte es zwar länger gedauert, bis sie sich in Kenilworth verliebt hatte, aber es musste wirklich passiert sein. Sie hätte nämlich niemals eingewilligt, ihn zu heiraten, wenn sie nicht ebenso verliebt in ihn gewesen wäre wie er in sie.

Elizabeth war sich bewusst, dass das nicht bedeutete, dass sie und Lord Harrington sich in genauso kurzer Zeit verlieben würden. Und doch waren ein paar Wochen genügend Zeit, um herauszufinden, ob ein Liebesbund entstehen könnte. Sie musste sichergehen, dass es eine Aussicht auf Liebe gab, bevor sie sich darauf einlassen konnte, einen Mann zu heiraten.

»Ich weiß es nicht«, sagte sie langsam und setzte ihre Tasse ab. Dann nahm sie ein Stück Kümmelkuchen. »Es wird davon abhängen, was ich von ihm halte.« Anfangs hatte Lord Harrington sie mit seinen langen, blonden Locken an Lord Merton erinnert. Lord Harrington hatte allerdings kein trauriges Gemüt, wie Lord Merton es gehabt hatte, bis er Dotty heiratete. Das lag wahrscheinlich daran, dass er seine beiden Eltern noch nicht verloren hatte. Lord Harringtons blaue Augen schienen die meiste Zeit mit Freunde erfüllt zu sein. Das Problem war, dass seine Aufmerksamkeit diese Saison fast ausschließlich um Lady Charlotte gekreist war.

Während sie einen Bissen vom Kuchen nahm und die Mischung der Gewürze darin auskostete, dachte sie über die Frage ihrer Tante nach. »Zuerst muss ich ihn dazu kriegen, mich zu bemerken. Es wäre äußerst hilfreich, wenn Gavin mit ihm befreundet wäre.«

»Mit wem befreundet wäre?« Ihr Bruder schlich in den Raum, schnappte sich drei Stück Kuchen und fing an, sie zu verschlingen, als hätte er nicht vor gerade einmal zwei Stunden ein reichliches Frühstück zu sich genommen.

»Lord Harrington.« Elizabeth schenkte ihm eine Tasse Tee ein und gab Zucker und Milch hinzu.

Einer seiner Mundwinkel schoss hoch. Ein klares Zeichen, dass er etwas im Schilde führte. »Ich war mit ihm in Eton und Oxford. Warum?« Gavin aß den Kuchen auf, ließ seinen schmalen Körper in einen Sessel auf der anderen Seite des Tisches fallen und nahm die Teetasse entgegen.

»Ich denke, Harrington wäre ein vortrefflicher Partner für deine Schwester«, sagte ihre Tante und machte ein paar Sekunden den Eindruck, als würde sie Gavin mustern. »Wir müssen einen Weg finden, ihn auf sie aufmerksam zu machen.«

»Das warst du?«, fragte Elizabeth ihren Bruder. »Das hast du noch nie erwähnt.« Allerlei Ideen begannen, ihr durch den Kopf zu gehen, bis eine schließlich hängen blieb. »Du«, sagte sie zu Gavin, »könntest ihn diese Woche zum Dinner einladen.«

Die Augen ihres Bruders weiteten sich unschuldig, als er den Rest seines Tees herunterschluckte. »Tatsächlich, könnte ich das?«

»Ja, und ich denke, du solltest es«, sagte Elizabeth entschieden.

Er setzte seine Tasse ab und begann, sich zu erheben, als ihn die Spitze des Gehstocks seiner Tante in den Bauch stach. Er gab ein leises »Uff« von sich. »Nicht so schnell, junger Mann. Wir haben ein paar Pläne zu schmieden.«

Gavin sah bereit zur Flucht aus und wenn Elizabeth nicht schnell einschritt, würde sie ihre Chance verpassen. »Du liegst mir schon die ganze Saison darüber in den Ohren, dass ich heiraten soll. Du hast mir sogar

Lady Louisas und Lady Charlottes Erfolge vorgehalten. Deren Brüder haben ihnen geholfen. Jetzt bist du an der Reihe, mich zu unterstützen.«

»Im Übrigen«, sagte ihre Tante und bewegte den Gehstock dabei nicht von Gavins flachem Bauch weg, »sucht Harrington gerade nach einer Braut. Er muss heiraten oder aber auf die Stelle verzichten, die sein Vater durch mühevolle Überzeugungsarbeit bei Castlereagh für ihn aushandeln konnte. Elizabeth hat recht. Du solltest ihn zum Dinner einladen.«

Gavin lehnte sich gegen den Sessel und Elizabeth reichte ihm schnell mehr Tee und das letzte Stück Kuchen. »Es spricht nichts dagegen, ihn zum Dinner einzuladen, aber ich habe eine bessere Idee. Ich werde ihn zum Tee einladen.«

Der scharfe Blick seiner Tante richtete sich auf Gavin und ihr Gehstock nahm wieder seinen gewohnten Platz neben ihrem Stuhl ein. »Warum Tee?«

»Das ist ungezwungener. Wenn sie einander gefallen, können du oder Lizzy vorschlagen, dass sie einen Spaziergang im Garten unternehmen oder so etwas.« Geistesabwesend schaufelte ihr Bruder den Kuchen in sich hinein. »Und wenn es gut läuft, können wir ihn fragen, ob er uns an einem Abend zum Ball begleiten oder an einem anderen mit uns dinieren möchte.« Gavin hob träge eine Augenbraue und wandte sich wieder Elizabeth zu. »Reicht das?«

Tee? Sie machte sich Gedanken über das Angebot ihres Bruders. Es würde ihr eine Gelegenheit geben, Harrington ein bisschen näher kennenzulernen. Elizabeth schenkte ihrem Bruder ein breites Lächeln. »In der Tat, das tut es. Ich danke dir. Gib mir Bescheid, sobald du mit Seiner Lordschaft gesprochen hast und er eingewilligt hat, uns zum Tee Gesellschaft zu leisten.«

»Rein zufällig«, Gavin schmunzelte, »habe ich ihn heute früh im *White's* getroffen und ihn bereits zum Tee heute Nachmittag eingeladen.«

»Gavin, du Schuft!« Elizabeth wünschte sich, sie hätte etwas Hartes zur Hand, um es nach ihm zu werfen, doch sie musste sich mit einem Kissen zufriedengeben.

»Warum hast du es uns nicht sofort gesagt?«

Er fing das Kissen und grinste sie an, bevor er es auf das Sofa legte. »Es war weitaus amüsanter, mitanzusehen, wie du und Tante Bristow versucht, mich dazu zu überreden, euch einen Gefallen zu tun.«

Er schluckte den Rest seines Tees herunter. »Wir sehen uns später.«

»Wohin gehst du?«, fragte seine Tante.

Gavins Augen leuchteten auf. »Ins *Tattersall's* und in meine Clubs. Ich wette, dass Harrington nicht der einzige Gentleman ist, der diese Saison noch eine Gattin sucht.«

»Das ist er wahrlich nicht.« Ihre Tante nickte. »Es freut mich, zu sehen, dass du das Anliegen deiner Schwester, einen Ehemann zu finden, endlich ernst nimmst. Bitte sei zum Tee wieder zurück.«

»Das werde ich mit Sicherheit sein.« Er grinste. »Lasst euch niemals gesagt sein, dass ich die ehelichen Bemühungen meiner Schwester nicht unterstütze.«

»Nun ja, bei Merton warst du anderer Meinung«, erinnerte Elizabeth ihren Bruder.

»Merton wäre nichts für dich gewesen, Lizzy.« Gavin bückte sich und gab ihr einen Kuss auf die Wange.

»Gavin«, sagte Elizabeth, plötzlich besorgt über ihr Unwissen. »Ich kenne Harrington nicht gut. Wie ist er denn so?«

Die Augenbrauen ihres Bruders zogen sich leicht zusammen. »Netter Bursche. Kommt mit fast allen gut aus. Teuflisch klug. Er war der Jahrgangsbeste in Oxford. Einen Bücherwurm kann man ihn nicht nennen, denn er interessiert sich auch für Sport. Nicht besonders bestückt im Gürtelbereich, worüber du dich glücklich schätzen solltest.«

»Gavin Turley«, sagte seine Tante in einem verächtlichen Ton. »Du weißt genau, dass du solche Themen vor deiner Schwester nicht ansprechen sollst.«

»Besser, sie erfährt es jetzt, als dass sie es später herausfindet. Sieh dir doch mal an, was Lavina widerfahren ist. Hätte irgendwer sich die Mühe gemacht, ihr zu sagen, was Manners für ein Kerl war, dann hätte sie ihn wohl kaum geheiratet.«

»Das kann ich nicht bestreiten.« Seine Tante presste die Lippen zusammen, als hätte sie auf eine Zitrone gebissen.

»Können wir jetzt bitte wieder über Lord Harrington sprechen?« Es war nicht so, dass Elizabeth nicht zustimmen würde, dass die Ehe ihrer Cousine das Schlimmste war, was man sich nur hätte vorstellen können. Doch sie musste vor seinem Besuch heute Nachmittag so viel wie möglich über Lord Harrington in Erfahrung bringen. Und jetzt war ihre einzige Gelegenheit, dies zu tun. »Was kannst du mir noch sagen?«

Gavin setzte sich wieder hin. »Er kann ein bisschen spießig sein. Nicht ansatzweise so sehr wie Merton, natürlich. Aber er, oder besser gesagt sein Vater, sorgt sich um Blutlinien, Skandale und solche Dinge.«

»An den Turleys gibt es nichts auszusetzen«, warf seine Tante ein. »Hätte es etwas gegeben, wäre es eurer Mutter nicht erlaubt gewesen, euren Vater zu heiraten. Und keine Seite der Familie war je in Skandale verwickelt. Nicht einmal eine heimliche Hochzeit.«

»Wir sind ein öder Haufen«, sagte Gavin und grinste Elizabeth an.

»Daran ist rein gar nichts öde.« Ihre Tante blitzte ihn zornig an. »Es bedeutet lediglich, dass wir mehr Verstand haben als viele andere.«

Plötzlich fiel Elizabeth auf, dass ihr eine entscheidende Information fehlte. »Gavin, was hat dich dazu verleitet, Lord Harrington zum Tee einzuladen? Du hast so etwas noch nie getan, sogar, als ich es in der Vergangenheit vorgeschlagen habe.«

»Ach.« Er rieb sich den Nacken. »Nun ja, ich war heute Morgen im *White's* und habe versucht, Neues darüber herauszufinden, was Napoleon im Schilde führt, als er in den Salon hereinkam. Wir haben angefangen, uns zu unterhalten, und er hat erwähnt, dass er auf dem Heiratsmarkt ist. Ich habe ein paar Sekunden darüber nachgedacht und entschieden, dass ihr beide euch gut ergänzen würdet. Du wolltest schon immer reisen, und, wie inzwischen wirklich jeder mitbekommen hat, wird er für Sir Charles Stuart arbeiten.«

Sie hätte fast gequietscht. Manchmal schaffte sie es, sich ausgesprochen peinlich zu benehmen. »Was du damit sagen willst, ist, dass wir beide versuchen werden, herauszufinden, ob wir den anderen näher kennenlernen wollen?«

»Ganz genau.« Ihr Bruder sah erleichtert aus. »Hör mal, Lizzy, du musst nicht heute entscheiden, ob du ihn heiraten willst.«

»Ja, das ist wahr«, nuschelte sie in sich hinein. »Wenn er überhaupt kommt.«

»Mach dir keine Sorgen.« Er grinste. »Ich werde ihm keine andere Wahl lassen.«

KAPITEL 3

Nachdem er seine Großmutter besucht hatte, stiefelte Geoff in seine Gemächer zurück, wo sein Leibdiener Nettle ihn erwartete.

»Willkommen zurück, Mylord.« Nettle hielt die Tür auf, als Geoff hereintrat. »Konnten Sie sich auf ein Hochzeitsdatum einigen?«

Plötzlich fühlte er sich erschöpft und reichte seinem Bediensteten seinen Hut und seine Handschuhe. »Es wird keine Hochzeit mit Lady Charlotte geben. Ich hätte gerne einen Brandy, ein Bad und Mittagessen. In dieser Reihenfolge.«

Diese Neuigkeit schien sein sonst unerschütterlicher Leibdiener nicht erwartet zu haben, denn wie aus der Pistole geschossen antwortete er. »Hervorragend, Mylord.«

Überhaupt nicht hervorragend. Einige Minuten später hatte Geoff seinen Morgenmantel angelegt und saß mit einem Glas Madeira in der Hand in seinem kleinen, aber schick eingerichteten Salon. Noch einmal von vorne anzufangen, sagte ihm nicht im Geringsten zu. Und dennoch gab es nichts, was er dagegen tun konnte. Worthington bevorzugte ganz offensichtlich Kenilworths Bemühungen um eine Heirat gegenüber Geoffs. Hätte er doch nur die Stadt nicht verlassen, so war er sich sicher, dass er inzwischen entweder schon mit Lady Charlotte verheiratet gewesen wäre oder wenigstens ein Datum für die Hochzeit gehabt hätte. Wie konnte er sich nur so sehr über die Abmachung irren, die er dachte, mit ihr getroffen zu haben?

Er nahm einen großen Schluck Wein und genoss die Wärme, als die Flüssigkeit seinen Hals hinunterfloss. Es grauste ihm davor, noch einmal all die Mühe aufbringen zu müssen, die nötig war, um einer Lady den Hof zu machen. Doch welche Lady er auch immer beschloss zu heiraten, er musste auf einem baldigen Hochzeitsdatum bestehen und direkt im Anschluss an die Feier zum Kontinent aufbrechen.

Die Österreicher und die Preußen hatten ihre Schlachten gegen Napoleons Schwager, Joachim Murat, den König von Neapel, bereits geführt und für sich entschieden und Ferdinand IV. somit wieder den Thron gesichert. Doch seitdem hielt sich der Korse in Paris versteckt, um eine Armee aufzustellen, während Wellington seine Armee in Brüssel versammelte.

Der Herzog wollte möglichst viele seiner Soldaten zurück, mit denen er zuvor den Spanischen Unabhängigkeitskrieg gewonnen hatte. Unglücklicherweise hielten sich viele von ihnen noch immer in Amerika auf, um einen Krieg zu führen, den England unmöglich gewinnen konnte. Die Hälfte des *Ton*, einschließlich der Duchess of Richmond, hatte beschlossen, sich nach Brüssel zurückzuziehen, als Napoleon aus Elba floh. Wobei man zur Verteidigung der Duchess sagen musste, dass ihr Mann bereits in Brüssel stationiert gewesen war. Sie war nicht dort, um es sich auf dem Festland gut gehen zu lassen, wie viele seiner Landsleute.

Und dann war da noch der Aufruhr um den Prinzen von Oranien, dem die Verantwortung über die verbündete Armee übertragen worden war, bis Wellington ankam. Gerüchten zufolge hatte es sogar Sir Charles vollkommen überfordert, Seine Majestät zu zügeln. Sogar unter all diesen Umständen traf der berühmte Mann erst am fünften April ein.

Geoff konnte sich nichts Aufregenderes vorstellen, als mitten in den Vorbereitungen für die Schlacht und die anschließende Wiedereinsetzung von King Louis XVIII. auf den Thron zu stecken.

Nachdem man ihn darauf aufmerksam gemacht hatte, wie schwierig es werden würde, geeignete Räumlichkeiten zu finden, hatte sein Vater für Geoff und seine Frau bereits Häuser in Den Haag, Gent und Brüssel organisiert. Man erwartete von ihnen, dass sie ausländische und britische Offiziere und deren Gattinnen, sowie den Prinzen von Oranien und andere Würdenträger empfingen.

Charlotte, das wusste er, wäre der leuchtende Stern der Regierungsdelegation gewesen. Er betete nur, dass sich die Lady, die er am Ende heiraten würde, auch nur halb so gut schlagen würde.

Sein Leibdiener tauchte an der Tür auf. »Mylord, Ihre Wanne steht bereit.«

»Dankeschön, Nettle.«

Wenige Minuten später ließ sich Geoff in das heiße Wasser hinabgleiten und versuchte zu entspannen. Doch der Gedanke daran, was sein Vater zu seinem gescheiterten Versuch, Charlotte zu heiraten, sagen würde, ließ seine Muskeln trotz des heißen Wassers verkrampfen. Er musste seinem Vater schreiben, bevor dieser aus anderer Quelle von Geoffs Versagen erfuhr.

Er verließ sein Bad und trocknete sich hastig ab, zog sich ein Paar Hosen und ein Hemd an und setzte sich an seinen Schreibtisch.

Doch bevor er seine Schreibfeder ansetzen konnte, tauchte Nettle mit einem Brief auf. »Von Seiner Lordschaft, Ihrem Vater, Mylord.«

»Verflucht.« Das konnte nichts Gutes für ihn bedeuten.

Geoff machte sich auf die vernichtenden Kommentare darüber gefasst, wie leichtgläubig er doch gewesen sei, zu denken, er habe sich Lady Charlotte gesichert, um die es in dem Schreiben mit Sicherheit ging. Er schenkte sich noch ein Glas Madeira ein, nahm einen Schluck und brach das Siegel auf.

Mein wertester Harrington,

Das kam unerwartet.

mir ist zu Ohren gekommen, dass Lady Charlotte Carpenter mit dem Marquis of Kenilworth verlobt ist. Deiner Mutter zufolge, welche die Überbringerin dieser unglücklichen Information war – Geoff war aufrichtig dankbar, dass er seinem Vater die schlechten Nachrichten nicht selbst hatte überbringen müssen – liegt der Fehler voll und ganz bei mir. Hätte ich (ebenfalls Deiner Mutter zufolge) nicht darauf bestanden, dass Du Dich um mich kümmerst, würdest Du gerade wahrscheinlich Deine Eheschließung mit der Lady zelebrieren.

Das war vermutlich wahr. Wenn er in der Stadt gewesen wäre, dann hätte er sichergestellt, dass Charlotte Kenilworth nie kennengelernt hätte.

Deine Mutter hat mir außerdem mitgeteilt (Wie Du vielleicht feststellen kannst, wird es langsam anstrengend. Ich habe noch nie erlebt, dass ich mich in so vielen Dingen auf einmal geirrt habe), dass Du Dich als fähig erwiesen hast, Deine Braut selbst auszusuchen. Für den Fall, dass Du dennoch Rat brauchst, sind Deine Großmutter und Deine Cousine Apollonia in London, um Dir behilflich zu sein, wenn es nötig ist.

Deine Mutter hat darüber hinaus eine kurze Liste an Damen beigefügt, die Du in Erwägung ziehen könntest, ohne Dich jedoch an sie gebunden zu fühlen. (Ich weiß wirklich nicht, warum sie Dir nicht einfach selbst geschrieben hat.)

Abgesehen davon bleibt Dir nun keine freie Zeit mehr, um Dich um mich zu sorgen. Man hat mich daran erinnert, dass Du von Anfang an keine Zeit übrig hattest, hierher zu kommen. Daher werde ich Deine Entscheidung bezüglich Deiner künftigen Ehefrau akzeptieren müssen.

Da Du ja bereits eine Kopie der Eheverträge besitzt, die ich aufsetzen ließ, kontaktiere doch bitte Fielding & Connors, unsere Anwaltskanzlei in London, um die Verträge an die Lady anzupassen, die Du auswählen wirst.

Dein Vater,

Markham

Geoff las den Brief noch weitere zwei Mal, um sicherzugehen, dass das Schreiben tatsächlich von seinem Vater stammte. Mit diesen Worten war der alte Mann einer Entschuldigung näher als je zuvor gekommen. Das hatte er zweifellos seiner Mutter zu verdanken. Mutter war zu Besuch bei ihrer Tante in Bath gewesen, als Geoff zu Hause war. Andernfalls hätte er noch vor seiner Rückkehr nach London von der Verlobung zwischen Lady Charlotte und Kenilworth erfahren, da war er sich sicher.

Die Tatsache, dass sie sich so schnell verlobt hatte, ergab für ihn kaum Sinn. Ganz im Gegenteil, anfangs schien sie seine Bemühungen sogar zu begrüßen. Er gab sich einen Ruck. Das war nun nicht mehr von Bedeutung. Was geschehen war, war geschehen, und er versuchte nun, darüber hinwegzukommen.

Er trank noch einen Schluck Madeira.

Nichtsdestotrotz war es sich verdammt sicher, dass er nur ungern bei dem vermutlich äußerst unangenehmen Gespräch zwischen seinen Eltern dabei gewesen wäre. Obwohl er sich durchaus wünschte, es durch ein Schlüsselloch mitangehört zu haben. Seine normalerweise genügsame Mutter musste sich in einem seltenen Zustand befunden haben, um seinen Vater einen derart reuevollen Brief an ihn schreiben zu lassen.

Geoff holte tief Luft und seine Schultern fühlten sich an, als wäre eine schwere Last von ihnen gefallen. Sich nicht um die Zustimmung seines Vaters sorgen zu müssen, würde seine Suche nach einer Gattin um einiges einfacher machen.

Er blickte auf das zweite Stück Papier, welches mit der sauberen Handschrift seiner Mutter beschrieben war, und las die kurze Liste.

Lady Mary Linley
Lady Emily Oakwood
Lady Jane Summers
Miss Judith Farnham
Miss Elizabeth Turley

Im Laufe der Ballsaison war er all diesen Damen, mit Ausnahme von Lady Jane, vorgestellt worden und mit den meisten von ihnen hatte er bereits getanzt. Abgesehen davon hatte er allerdings keine Ahnung, welche von ihnen all seinen Ansprüchen entsprechen würde.

Er nahm seine Schreibfeder, tunkte sie in das Tintenfass und strich Miss Farnhams Namen von der Liste. Sie war eine miserable Tänzerin und konnte eine seiner wichtigeren Bedingungen somit nicht erfüllen. Seine Füße schmerzten allein bei der Erinnerung an das eine Mal, als er sie um einen Tanz gebeten hatte. Sie war absolut liebenswürdig, doch die arme Frau hatte keinerlei Taktgefühl. Und er konnte sich keine Frau erlauben, die einen ausländischen Würdenträger in Verlegenheit bringen oder ihm gar Schmerzen bereiten würde.

Lady Mary war bekannt für ihre Zurückhaltung, jedoch war sie auch anmutig und wirkte intelligent. Ein paar Gentlemen hatten sie mit einem Eiszapfen verglichen. Geoff würde sie besser kennenlernen müssen, um herauszufinden, ob da etwas Wahres dran war. Er wollte keine Frau, die gefühlskalt war. Kein Mann wollte das.

Lady Emily schien eine umgängliche junge Dame zu sein. Doch sie war gerade einmal siebzehn Jahre alt und dementsprechend anfällig für jugendliches Gekicher. Etwas, aus dem sie früher oder später herauswachsen würde. Das hoffe man jedenfalls. Allerdings nicht früh genug für seine Bedürfnisse.

Über Lady Jane Summers wusste er nichts, doch sie würde heute Abend gewiss auf dem Ball sein.

Und dann war da Miss Turley. Es war interessant, dass ihr Name heute schon zwei Mal gefallen war. Geoff hatte nur einmal mit ihr getanzt. Soweit er sich erinnern konnte, war sie eine grazile Tänzerin und hatte die Unterhaltung mit ihm gut aufrechterhalten können. Er sollte sich an mehr erinnern als das. Geoff nahm einen weiteren Schluck Wein. Flachsblonde Locken. Ja, er hatte sie recht hübsch gefunden, auf eine unscheinbare Art und Weise. Und ihre Augen *waren* blau.

Er blickte auf die Uhr. In nur zwei Stunden würde er sie sehr viel besser kennen. Die anderen Ladies würden bis heute Abend warten müssen.

Geoff lächelte in sich hinein. Es war gut, dass er heute Morgen ihrem Bruder begegnet war. Der Tee würde ihm eine Gelegenheit geben, herauszufinden, ob sie als Frau eine gute Wahl wäre. Und wenn dem so wäre, könnte er sich einen Tanz auf dem Ball heute Abend freihalten lassen – er ging davon aus, dass sie daran teilnehmen würde.

Er lehnte sich in seinem Stuhl zurück und stürzte sein Glas Wein herunter. Der Anfang dieses Tages war nichts Geringeres als eine Katastrophe gewesen, aber allmählich wurde es besser. Er war sich sicher, dass er bald eine Frau finden würde, die er heiraten wollte.

Elizabeth und ihre Tante kehrten vom Einkauf und den morgendlichen Besuchen zurück und hatten noch knapp eine Stunde bis zum Tee. Als sie Elizabeth auf und ab gehen sah, sagte ihre Tante, es sei besser für sie, sich eine Beschäftigung zu suchen, bevor sie noch zu viel Zeit hatte, um darüber nachzudenken, dass Lord Harrington ihnen Gesellschaft leisten würde. Zuerst hatte sie sich gesträubt, doch letztendlich hatte ihre Tante recht. Statt nervös zu sein, hatte sie es nun schlichtweg eilig, pünktlich zu sein.

Sie hastete in ihr Schlafgemach, als Vickers, ihre Zofe, gerade Elizabeths Bürste und Kamm herausholte und auf ihre Frisierkommode legte.

»Das verditerblaue, glänzende Baumwollkleid, würde ich sagen, Vickers.« Die Farbe erinnerte sie an einen Ring, den ihre Mutter geliebt hatte. »Wir empfangen zum Tee einen Gast.«

»Ich dachte mir schon, dass Sie sich für dieses entscheiden.« Ihre Zofe schüttelte das Kleid aus, bevor sie es über Elizabeths Kopf hielt. »Mr. Broadwell hat erwähnt, dass ein Gentleman kommen würde. Nicht, dass er Gerüchte über Sie verbreiten würde.«

»Jedenfalls nicht vor der jüngeren Dienerschaft.« Ihr war nur allzu bewusst, dass die führende Dienerschaft von den Hoffnungen ihres Vaters wusste, sie diese Saison zu vermählen.

»Genau das meinte ich.« Vickers knöpfte Elizabeths Kleid hinten zu. »Nicht alle müssen alles wissen.«

Elizabeth setzte sich an ihren Frisiertisch, während ihre Zofe ihr die Spangen aus den Haaren nahm und sie zu einem Dutt an ihrem Hinterkopf hochsteckte. Sie hatte sich erst kürzlich die Haare schneiden lassen, um die Locken um ihr Gesicht herum in Szene zu setzen, die sich bis dahin allen Bändigungsversuchen widersetzt hatten. Nun umschmeichelten sie ihr Gesicht sehr schön.

Nachdem sie ein Band durch ihre Locken geflochten hatte, legte Vickers Elizabeth einen Strang Perlen um den Hals. Dann fügte sie die passenden Ohrringe hinzu.

»Das seidene Schultertuch, Miss?«

Das Schultertuch war ein Geschenk ihrer Tante gewesen und brachte eine Menge ihrer Kleider zur Geltung, darunter auch dieses. »Ja.«

Ein paar Minuten später war das Tuch um ihre Schultern drapiert und sie hielt ihre Pompadour-Tasche in der Hand. »Nun? Werde ich ihm genügen?«

»Sie sind bildhübsch.« Die Mundwinkel ihrer Zofe zogen sich leicht in die Höhe. »Machen Sie sich lieber auf den Weg. Sie wollen ihn doch nicht zu lange warten lassen.«

Jetzt, wo sie angezogen war und heruntergehen wollte, fühlte sich Elizabeths Bauch an, als würden Schmetterlinge darin herumflattern. Ihre Handflächen wurden so feucht, dass sie sie an ihrem Rock abstreifen musste. Um es noch schlimmer zu machen, war Lord Harrington bereits vor mehr als fünf Minuten angekommen.

Normalerweise wäre sie bereits im Salon, doch ihre Tante hatte beschlossen, dass Elizabeth das Zimmer erst betreten sollte, nachdem Lord Harrington eingetroffen war, statt ihn dort zu erwarten.

»Wäre es nicht unhöflich, wenn ich zu spät käme?«, hatte sie gefragt und nicht verstanden, weshalb sie sich verspäten sollte, wenn der Herr doch in ihr Haus eingeladen worden war.

»Komm lieber etwas zu spät«, sagte ihre Tante mit scharfer Zunge. »Dann hat er etwas, worauf er sich freuen kann. Vergiss nicht, was ich dir gesagt habe. Männer mögen die Jagd.«

Nicht nur ihre Tante, sondern auch Charlotte hatte Elizabeth davor gewarnt, zuzulassen, dass Lord Harrington sie für leichte Beute hielt. Es war überhaupt nicht gut, einem Gentleman den Eindruck zu erlauben, eine Lady sei es nicht wert, sich um sie zu bemühen. »Mach dir darüber mal keine Sorgen. Ich werde ihm nicht gestatten, mich so zu behandeln wie Charlotte.«

Ihre Tante stimmte ihr nickend zu.

Gerade als sie den Salon betreten wollte, hielt Broadwell, der Butler ihres Vaters, sie an. »Miss, Ihre Ladyschaft sagte, der Tee solle auf der Terrasse serviert werden.«

»Dankeschön.« Das war eigentlich eine wunderbare Idee, doch es machte sie nicht weniger nervös. Sie war nicht daran gewöhnt, im Mittelpunkt zu stehen. Diese Ehre wurde immer ihren Freundinnen zuteil. Doch nun, da ihr Bruder, ihre Tante und Lord Harrington bereits da waren, konnte sie nicht anders, als die Aufmerksamkeit auf sich zu ziehen.

Das Wetter war mild und der Garten stand in voller Blüte. Sie begab sich auf den Weg zum hinteren Ende des Hauses, als ihr männliche Stimmen aus der Richtung des kleinen Salons und des Gartens entgegenhallten.

Zwei Sitzbänke, zwei Stühle und drei Tische waren auf der Terrasse aufgestellt worden, um das Sitzarrangement im Salon nachzustellen. Ihr Bruder machte es sich auf einem Stuhl auf der rechten Seite eines der Sofas gemütlich, ihre Tante besetzte ihren üblichen Platz auf der linken Seite und Lord Harrington saß auf der kleinen Sitzbank gegenüber des Platzes, auf dem Elizabeth normalerweise saß.

In diesem Moment entdeckte ihr Bruder sie und stand auf. Lord Harrington folgte kurz darauf.

Gavin machte einen Schritt auf sie zu und nahm Elizabeths Hand.

»Meine Liebe, für den Fall, dass Lord Harrington dir noch nicht vorgestellt wurde, bitte erlaube mir, dir die Ehre zu erweisen.«

Dankbar drückte sie die Hand ihres Bruders. »Vielen Dank, aber ich habe Seine Lordschaft bereits vor ein paar Tagen auf einem Ball kennengelernt.« Sie wandte ihren Blick hoch zu Lord Harrington und lächelte. »Willkommen. Es freut mich, dass Sie es einrichten konnten, uns Gesellschaft zu leisten. Bitte nehmen Sie Platz. Der Tee ist in Kürze fertig.«

Lord Harrington ließ seinen schmalen Körper auf die Sitzbank ihr gegenüber sinken. Er war ein wirklich feiner, gutaussehender Mann. Obwohl er nicht so breit war wie manch anderer Gentleman, füllte er die Schultern seines Mantels gut aus. Sein Halstuch war elegant

geknotet und ein Saphir blitzte dort heraus. Sie war
froh, dass er die neumodischen Pantalons gegen ele-
gante Kniehosen und hochpolierte Reitstiefel einge-
tauscht hatte. Das hier war kein Mann, der die zusätzlichen Polster an den Waden brauchte wie manch anderer. Ihr Bruder hatte erwähnt, dass er sportbegeistert
war, und das war unschwer zu erkennen.

Vermutlich sollte Elizabeth solchen Dingen keine Beachtung schenken, doch sie konnte nicht anders. Jetzt
würde sie sehen, ob edel war, wer edel handelte. Sie
sandte ein Stoßgebet gen Himmel, dass Lord Harrington sie nicht enttäuschen würde. Besonders, weil sie
jetzt schon dazu neigte, ihn zu mögen.

KAPITEL 4

Broadwell betrat mit dem Teetablett die Terrasse, dicht gefolgt von einem Bediensteten mit einem zweiten Tablett, auf dem sich kleine Sandwiches türmten.

Nachdem die Tabletts auf dem niedrigen Tisch zwischen den zwei Sitzbänken abgestellt worden waren, schenkte Elizabeth ihrer Tante eine Tasse Tee ein und wandte sich danach an Lord Harrington. »Wie mögen Sie Ihren Tee, Mylord?«

»Einen Schuss Milch und zwei Stück Zucker, bitte.« Er beobachtete genau, wie sie ihm einschenkte, was Elizabeth ein wenig seltsam vorkam. Es war schließlich etwas, das alle Ladies gelernt hatten.

Sie legte zwei Kekse auf einen Teller. »Cooks Ingwerkekse sind vorzüglich. Möchten Sie ein Sandwich dazu?«

»Gerne.« Er lächelte, doch es war ein angespanntes, gezwungenes Lächeln, das seine wohlgeformten Lippen starr aussehen ließ.

Um Himmels willen. War er immer so verklemmt oder lag es vielleicht daran, dass er nervös war? Nun ja, was auch immer der Fall war, sie würde versuchen müssen, ihn zu beruhigen. Sie reichte ihrem Bruder seinen Tee. Ohne auf ihre Aufforderung zu warten, nahm er sich mehrere Sandwiches und Kekse. Um dafür zu sorgen, dass Lord Harrington ebenso versorgt war, legte sie schnell noch mehr Sandwiches, Kekse und ein

Zitronentörtchen auf seinen Teller. Bitteschön, jetzt würde er zumindest nicht verhungern.

»Wie ich hörte, werden Sie bald auf den Kontinent reisen.«

Hoffentlich würde das den Mann aus der Reserve locken.

Er setzte seine Tasse ab. »Ausgezeichneter Tee, Miss Turley.«

Elizabeth konnte ihren Stolz nicht verbergen. »Vielen Dank. Das ist meine eigene Mischung.«

»Um Ihre Frage zu beantworten«, seine Augen leuchteten auf und er lehnte sich leicht nach vorn, »ja, ich sollte bald zum Kontinent aufbrechen, wo ich mich der Delegation von Sir Charles Stuart anschließen werde.« Harrington runzelte leicht die Stirn. »Da wären nur ein paar Angelegenheiten, die ich erledigen muss, bevor ich abreise.«

Angelegenheiten, wie sich eine Frau anzuschaffen, nahm sie an. »Wie aufgeregt Sie wohl sein müssen. Ich sehne mich schon lange danach, zu reisen.«

»Tun Sie das, tatsächlich?« Seine schönen blauen Augen leuchteten auf, und sie nickte und ermutigte ihn, fortzufahren. »Ich kenne einige Ladies, die nur ungern so weit weg von Zuhause wären.«

Ah, er meinte wohl Charlotte. Jetzt, wo Elizabeth darüber nachdachte, war sie überrascht, dass Lord Harrington erwartet hatte, dass ihre Freundin so weit weg von ihrer Familie glücklich sein würde. »Ich bin mir sicher, es gibt einige Ladies und Gentlemen, die England nicht verlassen wollen. Ich gehöre allerdings nicht dazu.« Sie schenkte ihm ein zuversichtliches Lächeln. »Ich bin mit den Geschichten der Kavaliersreisen meines Vaters und meines Großvaters aufgewachsen. Und meine Großmutter hatte Verwandte in Frankreich, die sie von Zeit zu Zeit besucht hat. Ich wollte die Orte, von denen sie alle erzählt haben, schon immer einmal sehen.«

»Auch ich habe solche Geschichten gehört.« Er lehnte sich gespannt vor, als hätte er eine Seelenverwandte gefunden. Elizabeth hoffte, dass dem so war. »Ich werde zwar vermutlich nie eine Kavaliersreise unternehmen, aber ich gehe davon aus, dass ich viele der Länder und Städte besuchen kann, in die sie gereist sind.«

Sie unterhielten sich weiter über die großen Städte Kontinentaleuropas, doch ihre Tante und ihr Bruder beteiligten sich überraschenderweise nur dann am Gespräch, wenn sie direkt angesprochen wurden.

Ehe sie sich versah, war der ganze Tee getrunken und das Essen verzehrt. Lord Harrington würde bald aufbrechen und hatte Lady Hollands Ball heute Abend noch immer nicht erwähnt.

»Sie können sich wirklich glücklich schätzen, dass Ihnen diese Stelle angeboten wurde. Ich beneide Sie um diese Gelegenheit.« Elizabeth erhob sich.

Harrington sprang auf. »Das habe ich meinem Vater zu verdanken.« Er blickte ihr einen Moment lang in die Augen und sagte dann: »Ich begleite meine Großmutter heute Abend auf Lady Hollands Ball. Würden Sie mir die Ehre erweisen, mit mir zu tanzen?«

»Es wäre mir eine Freude.« Elizabeth schürzte die Lippen, als würde sie nachdenken. »Der Supper-Tanz ist noch frei.«

Seit Dotty, Louisa und Charlotte vergeben waren, war Elizabeth äußert gefragt. Nicht, dass irgendein Gentleman abgesehen von Lord Harrington ihr Interesse geweckt hätte. Seit Charlotte angedeutet hatte, dass sie an dem Mann nicht interessiert war, hatte Elizabeth begonnen, sich einen Tanz für Harrington aufzusparen, für den Fall, dass er sie darum bitten würde. Ihre Idee hatte endlich Früchte getragen.

»Hervorragend.« Er neigte seinen Kopf. »Ich freue mich auf heute Abend.«

»Ganz meinerseits, Mylord.« Sie knickste und er verbeugte sich über ihrer Hand, ohne sie jedoch in seine zu nehmen oder wenigstens die Luft darüber zu küssen, wie es fast jeder Gentleman tun würde. Somit blieb sie unschlüssig darüber, was von ihm halten sollte. War er nun interessiert an ihr oder nicht?

Als Gavin Lord Harrington zurück ins Haus geführt hatte, sah ihre Tante Elizabeth an. »Also, was denkst du?«

»Nach seiner anfänglichen Steifheit war er recht charmant.« Auch wenn er ihre Finger nicht geküsst hatte.

»Er ist ein gutaussehender Mann«, sinnierte ihre Tante.

Als er mit Gavin davonspaziert war, hatte sie ihn gemustert. Sie hatte recht gehabt. Es war unverkennbar, dass seine großgewachsene Figur und seine breiten Schultern keinerlei Polster benötigten. »Ja. Besonders seine Augen haben einen wunderschönen Blauton. Sie kommen fast an den Saphir heran, den er getragen hat.« Seine Haare waren blond, aber etwas dunkler als ihre. »Mir gefällt die Art, wie sich sein Haar kräuselt.«

»Aber er ist kein Schönling«, sagte ihre Tante. »Im Gegensatz zu Byron.«

»Nein. Er sieht sehr männlich aus. Und er hat ein energisches Kinn.« Den Anblick seiner Schultern und seiner wohlgeformten Beine ging ihr nicht aus dem Kopf und Elizabeth kämpfte gegen den Drang an, zu seufzen. Vielleicht war sie ein bisschen zu interessiert an seinen körperlichen Merkmalen.

»Und er war aufmerksam dir gegenüber«, warf ihre Tante ein.

»Ja, er war sehr aufmerksam.« Vor allem, wenn er über seine Auslandsreise sprach. Im Grunde genommen war das nahezu das Einzige, worüber er sich unterhalten hatte. Er hatte sie nicht nach ihren Interessen oder Abneigungen gefragt.

»Sehr gut.« Ihre Tante klang etwas ungeduldig. »Er ist groß, blond und gutaussehend. Dem Gespräch nach zu urteilen, wirkt er intelligent und belesen. Er stammt aus einer guten Familie. Er wird eines Tages Marquis sein und er ist an einer Heirat interessiert.« Tante Bristow zog eine Braue hoch. »Sag schon. Was ist es an ihm, das du nicht magst?«

Ihre Tante hatte recht. Irgendetwas an Lord Harrington machte auf Elizabeth einen ... absonderlichen Eindruck. Sie blendete seine körperlichen Merkmale aus und konzentrierte sich darauf, was sie störte. Sein Aussehen war es weiß Gott nicht. Es war ... War er wirklich interessiert an *ihr*? »Er will diese Stelle so sehr, ich glaube, er würde jede geeignete Lady heiraten, nur um sie anzutreten.« Elendig verzog sie das Gesicht. »Weißt du, was ich meine?« Ihre Tante starrte sie an, sichtlich irritiert. Sie würde einen anderen Weg finden müssen, um es auszudrücken. »Er macht auf mich den Eindruck, als sei er in gewisser Weise ein Mitgiftjäger. Es ist ihm egal, wen er heiratet, solange er bekommt, was er will. Im Falle eines Mitgiftjägers ist es das Geld. In Lord Harringtons Fall ist es die Stelle bei Sir Charles.« Sie rieb sich zwischen den Augen und versuchte, die Anspannung zu lösen, die sie verspürte. »Ich möchte kein Mittel zum Zweck sein.«

Ihre Tante läutete die Glocke auf dem Tisch neben ihr. »Du denkst, es kümmert ihn nicht, ob er Gefühle für dich hat.«

Ein Bediensteter erschien mit zwei Gläsern und einer Karaffe Rotwein. Er setzte sie ab und ging zurück ins Haus.

»Ich bin mir nicht einmal sicher, ob es für ihn eine Rolle spielt, dass wir uns verstehen.«

Ihre Tante reichte Elizabeth einen Kelch Wein. »Wenn er Gavin erzählt hat, dass er eine Frau sucht, dann scheint er gewiss recht schnell über Lady Charlotte hinweggekommen zu sein.« Das hätte Elizabeth früher auffallen sollen, doch sie war zu aufgeregt gewesen, dass Lord Harrington sie zum Tee besuchen würde. »Er schien sich für nichts anderes zu interessieren, als für meinen Wunsch, ins Ausland zu reisen.«

»Dann lass es uns Schritt für Schritt angehen«, sagte ihre Tante nach ein paar Sekunden. »Ich weiß, du bist an ihm interessiert, aber den falschen Mann zu heiraten ist schlimmer, als gar nicht zu heiraten. Nicht viele würden mir da zustimmen.«

Vor allem ihr Vater nicht. »Ich schätze, das ist die einzig mögliche Vorgehensweise.«

Wer hätte gedacht, dass ein Gentleman, der so leicht zufriedenzustellen war, ein solches Problem darstellen könnte?

Wenn sie sich nie über Persönliches unterhielten, wie sollte sie dann erkennen, ob Harrington sie lieben könnte? Oder gar, ob sie ihn lieben könnte?

Er war so versessen auf seine Ziele, dass Elizabeth sich kaum sicher sein konnte, ob er überhaupt sein wahres Ich präsentierte. Nur, dass er diese Stelle wollte und eine Frau dafür brauchte, lag auf der Hand.

Geoffs Phaeton wartete bereits, als er den Gehweg erreichte. Er wandte sich Turley zu und reichte ihm die Hand. »Vielen Dank für die Einladung zum Tee. Ich habe es sehr genossen, mit Miss Turley zu sprechen.«

Gavin nahm Geoffs Hand und schüttelte sie. »Ich bin froh, dass du gekommen bist. Ihr schient eine Menge gemeinsam zu haben.«

»Ja. Das haben wir.« Das hatte er auch gedacht. Zumindest wusste er nun, dass es ihr gefallen würde, ins Ausland zu reisen und dort zu leben. Im Gegensatz zu Lady Charlotte, die entsetzt über die Vorstellung war, ihrer Familie so fern zu sein. Es hatte ihn überrascht, wie reizend Miss Turley war. Ihr Kleid hatte dieselbe himmelblaue Farbe wie ihre Augen. Wann immer sie vom Reisen sprach, funkelten sie wie die Sonne über dem Meer. Und obwohl ihr Kleid einen bescheidenen Schnitt hatte, luden ihn die Rundungen ihrer Brüste zum Erkunden ein. Heute Abend würde er sein Gespräch mit Miss Turley fortsetzen und mehr über sie erfahren. »Man sieht sich auf dem Ball.«

»Bis dann.« Ihr Bruder machte einen Schritt zurück, als Geoff in seine Kutsche stieg.

Nachdem sein Stallbursche auf den Hintersitz geklettert war, trieb er seine Pferde an und begab sich auf den

Heimweg. Wie hatte er nur übersehen können, wie lebhaft Miss Turley war, als er sie zuvor kennengelernt hatte? Andererseits konnte er sich nicht einmal erinnern, worüber sie bei ihrem einzigen gemeinsamen Tanz gesprochen hatten. Nur daran, dass sie eine angenehme Gesprächspartnerin war.

Selbstverständlich würde er Lady Mary, Lady Jane und Lady Emily ausreichend in Betracht ziehen, wie seine Mutter es vorgeschlagen hatte, doch der Gedanke, dass er in Miss Turley die richtige Frau für die Rolle als seine Gattin gefunden hatte, blieb bestehen.

Sie war bewandert in Sachen Politik, sowohl inländischer als auch ausländischer. Sie wünschte sich, zu reisen. Sie verstand es, einen Menschen ins Gespräch zu ziehen und dafür zu sorgen, dass er sich wohlfühlte. Geoff fühlte sich etwas schuldig, weil er sich ihr gegenüber so streng verhalten hatte, aber er musste wissen, welche Fähigkeiten sie besaß. Schlussendlich hatte sie seinen kleinen Test bestanden und sie musste nie erfahren, was er getan hatte. Er durfte nicht vergessen, sie zu fragen, ob sie Französisch und Italienisch sprach. Deutsch wäre ebenfalls hilfreich. Während Französisch unerlässlich war, könnte er für die anderen beiden Sprachen notfalls einen Tutor für sie einstellen.

Es war ihm nicht besonders wichtig, wie musikalisch sie war. Als verheiratete Frau würde sie nicht zum Singen oder Musizieren aufgefordert werden. Trotzdem konnte er sich nicht vorstellen, dass sie nicht in Musik und Kunst ausgebildet worden war. Seine Mutter hatte viele Stunden damit zugebracht, sowohl zu ihrer eigenen Vergnügung als auch zu der ihrer Familie zu musizieren. Jetzt, wo er darüber nachdachte, hätte er doch gerne eine Frau, die musikalisch war.

Vor seinem inneren Auge ging er noch einmal die Liste durch, die sein Vater und er aufgestellt hatten, versuchte sich daran zu erinnern, ob es noch irgendwelche anderen Voraussetzungen gab, die seine Frau erfüllen müsste, und kam zu dem Schluss, dass ihm bereits alle in den Sinn gekommen waren.

Im Großen und Ganzen war es ein äußerst produktiver Nachmittag gewesen. Sobald er sich sicher war, dass Miss Turley die Richtige für ihn war, würde er ihren Vater um ein Gespräch bitten.

Die Straßen waren voll mit eleganten Kutschen und anderen, eher pöbelhaften Fahrzeugen. Nicht so voll jedoch, dass er seine ganze Aufmerksamkeit den Pferden widmen musste, weshalb seine Gedanken zu Miss Turleys offensichtlicheren körperlichen Reizen schweiften. Ihre Nase war gerade, aber nicht spitz. Ihre Lippen waren wohlgeformt und schienen sich an den Mundwinkeln auf natürliche Weise nach oben zu neigen. Wie würden sie wohl schmecken? Würde sie seine Küsse begierig erwidern? Und ihr Haar. Ihre Locken schienen ein Eigenleben zu führen. Das ganze Treffen lang hatte er eine ihrer Locken um seine Finger wickeln wollen, um zu spüren, ob sie so seidig waren, wie sie aussahen.

Geoff suchte in einer Ehe vielleicht nicht die Liebe, doch Leidenschaft wollte er durchaus haben. Dafür war eine Frau erforderlich, die Freude am Geschlechtsakt hatte. Merkwürdig, dass er diesen Gesichtspunkt noch nicht bedacht hatte, bevor er heute Zeit mit Miss Turley verbracht hatte. Obwohl er gedacht hatte, dass

Lady Charlotte perfekt als seine Ehefrau geeignet wäre, hatte es nie so sehr seine Gedanken bestimmt, sie zu küssen, wie es jetzt bei Miss Turley der Fall war. Und nicht nur, ihren Mund zu küssen, sondern auch die Wölbung ihrer Brüste und andere Stellen ihres wundervoll kurvigen Körpers. Sein Glied wurde steif, als er versuchte, sich vorzustellen, wie sie wohl nackt aussehen würde.

»Mylord, Sie haben Ihr Gebäude verpasst.«

Die Stimme seines Stallburschen ließ Geoff sich umsehen. Er war am Ende der Straße angelangt. Wie zur Hölle war das passiert? Er kam sich wie der letzte Narr dabei vor, einer Dame so viel Raum in seinen Gedanken zu geben. »Ich steige hier aus.«

»Wie Sie wünschen, Mylord.«

»Bringen Sie heute Abend um etwa neun Uhr dreißig die große Kutsche her. Ich werde auf den Holland Ball gehen.«

»Ja, Mylord.«

Geoff stieg aus seinem Phaeton und strebte seinem Zuhause entgegen. Er würde bald die Entscheidung darüber treffen müssen, auf welche Lady er sich konzentrieren würde. Vielleicht schon an diesem Abend, nachdem er mit den anderen drei Ladies gesprochen hatte.

Er betrat seine Zimmer und blickte auf die Uhr. Es war kurz vor fünf. Er hätte Miss Turley fragen sollen, ob sie am späten Nachmittag noch eine Spazierfahrt machen wolle. Er hätte gerne mehr Zeit mit ihr verbracht und sich weiter mit ihr unterhalten. Geoff begann zu hoffen, dass keine der anderen drei Damen eine angebrachtere Wahl als Ehefrau wäre.

Ein Brief lag auf einem Silbertablett in der Mitte des Konsolentischs. Er nahm ihn mit an seinen Schreibtisch, brach das Siegel auf, schüttelte ihn auseinander und las ihn. Tom Cotton, ein Freund aus seiner Nachbarschaft auf dem Land, der zur Armee gegangen war, war für ein paar Tage in der Stadt und fragte, ob er heute Abend Zeit für ein Dinner hätte. Geoff sandte eilig seine Zusage. Es wäre schön, Cotton wiederzusehen.

Etwas mehr als zwei Stunden später betrat Geoff das *Boodle's* und entdeckte seinen Freund, der gerade ein Glas Wein trank. »Sei gegrüßt.«

»Harrington.« Cotton reichte Geoff die Hand und klopfte ihm auf den Rücken. »Wie schön, einen alten Freund zu treffen. Wie ist es dir ergangen?«

»Gut. Ich werde hoffentlich bald eine Stelle bei Sir Charles in Brüssel antreten.« Geoff setzte sich in einen der Ledersessel neben seinem Freund. Ein Diener brachte ihm ein Glas Wein.

»Ich wette, dass du dort nicht lange bleiben wirst. Wenn Wellington den Krieg gewinnt, wirst du dich auf den Weg nach Paris machen müssen. Die Regierung wird Louis wieder auf den Thron setzen, sobald es ihr möglich ist.«

»Dagegen ist wohl kaum etwas einzuwenden. Es gibt keinen Grund, jemand anderem die Zeit zu lassen, Unruhe zu stiften.« Er trank einen Schluck Wein. »Wie geht es dir denn?«

Cotton grinste. »Ich wurde gerade erst zum Offizier befördert. Ich bezweifle, dass es dazu gekommen wäre, wenn Napoleon nicht entkommen wäre. Dann sehen wir uns also vermutlich in Brüssel.«

Es wäre gut, dort bereits Freunde zu haben. Geoff fragte sich, wie viele seiner alten Schulkameraden in die Schlacht ziehen würden. Er hatte viele jüngere Männer gekannt, die der Armee beigetreten waren. »Wie soll ich dich kontaktieren?«

»Ich werde dem 2. Regiment der Leibgarde unter Fitzgerald dienen. Wenn du dich dorthin begibst, wo auch immer das Hauptquartier der Armee errichtet sein wird, wird es nicht allzu schwer sein, mich zu finden.«

Geoff zog ein Notizbuch aus der Tasche und vermerkte die Einheit seines Freundes. »Spätestens Mitte Juni sollte ich dort sein, wenn nicht sogar früher.«

»Nun.« Cotton lächelte. »Wie ich hörte, nehmen die gesellschaftlichen Veranstaltungen in Brüssel kein Ende. Wenn du Glück hast, wirst du dort ankommen, bevor all die Empfänge vorbei sind.«

Geoff hoffte auch darauf. Wen auch immer er heiratete, sie würde bestimmt Freude an solchen Festlichkeiten haben. »Hast du etwas darüber gehört, was Napoleon im Schilde führt?«

»Eine Armee aufstellen, würde man meinen. Über unsere eigenen Truppen weiß ich mehr. Obwohl du bestimmt auch schon von den belanglosen Streitigkeiten gehört hast, die gerade vonstattengehen. Einer der deutschen Generäle ist verärgert darüber, dass ihm das Kommando über seine gewünschte Einheit verwehrt wurde, und bittet darum, von seinem Posten zurücktreten zu dürfen. Der König der Niederlande beschwert sich ebenfalls ständig über die ein oder andere Sache.«

Geoff nippte an seinem Wein. »Mein Vater beklagt sich darüber, dass die Friedenspartei Probleme im Parlament verursacht und Wellington beschuldigt, ein

Mörder zu sein. Sein Bruder hat meinem Vater geschrieben und ihn um Hilfe gebeten, die er selbstverständlich erhalten wird. Auch wenn Vater dafür nach London kommen muss – was er überhaupt nicht ausstehen kann.«

»Ich beneide den Herzog nicht darum, dass er sich mit all den Streitigkeiten zwischen den ausländischen Kommandeuren auseinandersetzen muss.« Cotton setzte sein Glas Wein ab. »Lass uns essen. Ich habe Appetit auf ein blutiges Rindersteak.« Im Aufstehen begriffen, erwiderte Geoff: »Das klingt gut.«

Als sie in den Speisesaal schlenderten, fragte er sich, was wohl heute Abend auf dem Ball passieren würde. Würde er die Lady, die er heiraten würde, von der Liste seiner Mutter auswählen können? Er sandte ein Stoßgebet gen Himmel, dass es so sein würde. Je mehr er über Brüssel hörte, desto mehr wollte er weg.

KAPITEL 5

Einige Stunden später begleitete Geoff seine Großmutter und seine Cousine Apollonia in Lady Hollands überfüllten Ballsaal. Welch Beklemmung! »Ich weiß ja nicht, wie wir uns hier bewegen sollen, geschweige denn tanzen.«

»Keine Angst.« Grandmamma tätschelte seine Hand. »Es wird immer genügend Fläche zum Tanzen freigeräumt. Vergiss nicht, dass viele der Gäste einfach in Position gehen werden und die anderen den Weg dafür freimachen.«

»Hast du irgendein Anzeichen gesehen, dass Lady Mary, Lady Jane oder Lady Emily zugegen sind?«

»Lady Jane und ihre Mutter habe ich seit einiger Zeit nicht mehr gesehen, aber ihr Vater steht hinten rechts an der Wand«, klärte Cousine Apollonia ihn auf. »Ich sehe weder Lady Mary noch Lady Emily, aber Miss Turley ist hinter uns.«

Er drehte sich sogleich um und sah, wie ihre Gruppe begrüßt wurde. »Hast du Augen im Hinterkopf?«

»Allerdings.« Cousine Apollonia lächelte süffisant. »Ich bin erstaunt, dass du sie nicht früher bemerkt hast. Sollen wir uns zu ihrer Gruppe gesellen?«

»Wenn Grandmamma nichts dagegen hat.« Er blickte zu ihr hinab.

»Ganz und gar nicht.« Seine Großmutter sah ihn mit einem neugierigen Gesichtsausdruck an. »Ich freue mich darauf, mit ihrer Tante zu sprechen.«

Vermutlich wollte sie eher Miss Turley mustern. Geoff wusste nicht richtig, was er davon halten sollte. Seine Großmutter war eine eindrucksvolle alte Dame und er wollte nicht, dass sie Miss Turley einschüchterte.

Kurz darauf grüßte Turley Geoff. »Harrington. Schön, dich zu sehen.«

»Guten Abend, Turley.« Geoff drehte sich um und neigte seinen Kopf vor dem anderen Mann. »Miss Turley«, sie bot ihm die Hand an, und er verbeugte sich vor ihr, »welch ein Glück, dass wir zur selben Zeit eingetroffen sind.«

Sie war noch schöner als heute Nachmittag. Ihr flachsblondes Haar war ein einziges Gewirr von Locken. Dazwischen lugte ein preußischblaues, mit Perlen besetztes Band hervor. Wieder wünschte er sich, eine Locke berühren zu können. Sie nur ein kleines bisschen herunterzuziehen, nur um zu sehen, ob sie wieder hochfedern würde. Sobald sie verlobt waren, würde er sich diese Freiheit nehmen. »Es ist wirklich ein Gedränge hier.«

Genau in diesem Moment kam Lord Fitchley auf Miss Turley zu. »Miss Turley, das ist mein Tanz, glaube ich.«

»Das ist er, Mylord.« Und einfach so ging sie mit dem anderen Mann fort.

Geoff wusste nicht, was er erwartet hatte, aber das war es nicht. Er hatte sich gewünscht, mit ihr zu sprechen.

»Meine Schwester ist ziemlich begehrt«, scherzte Mr. Turley. »Wenn du auf dem nächsten Ball mit ihr tanzen möchtest, erbitte den Tanz besser noch heute Abend.«

Es gebührte sich wahrscheinlich für Geoff, Miss Turley weitaus mehr Aufmerksamkeit zu schenken, als er es bei Lady Charlotte getan hatte. Er hatte keine Zeit zu verlieren.

Er folgte seiner Cousine Apollonia und Grandmamma durch die Menge zum hinteren Teil des Ballsaales, wo Lady Marys Vater, der Duke of Groton, stand. Sie stand seitlich von ihm, den Kopf einer anderen Lady zugewandt, und schien Geoffs Annäherung nicht zu bemerken.

»Harrington.« Der Duke, ein Freund seines Vaters, neigte den Kopf. »Herzlichen Glückwunsch zu deiner Stelle bei Sir Charles. Ich wünsche dir alles Gute.«

»Vielen Dank, Euer Gnaden.« Geoff schielte zu Lady Mary hinüber. »Ich bin gekommen, um Eure Tochter um einen Tanz zu bitten.«

»Erlaube mir, euch einander vorzustellen. Mary.« Sie eilte zu ihrem Vater. »Darf ich dich mit Lord Harrington bekannt machen? Markhams Erbe, weißt du.«

Lady Mary richtete ihre kalten, hellblauen Augen auf ihn und Geoff lief ein Schauer über den Rücken. »Wie geht es Ihnen, Mylord?«

Er verneigte sich, und als sie ihm nicht einmal die Hand anbot, überlegte er, wie er sich so schnell wie möglich der Situation entziehen könnte. Doch ihr Vater stand dabei und die Bitte um einen Tanz stand noch aus. »Mir geht es gut, vielen Dank.« Aus irgendeinem Grund hatte er urplötzlich das dringende Verlangen, einen Finger zwischen seinen Kragen und seinen Hals zu schieben. »Ich möchte Sie darum bitten, mit mir zu tanzen.«

Lady Marys kühle blaue Augen ruhten einige Sekunden auf ihm, als könne sie nicht fassen, dass er die Dreistigkeit besessen hatte, einen Tanz zu erbitten. »Meine Karte ist voll.«

»Vielleicht auf dem nächsten Ball«, sagte er aus Höflichkeit.

Eine aschblonde Braue schoss nach oben. »Lassen Sie es mich klar ausdrücken, Mylord. Ich habe keinen Wunsch, im Ausland zu leben.«

Mit Geoff war noch nie so herablassend gesprochen worden. Immerhin konnte er sie jetzt von seiner Liste streichen. Nicht nur war sie nicht interessiert an dem Lebensstil, den er ihr anbot, sie war außerdem sowieso nicht geeignet als Ehefrau. »Wenn das so ist, wünsche ich Ihnen noch einen schönen Abend.«

»Auf Wiedersehen, Mylord, und viel Glück.«

Noch bevor er antworten konnte, drehte sie sich um und lächelte einen Gentleman an, der auf sie zuging, und ihr Gesichtsausdruck sah nicht mehr danach aus, als gehöre sie in einen Block Eis geschlossen. So lief es nun mal. Er würde sich einfach auf die anderen Damen konzentrieren müssen.

Geoff hielt sich am Rande des Ballsaals auf und hielt Ausschau nach Lady Emily. Um gerecht zu sein, musste er ihr noch eine Chance geben. Schließlich gab er es jedoch auf und konzentrierte sich darauf, Lady Holland ausfindig zu machen. Sie würde wissen, ob Lady Jane zugegen war, und könnte ihn mit ihr bekannt machen.

»Lord Harrington.« Ebenjene Frau, die er suchte, tauchte neben ihm auf. »Ich brauche Ihre Unterstützung bei einem Tanz mit einer jungen Frau, die keinen Partner hat.«

»Es wäre mir eine Freude, mit ihr zu tanzen.« Ihre Ladyschaft legte ihre Hand auf seinen Arm. »Apropos, ich suche jemanden, der mir Lady Jane Summers vorstellen kann.«

»Sie heißt inzwischen Lady Jane Garvey«, sagte Ihre Ladyschaft neckisch. »Sie haben vor ein paar Wochen geheiratet. Ich wage zu behaupten, dass Sie nicht der Einzige sind, der davon nichts wusste. Die Hochzeit fand in aller Stille auf dem Lande statt. Ich wurde bloß darüber in Kenntnis gesetzt, weil ich eine gute Freundin ihrer Mutter bin.«

Vielleicht war dies der Grund, weshalb weder seine Mutter noch seine Großmutter über die Heirat informiert worden war. Es sah ganz danach aus, als sei seine Liste nun auf zwei Kandidatinnen geschrumpft, Miss Elizabeth Turley und Lady Emily. »Können Sie mir sagen, ob Lady Emily Oakwood heute Abend zugegen ist?«

»Das ist sie in der Tat.« Lady Holland blickte zum anderen Ende des Ballsaales hinüber. »Ihre Mutter steht nicht weit vom Orchesterbalkon entfernt. Die Frau mit dem goldenen Turban und den weißen Federn.«

Geoff schaute in die Richtung, in die sie zeigte. »Dann werde ich Lady Emily nach diesem Tanz aufsuchen.«

»Vielen Dank.« Lady Holland schenkte ihm ein dankbares Lächeln. Dann führte sie ihn zu einer schrecklich schüchternen jungen Dame und sofort machte er sich daran, sie zu beruhigen. Dennoch musste erst ein Viertel des Tanzes vergehen, bevor das Mädchen – sie war eindeutig zu jung, um eine Ballsaison hinter sich zu haben – anfing, sich zu vergnügen. Als er sie zu ihrer Mutter zurückbrachte, war sie froh über den Anblick anderer junger Männer, die sich scharten, um ihr die Ehre zu erweisen.

Nach dem Tanz suchte er Lady Emily und ihre Mutter auf. Es dauerte nur ein paar Augenblicke, in denen sie überschwänglich von Bällen und anderen Veranstaltungen schwärmte, bis er dankbar darüber war, dass ihre Karte bereits voll war.

Geoff hätte gerne mehr Auswahl gehabt, doch wenigstens konnte er nun all seine Aufmerksamkeit auf Miss Turley richten. Diesmal konnte er sich die Dame nicht durch die Lappen gehen lassen.

Es standen noch ein paar Tanz-Sätze bevor, bis er mit ihr tanzen konnte, und er gestattete seiner Gastgeberin, ihn mit weiteren jungen Damen zu verkuppeln, die Partner brauchten, bis es endlich Zeit für den Supper-Tanz war.

Während er mit ansah, wie Miss Turley jeden Tanz-Satz des Abends tanzte, wurde ihm allmählich klar, dass er sich verdammt glücklich schätzen konnte, dass sie nicht schon einen Partner für den Supper-Tanz hatte. Ihr Bruder hatte recht. Sie war beliebt. Geoff würde gut daran tun, den Rat des Mannes zu befolgen und herauszufinden, welche Veranstaltungen sie besuchen würde, um sich Tänze zu reservieren, bevor andere Gentlemen ihm zuvorkommen konnten.

»Miss Turley.« Er verbeugte sich über ihrer Hand. »Mein Tanz, glaube ich.«

Sie lächelte höflich, aber nicht mit der Wärme, die er bei Lady Mary gegenüber dem unbekannten Gentleman vernommen hatte, und er spürte das Fehlen dieser Wärme. Könnte er sie dazu bringen, ihn so anzulächeln? Was würde er tun müssen, um das zu erreichen? »Das ist er in der Tat, Mylord.« Geoff führte sie auf die Tanzfläche und sie gingen in Position. Als er seine Hand auf ihre Taille legte, wollte er sie näher an sich heranziehen. Dann legte sie ihre Hand auf seine Taille und der leichte Druck wärmte ihn durch seine Kleidung hindurch. Seine Hand umhüllte ihre weitaus kleinere Hand regelrecht. Er wünschte sich, er könnte ihre Hand richtig berühren, Haut an Haut. »Ich habe mich schon den ganzen Abend auf diesen Tanz gefreut.«

Statt ihn voller Verehrung anzulächeln, gab sie ihm eine kühle Antwort mit einem höflichen Lächeln. »Danke, dass Sie das sagen. Sie sind wirklich freundlich.«

Irgendwie würde er einen Weg finden müssen, ihre Leidenschaft aufflammen zu lassen.

Auch Elizabeth hatte sich den ganzen Abend auf diesen Tanz mit ihm gefreut. Aus Gründen, die sie nicht erklären konnte, und trotz ihrer Bedenken ertappte sie sich dabei, wie sie sich zu ihm hingezogen fühlte. Sie sehnte sich danach, herauszufinden, wie es sich anfühlte, in seinen Armen zu liegen. Sie hatte allerdings nicht vor, Lord Harrington das mitzuteilen. Nur mit Mühe gelang es ihr, ihm gegenüber nicht mehr als höflich zu sein.

Ihre Taille erhitzte, als seine Hände sie festhielten, und sogar durch die Handschuhe hindurch spürte sie eine Verbindung. Er würde ein guter, wenn auch nicht der aufmerksamste Ehemann sein und sie wünschte sich, zu heiraten und Kinder zu bekommen. Wie einfach es wohl wäre, ihn dazu zu bringen, ihr einen Antrag zu machen? Aber war es nicht genau das, was sie an ihm nicht mochte? Seine Bereitschaft, ohne Liebe zu heiraten.

Dottys geflüsterter Rat erklang in Elizabeths Ohren.

Lass ihn um dich kämpfen. Wenn er deiner Beachtung würdig ist, muss er das auch unter Beweis stellen. Du verdienst einen Mann, der dazu bereit ist, dich zu lieben.

Ihre Freundin hatte recht und in ihrem Innersten wusste Elizabeth, dass sie ohne die Aussicht auf einen Liebesbund niemals glücklich werden würde.

Am Anfang der Saison war sie bereit dazu gewesen, es ihrem Vater recht zu machen, und hatte alles getan, um Lord Merton an sich zu binden. Jetzt aber beschloss sie, dass es sehr viel besser war, sich selbst zufriedenzustellen, als jemand anderen. Schließlich war sie diejenige, die mit dem Mann zu leben hatte, und einen Ehemann loszuwerden, war nahezu unmöglich.

Die Musik erschallte und sie wirbelten durch den Saal. Im Gegensatz zu manch anderen Gentlemen, die sie kannte, versuchte Lord Harrington nicht, sie während der Drehungen enger an sich zu ziehen. Bedeutete das, dass er sich nicht zu ihr hingezogen fühlte, oder war er bloß anständig?

»Sie tanzen ausgezeichnet«, sagte er.

»Das ist nicht schwer, wenn der Partner kompetent ist.« Elizabeth wusste, dass sie vom Thema ablenkte. Doch sie konnte nicht zulassen, dass er glaubte, er hätte sie für sich gewonnen, bevor er nicht auf irgendeine

Weise bewies, dass sie ihm auch über ihre Eignung hinaus etwas bedeutete.

Tatsächlich tanzte er außerordentlich gut. Sie fühlte sich federleicht, während er sie über die Tanzfläche führte. Seine Hand lag fest und bestimmt auf ihrer Taille und sie merkte, wie sie ihn näher an sich ziehen und sich an ihn schmiegen wollte. Bei keinem anderen Mann, nicht einmal Lord Merton, fühlte sie sich so ... warm.

Lord Harrington lächelte sie an und sie fragte sich, ob er wohl dieselbe Verbindung zwischen ihnen verspürte wie sie. Sie würde abwarten. Obwohl sie wusste, dass er es eilig hatte, eine Gattin zu finden, würde Elizabeth sich nicht hetzen lassen. Es handelte sich um einen Bund fürs Leben und sie konnte sich keinen Fehler erlauben.

Wieder einmal drehte sich ihre Unterhaltung um die Geschehnisse in Brüssel. Er erzählte ihr von einem Gespräch, das er am frühen Abend mit einem Freund geführt hatte, der in der Leibgarde war. Tatsächlich war sie ziemlich fasziniert von den Persönlichkeiten und Streitereien, an denen es scheinbar nicht fehlte.

Als er ihr eine Geschichte über einen preußischen Delegierten erzählte, die er gehört hatte, benutzte er mehrere deutsche Ausdrücke. Er schien kein bisschen überrascht, als sie ihm auf Deutsch antwortete, aber er lächelte, als hätte er darin Bestätigung für etwas gefunden.

»Wie viele Sprachen sprechen Sie?«, fragte er.

»Vier, einschließlich Englisch.« Sein Lächeln über ihre Antwort erinnerte Elizabeth an das ihrer

Gouvernante, wann immer sie sich besonders vorbildlich am Unterricht beteiligt hatte.

Trotzdem genoss sie es, mit ihm zu tanzen, und war nicht gefasst darauf, dass der Tanz plötzlich endete. Seine Hand verließ ihre Taille und mit ihr verschwand auch die ganze Wärme.

Nur allzu bald begleitete er sie zurück zu ihrer Tante.

»An welchen Bällen haben Sie vor, diese Woche teilzunehmen?«

»Um ehrlich zu sein, weiß ich das nicht. Meine Tante erhält immer die Einladungen und verschickt die Zusagen.«

Er wirkte beunruhigt und seine tiefblauen Augen fixierten ihr Gesicht. »Ich möchte um einen Tanz auf allen Bällen und allen anderen gesellschaftlichen Veranstaltungen, bei denen getanzt wird, bitten.«

Nur ein Tanz? Wenn er wirklich daran interessiert wäre, ihr den Hof zu machen, würde er doch sicherlich zwei verlangen. Das erinnerte sie daran, wie er ihrer Freundin *den Hof gemacht* hatte. Es war, als ob es ihm nicht wichtig genug war, mehr Tänze zu verlangen, wenn auch nur, um mehr Zeit mit der Dame zu verbringen, die er angeblich umwarb. Jeder Mann, den Elizabeth heiraten würde, müsste Freude daran haben, Zeit mit ihr zu verbringen, egal in welcher Form. Nichtsdestotrotz war es vielleicht immer noch mehr, als er zuvor verlangt hatte. »Wie Sie wünschen. Ich weiß nicht, welche noch frei sind.«

Er unterbrach den Gang zurück zu ihrer Familie. »Ich hätte gerne die Supper-Tänze, falls Sie diese noch frei haben.«

Sie schenkte ihm ein kleines Lächeln. »Wenn sie noch verfügbar sind, gehören sie Ihnen, Mylord.« Sie gesellten sich zu ihrem Bruder und ihrer Tante. Im Speisesaal angekommen, machte Gavin schnell einen Tisch für sie ausfindig. Er hielt seiner Tante einen Platz frei, während Lord Harrington Elizabeths Stuhl hervorzog.

Seit dem Abend, an dem ihre Cousine Lavinia versucht hatte, Lord Merton dazu zu bringen, Elizabeth zu kompromittieren, hatte ihr Bruder darauf bestanden, Elizabeth und ihre Tante zu ihren Veranstaltungen zu begleiten. Nicht, dass ihre Tante etwas damit zu tun hatte, was ihre Cousine angestellt hatte. Ihre Tante wäre entsetzt gewesen. Elizabeth konnte sich nicht vorstellen, dass Gavin sonderlich viel Spaß an diesen Abenden hatte, doch sie war ihm umso dankbarer. Sie fühlte sich sicherer, wenn er in der Nähe war. Vater würde es nie als seine Pflicht betrachten, sie zu begleiten, obwohl sie es war.

Als ihr Bruder und Lord Harrington aufstanden, um das Essen und die Getränke zu holen, lehnte ihre Tante sich zu ihr. »Wie läuft es mit Harrington?«

»Ich bin mir nicht sicher.« Sie schaute ihre Tante an und sprach mit gedämpfter Stimme, um nicht belauscht zu werden. »Noch nie hat sich ein Gentleman so darüber gefreut, dass ich Fremdsprachen spreche oder mich über Politik unterhalten kann. Wobei das wohl nicht verwunderlich ist, wenn man bedenkt, dass er bald Diplomat sein wird. Er hat daran gedacht, mich um einen Tanz auf jedem Ball und jedem Empfang zu bitten, mehr allerdings nicht.« Elizabeth war sich sicher, dass er dieselbe Verbindung verspürt hatte wie sie, er schien jedoch nicht gerade bemüht darum, noch mehr Zeit mit ihr zu verbringen. Sie war noch nie so verwirrt von dem Verhalten eines Gentlemans gewesen. »Ich werde daraus nicht schlau. Ich werde aus *ihm* nicht schlau.«

»Er ist wirklich ein Spätzünder«, sagte ihre Tante angewidert. »Es ist genau diese Art von Herumgetänzel, das ihn Lady Charlotte gekostet hat.«

»Ich denke, damit könntest du recht haben«, gab Elizabeth langsam zu, während sie darüber nachdachte, wie anders Lord Kenilworth ihre Freundin behandelte. Er wich kaum von ihrer Seite und wenn Charlotte mit anderen Männern tanzte, galt seine ganze Aufmerksamkeit ihr und keiner anderen. Merton und Rothwell hatten – und das taten sie noch immer – sich auf dieselbe Art und Weise gegenüber Dotty und Louisa verhalten.

Lord Harrington schien interessiert an Elizabeth. Und doch benahm er sich nicht wie jemand, der die Frau, die er gedachte zu heiraten, für sich beanspruchen wollte. Sie war sich sicher, dass mehr Zeit in ihrer Gesellschaft ermöglichen würde, dass sie einander näherkamen. Würde das sein Verhalten ändern oder würde sie einen Weg finden müssen, ihn von sich zu überzeugen? Oder war er sowieso nicht an *ihr* interessiert? Und wenn es nach ihr ginge, was würde sie tun? Sie wusste nicht, wie sie vorschlagen sollte, dass sie mehr Zeit miteinander verbringen sollten. Elizabeth war danach, die Hände über dem Kopf zusammenzuschlagen.

Gavin und Lord Harrington kehrten an den Tisch zurück, dicht gefolgt von einem Diener mit einem Tablett in der Hand, was ihrer Grübelei ein Ende setzte.

»Ihr Bruder war so freundlich, mir die Speisen zu zeigen, die Sie am meisten mögen.« Harrington lächelte sie an, während er sich neben sie setzte. »Ich hoffe, Sie sind damit einverstanden.«

Sie blickte auf die Teller, die gefüllt mit ihren Lieblingsgerichten und ausgewählten Makronen waren. »Aber natürlich bin ich das. Vielen Dank.«

»Es war mir ein großes Vergnügen.« Er lächelte noch einmal, bevor er sich einer Hummer-Pastete widmete.

Die Unterhaltung drehte sich – zum dritten Mal am heutigen Tage – um den bevorstehenden Kampf gegen Napoleon und die Schwierigkeiten, die Wellington damit hatte, seinen alten Stab und andere Offiziere wieder zu vereinigen.

»Ich habe gehört, sie wollen die Regimente so schnell wie möglich aus Amerika zurückholen«, sagte Elizabeth.

»Stimmt, das wollen sie.« Lord Harrington warf ihr einen weiteren anerkennenden Blick zu. »Aber ob sie rechtzeitig ankommen, sei dahingestellt. Und abgesehen davon sind zu viele blutige Anfänger unter ihnen.«

Sie hatte von einem von Gavins Freunden bei der Leibgarde erfahren, dass Wellington seine alte Armee aus dem Spanischen Unabhängigkeitskrieg zurückhaben wollte. »Immerhin ist das Friedensabkommen mit den Amerikanern unterzeichnet und je länger Napoleon in Paris bleibt, desto höher ist die Wahrscheinlichkeit, dass Wellington seine gewünschte Armee aufstellen kann.«

Lord Harrington wandte sich ihr zu. »Wie kommt es, dass Sie so bewandert sind?«

»Ich halte es für wichtig, informiert zu bleiben«, sagte Elizabeth. Ganz zu schweigen davon, dass auch ihre Freundinnen Louise und Charlotte Wert darauf legten, alles zu erfahren, was es über Politik und die Lage in Frankreich zu wissen gab. Sie hatten eine Menge Zeit damit verbracht, über die aktuellen Zustände und deren Bedeutung für England zu diskutieren.

Als Harrington Elizabeth dieses Mal anlächelte, erinnerte es sie fast an den Blick, den ihre Tanzlehrerin ihr immer dann zuwarf, wenn sie besonders gute Leistungen erbracht hatte. Großartig. Erst ihre Gouvernante, jetzt ihre Tanzlehrerin. Das war keine Reaktion, die sie sich von einem potenziellen Ehemann wünschte.

Tante Bristow erhob sich und sofort sprangen Gavin und Lord Harrington auf. »Es ist wirklich schön hier, aber es wird Zeit für uns, aufzubrechen.« Sie neigte ihren Kopf. »Mylord, ich denke, wir werden Sie bald wiedersehen.«

»Ich freue mich darauf, Mylady.« Er verbeugte sich vor Tante Bristow und nahm anschließend Elizabeths Hand. Ihr stockte der Atem, als ihre Finger bei seiner Berührung anfingen, zu kribbeln. »Bis morgen Abend.«

Sie knickste flüchtig. Immerhin hatte er diesmal ihre Hand genommen. Doch ihre Reaktion darauf war völlig maßlos angesichts der Tatsache, dass sie nicht einmal wusste, ob sie ihn mochte. Vielleicht hatte ihre Tante recht und er war wirklich bloß ein Spätzünder und wusste nicht, wie er sich ausdrücken sollte. »Bis dann, Mylord.«

Gavin begleitete sie und ihre Tante in die Eingangshalle. »Sieht aus, als liefe es gut.«

Seine Tante schnaubte. »War ja klar, dass ein Mann das glauben würde.«

»Ich verstehe nicht.« Er senkte seine Augenbrauen und durchbohrte sie mit seinem Blick. »Sie haben zusammen getanzt und er hat mit uns zu Abend gegessen. Was willst du mehr?«

»Zwei Tänze, mein Junge.« Seine Tante klapste ihm mit ihrem Fächer auf den Arm. »Und eine Einladung zu einer Spazierfahrt mit deiner Schwester.« Als Gavin noch immer nicht verstand, was sie meinte, seufzte sie. »Jeder Gentleman, der eine Lady ernsthaft umwirbt und die Absicht hat, sie zu heiraten, sollte weitaus mehr Zeit mit dem Objekt seiner Begierde verbringen.«

Nach ein paar Sekunden blitzte ein Leuchten in seinen Augen auf. »Darüber hatte ich noch gar nicht nachgedacht, aber du hast vollkommen recht.« Er half ihr in die Kutsche. »Ich komme heute erst spät nach Hause und morgen werde ich die Stadt für ein oder zwei Tage verlassen. Man sieht sich, wenn ich zurück bin.«

Tante Bristows ohnehin schon wuchtige Brust plusterte sich vor Entrüstung auf. »Du hast versprochen, Elizabeth zu unterstützen.«

»Und das werde ich.« Gavins Augen funkelten boshaft. »Vertraut mir.«

»Ich schätze, das müssen wir.« Elizabeth winkte, während sich die Kutsche in Bewegung setzte. Sie hoffte, ihr Bruder würde bald zurückkommen. Was führte er bloß im Schilde?

KAPITEL 6

Geoff verabschiedete sich von Miss Turley und machte sich auf den Weg zurück zu seiner Großmutter und seiner Cousine Apollonia.

Er war recht zufrieden mit dem Fortschritt, den er heute Abend mit Miss Turley gemacht hatte. Er war sich sicher, dass sie es zugelassen hätte, wenn er sie während des Walzers fester an sich gezogen hätte. Vielleicht würde er seine Vermutung bei ihrem nächsten Walzer auf die Probe stellen. Die Vorstellung, dass ihr Körper seinem noch näher wäre, gab ihm eine Erektion. Und selbst wenn er sich nicht entschied, jeglichen Anstand über Bord zu werfen, sollte er in den nächsten Tagen mit ihrem Vater sprechen, um die Hochzeit zu arrangieren.

Seine beiden älteren Familienmitglieder waren gerade in ein Gespräch verwickelt, als er an dem Sofa ankam, auf dem sie saßen.

Er wartete, bis Apollonia innehielt, um Luft zu holen, und sagte dann: »Soll ich euch nun nach Hause begleiten?«

Grandmammas schmale, silberne Augenbrauen zogen sich zusammen und sie blickte zu ihm empor. »Die Frage ist eher, ob du bereit bist, zu gehen. Die Nacht ist noch jung und du hast bloß mit einer Lady auf deiner Liste getanzt und das nur ein einziges Mal.«

»Wie sich herausgestellt hat, ist Miss Turley die
Dame, die ich heiraten will.« Er hatte nicht vor, seiner
Großmutter von der Abfuhr zu erzählen, die Lady Mary
ihm verpasst hatte. Abgesehen davon war er glücklich
mit seiner Wahl. »Sie gestattet mir auf jedem Empfang
dieser Woche einen Tanz.«

»Nur einen?« Cousine Apollonias Brauen sahen nun
aus wie Grandmammas. »Das klingt nicht gerade vielversprechend. Wenn die Lady an dir interessiert wäre,
hätte sie dir zwei Tänze gestattet.«

»Ich habe nur einen verlangt«, sagte er und versuchte,
die Entrüstung auf seinem Gesicht zu verbergen. Sowohl seine Cousine als auch seine Großmutter blickten
zur Decke. Was zum Teufel war ihr Problem? Und wie
irritierend war es bitte, dass sie auch noch genau gleich
reagierten? »Was hätte ich eurer Meinung nach sonst
tun sollen?«

Grandmamma stand auf und Apollonia tat es ihr einen Augenblick später gleich. »Wir wären dann so
weit.«

Geoff begleitete sie in die Halle, wo sie darauf warteten, dass ihre Kutsche hergefahren wurde. Seine beiden
Familienmitglieder tauschten sich über die Gerüchte
aus, die sie den Abend über aufgeschnappt hatten, bis
er ihnen schließlich in Großmutters Kutsche half. »Ich
gehe ab hier zu Fuß.«

»Du wirst mit uns mitkommen«, befahl Grandmamma, als würde sie mit einem bockigen Kind reden.

Einen Moment lang zog er es in Erwägung, ihr zu widersprechen, doch das würde nichts bringen. Er stieg in
die Kutsche und wählte den rückwärtsgerichteten Sitz.
Die Laternen im Inneren waren angezündet worden,

sodass er ihre Gesichtsausdrücke klar erkennen konnte. »Ich nehme an, du möchtest mit mir sprechen?«

»In der Tat, das möchte ich.« Seine Großmutter seufzte und schüttelte den Kopf. »Für diese Unterhaltung brauche ich allerdings ein Glas Sherry.«

Verflucht! Geoff konnte es nicht ausstehen, warten zu müssen. Was auch immer er getan hatte, um sie zu verärgern, er wollte es lieber früher als später aus der Welt schaffen. Aber ihrem Gesichtsausdruck nach zu urteilen, würde er seinen Willen nicht bekommen.

Kurz darauf saß seine Großmutter auf einem kleinen Sofa neben dem angezündeten Kamin im Salon. Cousine Apollonia ließ sich in einem Sessel neben dem Sofa nieder, weiter weg von der Hitze.

Geoff schenkte beiden Damen Sherry ein. Dann stand er, den Ellbogen auf den Kaminsims gestützt. »Scheinbar habe ich etwas getan, das dich verärgert hat.«

»Apollonia, Liebes, bitte schenke Harrington doch ein Glas Brandy ein – es sei denn, du hättest lieber Wein?«

»Brandy ist schon in Ordnung, aber ...«

»Und nimm doch Platz«, sagte seine Großmutter beißend. »Ich will nicht zu dir hochschauen müssen. Das bereitet mir Nackenschmerzen.«

Er ging vom Kamin zum Sofa ihr gegenüber und seine Cousine reichte ihm einen Kelch mit Brandy. »Ich würde mir wirklich wünschen, dass du mir sagst, was das alles soll. Ehrlich gesagt habe ich nämlich keinen Schimmer.«

»Das kann ich mir vorstellen.« Grandmammas Tonfall war noch trockener als zuvor. »Hast du nun beschlossen, Miss Turley den Hof zu machen, oder nicht?«

»Das habe ich. Ich bin gerade dabei, es zu tun.« Hatte er ihnen das nicht schon mitgeteilt? Warum hätte er sich sonst darum bemüht, dass sein Name auf ihren Tanzkarten für die nächste Woche stand?

»Ach wirklich, bist du das?« Eine von Großmutters Augenbrauen schoss hoch und ihr dunkler Blick durchbohrte ihn ein paar Sekunden lang, bevor sie schließlich sagte: »Du verhältst dich nicht so, als würdest du ihr den Hof machen.«

Er blickte zu seiner Cousine, aber traf dort nicht auf Unterstützung. Sie nahm einen Schluck Wein und fragte: »Hast du eine Kutschenfahrt oder einen Spaziergang mit ihr vereinbart?«

Geoff hatte den Drang, sich zu krümmen, aber er wusste nicht warum. »Nein. Das habe ich nicht.«

»Und du wirst auf jedem Ball nur ein einziges Mal mit der Lady tanzen und obendrein andere Damen zum Tanz auffordern?«, fragte Apollonia, als könnte sie nicht fassen, was sie gerade hörte.

»Natürlich.« Er wollte an seinem Halstuch zerren. Es hatte sich den ganzen Abend nicht so eng angefühlt. »Ich bin ein Gentleman. Es würde sich nicht schicken, andere Damen zu ignorieren. Ich verstehe nicht, worauf ihr beide hinauswollt.«

»Du hattest recht.« Seine Großmutter blickte zu Apollonia und schüttelte den Kopf. »Er ist nicht verliebt.«

»Ich muss leider sagen, dass das bereits deutlich wurde, als er nicht an ihrer Seite blieb.« Seine Cousine zog einen Schmollmund. »In die andere war er auch nicht verliebt.«

»Ich glaube, du hast recht. Wenn er heiraten will, braucht er eindeutig unsere Hilfe.«

Geoffs Kiefer begann zu schmerzen und er war es mehr als leid, die beiden über sich reden zu hören, als wäre er nicht anwesend. Schließlich stieß er hervor: »Hilfe. Bei. Was?«

Die Augen seiner Cousine weiteten sich. »Deiner Werbung um eine Frau, natürlich. Worüber sollten wir sonst reden?« Sie warf Grandmamma einen Blick zu und fuhr dann fort. »Es hat sich gezeigt, dass du keine Ahnung davon hast, wie man einer Frau erfolgreich den Hof macht.«

Seine Großmutter nickte. »In der Tat. Du stellst dich absolut katastrophal an.«

Er konnte nicht glauben, was er gerade zu hören bekam. »Wie bitte?«

»Gefällt dir das Mädchen überhaupt?«, warf ihm Cousine Apollonia entgegen.

Geoff hätte wissen müssen, dass selbst der Tonfall, mit dem er seine Überheblichkeit unterdrücken wollte, bei ihr nicht funktionieren würde. »Natürlich tut sie das.«

Er würde niemals in Betracht ziehen, eine Dame zu heiraten, für die er überhaupt nichts empfand. Er hatte sogar Miss Dingensham von der Liste gestrichen, weil er sie nicht heiraten wollte. Und er war froh – oder eher erleichtert – als Lady Mary ihn abwies. »Man muss sich mit seiner Ehefrau gut verstehen.«

»Aber du liebst sie nicht.« Der Tonfall seiner Cousine strotzte vor Abscheu.

»Ich verstehe nicht, was Liebe mit der Ehe zu tun hat.« Geoff konnte eine ganze Reihe von Paaren nennen, die aus Liebe geheiratet hatten und unglücklich waren. Er

würde sich dafür entscheiden, keine miserable Ehe zu
führen.

»Du würdest wissen, wovon du sprichst, wenn du verliebt wärst. So oder so«, die Finger seiner Großmutter
zitterten, »du brauchst Hilfe und wir haben beschlossen, dir unter die Arme zu greifen.«

»Aber nur solange«, seine Cousine verengte unheilvoll
die Augen, »du die Lady auch magst.«

»Nun, das tue ich.« Er nickte entschlossen. »Wir passen äußerst gut zusammen. Sie spricht alle für eine
Diplomatengattin erforderlichen Sprachen, sie ist eine
ausgezeichnete Reiterin«, jedenfalls ihrem Bruder zufolge, »sie kann eigenständig eine Kutsche fahren und
sie kennt sich hervorragend mit den Geschehnissen in
England und Europa aus. Außerdem will sie verreisen.«

»Oh, Grundgütiger.« Er hätte schwören können, dass
Apollonia die Augen verdrehte. »Aber empfindest du
denn etwas für Miss Turley?«

Geoff dachte einen Moment lang darüber nach. Er
musste sie wohl mögen. Schließlich genoss er die Gesellschaft von Miss Turley noch mehr als die von Lady
Charlotte. Er wollte sie sogar küssen. Naja, mehr als nur
küssen. Er hatte ein starkes Verlangen danach, sie
nackt in seinem Bett zu sehen, mit all ihren langen
blonden Locken um sie herum. Er hatte noch nie zuvor
solch ein Verlangen nach einer Frau verspürt. »Ja. Ja,
das tue ich.«

Seine Großmutter und seine Cousine warfen sich Blicke zu. Schließlich sagte Grandmamma: »Gib ihm die
Liste.«

Cousine Apollonia stand auf, ging zu einem kleinen
Schreibtisch aus Kirschholz mit einer mit braunem

Leder und Gold verzierten Schublade, zog ein Stück Papier heraus und reichte es ihm. »Halt dich ausnahmslos an diese Anweisungen.«

»Wenn du es nicht tust«, fügte Grandmamma in einem schicksalhaften Ton hinzu, »wird es dir nicht gelingen, um Miss Turleys Hand anzuhalten.«

Geoff las das Papier, das seine Cousine ihm gegeben hatte. Beide Seiten waren gefüllt mit Dingen, von denen seine beiden Verwandten dachten, dass er sie tun sollte. Das Umwerben einer Dame konnte doch nicht so zeitaufwändig sein.

Weiche ihr den ganzen Abend nicht von der Seite, auch wenn sie mit anderen tanzt.

Oder albern.

Starre andere Gentlemen zornig an, damit sie wissen, dass du dich für sie entschieden hast.

Es dauerte einige Sekunden, bis ihm eine höfliche Art einfiel, seiner Großmutter zu sagen, was er von ihren Vorschlägen hielt. »Mit anderen Worten, ihr wollt, dass ich mich vollkommen zum Narren mache?« »Nein.« Grandmamma nahm einen großen Schluck von ihrem Sherry. »Wir möchten, dass du deine Lady für dich gewinnst.«

»Wenn du *verliebt* wärst«, sagte Cousine Apollonia in einem Tonfall, den man bei einem begriffsstutzigen Kind anwenden würde, »würdest du jeden Punkt auf dieser Liste ohne Widerrede befolgen. Man würde dir nicht einmal sagen müssen, was zu tun ist.« Geoff machte den Mund zu. Das war völlig unglaubwürdig. Was dachten sie sich nur dabei? »Ihr wollt, dass ich vorgebe, verliebt zu sein?«

»Nein, wir wollen, dass du Miss Turley anständig den Hof machst.« Grandmamma stand von ihrem Platz auf. »Komm, Apollonia, wir haben alles getan, was in unserer Macht steht. Jetzt ist es an Harrington. Wenn er Miss Turley verliert, so wie er schon Lady Charlotte verloren hat, ist er selbst schuld. Wie viel Zeit bleibt dir, um die Lady davon zu überzeugen, dich zu heiraten?«

»Zwei oder drei Wochen. Ich verstehe allerdings nicht, was daran so schwer sein soll.«

Seine Cousine nuschelte etwas von wegen »zum Glück zwingen«, als die Damen den Salon verließen.

Geoff sah sich noch einmal die Liste an.

Schicke der Lady eine Nachricht und bitte sie darum, eine Spazierfahrt mit dir zu unternehmen.

Bitte stets um zwei Tänze.

Das war in Ordnung. Eine Spazierfahrt mit einer Lady zu unternehmen ließ einen Mann nicht albern aussehen. Viele Gentlemen drehten mit Ladies Runden im Park. Damen mochten es, sich beim Nachmittagsspaziergang zu zeigen. Und er musste sowieso noch seinen neuen Klopphengst probereiten.

In demselben Schreiben könnte er um einen zweiten Tanz bitten. Er würde ihr gleich morgen früh eine Nachricht schicken. Aber er wollte verdammt sein, wenn er die restlichen Ratschläge seiner Großmutter und seiner Cousine befolgte. Er würde dabei aussehen wie der letzte Lackaffe.

Der Butler reichte ihm seinen Hut und Gehstock und öffnete dann die Tür. »Guten Abend, Mylord.«

»Danke, Gibson.« Er hatte bereits die Hälfte der Strecke seines Heimwegs hinter sich gebracht, als er anfing, sich Gedanken darüber zu machen, warum seine Großmutter und seine Cousine so sehr darauf bestanden, dass er Miss Turley liebte oder zumindest imstande war, sie zu lieben. War nicht Vereinbarkeit wichtiger als Liebe? Demnach zu urteilen, was er über Liebesehen wusste, waren diese chaotisch und unverlässlich und verursachten nicht selten großen Herzschmerz. Immer war das entsprechende Paar entweder auf dem Höhenflug der Liebe oder völlig am Boden zerstört. Es schien kein Mittelmaß zu geben. Keinen Raum für Kompromisse.

Er wusste genau, dass die Ehe seiner Großeltern arrangiert worden war. Sie schienen recht glücklich miteinander zu sein. Jedenfalls bis sein Großvater starb. Deshalb ergab es keinen Sinn, dass seine Großmutter ihm derart in den Ohren lag, dass er sich verlieben müsse. Er wollte keine Vermutungen darüber wagen, was Apollonias Absichten hinter dem Ganzen waren. Wahrscheinlich wollte sie einfach seiner Großmutter helfen.

Auf ihn jedenfalls wirkte Miss Turley ruhig und intelligent. Bestimmt würde sie ihm zustimmen, dass Liebesehen ganz und gar nicht begehrenswert waren. Aus irgendeinem Grund ließ ihn der Gedanke nicht los. Würde sie, das fragte er sich, seiner Großmutter Recht geben statt ihm? Wollte oder erwartete sie eine Liebesheirat?

Er gab sich einen Ruck. Auf keinen Fall würde er sie das fragen. Das würde das Schicksal herausfordern und er konnte gerade nichts und niemanden gebrauchen, das oder der ihm im Weg stand.

In seinen Gemächern angekommen, warf Geoff die Liste auf seinen Schreibtisch, schenkte sich ein Glas Wein ein und stürzte es hinunter. Er beäugte das Stück Papier, das seine Großmutter ihm gegeben hatte, und hätte es gerne ins Kaminfeuer geworfen, doch es war ein warmer Abend und der Kamin war nicht angezündet.

Morgen würde er sein Werben um Miss Turley wiederaufnehmen. Er hatte nicht die geringsten Zweifel, dass er bis zum Ende der Woche verlobt sein würde.

Geoff stand am nächsten Morgen früh auf, noch immer erfolgssicher. Statt sich eilig aufzumachen, um Miss Turley zu schreiben, frühstückte er gemächlich und trank zwei Tassen Tee. Erst danach schlenderte er in seinen Salon und setzte sich an seinen Schreibtisch, um die Nachricht an Miss Turley zu formulieren.

Es war wichtig, dass seine Bitte nicht wie ein Nachgedanke herüberkam. Schließlich hatte er wirklich nie darüber *nachgedacht*, einen zweiten Walzer zu verlangen, bis seine Großmutter und seine Cousine ihn darauf hingewiesen hatten. Dass sie erwarten würde, um zwei Tänze gebeten zu werden, wenn er ihr ernsthaft den Hof machte. Er musste darauf achten, den richtigen Ton zu treffen. Er wollte nicht verzweifelt wirken – auch wenn er es war.

Verdammt, er hoffte wirklich, dass sie noch einen Tanz für ihn frei hatte.

KAPITEL 7

Am Morgen nach dem Ball blieb Elizabeth im Bett liegen und dachte über die vergangene Nacht nach. Genauer gesagt über Lord Harringtons Verhalten. Verhielt er sich wirklich so flatterhaft, wie ihre Tante es behauptet hatte, oder wusste er einfach nicht, wie man einer Lady den Hof machte? Und was hatte das zu bedeuten? Sie hatte den Eindruck, dass jeder Gentleman, dem sie während der Saison begegnet war, genau wusste, was er zu tun hatte, sobald er etwas für eine Lady empfand.

Es sei denn, er empfand nichts. Das brachte sie auf den Gedanken zurück, den sie hatte, als er zum Tee vorbeikam. Er würde wahrhaftig jede Lady heiraten.

Sie lauschte ihrer Zofe, die sich im Ankleidezimmer an die Arbeit machte. Die Tür wurde geöffnet, und eines der Dienstmädchen entfachte das Feuer. Bald würde es Zeit für sie sein, aufzustehen. Ihre Tante hielt nichts davon, bis zehn Uhr zu frühstücken.

Elizabeth blendete die Geräusche des langsam wach werdenden Hauses aus und ging wieder in sich.

Nein, nicht *jede* Lady. Die Frau, die er heiraten würde, musste bestimmte Voraussetzungen erfüllen, die über die üblichen Forderungen nach edler Abstammung, Familie und Charakter hinausgingen. Dieser verdammte Mann hatte sie praktisch verhört. Aber das bedeutete nicht, dass er die Lady, die er heiratete, auch lieben würde. Nur, dass die Frau, für die er sich entschied, eine Rolle zu erfüllen hatte, die für seine Stelle bei Sir Charles unerlässlich war.

Die ach so wichtige Stelle bei Sir Charles.

Wenn das alles war, was Lord Harrington wollte, dann konnte Elizabeth nicht damit leben, bloß eine Nebenrolle in seinem Leben zu spielen. Sie wollte und verdiente einen Ehemann, der sie liebte. Auch wenn sie sich dafür weigern müsste, den einzigen Gentleman, der ihr Interesse geweckt hatte, zu heiraten – die Liebe war wichtiger.

Sie zog die Vorhänge ihres Himmelbetts auf und schwang ihre Beine über die Bettkante. Ihr Vater wäre wütend auf Elizabeth, wenn sie Lord Harrington abweisen würde, aber vielleicht würde ihre Tante sie bei sich aufnehmen. Für die Tochter ihrer Zwillingsschwester würde sie so etwas doch bestimmt tun.

Es gab kaum etwas, was Vater tun konnte, um Elizabeth zu zwingen, einen Mann zu heiraten, der sie nicht liebte. Nicht, wenn ihre Tante auf ihrer Seite war. Vielleicht würde sogar Gavin sie unterstützen.

Eine Stunde später waren sie und ihre Tante gerade dabei, ihren Tee auszutrinken, als Broadwell das Frühstückszimmer mit einem Silbertablett betrat. »Ein Bote hat einen Brief für Miss Elizabeth gebracht.«

Tante Bristow streckte die Hand aus. »Geben Sie ihn mir.«

Elizabeth wartete mit gespielter Geduld, während ihre Tante die Nachricht öffnete und las. Dann reichte ihre Tante sie weiter an Elizabeth. »Harrington möchte, dass du ihn heute Nachtmittag auf eine Kutschenfahrt begleitest. Und er hat um einen zweiten Tanz auf dem

Ball heute Abend gebeten. Äußerst anständig«, ihre Tante lächelte, »und unerwartet.« Sie überflog die Nachricht.

Meine liebe Miss Turley,

es ist mein größtes Verlangen, dass Sie heute Nachmittag um fünf Uhr eine Kutschenfahrt mit mir unternehmen. Außerdem ist es mein Wunsch, dass mir heute Abend zwei Tänze mit Ihnen gestattet werden. Es war nachlässig von mir, den zweiten Tanz nicht früher erbeten zu haben.

Ihr ergebener Diener,

Harrington

Tja. Was sollte sie von diesen Einladungen halten? Sie blickte zu ihrer Tante. »*Das* ist mal eine Überraschung.« »Mich wundert bloß, dass er nicht früher auf die Idee kam.« Tante Bristows bitterer Tonfall brachte Elizabeth zum Grinsen. Ihre Tante sah Broadwell an. »Wartet Seine Lordschaft auf eine Antwort?«

»Ja, Mylady. Ich habe den Burschen zum Tee in die Küche geschickt, während Miss Elizabeth eine anfertigt. Soll ich jetzt schon nach ihm rufen lassen?«

»Auf keinen Fall«, sagte ihre Tante. »Miss Elizabeth soll zu Ende frühstücken. Dann, und nur dann, wird sie ihre Antwort verfassen.«

»Ja, Mylady.« Der Butler verbeugte sich.

Bevor er das Zimmer verließ, sagte Elizabeth: »Bitte geben Sie dem Boten auch etwas Toast oder Kekse.«

»Ich bin mir sicher, dass Cook sich um ihn kümmert, Miss. Soll ich Ihnen noch eine Kanne Tee bringen?«

Der Gesichtsausdruck des Butlers blieb teilnahmslos, aber sie meinte, das Zucken eines Mundwinkels bemerkt zu haben. »Ja, bitte.«

»Mir ist klar geworden«, sagte ihre Tante, »dass Harrington wohl mit der Erwartung aufgewachsen ist, dass all seine Wünsche jederzeit erfüllt werden. Er wird noch anständig erzogen werden müssen, wenn ihr heiraten und glücklich werden wollt.«

»Ich bin heute Morgen zu genau dem gleichen Schluss gekommen.« Sie legte ihre Finger auf die Hand ihrer Tante. »Ich danke dir.«

»Ich hätte dich aufnehmen sollen, als deine Mutter starb. Ich bereue, dass ich es nicht getan habe.« Ihre Tante presste die Lippen zusammen und starrte auf die gegenüberliegende Wand. »Elizabeth, was auch immer passiert, du wirst bei mir immer ein Zuhause haben.«

»Dankeschön«, sagte Elizabeth und war heilfroh, dass ihre Wünsche sich erfüllt hatten. »Du kannst dir nicht vorstellen, wie viel mir das bedeutet.« Ihre Tante schenkte ihr ein verlegenes Lächeln. »Oh, ich denke, das kann ich.«

Erst als eine weitere halbe Stunde vergangen war, ging Elizabeth in den kleinen Salon, um ihre Zusage zu verfassen. Auch wenn Lord Harrington mit seiner Einladung zu einer Spazierfahrt gute Sitten an den Tag gelegt hatte, gab es keinen Grund, übereifrig zu erscheinen.

Sie nahm sich Zeit, um ihre Schreibfeder instand zu setzen und ihre Sätze zu formulieren. Schließlich

beschloss sie, sich kurz zu halten und es auf den Punkt
zu bringen.

Lieber Lord Harrington,

*es wäre mir eine Freude, heute Nachtmittag mit Ihnen
spazieren zu fahren.*
*Sie dürfen mich fünf Minuten vor der vollen Stunde ab-
holen.*

Gruß,

E. Turley

Sie las den Brief noch einmal, streute Sand darüber,
versiegelte ihn und rief nach Broadwell. Ihre Antwort
auf seine Bitte um einen zweiten Tanz könnte bis zu ihrer Kutschenfahrt heute Nachmittag warten.

Ein paar Augenblicke später betrat der Butler den Salon. »Ja, Miss?« Sie hielt ihm die Nachricht entgegen.
»Sie können dies Lord Harringtons Boten übergeben.«

Er verbeugte sich und Elizabeth blickte auf die Uhr.
Es war kaum eine Stunde vergangen, seit seine Einladung eingetroffen war. »Es hat keine Eile.«

Sofort verlangsamten sich Broadwells Schritte auf
die Geschwindigkeit einer Schildkröte.

»Wie Sie wünschen, Miss.«

An diesem Nachmittag zog Elizabeth ihr neues Kutschenkleid an, das fast dieselbe Farbe hatte wie ihre Augen. Lord Harrington traf genau fünf Minuten vor der
vollen Stunde ein. Als sie die Treppen hinunterlief, ließ

sie sich Zeit, um zu bewundern, wie seine preußisch-blaue Jacke aus feinstem Wollstoff seine breiten Schultern zur Geltung brachte. Seine Weste war blau-weiß gestreift und mit dünnen Goldfäden verziert, die zu dem goldenen Schimmer seines Haars passten. Seine Hosen schmiegten sich um seine wohlgeformten Beine, und sogar aus der Distanz konnte sie ihr Spiegelbild in seinen hochpolierten Stiefeln erkennen. Abgesehen von einer goldenen Anstecknadel waren seine einzigen Schmuckstücke ein Monokel und eine Taschenuhr. Kurz gesagt, dieser Mann ließ nichts zu wünschen übrig.

Nur bei seinem Interesse an ihr war sie sich nicht ganz sicher. Mit etwas Glück würde sie nach diesem Nachmittag mehr wissen.

»Miss Turley.« Er verbeugte sich und sie knickste, als er ihr den Arm entgegenstreckte. »Ich bin hocherfreut, dass Sie meine Einladung angenommen haben.«

»Es freut mich, dass Sie gefragt haben.« Sie lächelte breit genug, um ihm zu zeigen, dass sie zufrieden war, aber nicht genug, um ihn glauben zu lassen, dass er sie für sich gewonnen hatte. *Er* mochte es eilig haben, zu heiraten, aber sie war entschlossen, sich zu vergewissern, dass er sie liebte oder lieben konnte, bevor sie einen solch endgültigen Schritt machte.

»Kommen Sie.« Er legte ihre Hand auf seinen Arm. »Ich möchte Ihnen meinen neuen Phaeton zeigen. Er wurde speziell für die raueren Straßen des Kontinents entworfen.«

Überglücklich und in fast kindlicher Manier wies er sie auf all die Eigenschaften hin, die an der Kutsche verändert worden waren. »Wie Sie sehen können, ist er sehr viel stabiler als ein üblicher Phaeton.«

»Ihr Kutschenbauer hat gute Arbeit geleistet.« Elizabeth hingegen interessierte sich eher für das abgestimmte Paar Belgischer Kaltblüter, deren Fell fast blau war. Sie streichelte ihnen über die Nüstern, und die Tiere schnaubten in ihre Hand. »Was bist du für ein Hübscher«, flüsterte sie einem der Pferde zu. Zu Lord Harrington sagte sie: »Ich habe noch nie einen Brabanter in dieser Farbe gesehen. Wie heißt er?«

»Roan Blue.« Sein Grinsen wurde noch breiter. »Sie sind nicht weit verbreitet.«

»Das sind sie wahrlich nicht.« Das Zugpferd knabberte an ihrer Haube und sie lehnte sich ein wenig zurück, um den Hut aus seiner Reichweite zu nehmen, dann streichelte sie ihm die Nüstern. »Werden Sie diese netten Gefährten auch mitnehmen?«

Er streckte seine Hand aus und rieb eines der Pferde zwischen den Ohren. »Jawohl, das werde ich. Ich werde Pferde brauchen, die nicht schnell ermüden.«

Allen Erzählungen zufolge, die Elizabeth gehört hatte, ließ man sein Vieh auf dem Kontinent nicht einfach an der Poststation stehen. Nicht, wenn man die Pferde behalten wollte. Und wegen des Krieges waren die Straßen in schlechter Verfassung und machten das Reisen unbequem. »Demnach zu urteilen, was ich über die Zustände der Straßen gehört habe, werden sie sich gut eignen.«

»Auch ich kam zu diesem Schluss.« Noch immer grinsend half er ihr in die Kutsche.

Nachdem er sich auf der anderen Seite der Kutsche eingefunden hatte, trieb er die Pferde in Richtung des Parks an.

Schon bald verlief ihre Unterhaltung wieder nach dem üblichen Muster und sie diskutierten über Politik. Als Elizabeth versuchte, das Gespräch in eine andere Richtung zu lenken, etwa die neuesten Stücke am Theater oder in der Oper, wechselte er das Thema wieder zu Europa. Sogar als sie mit ihrer Kutsche mitten im Park angelangt waren, machte er kaum Halt, um Freunde und Bekannte zu grüßen. Kein einziges Mal fragte er nach ihren Vorlieben und Abneigungen, außer, wenn er irgendwelche Annahmen über sie bestätigt wissen wollte. Er erwähnte nicht einmal seine Bitte um einen zweiten Tanz. An diesem Punkt beschloss Elizabeth, dass, wenn er es nicht ansprach, sie es auch nicht tun würde.

Als Lord Harrington wieder auf ihr Haus zusteuerte, verstand Elizabeth genau, was Charlotte damit gemeint hatte, dass er zu selbstsicher sei. Lord Harrington war vielleicht einer der ansehnlichsten Männer, die sie jemals kennengelernt hatte, aber trotz der körperlichen Erregung, die sie verspürte, wenn sie in seiner Nähe war, hatte er noch einen langen Weg vor sich, bevor Elizabeth das Gefühl hatte, einen Heiratsantrag von diesem Mann annehmen zu können.

An diesem Abend tanzte sie einmal mit ihm und an den beiden folgenden Abenden auch jeweils einmal. Die Walzer mit ihm waren alles, was eine Dame sich nur erhoffen konnte. Ihre Mitte erwärmte sich und entfachte kleine Flammen an den Stellen, wo er sie berührte. Sie fühlte sich federleicht, während er sie über die Tanzfläche führte. Elizabeth war etwas enttäuscht, dass er nicht versuchte, sie während der Drehungen enger an sich zu ziehen, doch das hätte sie ihm verzeihen können, wenn er wenigstens versucht hätte, sie kennenzulernen. Aber das hatte er nicht, und sie machte kaum Forstschritte dabei, ihn als Mann und nicht als angehenden Diplomaten kennenzulernen.

Wenn er seine Herangehensweise nicht bald ändern würde, dann konnte sie gleich aufs Land zurück reisen und darauf warten, dass die Vorsaison begann.

Ein paar Tage später betrat Tante Bristow den Frühstückssalon des Turley Hauses mit einer Karte in der Hand. »Du wirst niemals glauben, wozu wir eingeladen wurden.«
Elizabeth versuchte zu erkennen, von wem die Karte war, aber ihre Tante fuchtelte zu sehr herum. »Ich habe keinen blassen Schimmer.«

»Ein End of Season-Frühstück in Stanwood House«, sagte ihre Tante mit aufgeregter Stimme.

»Ein End of Season-Frühstück?«, wiederholte sie. »Davon habe ich noch nie gehört.«

»Ich genauso wenig. Ich glaube, es ist ein Vorwand, aber ich habe keine Ahnung, für was. Aber ich weiß aus sicherer Quelle«, womit sie meinte, dass ihr Dienstmädchen wieder getratscht hatte, »dass Lady Charlotte und Kenilworth bald heiraten werden. Und da Lady Merton und die Duchess of Rothwell wieder in der Stadt sind, halte ich das Gerücht für wahr.« Ihre Tante nahm die Tasse Tee entgegen, die Elizabeth ihr reichte. »Ich verstehe überhaupt nicht, wieso niemand aus dieser Familie mit der Heirat warten kann.«

Weil sie verliebt sind und ihnen mehr daran liegt, ein gemeinsames Leben zu beginnen, als eine große Sache daraus zu machen.

Sie war sich sicher, dass ihre Tante recht hatte und die Hochzeit ihrer Freundin bald stattfinden würde. Wäre nicht noch eine Anprobe bei ihrer Modistin vonnöten gewesen, wäre sie auf direktem Wege nach Stanwood House gefahren. Doch unter diesen Umständen würde sie Charlotte erst heute Nachmittag besuchen können, zusammen mit Dotty und Louisa.

»Elizabeth«, Charlotte begrüßte Elizabeth mit einem Kuss auf die Wange. »Wie geht es dir?«

»Ich kann nicht klagen.« Sie ließ die leuchtenden Wangen ihrer Freundin und das Funkeln in ihren Augen auf sich wirken. »Ich würde dich ja fragen, wie es dir ergeht, aber du siehst aus, als würdest du im siebten Himmel schweben.«

»Das kann man so sagen.« Charlotte grinste. Elizabeth war überaus erfreut. Ihre Freundin hatte noch nie glücklicher ausgesehen.

Nachdem auch Dotty und Louisa Elizabeth umarmt hatten, reichten sie sich Champagner-Gläser und machten es sich auf dem Sofa bequem.

Elizabeth lächelte breit und sah Charlotte an. »Ich hatte mich schon gefragt, ob dein ursprünglicher Plan, mit der Heirat bis zum Sommer zu warten, noch steht.«

Ihr stieg eine leuchtende Röte in die Wangen. »Ich habe festgestellt, dass ich im Gegensatz zum Rest meiner Familie nicht länger warten kann. Es sind immer noch ein paar Wochen in dieser Saison übrig. Hast du irgendwelche Aussichten?«

»Ich habe einen Gentleman ins Auge gefasst«, sagte Elizabeth zögerlich, wissend, dass Lord Harrington in diesen Kreisen nicht gern gesehen war. »Und seitdem du nicht mehr auf dem Markt bist, hat er mich ebenfalls im Visier.«

»Harrington.« Charlotte presste die Lippen zusammen und ihre Mundwinkel neigten sich nach unten. Elizabeth nickte und war sich nicht sicher, ob sie hören wollte, was ihre Freundin zu sagen hatte. »Du musst ihn auf die Probe stellen, bevor du einwilligst, ihn zu heiraten. Er ist viel zu überzeugt von sich selbst.«

Das war er in der Tat. Genau das hatte Elizabeth sich schon gedacht. Er hatte Charlotte auf dieselbe Art behandelt. Oder hatte er das gar nicht? Schließlich war er mehrere Wochen lang fort gewesen und gerade erst zurückgekehrt. »Ich bin geneigt, dir zuzustimmen. Jedenfalls war er in der Vergangenheit sehr überzeugt von sich selbst. Es war ein kleiner Schock für ihn, als er erfahren hat, dass du mit einem anderen Gentleman verlobt bist.«

»Ich hoffe, du hast recht.« Charlotte warf ihr einen zweifelnden Blick zu. »Wie verhält er sich denn dir gegenüber?«
Wie sollte sie das erklären? »Er ist auf eine seltsam kühle Weise aufmerksam.« Elizabeth erzählte ihr von dem einen Tanz pro Veranstaltung und der einzigen Kutschenfahrt. »Ich habe oft das Gefühl, als wäre ich bei einem Vorstellungsgespräch. Er fragt mich nie nach meinen Interessen. Wenn ich irgendetwas Persönliches oder allein schon das Theater oder so etwas an-

spreche, wechselt er das Thema wieder zu seiner Stelle bei Sir Charles. Ich weiß einfach nicht, was ich mit ihm anfangen soll.«

»Bring ihn dazu, dir zu zeigen, dass es ihm wichtig ist«, sagte Louisa auf ihre unverblümte Art. »Und lass nicht zu, dass er dein Herz bricht.« Genau das war es, worüber Elizabeth sich Sorgen machte. Sie fühlte sich so sehr zu ihm hingezogen, dass sie Angst hatte – und das obwohl sie ihr Bestes tat, ihm unvoreingenommen entgegenzutreten – sich womöglich in Lord Harrington zu verlieben. Wenn er ihre Wertschätzung nicht erwiderte, würde sie sich am Ende elend fühlen. »Das Frustrierende ist, dass ich liebend gerne das Leben führen würde, das er zu bieten hat. Aber ich kann keinen Mann heiraten, den ich nicht liebe oder lieben kann.«

»Das solltest du auch nicht«, sagte Charlotte. »Vertrau mir, wenn ich dir sage, dass es nichts Besseres gibt, als einen Gentleman zu lieben und diese Liebe von ihm erwidert zu wissen. Ich könnte mir nicht vorstellen, den Geschlechtsakt mit einem Mann zu vollziehen, den ich nicht liebe.«

»Geschlechtsakt?« Elizabeth war sich nicht ganz sicher, was ihre Freundin damit meinte.

»Oh, Schätzchen«, seufzte Dotty. »Hat dir noch nie jemand erzählt, was zwischen einem Mann und einer Frau vor sich geht?«

Elizabeths Cousine Lavvie hatte ein paar unterschwellige Andeutungen gemacht, aber demnach zu urteilen, was ihre Cousine gesagt hatte, war es schrecklich und schmerzhaft. Da ihre Cousine die Stadt verlassen hatte und vielleicht niemals zurückkehren würde, wusste sie noch immer nicht, was zwischen einem

Mann und einer Frau geschah. Ihre Tante darauf anzusprechen, stand außer Frage. »Nicht direkt.«

»Das hatte ich schon befürchtet. Ich habe es mehr oder weniger unabsichtlich herausgefunden, aber als Dominic und ich ...« Eine zarte Röte stieg in Dottys Wangen. »Sagen wir mal, ich war froh darüber, dass ich Bescheid wusste.« Dotty blickte zu Louisa.

»Ja, nun.« Louisa errötete ebenfalls. »Grace hat es mir erzählt und das hat sehr geholfen.«

»Wenn niemand etwas dagegen hat«, Dotty schaute zu Charlotte und Louisa, die ihren Kopf schüttelten, »werden wir dir sagen, was du zu erwarten hast.«

Die nächsten Minuten erwiesen sich als aufschlussreicher, als Elizabeth es je für möglich gehalten hätte. Wer hätte gedacht, dass Männer und Frauen so ... so intim sein konnten?

»Der Mann dringt wirklich in den Körper der Frau ein?«

»Warst du schon einmal in Lord Elgins Museum?«, fragte Dotty.

Elizabeth verstand nicht, was seine Marmorstatuen mit all dem zu tun hatten. »Ja, meine Cousine hat mich am Anfang der Saison dorthin mitgenommen.« Louisa schürzte die Lippen und zog die Augenbrauen zusammen. »Ist dir aufgefallen, dass die männlichen Statuen so ein hängendes Stück zwischen den Beinen haben?«

Elizabeth erinnerte sich daran, dass es ihr tatsächlich aufgefallen war und sie ihre Cousine danach gefragt hatte, aber Lavvie hatte sie nur durch die Ausstellung gehetzt, ohne zu antworten. »Ja.«

»Das wird noch viel größer«, sagte Dotty. »Und damit wird er in dich eindringen.« Elizabeth machte den

Mund auf, um zu fragen, wo genau, als ihre Freundin fortfuhr. »In die Stelle, aus der du während deiner Regel blutest.« Sie musste entsetzt ausgesehen haben, denn Louisa fügte schnell hinzu: »Es tut nur einmal weh, danach ist es wirklich sehr vergnüglich.« Dotty beruhigte Elizabeth, indem sie noch ein paar andere Dinge anführte, die sie von ihrem potentiellen Ehemann erwarten konnte. Manche von ihnen konnte sie sich nur schwer vorstellen. »Er wird seine Zunge wirklich *da* hineinstecken?«

Die beiden verheirateten Ladies nickten und Charlotte wurde knallrot.

Als sie fertig waren, runzelte Dotty die Stirn. »Hast du noch Fragen?«

»Gerade nicht.« Soweit Elizabeth es einschätzen konnte, waren ihre Freundinnen bei ihren Erklärungen ziemlich direkt gewesen. »Danke. Jetzt weiß ich, wie ich vorgehen muss.«

Und selbst wenn nicht, hatte sie diese Unterhaltung wenigstens davon überzeugt, sich zu vergewissern, dass Lord Harrington – oder wen auch immer sie heiratete – sie vor der Heirat liebte.

KAPITEL 8

Elizabeth kam genau dann zu Hause an, als Gavin gerade mit einem Gentleman vorfuhr, den sie noch nie zuvor gesehen hatte. Ein äußerst gutaussehender Gentleman noch dazu. Sein Haar war zobelbraun und genauso gelockt wie das von Elizabeth. Als ihr Bruder etwas sagte, funkelten seine hellgrünen Augen. Seine Nase bog sich wie der Schnabel eines Adlers, seine Lippen waren wohlgeformt und sein Kinn war kräftig, aber nicht kantig. Wenn er lächelte, was er scheinbar ziemlich oft tat, kam auf seiner rechten Wange das herrlichste kleine Grübchen zum Vorschein.

Doch trotz seines zweifellos guten Aussehens fühlte sie sich nicht in gleicher Weise zu ihm hingezogen wie zu Lord Harrington. Was, wie sich herausstellte, ein ziemlicher Glücksfall war.

»Gavin, es ist schon Tage her!« Sie schwankte dazwischen, ihren Bruder zu umarmen und ihn zurechtzuweisen. »Wo warst du?«

»Das wird gleich klar werden.« In der Eingangshalle angekommen, sagte Gavin: »Elizabeth, darf ich dich mit Lord Littleton bekannt machen? Littleton, meine Schwester Miss Turley.«

»Miss Turley.« Lord Littleton lächelte, als er sich verbeugte, und sie konnte einige junge Damen aufzählen, die sofort dahingeschmolzen wären, sobald er ihre Hand berührt hätte. Seine Begrüßung war tadellos.

»Mylord, es freut mich, Sie kennen zu lernen.« Sie neigte ihren Kopf und warf ihrem Bruder einen fragenden Blick zu.

Offenbar ziemlich zufrieden mit sich, sagte Gavin: »Lord Littleton hat sich dazu bereit erklärt, Interesse an dir vorzutäuschen.« Ohne ersichtlichen Grund runzelte ihr Bruder die Stirn. »Die einzige Bedingung ist, dass du dich nicht in ihn verliebst.« Sie mussten wohl den Verstand verloren haben oder machten Scherze. Warum um Himmels willen sollte sie sich in Lord Littleton verlieben?

»Du machst wohl ...« Der ernste Ausdruck auf ihren Gesichtern gab ihr schnell zu verstehen, dass sie diese Farce wirklich durchziehen wollten. »Aber warum?«

»Nach allem, was ich gehört habe«, sagte Gavin, während er sie zurück in den kleinen Salon führte, »hat Harrington erst dann angefangen, sich so zu verhalten, als ob er Lady Charlotte wolle, nachdem Kenilworth sie ihm weggeschnappt hatte. Ich habe Littleton bei der Box– äh, Sportveranstaltung getroffen, zu der ich gegangen bin. Er hat die Frauen angezogen eine Kerzenflamme die Motten.« Gavin zog eine Grimasse. »Nichts für ungut, Littleton.«

»Schon gut.« Der Mann grinste gutmütig. »Alle möglichen Frauen scheinen mich interessant zu finden.«

»Deswegen«, sagte ihr Bruder, »dachte ich, jeder würde den Eindruck bekommen, dass du an Littleton interessiert bist – sogar ein Schwachkopf wie Harrington – und er würde endlich merken, wo es langgeht.« Gavin nickte entschlossen, als würde das alles Sinn ergeben.

Sie waren verrückt. Völlig wahnsinnig. Irre, alle beide. Gavin, weil er überhaupt auf solche Ideen kam, und Lord Littleton, weil er sich darauf einließ. Elizabeth rieb sich ihre Stirn. »Ich verstehe nicht, warum wir so ein Theater veranstalten müssen.«

»Nicht nur Sie würden vorgeben, an mir interessiert zu sein«, erklärte Lord Littleton. »Auch ich würde aussehen, als sei ich an Ihnen interessiert.« Trotzdem schien das alles unnötig. Entweder würde Lord Harrington sie für ihr wahres Ich wollen oder nicht. Täuschungen kamen für sie nicht infrage. »Wozu denn?«

»Meine liebe Lady.« Lord Littleton nahm ihre Hände in Besitz und fixierte sie mit seinem Blick.

Bei Gott, dieser Mann war gefährlich. Sie dankte dem Himmel dafür, dass er keinen Einfluss auf sie hatte. »Machen Sie das absichtlich?« Er schüttelte den Kopf und starrte sie an. »Was?«

Elizabeth betrachtete ihn mit zusammengekniffenen Augen. »In die Augen einer Frau zu schauen, als wäre sie die einzige Lady auf der Welt, mit der Sie zusammen sein wollten.«

»Ah, nein«, sagte er etwas verlegen. »Das passiert einfach. Ich kann es scheinbar nicht lassen.«

»Sieh mal, Lizzy«, fiel ihr Bruder ihnen ins Wort, »kein Gentleman, der an einer Lady interessiert ist, will mitansehen, wie ein anderer Mann sich bei ihr einschmeichelt.« Er warf seinem Freund einen angewiderten Blick zu. »Littleton hat eingewilligt, dir zu helfen, aber du siehst ja, wie gefährlich es für ihn ist, in der Stadt zu sein. Er kann es nicht lassen, zu flirten, und er wird sich noch in ein Schlamassel verwickeln, wenn er zu lange bleibt. Er ist noch nicht reif für die Fußfessel, aber er würde bestimmt die Erwartungen einer Lady wecken, und das geht nicht.«

»Ganz genau.« Lord Littleton musste bemerkt haben, dass er noch immer Elizabeths Hände hielt, und ließ diese los. »Aber das ist nicht der einzige Grund, wieso Turley und ich dachten, dass ich am besten dafür geeignet wäre. Wissen Sie, Harrington und ich haben uns noch nie gut verstanden. Das wird ihm einen zusätzlichen Anreiz geben, Ihnen anständig den Hof zu machen.«

»Und«, fügte Gavin hinzu, »Littleton hat so viele Vorzüge, dass er ein genauso würdiger Kandidat ist wie Harrington. Vom Adelstitel mal abgesehen.«

Ihr Bruder und Lord Littleton fixierten ihr Gesicht und sie blickte von einem Mann zum anderen. »Ich verstehe.« Sie dachte jedenfalls, sie verstand es. Männer waren so seltsame Kreaturen. Sie fragte sich, warum Lord Harrington Lord Littleton nicht mochte. Er schien doch recht liebenswürdig. »Nun gut. Womit fangen wir an?«

»Erst musst du versprechen, dich nicht in Lord Littleton zu verlieben«, sagte ihr Bruder. »Das würde die Angelegenheit verdammt unangenehm machen.« Trotz des guten Aussehens und der charmanten Art Seiner Lordschaft – ganz zu schweigen von seinen Augen – brachte er ihr Herz nicht so zum Flattern wie Lord Harrington. Auch seine Berührung hatte sie nicht dazu gebracht, in ihm versinken zu wollen, als er ihre Hände gehalten hatte. »Ich verspreche es.«

»Gut.« Gavin nickte. »Welchen Tanz hast du Harrington versprochen?«

»Er hat den Supper-Tanz verlangt.« Sie erinnerte sich, dass er nach einem weiteren Tanz gefragt hatte, aber sie war wegen ihm so durcheinander gewesen, dass sie ihm nicht geantwortet hatte. »Das ist der einzige Tanz, den er heute Abend kriegen wird.«

»Hast du noch einen Walzer auf deiner Karte?«, fragte ihr Bruder.

Es würde heute Abend nur drei geben. Einer davon war der Eröffnungstanz und für den hatte sie noch keinen Partner. »Ja. Der erste Tanz ist ein Walzer.« Die Augen ihres Bruders tanzten belustigt, während Lord Littleton sich wieder über ihrer Hand verneigte. »Miss Turley, würden Sie mir die große Ehre erweisen, mir zu erlauben, den ersten Tanz mit Ihnen zu tanzen?«

Elizabeth versuchte, sich das Lachen zu verkneifen, und neigte den Kopf. »Aber ja, Mylord. Ich wäre hocherfreut, mit Ihnen zu tanzen.«

»Perfekt.« Ihr Bruder strahlte vor Stolz. »Das wird genauso laufen, wie wir es wollen.«

Obwohl Lord Littleton diesen Abend bei ihnen dinierte, wurde beschlossen, dass er erst nach ihnen auf dem Ball erscheinen solle, da Elizabeth nicht wollte, dass jemand dachte, sie würde ihn bevorzugen. Vor allem, wenn sie mit diesem Mann den ersten Tanz tanzen würde.

Lord Harrington traf ein, als sie und Lord Littleton gerade ihre Plätze für den Walzer einnahmen. Während sie über die Tanzfläche wirbelten, erhaschte sie einen Blick auf Lord Harrington. Der finstere Blick auf seinem schönen Gesicht war alles, was sie sich hätte wünschen können. Offenbar lag ihr Bruder richtig. Lord

Harrington schien weitaus interessierter an ihr zu sein, wenn sie mit Lord Littleton tanzte.

»Miss Turley.« Lord Harrington kam sofort auf sie zu, nachdem sie zurück zu ihrer Tante begleitet worden war. »Haben Sie mir heute Abend einen zweiten Tanz aufgehoben?«

Sie warf ihm einen Blick zu, von dem sie hoffte, dass er sowohl traurig als auch nachdenklich aussah, indem sie die Lippen schürzte und die Brauen hochzog, als sei sie betrübt. »Das habe ich nicht, Mylord. Nachdem ich die Nachricht verschickt und Ihre Einladung zur Kutschenfahrt angenommen habe, ist mir aufgefallen, dass ich Ihre Bitte um den Tanz gar nicht beantwortet hatte.« Das war nicht ganz die Wahrheit, aber nah genug daran. »Da Sie mich während unserer Fahrt nicht erinnert haben, habe ich es vergessen und den Tanz an Lord Littleton vergeben.«

Lord Harringtons starre Mundwinkel zogen sich kaum in die Höhe und Elizabeth dachte, sie hätte ihn nun völlig verloren. Dann sagte er: »Ich möchte um einen zweiten Tanz für morgen bitten.«

Nicht zum ersten Mal wünschte sie sich, dass ihre Tante damit einverstanden wäre, mehr als eine Veranstaltung am Abend zu besuchen oder bis nach dem Abendessen zu bleiben, aber das würde sie nicht tun und Elizabeths Karte war voll. »Bedauerlicherweise muss ich sagen, dass ich keine Tänze mehr frei habe, Mylord.«

Als es Zeit für ihren gemeinsamen Walzer wurde, fragte sie sich, ob er noch einmal darauf zurückkommen würde, und wurde nicht enttäuscht. Wie zuvor spürte sie die Wärme in seinen Armen, als er sie über die Tanzfläche wirbelte. Sie waren gerade wieder dabei, sich über seine künftige Stelle zu unterhalten, als er plötzlich sagte: »Verzeihen Sie mir, dass ich kein Versprechen für einen zweiten Tanz bei Ihnen eingeholt habe. Es war töricht, dass ich nicht darauf gekommen bin und Sie während unserer Rundfahrt nicht noch einmal gefragt habe.«

Er klang so reuevoll, dass sich Elizabeth im Herzen danach sehnte, sich auch bei ihm zu entschuldigen, doch sie rief sich in Erinnerung, was ihre Freundin gesagt hatte, und antwortete nur: »Ich wünschte auch, Sie hätten daran gedacht.«

Die Intrige ihres Bruders funktionierte sogar noch besser, als sie es sich hätte vorstellen können.

Geoff lehnte sich an eine Säule im Ballsaal und konnte sich beim Anblick eines anderen Gentleman, der Miss Turley – schon zum zweiten Mal an diesem Abend – auf die Tanzfläche führte, nicht davon abhalten, eine finsteres Miene zu ziehen. Lord Littleton, der Mann, der sie in jenem Augenblick in den Armen hielt, hatte gestern Abend schon den Eröffnungstanz mit ihr getanzt und heute Abend hatte er sich obendrein den Supper-Tanz gesichert.

Es musste an Littleton liegen, dass Miss Turley keinen Tanz mehr an Geoff zu vergeben hatte.

Verdammt nochmal. Er hatte den Mann in Eton und an der Universität schon nicht gemocht, und jetzt, wo dieser verfluchte Kerl ihm seine Braut stehlen wollte, mochte er ihn erst recht nicht. Littleton fiel alles viel zu leicht und Geoff war fest entschlossen, dass die Umwerbung von Miss Turley nicht auch noch zu diesen Dingen gehören sollte. Sie gehörte ihm.

Er musste nur einen Weg finden, ihr – und allen anderen im *Ton* – diese simple Tatsache klarzumachen.

Es musste doch etwas geben, das er tun konnte. Wenn es mit ihr so weiterging wie mit Lady Charlotte, würde er auch sie verlieren. Und das würde bedeuten, dass er seine Stelle bei Sir Charles verlor. Unmögliche Aussichten.

Als er sich umdrehte, um den Ballsaal zu verlassen, begegnete Geoff einem der Menschen, die er jetzt am wenigsten sehen wollte. Er verneigte sich. »Cousine Apollonia, wie geht es dir heute Abend?«

»Besser als dir, würde ich mal sagen.« Sie zog eine Augenbraue hoch und ihr Tonfall wurde trocken wie die Wüste. »Ich kann nur davon ausgehen, dass du den Rat Ihrer Ladyschaft nicht befolgt hast.«

Er konnte dieses Gespräch nicht führen. Nicht jetzt, wo seine Nerven sowieso schon völlig blank lagen. Es blieb ihm nur eine Option. Geoff neigte seinen Kopf. »Bitte entschuldige mich«, sagte er in seinem hochmütigsten Ton. »Ich war gerade dabei, zu gehen.«

»Das kann ich mir gut vorstellen.« Der Kommentar seiner Cousine traf ihn wie ein Messer, das sich in seinem Magen drehte. »Vielleicht wirst du ja das nächste Mal auf die Älteren und Weiseren unter uns hören.« Sie blickte dorthin, wo Miss Turley gerade mit Lord Littleton tanzte. »Zwei in einer Saison. Ich wünsche dir mehr Glück beim nächsten Mal, aber ich bezweifle, dass du es haben wirst.« Während Geoff mit so viel Würde wie möglich davoneilte, verfolgte ihn das leise Lachen seiner Cousine. Er würde sich nicht zum Narren halten lassen. Irgendwie würde er wieder in Miss Turleys Gunst kommen.

Zwanzig Minuten später betrat er seine Gemächer und begann, seinen Schreibtisch zu durchsuchen. »Nettle!«

»Ich hatte nicht erwartet, Sie so früh wiederzusehen, Mylord.«

»Der Ball war sterbenslangweilig.« Papiere fielen vom überfüllten Tisch und verstreuten sich auf dem Boden. »Ich brauche diese Liste.«

»Liste, Mylord?« Wäre Geoffs Leibdiener nicht knapp außer Reichweite gewesen, hätte Geoff den Mann am Kragen gepackt. Er hatte sich immer etwas auf sein ruhiges Gemüt eingebildet. Doch jetzt war ihm danach, jemanden zu erwürgen.

»Ja. Ich habe sie vor ein paar Tagen auf den Schreibtisch geworfen, nachdem ich aus dem Haus meiner Großmutter zurückkam.«

»Und wäre diese Liste in der Handschrift Ihrer Ladyschaft verfasst worden, Mylord?«

»Wohl eher in der von Cousine Apollonia.« Er fuhr sich mit den Fingern durchs Haars. »Verdammt. Wo könnte sie sein?«

Nettle machte einen Schritt nach vorn, öffnete eine Schublade, zog ein Stück Papier heraus und hielt es ihm zwischen Daumen und Zeigefinger entgegen. »Wäre das hier, wonach Sie suchen, Mylord?« Geoff riss seinem Leibdiener die Liste aus der Hand. »Ja.« Er ging die Punkte durch. »Ich will, dass Sie morgen sofort rausgehen und Rosen auftreiben.«

»Rosen?« Die Augenbrauen seines Leibdieners hoben sich flüchtig. »Welche Art von Rosen, Mylord?«

Er las sich die Liste noch einmal durch. »Rosa. Lassen Sie auch etwas Grün dazwischen legen.«

»Und nachdem ich die Blumen besorgt habe?« Nettle schien verdutzt und das zu Recht. Mit einer großen Ausnahme, die ihn damals wie einen Dummkopf hatte aussehen lassen, hatte Geoff noch nie jemandem Blumen geschenkt.

»Ich werde eine Nachricht vorbereiten, die mit den Blumen an Miss Turley gehen soll.«

»Ah, sehr wohl, Mylord. Ich werde mich bemühen, auf dem Markt anzukommen, sobald dieser öffnet. Ich meine, dies wird meine persönliche Anwesenheit erfordern.«

»Guter Mann.« Er schenkte sich ein großes Glas Brandy ein. »Lass den Boten auf eine Antwort warten.« Geoff hoffte nur, dass sie nicht wieder eine Stunde brauchen würde wie beim letzten Mal. Damals war er allerdings nicht so nervös gewesen, ob sie ihn begleiten würde, anstatt bereits mit Littleton verabredet zu sein.

Geoff setzte sich an seinen Schreibtisch. Er musste bei ihr den richtigen Ton treffen. Er durfte nicht verzweifelt klingen, musste aber ein klares Verlangen danach an den Tag legen, Zeit mit ihr zu verbringen. Warum zum Teufel war Littleton eigentlich so spät in der Saison noch in der Stadt? Warum war er es überhaupt? Normalerweise war er doch in seine Landgüter versunken.

Geoff atmete aus. Es würde ihm nicht weiterhelfen, sich Sorgen über diesen Mann zu machen. Er musste sich auf seine Beute konzentrieren.

Meine liebe Miss Turley,

ich entschuldige mich nochmals dafür, dass ich Sie nicht um einen zweiten Tanz gebeten habe, bevor Ihre Karte voll war.

Dass er sich nicht darum gekümmert hatte, sich den zweiten Tanz mit ihr zu sichern, machte ihn immer noch rasend. Wenn er sich recht entsann, war es genau dieser Abend gewesen, an dem Littleton aufgetaucht war.

Bitte erlauben Sie mir, zwei Tänze auf dem Somerville Ball mit Ihnen zu tanzen, den zweiten Tanz und den Supper-Tanz – es sind beides Walzer, und zwei Tänze auf den darauffolgenden Empfängen.

Es wäre mir außerdem eine Ehre, Sie heute Nachmittag um fünf Uhr auf eine Spazierfahrt mitzunehmen.

Mein Bediensteter wird Ihre Antwort abwarten.

Ihr bescheidener und ergebener Diener,

G. Harrington

Verdammt, Littleton. Es sah ganz danach aus, als würde Geoff sich letztendlich doch zum Narren machen müssen.

Er blickte zur Ecke seines Schreibtisches, wo Nettle die wichtigen Korrespondenzen abgelegt hatte, und fand dort einen Brief seines Vaters.

Lieber Harrington,

da ich bezüglich Deiner Werbung um Miss Turley noch nichts von Dir gehört habe, vertraue ich darauf, dass Du alles fest im Griff hast. Auf dem Kontinent überschlagen sich die Ereignisse. Du solltest so bald wie möglich bereit zur Abreise sein.

Markham

Verflucht! Was war noch auf dieser verdammten Liste?

Schicke ihr Blumen, Pralinen, Eis von Gunter's oder was auch immer ihr am meisten gefällt.

Woher sollte Geoff wissen, was Miss Turley mochte? Sie hatten nie darüber gesprochen.

Verkünde deine Einladungen immer persönlich. So ist es weniger wahrscheinlich, dass sie ablehnt.

Verflixt! Er zerknüllte die Nachricht und warf sie in den Kamin. »Nettle«, rief Geoff. »Weck mich auch, wenn du morgen früh vom Markt zurück bist. Ich werde ihr die Blumen selbst bringen.«

»Sehr wohl, Mylord.«

War das etwa Gelächter, das er in der Stimme seines Leibdieners vernahm? Verflucht. Nettle war vielleicht der Erste, aber er würde sicher nicht der Letzte sein, der Geoffs Situation für lächerlich hielt.

Sein Leben wäre sehr viel einfacher, wenn sein Vater einfach eine Heirat für ihn arrangiert hätte. Aber Geoff hatte das nicht gewollt. Er hatte seine Frau selbst auswählen wollen – und sieh an, wohin ihn das gebracht hatte. In die Bredouille, wohin sonst.

KAPITEL 9

Geoff ging in seinem kleinen Salon auf und ab. Es musste einen besseren, sichereren Weg geben, Miss Turley als Gattin zu gewinnen.

Er blieb stehen. Nur, weil sein Vater keine Heirat arrangieren konnte, bedeutete das nicht, dass Miss Turleys Vater dies nicht tun konnte. Das würde das Werben um sie überflüssig machen und den ganzen Prozess wesentlich beschleunigen.

Er versuchte sich daran zu erinnern, was er über den Viscount wusste. Leider nicht viel, außer dass sich herumsprach, er wolle, dass seine Tochter heiratete, und zwar jemand Vernünftigen. Daran gab es nichts auszusetzen. Welcher Mann wünschte sich keinen guten Ehepartner für seine Kinder? Geoff wusste nicht einmal, ob Lord Turley überhaupt in der Stadt war. Heute war er jedenfalls nicht beim Tee und auch auf keiner anderen Veranstaltung gewesen.

Scheinbar war ihr Bruder präsenter als ihr Vater. Sollte das etwa heißen, dass er sich an Gavin Turley wenden musste? Nun ja, er war tatsächlich derjenige, der Geoffs Interesse an Miss Turley geweckt hatte. Andererseits jedoch war ihr Bruder ein guter Freund von Littleton und schien das Liebeswerben auch für ihn voranzutreiben. Vielleicht war es Turley egal, wen sie heiratete, solange sie es einfach tat. Sogar Geoff konnte nicht abstreiten, dass Littleton ein überaus würdiger

Kandidat war. Er wünschte sich bloß, der Mann würde ein würdiger Kandidat für eine andere Frau sein. Doch vielleicht bevorzugte Miss Turley ja ihn. Er hatte bemerkt, wie ihre Augen funkelten, als er sich das erste Mal mit ihr über die Stelle im Ausland unterhalten hatte. In letzter Zeit schien sie jedoch nicht mehr allzu interessiert daran zu sein.

Er durfte sie nicht verlieren.

Am besten wäre es, sich umgehend an Lord Turley zu wenden, bevor sie noch beschloss, lieber in England zu bleiben. Das Problem war nur, wie zum Teufel sollte er den Mann finden?

Das *White's* oder das *Boodle's*. Seine Lordschaft musste entweder das eine oder das andere besuchen. Es sei denn, er war ein Whig. Undenkbar. Wenn Gavin Turley Mitglied im *White's* war, dann musste sein Vater es auch sein.

Geoff schnappte seinen Hut und seinen Gehstock, verließ seine Gemächer und machte sich auf den Weg in seinen Club. Selbst wenn Lord Turley nicht dort war, würde Geoff herausfinden können, ob er öfter ins *White's* ging und wenn ja, wie oft. Oder ob er auch *Boodle's* einen Besuch abstatten müsste.

Kurz darauf stieg er die Stufen zu diesem – wie sein Vater behauptete – ehrwürdigsten aller Clubs hinauf und fragte den Hausherrn: »Guten Abend, können Sie mir sagen, ob Lord Turley gerade hier ist?«

Der Mann verneigte sich. »Nein, Mylord. Er kommt für gewöhnlich morgens hierher, um die Neuigkeiten vom Kontinent zu erfahren.«

Geoff spähte am Hausherrn vorbei, entdeckte niemanden, den er kannte, und sagte: »Danke. Ich komme morgen wieder.«

Auf dem Weg nach Hause ging er seine Pläne noch einmal durch. Er würde Miss Turley die Blumen schicken – wesentlich weniger peinlich, als sie ihr persönlich zu überreichen – und irgendeine ausgefallene Nachricht dazu legen. Eine Huldigung ihrer luminösen Haut oder so etwas in der Art. Jetzt, wo er darüber nachdachte, war ihre Haut tatsächlich makellos. Sie erinnerte ihn an Seide oder Rosenblätter. Würde sie sich genauso weich anfühlen? Wieder ertappte er sich dabei, sie berühren zu wollen. Ihre prallen Brüste zu massieren und ihre Brustwarzen in den Mund zu nehmen. Sie roch immer nach Lavendel und Zitronen. Wie würde sie wohl schmecken? Mit etwas Glück würde er bald herausfinden, wie weich sie war.

Er wollte ihren Mund erkunden und sie dazu bringen, sich vor Verlangen nach ihm zu winden. Sein Schwanz wurde steif, als er daran dachte, in ihre feuchte Seide einzutauchen. Er stöhnte auf. Er musste aufhören, an sie zu denken, bevor seine Begierde nach Miss Turley ihn noch auf dumme Ideen brachte.

Aber ihr Haar. So wie ihre Locken heute Abend zusammengeflochten waren, erinnerten ihre Strähnen ihn an blasses Gold, das im Mondlicht schimmerte. Ihr Lachen war leicht und luftig gewesen.

Bei Gott! Langsam wurde er poetisch. Das würde gar nicht gutgehen. Als er das letzte Mal versucht hatte, ein Gedicht zu schreiben, hatte seine Schwester laut gelacht und ihn gefragt, ob er wirklich vorhabe, es an eine Lady zu schicken.

Trotzdem würde er eine nette Nachricht für die Blumen schreiben müssen. Geoff würde sie frühzeitig verschicken lassen. Dann würde er frühmorgens ins *White's* gehen und dort bleiben, bis Lord Turley eintraf. Sobald sie miteinander gesprochen hatten und Geoff seine Absichten deutlich gemacht hatte, würden er und Miss Turley sich verloben und er würde sie im Bett haben. Wenn das geschehen war, würde sie ihm gehören.

»Wo ist er?« Elizabeth hatte sich gezwungen, nicht nach Lord Harrington Ausschau zu halten, wenn er nicht bei ihr war.

»Beleidigt abgehauen«, sagte Tante Bristow mit boshaft funkelnden Augen. »Gavin, mir hat es ganz und gar nicht gefallen, dass du nicht so schnell zurückgekommen bist, wie ich es von dir verlangt hatte. Aber ich glaube, du hast genau das ausgebrütet, was nötig war, um Harrington vor die Wahl zu stellen.«

»Ich wünschte, ich könnte mir das selbst zuschreiben«, sagte ihr Bruder. »Aber es war Littleton hier, der die Idee zuerst hatte.«

Der äußerst gutaussehende, aber vollkommen draufgängerische Lord Littleton neigte seinen Kopf.

Elizabeth fiel es noch immer schwer, zu glauben, dass Seine Lordschaft sich darauf eingelassen hatte, ihr zu helfen. Aber jetzt auch noch herauszufinden, dass es seine Idee gewesen war ...

»Wie jetzt? Ich meine, was hat Sie darauf gebracht? Und warum?«

Er richtete seine warmen, grünen Augen auf sie und wieder einmal verstand sie, warum dieser Gentleman gefährlich war. Gavin hatte sie davor gewarnt, sich nicht in seinen Freund zu verlieben. Zum Glück hatte sie eine Vorliebe für blaue Augen und blondes Haar.

Ein ganz bestimmtes Paar blaue Augen noch dazu.

»Meine Großmutter hat mir immer davon erzählt«, fing Lord Littleton an, »wie sie und mein Großvater geheiratet haben. Offenbar sind die Littleton-Männer bekannt dafür, die Fesseln der Ehe vermeiden zu wollen. Es hat sich allerdings herausgestellt, dass er sie wirklich mochte, sich aber nicht dazu durchringen konnte, etwas zu unternehmen. Einer ihrer Cousins hat ihr mit einem Freund einen Besuch abgestattet und sie schmiedeten gemeinsam einen Plan, um meinen Großvater eifersüchtig zu machen – und es hat geklappt. Sobald Großvater verstand, dass ein anderer Mann an meiner Großmutter interessiert war, setzte er alles daran, sie zu heiraten.«

»Wie überaus hinterhältig.« Kein Wunder, dass ihr Bruder und Seine Lordschaft sich so sicher waren, dass dieser Plan aufgehen würde. »War er froh, sie geheiratet zu haben?«

»Er meinte, er war der glücklichste Mann auf Erden.« Lord Littleton lächelte Elizabeth an. »Turley hat gesagt, dass Lord Harrington Ihnen gefällt, und wir alle wissen, dass er heiraten muss.« Lord Littleton zuckte mit den Schultern. »Ich dachte, ich würde Ihnen einen Gefallen damit tun.«

»Ich hoffe, es klappt.« Sei biss sich auf die Lippen. »Ich hoffe einfach, dass er auch an mir Gefallen findet, und nicht nur an seiner Stelle.«

»Ich glaube, darüber müssen Sie sich keine Sorgen machen.« Lord Littleton grinste. »Lord Harringtons

Gesichtsausdruck nach zu urteilen, wird es nicht lange dauern, bis er Ihren Vater aufsucht.«

»Er sah tatsächlich so aus, als würde er dich am liebsten umbringen«, sagte Gavin zu Lord Littleton.

»Solange er seine Gedanken nicht in die Tat umsetzt«, antwortete Seine Lordschaft trocken. »Möchten Sie Lord Harrington noch einen Anreiz geben, indem Sie morgen mit mir spazieren fahren, Miss Turley?«

»Danke, das würde ich sehr gern.« Elizabeth erwiderte sein Grinsen mit einem eigenen. »Selbst wenn er anfängt, sich so zu verhalten, wie er es sollte, möchte ich nicht zu leicht nachgeben.«

»Gott, nein, meine Liebe«, sagte ihre Tante. »Es ist nichts Falsches daran, sich von einem Mann jagen zu lassen.«

Auch ihre Freundinnen hatten ihr das gesagt. Sie wünschte, Charlotte, Louisa und Dotty wären hier, aber sie waren alle mit den Vorbereitungen für Charlottes Hochzeit am nächsten Morgen beschäftigt. Als man es ihr gesagt hatte, war Elizabeth zur Verschwiegenheit verpflichtet worden, und sie hatte sich nicht einmal ihrer Tante anvertraut.

Elizabeth betete, dass Lord Littleton unrecht damit hatte, dass Lord Harrington ihren Vater aufsuchen würde. Er könnte und würde ihm viel zu schnell seinen Segen geben. Das könnte alles ruinieren. »Gavin, was, wenn er sofort danach verlangt, Vater zu sprechen?«

Ihr Bruder rieb sich das Kinn, während er überlegte. »Ich werde Vater für ein paar Tage von seinen üblichen Orten fernhalten. Das sollte genügen.«

»Ich hoffe, du hast recht«, sagte Elizabeth, nicht gerade überzeugt. »Ich wünschte, er würde für eine Weile die Stadt verlassen. Für den Fall, dass Lord Harrington trotzdem vorbeikommt, werde ich morgen früh nicht zu Hause sein. Tante Bristow und ich gehen zum End of Season-Frühstück der Worthingtons.«

»Du lieber Himmel«, sagte ihre Tante. »Das hätte ich fast vergessen. Harrington wird sicher nicht anwesend sein.«

»Vertrauen Sie mir, Mylady, wenn ich sage, dass er sich spätestens morgen Abend gar nicht gut fühlen wird«, versicherte Lord Littleton ihnen lachend. »Ich finde auch, dass es eine gute Idee ist, ihn von Ihrem Vater fernzuhalten. Ich habe Harrington schon immer für einen kalten Fisch gehalten, was Frauen angeht. Man muss ihn zappeln lassen.«

Zappeln lassen? Wenn andere Männer Lord Harrington für kalt hielten, wollte Elizabeth ihn dann überhaupt?

Früh am nächsten Morgen waren Elizabeth und ihre Tante mit die Ersten, die in Stanwood House auf dem Berkeley Square eintrafen.

Charlotte stand neben Lord Kenilworth und strahlte, und auch Seine Lordschaft wirkte berauscht vor Liebe. Genau das war der Anblick, den Elizabeth in Lord Harringtons Gesicht sehen wollte, wenn er auf sie herunterblickte. Hoffentlich würde der Plan ihres Bruders aufgehen und ihn umstimmen.

»Herzlichen Glückwunsch.« Sie knickste vor Lord und Lady Kenilworth. »Ich hoffe, ihr werdet überaus glücklich werden.«

Charlotte sah ihren frisch angetrauten Gatten an. »Das sind wir bereits. Und ihr? Wie läuft es bei euch?«

»Nun ja, ich glaube gut.« Elizabeth täuschte einen Wangenkuss an, flüsterte ihr dann aber zu: »Ich erzähle es dir, wenn du Zeit hast.«

»Mach Dotty und Louisa ausfindig und wir treffen uns am Tisch auf der Terrasse«, flüsterte Charlotte.

Derselbe Ort, an dem sie sich bei Dottys Hochzeitsfrühstück getroffen hatten. »In einer Stunde?«

Charlotte nickte. »Das sollte genug Zeit sein, um hier fertig zu werden.«

»Brütest du schon Pläne aus, meine Liebe?« Lord Kenilworth murmelte in einem Ton, den sogar Elizabeth als sinnlich empfand.

»Ich helfe bloß einer Freundin.« Charlotte lächelte.

Eine Stunde später saßen Charlotte, Louisa, Dotty und Elizabeth am runden Tisch in einer Ecke der Terrasse. Ein Bediensteter brachte ihnen Champagner, kleine Sandwiches und Ingwerkekse.

Nachdem Elizabeth und die anderen auf die Braut angestoßen hatten, fragte Charlotte: »Wie können wir dir behilflich sein?«

»Ich bin mir nicht sicher, ob ich eure Hilfe brauche«, sagte Elizabeth. »Ich möchte eher eure Meinung. Es ist nämlich so: Der Freund meines Bruders, Lord Littleton ...«

»Sag bloß, dass Lord Littleton sich in dich verguckt hat!«, rief Louisa.

»Nein, nein.« Elizabeth konnte sich ein Kichern nicht verkneifen. »Er hat beschlossen, mir mit Lord Harrington zu helfen.«

»Das dürfte interessant werden.« Louisa nahm einen Schluck Champagner.

»Das ist es allerdings. Er versucht, Harrington eifersüchtig zu machen.«

Elizabeth sah ihre Freundinnen an. Louisa hielt die Hand vor den Mund, als würde sie ein Lachen unterdrücken wollen, Charlotte neigte nachdenklich ihren Kopf und Dottys Augenbrauen zogen sich besorgt zusammen.

»Funktioniert es?«, fragten sie alle gleichzeitig.

»Nun ja, er hat erst vor ein paar Tagen damit angefangen, daher ist es noch zu früh, um ein Urteil zu fällen. Ich glaube aber, das könnte es.« Elizabeth begann, nervös an den Fransen ihres Halstuchs herumzuspielen, und trank daraufhin einen Schluck Champagner. »Meine Tante hat mir erzählt, dass Harrington auf dem Ball gestern Abend überaus verärgert war und mich und Lord Littleton angestarrt hat, als wir getanzt haben.«

»Das klingt durchaus vielversprechend«, warf Charlotte ein. »Ich hatte nie den Eindruck, dass er eifersüchtig auf Kenilworth ist. Es schien ihm nur ungelegen zu kommen, dass ich Kenilworth bevorzugt habe.« Sie tippte mit den Fingern auf den Tisch. »Matt hat gesagt, dass er sich darüber beklagt hat, dass er jetzt eine andere Dame zum Heiraten finden müsse.«

Genau das hatte Elizabeth sich schon gedacht. Trotz ihrer vorherigen Willensstärke fing sie wieder an, die Fransen ihres Halstuchs zu zwirbeln. Noch ein Schluck Champagner und sie hätte das Glas geleert. Sie sah ihre Freundinnen an und fragte: »Glaubt ihr, das bedeutet, ich bin ihm wichtig?«

Charlotte, Dotty und Louisa tauschten Blicke aus. Schließlich sagte Dotty: »Ich weiß nicht recht. Bist du sicher, dass du Harrington willst? Ich meine, musst du denn diese Saison heiraten?«

»Ich könnte warten, aber ich fühle mich langsam zu Lord Harrington hingezogen.« Sie sah Charlotte an. »Ich war heilfroh, als du beschlossen hast, dass du ihn nicht willst. Abgesehen von seiner Unfähigkeit, über persönliche Dinge zu reden, mag ich ihn sehr und denke, dass ich mich leicht in ihn verlieben könnte. Aber ich will, dass auch er sich in mich verliebt.« Es würde ihr das Herz brechen, wenn er ihre Liebe nicht erwidern würde.

»Natürlich willst du das.« Charlotte lehnte sich vor und umarmte Elizabeth. »Ich denke, das ist ein guter Plan. Aber wenn er selbst dadurch nicht erkennt, dass er dich will, dann musst du ihn aufgeben.«

»Das sehe ich auch so«, sagte Louisa.

»Ich auch«, fügte Dotty hinzu.

Elizabeth atmete tief ein und wieder aus. Ihn aufzugeben, war das Letzte, das sie tun wollte. Aber sie hatten recht. Selbst wenn er ihr den Lebensstil bot, den sie wollte, ohne Liebe wäre er wertlos. Ihn nicht zu heiraten, wäre in dem Fall der einzige Weg, den sie einschlagen konnte. »Ich danke euch.«

Etwas mehr als eine Stunde später kam sie zu Hause an und fand die schönsten zartrosa *Maiden's Blush*-Rosen vor, die sie je gesehen hatte. »Die sind ja entzückend.«

Broadwell reichte ihr eine Karte. »Die sind für Sie, Miss.«

Einen Moment lang fragte sie sich, ob sie von Lord Littleton waren, doch die vertraut kräftige und kratzige Handschrift verriet ihr, dass Lord Harrington sie geschickt hatte. Vielleicht würde ihr das einen Hinweis darauf geben, ob der Plan funktionierte.

Meine liebe Miss Turley,

diese Rosen haben mich an Sie erinnert. Bitte verstehen Sie sie als Zeichen meiner Wertschätzung Ihnen gegenüber.
Falls Sie den zweiten Tanz und den Supper-Tanz auf Ihrer Karte für Lady Somervilles Ball heute Abend noch übrig haben, wäre es mir eine Ehre, diese zu beanspruchen.
Hätten Sie heute um fünf Uhr Zeit für eine Spazierfahrt mit mir? Falls Sie bereits anderweitig beschäftigt sind, möchte ich Sie darum bitten, mir morgen um dieselbe Zeit Gesellschaft zu leisten.

Ihr gehorsamer Diener,

Harrington

»Meine Güte.« Er gab sie definitiv nicht auf. Sie reichte ihrer Tante die Karte. »Was hältst du davon?«

Tante Bristow überflog die Nachricht. »Sehr gut. Wenn Gavin es jetzt noch schafft, Harrington von deinem Vater fernzuhalten, können wir das Ganze zu einem guten Abschluss bringen.«

Elizabeth wandte sich Broadwell zu. »Haben Sie Mr. Turley heute Morgen gesehen?«

»Ja, Mylady. Er ist im Frühstückssalon.« Sie und ihre Tante hasteten der Flur hinunter und trafen auf ihren Bruder, der den Salon gerade verließ. »Gavin, dein Plan geht auf, aber jemand muss Lord Harrington von Vater fernhalten. Könntest du das übernehmen?«

»Mir ist etwas noch Besseres gelungen.« Ihr Bruder schenkte ihnen ein wahrhaft unerträgliches Grinsen. »Ich habe ihn davon überzeugt, dass er Grandmamma besuchen muss. Heute Morgen kam ein Brief von ihr, in dem sie sich über ein Problem auf dem Anwesen beklagt hat, das sie nicht lösen könne.«

Was um alles in der Welt könnte das sein? Grandmamma war immer in der Lage gewesen, mit Problemen auf dem Anwesen fertigzuwerden. Gavin musste etwas getan haben, das ihre Großmutter veranlasste, Vater zu schreiben.

Elizabeth lächelte ihn an. »Nun, ich weiß zwar nicht, wie du das angestellt hast, aber hab vielen Dank.« Beinahe umarmte sie ihn, doch dann erinnerte sie sich, wie sehr er es hasste, wenn seine Kleidung zerknitterte. »Ich hatte nicht erwartet, dass du dir solche Mühe machst.«

»Hör mal, Mieze.« Er tätschelte ihre Wange, wie er es immer getan hatte, als sie ein Kind war. »Das hat mir überhaupt keine Umstände gemacht und es wird unseren Plan retten. Vater war bereits zu Ohren gekommen, dass Harrington nach ihm sucht, und ich kann dir sagen, du lagst richtig. Er hätte alles versaut. Er hatte jede Absicht, Harrington freie Fahrt zu geben. Da er ja nun verreisen wird, hat er mir die Aufgabe übertragen, mit Harrington zu sprechen. Und nicht nur das, er hat mir außerdem die Bevollmächtigung erteilt, mich mit unserem Anwalt über deinen Ehevertrag zu beraten, falls es soweit kommen sollte.«

»Ausgerechnet du, von allen Dummbirnen.« Ihre Tante blickte zur Decke. »Ich kann nur sagen: Gut gemacht, Gavin.«

»In der Tat, gute Arbeit.« Elizabeth atmete erleichtert auf. Wenn Vater Harrington die Erlaubnis gegeben hätte, sie zu heiraten – was genau das war, wovon alle dachten, dass ihr Vater es tun würde – gäbe es für ihn keinen Grund mehr, ihr anständig den Hof zu machen, und für sie keinen mehr, sich zu vergewissern, dass er sie lieben könnte.

»Was hast du da?«, fragte Gavin.

Sie hatte Harringtons Brief schon fast vergessen. Und wann hatte sie eigentlich angefangen, ihn für so vertraut zu halten, dass sie ihn Harrington nannte? »Eine Nachricht von Lord Harrington. Er hat sie mit den Blumen geschickt. Er möchte sich erkundigen, ob heute Abend noch zwei Tänze für ihn frei wären, und er würde mich heute Nachmittag gern auf eine Spazierfahrt mitnehmen.« Sie überflog die Nachricht noch einmal. »Ich habe Lord Littleton bereits eine Fahrt versprochen. Ich werde Harrrington«, schon wieder war es ihr passiert, »sagen, dass ich anderweitig beschäftigt bin, aber mich freuen würde, ihn morgen zu begleiten.« Elizabeth überlegte, ihm den zweiten Tanz zu verweigern, aber entschied sich dagegen. »Ich werde seine Bitte um die zwei Tänze annehmen.«

»Dadurch wird er es besser verkraften, wenn er herausfindet, dass du mit Littleton spazieren fahren warst.« Ihre Tante nickte zustimmend.

»Vielleicht gehe ich heute Nachmittag auch spazieren.« Ihr Bruder grinste hämisch. »Ich will Harringtons Gesicht sehen, wenn er dich mit Littleton antrifft.«

»Denkst du wirklich, er wird im Park sein?« fragte Elizabeth. Sie konnte sich nicht vorstellen, weshalb Lord Harrington sich dort aufhalten würde.

»Er wird hingehen, wenn auch nur, um herauszufinden, mit wem du unterwegs bist.« Mit diesen Worten schlenderte ihr Bruder davon.

KAPITEL 10

Geoff riss Miss Turleys Antwortschreiben auf und knurrte verärgert.

Verdammt. Er würde wetten, dass Miss Turley heute Nachmittag mit Littleton spazieren fahren würde. Geoff konnte nicht fassen, dass er diesen Mann die Oberhand gewinnen ließ. Doch was, wenn es nicht Littleton war? Was, wenn ein anderer Gentleman sie ins Auge gefasst, ihre Schönheit bewundert und sie um eine Spazierfahrt mit ihm gebeten hatte? Es gab nur einen Weg, um das herauszufinden.

Geoff zog in Erwägung, seinen Phaeton zu nehmen, doch entschied sich stattdessen dafür, auf seinem Wallach zu reiten. Der Phaeton wäre zwar eindrucksvoller, doch er war nicht so wendig wie ein Pferd. Und er wollte keine Aufmerksamkeit auf sich ziehen. Alles, was er vorhatte, war sich zu erkundigen, mit wem Miss Turley unterwegs war.

Wenn es Littleton war, war Geoff sicher, dass er die Dame noch immer für sich gewinnen konnte. Aber falls es ein anderer Mann war, musste er herausfinden, mit wem er es zu tun hatte.

Er sandte eine Nachricht an seine Stallburschen, dass ihm um fünf vor fünf sein Schimmel Hercules, gebracht werden sollte.

Er war auf halber Strecke seiner zweiten Spazierrunde, als er sie entdeckte. Littleton und Miss Turley. Ihr Kopf war ihm zugewandt und sie lachte. Obwohl sie sich in einiger Entfernung von Geoff befanden, konnte er ihr leichtes Lachen in der Luft hören. Ein Lachen, das er verursachen sollte.

Fluchend ritt er zurück nach Hause. Sie würde an diesem Abend zweimal mit ihm tanzen und er würde verdammt noch mal dafür sorgen, dass sie lieber mit ihm als mit Littleton zusammen wäre.

Auch dieses Mal begleitete Geoff seine Großmutter und seine Cousine auf den Ball. Als sie ankamen, machte er ein Paar Sitzplätze für sie ausfindig und fing an, nach Miss Turley zu suchen. Ihre Tante, das wusste er, kam immer gleich zu Anfang eines Balls. Um diese Uhrzeit würden sie bestimmt schon mitten unter den Leuten sein.

Er ging am Rande des Saales entlang und vermied dadurch die Ladies mit Töchtern, die verheiratet werden sollten. Schließlich sah er sie neben ihrer Tante und ihrem Bruder stehen. Sie war bei weitem die schönste Lady im Saal. Heute Abend trug sie ein weißes Kleid mit silbernem Tüll, der das Kerzenlicht auffing und funkelte, wenn sie sich bewegte. Perlen hingen von ihren anbetungswürdigen Ohren herab. Um ihren grazilen Hals trug sie zwei aufeinander abgestimmte Perlenstränge.

Littleton begleitete sie zum ersten Tanz hinaus. Aber Geoff hatte immer noch den Walzer und den Supper-Tanz. Er hielt sich außer Sichtweite und lehnte sich an eine Säule, um auf seine Gelegenheit zu warten, mit ihr zu tanzen.

Zwei Tanz-Sätze später verneigte er sich vor Miss Turley und nahm ihre Hand. »Mein Tanz, glaube ich.«

»Jawohl, Mylord.« Ein Lächeln zierte ihre Lippen. Er wollte mehr von ihr.

»Vielen Dank, dass Sie zwei Tänzen zugestimmt haben.« Er legte seine Handfläche auf ihre Taille und wollte sie fester an sich ziehen.

Sie zuckte leicht mit den Schultern. »Ich hatte noch einen Tanz frei. Warum sollten Sie ihn nicht bekommen?«

In der Tat, warum nicht? Die Musik erklang, doch er wartete auf die Drehung, um die Lücke zwischen zu schließen. Geoff freute sich, dass sie sich nicht beschwerte oder versuchte, zurückzuweichen. Er blickte zu ihr hinab und zum ersten Mal fiel ihm nichts ein, was er sagen konnte.

Miss Turleys Kopf neigte sich leicht zur Seite, als sie seinen Blick erwiderte. »Lady Somerville hat wundervolle Arbeit bei der Dekoration geleistet.«

Der Ballsaal war voller goldener und rosaroter Seide. Große Liliensträuße standen in jeder Ecke und Topfpflanzen säumten die Seiten des Saals. Die Glastüren sowie auch die langen Fenster an der Wand standen offen und ließen eine leichte Brise in den Ballsaal herein. Welche Dekorationen würde Miss Turley für ihren ersten Ball anbringen? »Ja, das hat sie.«

Als er nichts weiter sagte, hätte er schwören können, dass er sie seufzen hörte. »Ich habe gelesen, dass einige Herrschaften ein Problem mit der Finanzierung von Wellington haben.«

»Das habe ich auch gehört. Warum können sie nicht verstehen, dass er und seine Armee alles sind, was zwischen uns und Napoleon steht? Wir dürfen nicht zulassen, dass er siegt.«

»Wir müssen beten, dass die kühleren Köpfe sich durchsetzen. Wann werden Sie zum Kontinent aufbrechen?«

»Ich weiß es noch nicht.« Er würde niemals zugeben, dass es von ihr abhing.

»Mein Bruder kennt eine Reihe von Gentlemen, die in der Armee sind und sich gerade auf dem Weg nach Brüssel und in die umliegenden Gebiete befinden. Ich schätze, das wird bei Ihnen auch der Fall sein.«

»Wir haben höchstwahrscheinlich einige gemeinsame Bekanntschaften.« Er wollte sich mit ihr nicht über den bevorstehenden Krieg unterhalten, aber er wusste nicht, was er sonst sagen sollte.

Der zweite Tanz war genauso frustrierend wie der erste und er verließ den Ball ohne zu wissen, ob er es geschafft hatte, sie sich zu sichern. Geoff wusste nur, dass er etwas unternehmen musste, um dafür zu sorgen, dass Miss Turley endgültig ihm gehörte.

***

Am nächsten Morgen meinte es das Schicksal wieder nicht gut mit ihm, und Geoff konnte sich nicht erklären, womit er eine derart ungerechte Behandlung verdient hatte. Er hatte endlich beschlossen, Lord Turley aufzusuchen und um Miss Turleys Hand anzuhalten, doch als er bei ihrem Stadthaus angekommen war, hatte der Butler ihm gesagt, dass Lord Turley frühmorgens zu seinem Anwesen aufgebrochen war und nur

126

der jüngere Mr. Turley wusste, wann Seine Lordschaft zurückkehren würde. Dieser wurde jedoch erst am späten Nachmittag zurückerwartet. Geoff machte sich nicht die Mühe, zu fragen, ob Miss Turley zu Hause war. Sie wäre sowieso bei Lady Worthingtons End of Season-Frühstück.

Auf dem Gehweg vor Turley House angekommen, bog er zu seinem Haus ab.

Er könnte in einen seiner Clubs gehen, aber dort würde er aller Wahrscheinlichkeit nach nur von den letzten Veranstaltungen der Saison hören – wenn überhaupt jemand dort war, während doch an diesem Morgen das Frühstück stattfand. Er hatte zwar eine Einladung zum Empfang erhalten, doch nachdem die Dinge mit Lady Charlotte auf diese Weise geendet waren, hatte er mit einer Absage geantwortet.

»He, Harrington.« Lord Endicott eilte auf ihn zu, woraufhin Geoff sich umdrehte und anhielt. »Ich habe dich bei Lady Worthingtons Frühstück gar nicht gesehen.«

»Nein, ich hatte etwas zu erledigen.« Nämlich den Vater der Lady aufzusuchen, die Geoff nun lieber heiraten wollte.

»Du hast die Überraschung der Saison verpasst.« Endicott reihte sich neben Geoff ein.

Er bog mit dem anderen Gentleman in Richtung Jermyn Street ab. »Die da wäre?«

»Lady Charlotte Carpenter und Kenilworth haben heute Morgen geheiratet. Das End of Season-Frühstück hat sich als ihr Hochzeitsfrühstück herausgestellt.«

»Was soll daran so verwunderlich sein?« Geoff wusste, dass sie Kenilworth heiraten würde. Jeder wusste, dass die beiden heiraten würden. Seltsamerweise war Geoff, obwohl er sie zuvor zur Frau haben wollte, kein bisschen betrübt darüber. Er hatte nun Miss Turley. Oder er würde sie bald haben. »Zumindest abgesehen davon, dass Lady Worthington es nicht als Hochzeitsfrühstück angekündigt hat?« Was bei näherer Betrachtung doch recht merkwürdig war.

»Wie es aussieht, wusste Kenilworth selbst nicht, dass er heute in Ketten gelegt werden würde.« Endicott schmunzelte. »Das ist der Grund für die Heimlichtuerei um das Hochzeitsfrühstück.«

Wie konnte es überhaupt sein, dass ein Gentleman nicht wusste, dass er heiraten würde? »Das ergibt keinen Sinn. Du musst es falsch verstanden haben.«

»Ganz und gar nicht. Ich war dort und habe den Mann selbst gehört. Kenilworth hat darüber gelacht, dass er Worthington tagelang hinterhergerannt war, um ein Datum festzulegen, und dass Lady Charlotte sich all die Mühe gemacht hatte, um ihn im Ungewissen zu lassen.« Wieder lachte Endicott. »Ich habe noch nie einen Mann gesehen, der so froh war, dass er angeschwindelt wurde.«

Geoff war sich nicht sicher, ob er gerne der Bräutigam auf einer Überraschungshochzeit sein würde. Genau genommen hatte er für Überraschungen im Allgemeinen nichts übrig. Und zum ersten Mal war er sogar froh darüber, dass er Lady Charlotte nicht geheiratet hatte, wenn sie solche albernen Dinge tat.

Er konnte sich nicht vorstellen, dass Miss Turley sich so unverschämt verhalten würde. Vielleicht hatte er mehr Glück als gedacht damit gehabt, dass er Charlotte *verloren* hatte. Das machte ihn natürlich noch entschlossener, Miss Turley zum Altar zu führen. Trotz allem, was seine Cousine gesagt hatte, wollte er sie nicht verlieren. Irgendwie würde er sie schon vor den Altar kriegen.

Endicott erzählte weiter vom Hochzeitsfrühstück, während sie sich auf dem Weg in die Jermyn Street befanden. Schließlich fragte er: »Wie läuft deine Suche nach einer Ehefrau?«

»Unter uns gesagt, ich hatte gehofft, heute um Miss Turleys Hand anzuhalten.« Geoff verzog das Gesicht. »Aber ihr Vater ist für ein paar Tage nicht in der Stadt.«

»Turley, hm? Was für ein Pech«, sagte Endicott mitleidig. »Scheint ein nettes junges Ding zu sein. Hübsch ist sie allemal, aber zu schüchtern für meinen Geschmack.«

Geoff hatte nicht vor, Endicott mitzuteilen, dass Miss Turley nicht annähernd so schüchtern war, wie sie neben Lady Charlotte oder Lady Louisa wirkte – vielleicht, weil Miss Turley sich nicht in den Mittelpunkt drängte. Er konnte gerade nicht gebrauchen, dass Endicott sich auch noch für sie interessierte. Außerdem stellte er fest, dass er nicht gern hörte, wie sie als »Ding« bezeichnet wurde. Es war vielleicht ihre erste Saison, aber sie war überaus reif. »Sie passt zu mir.«

»Meine Mutter sitzt mir schon im Nacken damit, dass ich heiraten soll, aber es sieht aus, als müsste ich bis zur nächsten Saison warten«, beichtete Endicott. »Ich kann kaum behaupten, dass ich mich für eine der verbliebenen Damen interessiere.«

»Mir kam zu Ohren«, sagte Geoff, »dass viele Familien ihre Töchter mit nach Brüssel nehmen, nun, da die Engländer in Paris nicht mehr willkommen sind.«

»Ich halte das für keine sonderlich gute Entscheidung, wenn Boney doch gerade vorrückt.« Da Endicotts Einstellung dieselbe war wie Geoffs, gab es zu dem Thema nichts mehr zu sagen.

Als sie ihre jeweiligen Häuser erreichten, sagte Geoff: »Ich schätze, ich sehe dich auf Lady Somersets Ball.«

»Klar doch.« Endicott salutierte ihm. »Viel Glück mit deiner Lady.«

»Dankeschön.« Geoff wünschte sich bloß, er wäre selbstbewusst genug, Miss Turley vor anderen als sich selbst als *seine* Lady zu bezeichnen.

Als er seine Räumlichkeiten betrat, entdeckte er mehrere Briefe auf dem kleinen Mahagoni-Tisch an der Wand. Er wählte den aus dem Auswärtigen Amt und öffnete ihn.

Sehr geehrter Lord Harrington,

ich schreibe Ihnen, um Sie darüber in Kenntnis zu setzen, dass Sir Charles Ihnen seine Grüße ausrichten lässt und Sie bittet, vor Mitte Juni verfügbar zu sein. Sie sind dazu angehalten, nach Brüssel zu reisen, wo Sir Charles derzeit den Prinzen von Orianien berät.

Ihr Diener, etc.

Mitte Juni! Verflucht. Damit blieben Geoff nur noch knapp über zwei Wochen, um zu heiraten und sich auf den Weg nach Belgien zu machen. Er würde Miss Turleys Bruder noch heute ausfindig machen und hoffen müssen, dass er nicht nach Suffolk zu fahren brauchte, um ihren Vater zu treffen.

Das letzte Mal, als er die Stadt verlassen hatte, war es nicht gut für ihn ausgegangen.

Kurz nach dem Mittagessen erklomm Geoff noch einmal die schmalen Stufen des Turley Hauses und klopfte an die Tür.

»Mylord.« Der Butler verneigte sich. »Mr. Turley erwartet Sie in der Bibliothek.« Anders als bei Worthington war dieses Mal, als Geoff eine Nachricht hinterlassen hatte, dass er einen Herrn wegen einer Lady sprechen wollte, der Herr immerhin anwesend.

Er folgte dem Butler den Gang auf der linken Seite des Flurs entlang ins hintere Ende des Hauses. Die Tür öffnete sich in ein Zimmer voller Bücherregale und Fenster. Ein massiver Schreibtisch mit Stühlen stand in der Mitte des Raumes, zwischen den beiden Fenstern. Gavin Turley saß in einem großen Ledersessel hinter dem Tisch.

»Sir.« Der Diener verneigte sich. »Der Earl of Harrington ist hier, um Sie zu sprechen.«

Turley stand auf. »Harrington, sei gegrüßt.« Er wies Geoff an, ihm zu einem kleinen Sofa vor einem Kamin zu folgen, der nicht angezündet war. »Nimm doch bitte Platz. Broadwell wird uns Tee bringen, es sei denn, du hättest lieber Brandy oder Wein.«

»Tee, bitte.« Es wäre keine gute Idee gewesen, während des Gesprächs Alkohol zu trinken. Zu viel hing davon ab, dass er die Antwort erhielt, die er wollte.

Turley setzte sich auf den Sessel gegenüber von Geoff. Sie unterhielten sich über die Geschehnisse auf dem Kontinent, bis der Tee gebracht und auf dem Tisch zwischen ihnen abgestellt wurde.

Als sie beide ihre Tasse hatten, sagte Turley: »Ich nehme an, du möchtest über meine Schwester reden.«

Geoff trank einen Schluck und setzte die Tasse ab. »Ich hatte gehofft, mit deinem Vater über meine Absichten ihr gegenüber sprechen zu können.«

»Leider wurde er weggerufen. Angelegenheiten auf dem Anwesen, du weißt schon. Ich habe keine Ahnung, wann er zurückkommt.« Turleys Tonfall war wohlwollend, doch unter der Gutmütigkeit des Mannes lag etwas, das Geoff nicht einordnen konnte.

Geoff neigte seinen Kopf und fragte sich, ob er seine Zeit damit verschwendet hatte, hierher zu kommen. Er nahm noch einen Schluck Tee. »Natürlich.«

»Er hat mich allerdings damit beauftragt, auf Elizabeth aufzupassen.« Turleys Lächeln wirkte etwas zu breit, und Geoff war plötzlich leicht durcheinander. »Was genau möchtest du besprechen?«

Dem Schicksal sei Dank würde er nicht länger warten müssen. Das war nun endlich seine Chance, sich mit Miss Turley zu verloben.

Seine Gelegenheit, sich eine Frau zu beschaffen und rechtzeitig Brüssel zu erreichen. »Wie du weißt, habe ich Gefallen an deiner Schwester gefunden.« Der andere Mann zog eine Braue hoch, als ob er Geoff nicht ganz glauben würde. »Ich möchte Miss Turley heiraten. Die Zeit, die ich mit ihr verbracht habe, hat mich davon überzeugt, dass wir gut miteinander auskommen würden.«

»Ich verstehe.« Turley lehnte sich gegen die prallen Polster des Sessels und presste die Handflächen zusammen. »Weiß meine Schwester, dass du daran interessiert bist, sie zu heiraten?«

Mist. Der Mann musste wissen, dass Geoff nicht mit ihr darüber gesprochen hatte. »Selbstverständlich wollte ich zuerst mit ihrem Vater sprechen.«

»Sehr anständig.« Turley gab beunruhigend schnell nach. »Was die Zeit angeht, die du mit ihr verbracht hast: Sie reicht meines Erachtens nicht aus, um sich eine Meinung darüber zu bilden, ob meine Schwester einer Heirat mit dir zustimmen würde oder nicht. Lord Littleton ist, so wage ich zu behaupten, ebenso häufig in ihrer Gesellschaft gewesen wie du. Trotzdem kann und werde ich dir die Erlaubnis erteilen, ihr den Hof zu machen. Es bleibt jedoch Elizabeth überlassen, ob sie deinen Antrag annehmen will.«

»Lord Turley ...«

»Spar es dir«, sagte Turley und schnitt Geoff damit das Wort ab.

Das war überhaupt nicht, was er erwartet hatte. Im Grunde genommen war es das komplette Gegenteil. Seit Beginn der Saison hatte sich herumgesprochen, dass Lord Turley seine Tochter verheiraten wollte und bereit dazu war, jedes angemessene Angebot anzunehmen.

Stimmten die Gerüchte nicht oder log Mr. Turley? Geoff wollte beinahe Seine Lordschaft aufsuchen, doch das würde bedeuten, dass er tagelang unterwegs sein würde, und angesichts der Tatsache, dass Littleton an ihren Röcken herumschnüffelte, hatte Geoff keine Zeit zu verlieren. Er würde sich einfach mit der Antwort ihres Bruders abfinden müssen.

»Ich danke dir.« Er verbarg seine zunehmende Wut darüber, keine sofortige Zusage bekommen zu haben. »Weißt du, ob Miss Turley zu Hause ist?«

»Gerade nicht.« Gavin Turley grinste, als hätte er einen erbitterten Wettkampf gewonnen. »Komm doch zum Tee vorbei. Dann wird sie da sein.«

Geoff stand auf und streckte seine Hand aus, als der andere Mann zwischen den beiden Stühlen um den Tisch herumkam. »Vielen Dank. Das werde ich tun.«

»Dann sehen wir uns später.« Turley begleitete Geoff bis zur Haustür. »Ich wünsche dir viel Glück bei deinem Vorhaben. Falls es dir ein Trost ist, ich finde auch, dass du und meine Schwester gut zusammenpassen würden. Allerdings ist sie es, die du davon überzeugen musst.«

»Danke nochmal.« Die Tür schloss sich hinter ihm, als er die Treppenstufen hinabstieg.

Verflucht. Seine Großmutter und seine Cousine hatten recht. Er würde mehr tun müssen, als nur zwei Mal pro Abend mit ihr zu tanzen, ihr Blumen zu schicken und sie auf Spazierfahrten im Park mitzunehmen. Es führte kein Weg daran vorbei, sich zum Narren zu machen. Er würde diese verdammte Liste wiederfinden müssen.

Irgendwie würde er Miss Turley davon überzeugen, seine Braut zu werden, koste es, was es wolle. Wenn er doch nur einen Weg fände, Littleton aus der Stadt zu bringen, dann hätte Geoff keine Konkurrenz mehr um ihre Gunst.

KAPITEL 11

Elizabeth spähte am oberen Ende der Treppe um die Ecke und sah gerade noch rechtzeitig, wie Lord Harrington zur Vordertür hinausging. Ihre Tänze mit ihm hatten sie mehr denn je verwirrt. In letzter Zeit schien er sich gar nicht mehr richtig unterhalten zu können.

Sie wartete, bis genug Zeit verstrichen war, dass er den Bürgersteig erreichte, bevor sie ihren Bruder ansah. »Was hat er gesagt?«

»Ich erzähle es dir in der Bibliothek. Wenn unsere Tante da ist, bring sie besser gleich mit. Ich will die Geschichte nicht doppelt erzählen müssen.«

»Sie ist eine Freundin besuchen gegangen.« Elizabeth eilte die Treppen hinunter, um Gavin einzuholen, der ihr die Tür zur Bibliothek aufhielt. Sie ließ sich auf dem kleineren der beiden Stühle vor dem Schreibtisch nieder und faltete die Hände in ihrem Schoß. »Erzähl mir alles.«

»Ich vermute, du weißt, dass er darum gebeten hat, dich zu heiraten.« Sie nickte. Das war der einzige Grund, warum Lord Harrington mit ihrem Bruder sprechen wollen würde. »Ich habe ihm gesagt, dass nur du diese Entscheidung fällen kannst.« Sie öffnete den Mund, und er hob die Hand. »Das hat ihn natürlich nicht gefreut, aber ich habe ihm gesagt, dass ich ihm die Erlaubnis gäbe, dir den Hof zu machen.« Oh, das war perfekt! »Und was hat er dazu gesagt?«

»Er sah nicht glücklicher aus als zuvor, aber er hat sich bedankt und gefragt, ob du zu Hause bist.« »Wir lagen alle richtig. Er will mich heiraten, aber ohne sich die Mühe zu machen, meine Beachtung zu gewinnen.«

»Du hast wahrscheinlich recht.« Ihr Bruder nickte. »Andererseits möchte er vielleicht einfach sicherstellen, dass er Littleton aussticht. Ich habe ihm gesagt, dass er uns zum Tee Gesellschaft leisten kann.«

»Tee, schon wieder?« Das letzte Mal, als er zum Tee vorbeigekommen war, hatte das überhaupt nichts bewirkt.

»Ich werde dafür sorgen, dass du etwas Zeit mit ihm allein verbringen kannst.« Die lockere Art ihres Bruders wurde plötzlich nüchtern. »Lizzy, ist das ... er ist, wen du willst, oder?«

»Ich bin mir fast sicher«, versuchte sie ihn zu beruhigen. »Wir haben einiges gemeinsam.« Auch wenn Lord Harrington es selbst noch nicht gemerkt hatte. »Und ich würde das Leben einer Diplomatengattin über alles lieben. Ich war schon immer an Auslandsreisen interessiert.«

Gavin ging um den Tisch herum und nahm ihre Hand. »Lizzy, ich möchte, dass du ein gutes Leben führst. Das Leben, das du willst. Wenn du denkst, dass Harrington der Richtige ist, dann werde ich dich weiterhin unterstützen.«

»Dankeschön.« Als sie ihre Tränen fortblinzelte, erinnerte Elizabeth sich daran, wie wütend sie gewesen war, als er den Plan ihrer Cousine, Lord Merton zur Heirat zu zwingen, durchkreuzt hatte. Letztendlich hatte Gavin recht. Dotty und Merton gehörten zusammen. Vater jedoch wollte, dass Elizabeth einen anständigen Mann heiratete, und zwar noch in dieser Saison. Er war sauer auf Gavin, weil er sich eingemischt hatte, doch ihr Bruder blieb standhaft und inzwischen unterstützte er sie wieder. »Du bist der beste Bruder, den man haben kann. Aber Vater ...«

»Ich kümmere mich um ihn.« Gavin blickte einen Moment lang finster drein. »Aber wenn du merkst, dass du Harrington doch nicht willst, schicke ich ihn sofort weg, bevor Vater zurückkommt.« Ihr Bruder drückte leicht ihre Hand. »Ich will dich nicht hetzen, aber du musst bald eine Entscheidung treffen. Ich bezweifle, dass Grandmamma unseren Vater für den Rest der Saison auf dem Land festhalten kann. Nicht, seit er weiß, dass Harrington nach ihm sucht.«

Sie war überrascht, dass ihr Vater überhaupt zugestimmt hatte, zu gehen. »Ja.« Elizabeth nickte. »Ja, natürlich.« Nicht nur war Vater ein Problem, ihre Tante hatte darüber hinaus gesagt, dass Lord Harrington nur noch wenig Zeit blieb, um zu heiraten und zum Kontinent aufzubrechen. Auch wenn sie warten wollte, sie konnte es nicht. »Wenn er anfängt, mir ernsthaft den Hof zu machen«, denn schließlich konnte niemand behaupten, dass ein Tanz pro Abend und die gelegentliche Spazierfahrt als *ernsthaft* bezeichnet werden konnten, »sollte ich mir bald eine Meinung bilden können.«

»Mehr verlange ich nicht.« Gavins Mundwinkel zogen sich in die Höhe und das Funkeln kehrte in seine Augen zurück. »Unternimm etwas, das dich ein paar Stunden lang von Harrington ablenkt. Nimm deine Zofe und einen Bediensteten mit.«

»Das ist eine wunderbare Idee.« Elizabeth nahm ihr Taschentuch heraus, tupfte sich die Tränen aus den Augen und schnäuzte sich. »Ich glaube, ich sollte ein paar Besorgungen machen.«

»Such dir aus, was du willst, lass die Rechnungen hierher schicken und ich werde sie begleichen. Dir soll schließlich nicht vor dem Quartalstag das Geld ausgehen.«

Nicht, dass ihre Gelder jemals knapp wurden. Sie hatte schon früh gelernt, sich ihr Nadelgeld gut einzuteilen. »Danke nochmal.« Sie erhob sich, um ihn zu umarmen, und er wich zurück. »Ich hätte fast vergessen, dass du es nicht leiden kannst, wenn dein Halstuch zerknittert.«

»Überhaupt nicht.« Er glättete eine der Falten in seinem Halstuch. »Wenn du wüsstest, wie viel Zeit es mich gekostet hat und wie viele Anläufe ich gebraucht habe, um diese mathematische Präzision zu erreichen, dann würdest du niemals wieder versuchen, mich zu umarmen.«

Obwohl sie es liebte, einen Gentleman in einem gut gebundenen Halstuch zu sehen, verstand sie nicht, warum es notwendig war, dass sie ihre Halstücher selbst banden. »Es würde wahrscheinlich nicht halb so lange dauern, wenn du sie von deinem Leibdiener binden lassen würdest.«

Gavin fiel vor Verwunderung die Kinnlade hinunter. »Ich bin doch kein Lackaffe, der seinen Diener sein Halstuch binden lässt.« Er streckte die Hand aus, als wolle er nach seinem Halstuch greifen, dann ließ er die Hand sinken. »Ich würde niemals wieder in den Spiegel sehen können.«

»Ich werde es nie wieder ansprechen«, sagte sie, um ihn zu beruhigen. Er erwies ihr schließlich einen großen Dienst, was Lord Harrington anging. »Ich dachte nur, es wäre einfacher.«

»Es geht nicht um einfach, mein Mädchen. Es geht darum, die Fähigkeit zu entwickeln. Beau Brummell soll sein Halstuch angeblich bis zu zwanzig Mal am Tag binden, bis er zufrieden mit dem Ergebnis ist.«

Auch nach dem Bruch mit dem Prinzregenten gab es niemanden, der so viel Einfluss auf die Herrenmode hatte wie Brummell. Sie stellte sich auf die Zehenspitzen, beugte sich vor und küsste ihn auf die Wange. »Wir sehen uns heute Nachmittag.«

Nachdem sie Cook mitgeteilt hatte, dass sie zum Tee Besuch empfangen würden, stellte Elizabeth fest, dass ihre Tante zurückgekehrt war. Sie erzählte ihr von Harringtons – würde sie ihn privat eigentlich bei seinem Adelstitel nennen, wenn sie heirateten? – Besuch bei Gavin. Natürlich befand ihre Tante Gavins Antwort an Seine Lordschaft für gut.

Einige Minuten später brachen sie in der großen Kutsche zur Bond Street und zur Bruton Street auf. Doch obwohl Elizabeth und ihre Tante *Hatchards* besuchten und dort mehrere Bücher fanden, die aussahen, als könnten sie sie gut ablenken, sowie Handschuhmacher, mehrere Hutmacher und *Phaeton's Bazaar*, konnte sie immer noch an nichts anderes denken als Harringtons Besuch heute Nachmittag.

Konnte sie irgendetwas tun, damit er sich wünschte, mehr Zeit mit ihr zu verbringen? Sie hatte bereits versucht, ihn dazu zu bringen, mehr von sich zu erzählen, aber die Unterhaltung schweifte immer wieder zurück zu seiner Anstellung bei Sir Charles. Vielleicht sollte sie sich etwas dreister verhalten. Andererseits wollte sie Harrington nicht auf den Gedanken bringen, sie sei ein unerzogenes Balg. Wenn er sich doch nur mehr dafür interessieren würde, was sie mochte, könnten sie sich über ihre Unterschiede und Gemeinsamkeiten unterhalten.

Kurz gesagt war alles, was sie über ihn wusste, dass er unfassbar gutaussehend war, es liebte zu reisen, ein ausgezeichneter Tänzer war und sich auf seine künftige Anstellung freute ... Jetzt, wo sie darüber nachdachte, wusste sie weitaus mehr über ihn, als sie gedacht hatte. Nur nicht, was er wirklich von ihr hielt.

Doch, abgesehen davon, ihn geradeheraus zu fragen – was sie nie tun könnte – wie sollte sie es herausfinden?

Dann fielen Elizabeth wieder die Worte ihrer Tante ein.

»Es ist nichts Falsches daran, sich von einem Mann jagen zu lassen.«

Sie seufzte tief. Es wäre vielleicht besser, sich darauf zu konzentrieren, wie sie *feststellen* konnte, ob Lord Harrington etwas an ihr lag. Es musste Anzeichen, Verhaltensweisen geben, die er an den Tag legen würde.

Sie dachte wieder darüber nach, wie sich die Gatten ihrer Freundinnen verhielten, und sie hatten alle eines gemeinsam: Sie waren besitzergreifend.

Die Blicke der Männer folgten ihrer Auserwählten, wann immer sie sich von ihnen weg wagte, und sie wichen ihr nicht von der Seite, wenn sie in der Nähe war. Elizabeth waren zudem bestimmte böse Blicke der Gentlemen aufgefallen, wann immer ein anderer Herr zu freundlich zu ihrer Lady war. Einmal hatte Lord

Merton einen Gentleman, der mit Dotty tanzen wollte, sogar fortgejagt.

Würde Harrington sie jemals ständig an seiner Seite haben wollen? Und wenn ja, konnte sie daran erkennen, ob ihm etwas an ihr lag? Ob er sie liebte?

Wenn dem so war, dann war er noch weit davon entfernt.

»Was beschäftigt dich denn so?«, fragte ihre Tante.

»Ich weiß einfach nicht, ob ich anhand von Lord Harringtons Benehmen erkennen kann, ob ihm etwas an mir liegt.«

»Meine liebe Elizabeth.« Ihre Tante schmunzelte. »Glaub mir, wenn ich dir sage, dass sein Benehmen es klar und deutlich machen wird, wie er für dich empfindet.«

Sie erinnerte sich daran, was ihre Freundinnen ihr über den Geschlechtsakt erzählt hatten, und kämpfte gegen die Hitze, die in ihren Wangen aufstieg. »Das hoffe ich jedenfalls.«

Geoff hielt Nettle den Arm entgegen und wartete, bis dieser ihm sorgfältig ein weiteres frisch gestärktes Leinentuch in die Hand legte. Er holte Luft, bevor er das Tuch um seinen Hals wickelte und anfing, es zusammenzubinden. Ein paar Minuten später war ihm schließlich der perfekte Wasserfallknoten gelungen.

Sein Leibdiener strahlte. »Vortrefflich, wenn ich das so sagen darf, Mylord.«

»Das dürfen Sie, und nach nur vier Versuchen.« Seit er gesehen hatte, wie Lord Alvanley sein Halstuch trug, war Geoff versessen darauf, dasselbe Ergebnis zu erzielen.

Er hatte oft genug gehört, dass die Damen gut gebundene Halstücher mochten. Er hoffte nur, dass es auch Miss Turley gefallen würde. »Wo ist diese Liste?«

»In Ihrer Schreibtischschublade, Mylord.«

Nachdem er erfahren hatte, dass er Miss Turley tatsächlich den Hof machen musste, hatte er beschlossen, bei jedem Treffen mit ihr mindestens drei der Vorschläge seiner Großmutter und seiner Cousine umzusetzen.

Geoff öffnete die Schublade und fand das Stück Papier obenauf. Er nahm es heraus und las ihre Empfehlungen durch, bis er auf eine stieß, von der er dachte, dass sie es wert war.

Frage sie nach ihren Vorlieben. Am Ende des Gesprächs solltest du ihre Lieblingsfarbe kennen, wissen, welche Blumen sie am liebsten mag, und welches ihr Lieblingsmusikstück ist.

Noch mehr Blumen waren bereits in Auftrag gegeben. Während des Tees mit ihr würde er einen zweiten Tanz auf dem morgigen Ball verlangen und sie zudem bitten, am Tag darauf eine Spazierfahrt mit ihm zu unternehmen. Das wären dann zwei Abende hintereinander, an denen er zweimal mit ihr tanzen würde, und zwei Tage hintereinander, an denen sie zusammen spazieren fahren würden. Vielleicht würde er dadurch Fortschritte mit ihr machen.

Er wandte seine Aufmerksamkeit wieder der Liste zu.

Nimm sie dorthin mit, wo sie gerne hingehen würde. Eisessen bei Gunter's ist immer nett. Ein Picknick in

*Richmond ist auch schön, ebenso wie ein Theaterbe-
such, dazu müsste man aber eine Zusammenkunft organisieren.*

Die Wahl fiel auf *Gunter's*. Er hatte weder Zeit noch
Lust, mit einer Schar anderer Menschen nach Richmond zu fahren. Eine Zusammenkunft für das Theater
zu organisieren, wäre ziemlich einfach. Er würde nur
ihren Bruder und ihre Tante einladen müssen. Geoff
würde herausfinden müssen, welche Art von Theater-
stück ihr gefiel. Er hatte eine Vorliebe für Komödien,
aber es ging darum, was Miss Turley wollte. Er hoffte,
dass ihre Geschmäcker ähnlich waren.

Er kam an ihrem Haus an, als Lady Bristow gerade
aus ihrer Kutsche geholfen wurde.

»Guten Nachmittag, Mylady.«

»Lord Harrington, wir freuen uns, dass Sie zu uns
kommen konnten.«

»Das tue ich auch.« Geoff eilte herüber und drängte
den Stallburschen zu Seite, um Miss Turleys Hand zu
nehmen. »Miss Turley, ich hoffe, Sie hatten einen ver-
gnüglichen Tag.«

»Guten Nachmittag, Mylord.« Sie lächelte zu ihm
hoch, als sie ihre Hand auf seinen Arm legte. »Den hatten wir in der Tat. Und Sie?«

Er blickte zu ihren fröhlichen blauen Augen hinab.
Ihr den Hof zu machen, würde nicht annähernd so
mühsam werden, wie er ursprünglich gedacht hatte.
»Er ist gerade sehr viel besser geworden.«

Eine zarte Röte stieg ihr in die Wangen. »Lassen Sie
uns den Tee einnehmen. Ich glaube, Cook hat ihre be-
sonderen Kekse gebacken.«

»Mylady, Miss Turley.« Littleton schritt auf sie zu.

Verflucht sei dieser Mann. Warum konnte er sich nicht von Miss Turley fernhalten?

Hatte Geoff sein Interesse an ihr wirklich nicht klar gemacht? Er war sich so sicher gewesen ... Doch vielleicht lag seine Großmutter richtig und er war der Einzige, für den es so deutlich war, dass er Miss Turley heiraten wollte.

Glücklicherweise musste Littleton zuerst Lady Bristow begrüßen, bevor er sich Miss Turley widmen konnte. Geoff flüsterte ihr zu: »Haben Sie vielen Dank, dass Sie unseren zwei Tänzen und der Spazierfahrt morgen zugestimmt haben. Sie haben mich damit zu einem überaus glücklichen Mann gemacht.«

Sie lächelte ihm wieder zu, und er merkte, wie sehr er es genoss, wenn sie ihn ansah. Nun musste er nur noch Littleton davon abhalten, Fortschritte mit ihr zu machen.

»Sie dürfen sich gerne zum Tee dazugesellen, Lord Littleton«, sagte Lady Bristow.

Geoff fluchte in sich hinein. Das war ganz und gar nicht, was er sich erhofft hatte.

»Dankeschön Ma'am«, er verneigte sich, »das würde ich gerne.«

Nun, da Geoff die Erlaubnis erhalten hatte, Miss Turley den Hof zu machen, sollte er Littleton vielleicht darauf hinweisen, dass er nicht erwünscht war.

Geoff legte seine andere Hand über Elizabeths Hand auf seinem Arm, doch als sie sich umdrehten, um ins Haus zu gehen, sagte Littleton: »Miss Turley. Sie sehen heute besonders reizend aus. Ich kann es nicht erwarten, mit Ihnen spazieren zu fahren und Sie wiederzusehen.«

Hölle und Verdammnis! Geoff hatte recht. Sie würde heute mit diesem Halunken unterwegs sein. Er musste sicherstellen, dass es nie wieder dazu kommen würde.

»Dankeschön, Mylord.« Ihre Mundwinkel zogen sich hoch und er war froh, dass das Lächeln, das sie dem Mann schenkte, nicht so strahlend wie das war, das sie ihm geschenkt hatte.

Verflucht. Was zum Teufel ging in ihm vor, dass er sie nun so genau beobachtete, dass er den Unterschied in ihrem Lächeln bemerkte oder hoffte, bemerkt zu haben?

Dass ihm zugestanden wurde, ihr den Hof zu machen, bedeutete natürlich nicht, dass andere Gentlemen sich fernhalten mussten. Vielleicht hatte Turley auch noch nicht mit Littleton gesprochen. Ja. Das musste es sein. Offenbar war es an Geoff, Seine Lordschaft darüber in Kenntnis zu setzen, dass Elizabeth vergeben war. Obwohl es vielleicht besser wäre, es ihm zu zeigen. Er müsste beim Tee einfach all ihre Aufmerksamkeit für sich beanspruchen.

Als sie sich auf dem Sofa niederließ, ignorierte er die Hand ihrer Tante, die ihn auf einen Sessel neben dem Sofa hinwies, und setzte sich direkt neben sie. Er glaubte, Littletons Lippen zucken gesehen zu haben, und fragte sich, was der Mann vorhatte und was Geoff tun könnte, um die Aufmerksamkeit Seiner Lordschaft Elizabeth gegenüber zu begrenzen.

Das Teetablett traf ein, gefolgt von ihrem Bruder. Während seine zukünftige Verlobte einschenkte – eine Verpflichtung, der sie, wie er freudig feststellte, mit genauso viel Anmut nachging wie seine Mutter – schlenderte Turley mit Littleton zu einer Glastür, die auf die Terrasse hinausführte. Die Männer sprachen mit so leiser Stimme, dass er sie nicht verstehen konnte. Doch Geoff vertraute darauf, dass Turley Littleton darüber informieren würde, dass er plante, Elizabeth zu heiraten. Dass sie nicht mehr auf dem Heiratsmarkt war.

Doch was, wenn Littleton sie auch heiraten wollte? Er hatte bereits zweimal bei zwei verschiedenen Anlässen mit ihr getanzt. Und Turley zufolge lag die Entscheidung bei seiner Schwester.

Verflixt, das war es, was Geoff vergessen hatte. Diese Woche würde noch ein Ball stattfinden. Er wollte sich die Gelegenheit nicht entgehen lassen, wieder zweimal mit ihr zu tanzen. »Miss Turley, würden Sie mir die Ehre erweisen, mit mir den ersten Walzer und den Supper-Tanz auf Lady Jerseys Ball zu tanzen?«

Eine leichte Falte bildete sich über ihren wohlgebogenen Augenbrauen. »Wie sehr ich mir wünsche, Sie hätten mich eher gefragt. Der erste Walzer ist bereits vergeben.« Sie neigte ihren Kopf ein wenig und lächelte. »Den zweiten Walzer habe ich noch frei, falls Ihnen das genügt.«

»Ja.« Er war nicht so bedeutsam wie der erste Tanz, aber er würde ausreichen. »Und der Supper-Tanz?«, fragte er fordernd, um sie zu erinnern, dass sie ihm diesen bereits versprochen hatte. »Ich glaube, das ist auch ein Walzer.«

»Ja. Ihr Name ist bereits auf meiner Tanzkarte.« Sie nickte. »Ich glaube, Sie liegen richtig damit, dass es ein Walzer ist.«

Er setzte seine Teetasse ab und sah sie an. »Ihr Garten sieht wundervoll aus.«

»Danke. Meine Mutter hat ihn pflanzen lassen.« Ihre Stimme war sanft und voller Sehnsucht, als würde sie sich liebevoll an ihre Mutter erinnern. Nach einem langen Augenblick sagte sie: »Möchten Sie einen Spaziergang machen?«

»Danke. Das würde ich sehr gerne.« Nachdem er aufgestanden war, reichte er ihr die Hand und sie griff danach. Solange niemand beschloss, sich ihnen anzuschließen, würde ihm das eine Gelegenheit verschaffen, herauszufinden, was ihre Lieblingsblume war und welche Farbe und welche Musik sie besonders mochte.

Littleton ging auf sie zu und Geoff verkniff sich ein Fluchwort.

»Miss Turley«, Seine Lordschaft verbeugte sich, »der Tee war wunderbar. Leider muss ich nun aufbrechen. Ich sehe Sie um fünf.«

Geoff hielt ihren Arm auf seinem Arm fest, sodass sie nicht knicksen konnte. »Ich freue mich darauf.«

»Und ich freue mich auf unsere Fahrt.« Littleton nickte Geoff zu. »Harrington.«

»Littleton.« Geoff nickte ebenfalls und versuchte, seinen Kiefer nicht zu sehr anzuspannen. Er hatte gehofft, dass dieser verdammte Kerl bald wieder aufs Land zurückkehren würde. Littleton war viel zu interessiert an Miss Turley. »Ich wünsche dir einen schönen Tag.«

»Tust du das wirklich?« Der Mann hob eine Braue. »Ich hätte eher gedacht, du wünschst dir mein Verschwinden.«

KAPITEL 12

Elizabeth unterdrückte ein Lachen. Harringtons Kiefer begann zu zucken und sie dachte eher, dass er sich wünschte, Lord Littleton würde in die Themse fallen und ertrinken oder einen ähnlich unglücklichen Unfall erleiden.

»Sollen wir?« Sie führte ihn nach draußen, bevor einer der Männer einen weiteren Kommentar abgeben konnte. »Meine Tante hat einen Brief von einer ihrer Freundinnen in Brüssel erhalten. Offenbar tun sie dort nichts anderes, als unzählige gesellschaftliche Veranstaltungen zu besuchen.«

»Davon habe ich auch gehört.« Er grinste und ernüchterte dann wieder. »Obwohl es nichts zum Spaßen ist. Sie wissen vielleicht bereits, dass Lord Fitzroy Somerset, unser Botschafter in Paris, gezwungen war, den Rest der Botschaftsangehörigen zu sammeln und nach Dieppe zu fliehen.«

»Das wusste ich nicht. Es gehört sich nicht für ein Land, seine Diplomaten so zu behandeln.« Sie war erleichtert, dass Lord Fitzroy die Voraussicht hatte, seine Leute mitzunehmen und abzureisen, statt in der Hoffnung dortzubleiben, dass sie die erforderlichen Pässe noch erhalten würden.

Sie hatte ihn zur Laube an einem Ende des Gartens geführt, wo sie außerhalb der Sichtweise des Hauses waren.

»Da muss ich Ihnen zustimmen.« Lord Harrington hob ihre nackte Hand an seine Lippen, sodass ihr kurz der Atem stockte, und drückte einen Kuss auf ihre Knöchel. »Ich würde lieber über Sie reden. Ich habe den Eindruck, dass wir uns immer über andere Dinge unterhalten, und mir ist aufgefallen, dass ich nicht einmal Ihre Lieblingsfarbe kenne.«

Ihr Herz begann, schneller zu schlagen. Genau darauf hatte sie gewartet. Sein Interesse an der Person, die sie war, und nicht daran, wie gut sie sich als Ehefrau eignete. »Rosa.«

»Jedes Rosa?«, fragte er. »Es scheint eine Menge verschiedener Töne zu geben.«

»Das gleiche Rosa wie das der Rosen, die Sie mir geschickt haben. Meine Mutter hat dutzende Sträucher mit rosa Rosen in verschiedenen Tönen gepflanzt.« Sie hatten aufgehört zu spazieren und sie blickte ihm tief in die Augen. »Sie erinnern mich an den Frühling und daran, wie die Erde in neuem Glanz erscheint. Was ist Ihre Lieblingsfarbe?«

Harrington schien verblüfft. »Das hat mich noch nie jemand gefragt.« Er hielt einen Moment inne. »Ich glaube, es muss wohl Grün sein, wie die Blätter der Eschen, wenn sie im Frühjahr erblühen.«

»Ich darf also annehmen, dass wir beide den Frühling mögen?« Sie war froh, dass sie nicht scherzhaft oder zu schüchtern geklungen hatte.

»Ich glaube, das kann man so sagen. Ich liebe, wie die Luft sich anfühlt und riecht, wenn es langsam mild wird.« Irgendwie war sie ihm ein Stück näher gekommen. Ihre Röcke streiften fast seine Beine. »Und Ihre Lieblingsblume?«

»Ich glaube, Sie kennen meine Lieblingsblüten bereits.« Hitze stieg ihr in die Wangen, als sein Blick sie traf.

»Tue ich das?« Er kam ihr noch ein Stück näher und verschränkte seine Finger mit ihren.

Elizabeths Herz klopfte so heftig, dass sie sich sicher war, dass er es hören konnte. »Die rosaroten Rosen, die Sie geschickt haben, waren umwerfend.« Ihr blieb der Atem weg, und er wurde allmählich perfekt. War das alles wegen Lord Littletons angeblichem Interesse? »Das sind meine Lieblingsblumen.«

»Welche Musik gefällt Ihnen am meisten?« Lord Harringtons Stimme war tief und ein Schauer lief ihr über den Rücken, als er seinen Kopf neigte, als würde er sie küssen wollen.

»Sie haben mir noch nicht Ihre Lieblingsblume verraten.« Sie hob ihr Gesicht zu seinem und ihre Lippen waren nur wenige Zentimeter voneinander entfernt.

»Die Rosen, die ich Ihnen geschickt habe.« Mit einem Finger strich er ihr sanft über die Wange und sie konnte nicht anders, als sich seiner Zärtlichkeit hinzugeben. »Die Blütenblätter erinnern mich an Ihre Wangen. Sanft und seidig.«

»Oh.« So geistlos es auch war, es war alles, was ihr in diesem Moment einfiel.

Bitte, lass ihn mich küssen.

Er nahm eine Locke und wickelte sie um seinen Finger, dann ließ er sie los. Mit seiner Handfläche zog er ihren Nacken enger an sich. Wenn er sie jetzt nicht küsste, würde sie wahnsinnig werden. »Und Ihre Lieblingsmusik?«

Musik? Warum sprachen sie über Musik, wenn sie sich küssen sollten? »Ich bin von Pleyel sehr angetan.«

Eine seiner Hände lag auf ihrer Taille, die andere spielte zärtlich mit ihren Locken. »Ich bevorzuge Storace und Beethoven.«

Sein Atem kitzelte ihr Ohr. Sie waren sich so nah, so nah. Wenn sie sich nur einen Zentimeter bewegen würde, würde ihr Rock seine Stiefel berühren. Wenn er sich dann bewegen würde, würden sich ihre Körper berühren. Sie versuchte sich davon abzuhalten, sich an ihn an zu schmiegen. Eine leise Stimme hielt sie zur Vorsicht an, doch einen Moment später konnte sie sie unter ihrem rasenden Blut nicht mehr hören.

Er hob ihr Kinn mit einem Finger. Und seine Lippen waren so nah, so nah an ihren.

Ja, ja, ja! Sie schloss die Augen, wissend, dass es nun endlich geschehen würde.

»Miss!«, rief ein Bediensteter von der anderen Seite der Hecke. »Ihre Ladyschaft sagt, Sie müssen sich bereit machen, wenn Sie nicht zu spät zu Ihrer Spazierfahren kommen wollen.«

»Ich bin gleich da.« Elizabeth würde ihre Tante umbringen. Sie sah Harrington in die Augen. In ihnen loderte eine Hitze, die sie noch nie zuvor gesehen hatte. »Es tut mir leid.«

»Mir auch.« Anstatt zurückzuweichen, streifte er mit seinen Lippen leicht über die ihren. Kein Kuss, aber das Versprechen eines Kusses. Es war, als hätte er einen Funken in ihr entzündet, und sie wollte wissen, was als nächstes kommen würde. »Ich sehe Sie heute Abend.«

»Ich freue mich darauf.« Vielleicht würde sie dann ihren ersten Kuss erleben können.

Harringtons Lächeln – herzlich und traurig zugleich
– berührte sie tief in der Seele. »Wir sollten gehen, bevor Ihr Bruder kommt, um Sie zu suchen.«

»Natürlich«, antwortete sie stumpf. Offenbar hatte sie
vergessen, wie man dachte. Niemand hatte sie deswegen vorgewarnt. Ihre Freundinnen hätten ihr sagen
sollen, dass sie über nichts anderes als Küsse nachdenken würde. Oder nicht imstande sein würde, zu denken, wenn Küsse im Raum standen.

Er legte ihre Hand auf seinen Arm und führte sie aus
dem Garten zurück in den Salon. Gavin wartete dort,
um Harrington zur Haustür zu begleiten. Sie würden
erst später wieder Zeit allein miteinander verbringen
können. Sie seufzte, als sie das Zimmer verließen.

»Ich nehme an, das bedeutet, dass alles gut lief?«,
fragte ihre Tante.

»Besser, als ich gehofft hatte.« Elizabeth hob ihre Finger an ihre Lippen. » *Viel* besser, als ich gehofft hatte.«

So, wie er sich gestern Abend verhalten hatte, hätte
sie sich niemals träumen lassen, dass er sie küssen
wollte. Und zum ersten Mal hatte er nach ihren Interessen gefragt und sie hatten sich wirklich unterhalten.
Elizabeth fühlte sich, als würde sie in der Luft schweben oder auf Wolken treiben. Hatte sie sich so einfach
verliebt?

Sie blickte auf die Uhr. Sie hatte noch fünfzehn Minuten, um sich für ihre Kutschenfahrt mit Lord Littleton
fertig zu machen – eine Fahrt, für die sie nun keinen
Bedarf mehr hatte.

»Lizzy.« Die Stimme ihres Bruders weckte sie aus ihren Träumereien. »Was hast du mit Harrington angestellt? Er war fast übermütig, als er gegangen ist.«

Die Frage war nicht, was sie mit ihm angestellt hatte, sondern, was er mit ihr angestellt hatte. Sie schüttelte den Kopf. »Ich weiß es nicht.«

Geoff verließ Turley House und konnte nicht widerstehen, ein wenig zu stolzieren. Er hatte in den letzten zwei Stunden mehr mit Miss Turley – Elizabeth, er war sich sicher, dass er sie nun in Gedanken bei ihrem Vornamen nennen durfte – erreicht, als er es in den letzten zwei Wochen getan hatte. Nicht nur kannte er jetzt ihre Lieblingsfarbe – Rosa – wusste, welche Blumen sie mochte – rosa Rosen – und konnte ihren Lieblingskomponisten nennen – Pleyel, er hatte sie obendrein fast geküsst, und sie hatte es zugelassen. Elizabeth hatte sogar reagiert, als hätte sie gewollt, dass er sie küsste. Wäre da nicht ihr verdammtes Treffen mit Littleton gewesen, hätte Geoff sie geküsst und zwar solange, bis sie zustimmte, ihn zu heiraten. Dann würde sie ihm gehören.

Trotzdem konnte er sich nicht leisten, Littleton gegenüber gütig zu sein. Heute würde er Elizabeth das letzte Mal auf eine Kutschenfahrt mitnehmen. Geoff würde dafür sorgen, indem er von diesem Tag an ihre Nachmittage für sich beanspruchte.

Schuldbewusst erinnerte er sich an seine Reaktion auf das, was Grandmamma gesagt hatte. Nun, da er auf dem besten Weg war, sich Elizabeth als Ehefrau zu sichern, sollte er sich wohl bei ihr und seiner Cousine für ihre Ratschläge bedanken. Außerdem würde er seine Absichten dem Rest des *Ton* bekannt machen.

Er hatte etliche Gentlemen gesehen, die auf Bällen und anderen gesellschaftlichen Veranstaltungen stets an der Seite ihrer Ladies blieben. Er würde Elizabeth an diesem und jedem darauffolgenden Abend nicht von der Seite weichen. Zumindest, bis sie verheiratet waren. Niemand würde sie ihm wegnehmen.

Ein großer Rotschimmel, Endicotts Ungeheuer, wurde von einem Stallburschen vor dem Gebäude gleich hinter Geoffs Haus gehalten.

Er erkannte den jungen Bediensteten, der das Pferd hielt, und sagte: »Wenn Lord Endicott zurück ist, renn zurück in die Ställe und schnapp dir auch mein Pferd.«

Der Bursche zog an seiner Stirnlocke. »Ich werde mich beeilen, Mylord.«

Vielleicht war es Geoff gerade nicht möglich, seine Lady auf eine Kutschenfahrt mitzunehmen, aber er könnte ihr und ihrem Begleiter Gesellschaft leisten. Er grinste in sich hinein. Das würde Littleton überhaupt nicht gefallen.

»Du scheinst in weitaus besserer Stimmung zu sein als in letzter Zeit«, sagte Endicott, als er dem Burschen die Zügel abnahm und ihm eine Münze zuwarf.

»Das bin ich wahrlich.« Der Junge rannte davon, vermutlich, um Geoffs Hercules bereit zu machen, einen großen grauen Wallach, den er nun schon seit drei Jahren besaß. »Ich habe den Burschen angewiesen, mir mein Pferd zu bringen, und muss mich noch geschwind umziehen. Gehst du auch in den Park?«

»Jawohl. Nur um etwas frische Luft zu schnappen, versteht sich.«

Kurz darauf führte Geoff sein Pferd aus dem St. James Square in Richtung Hyde Park, wo er sich unter die feine Gesellschaft mischte, welche sich dort von ihrer besten Seite zeigte. Er war mitten auf der Kutschenstraße, als er Elizabeth entdeckte. Freudig stellte er fest, dass sie mehr Zeit damit verbrachte, Freunde zu grüßen, als mit Seiner Lordschaft zu sprechen.

Nachdem er sich einen Weg durch die Menge gebahnt hatte, kam er endlich neben Littletons Kutsche an und zog den Hut. »Guten Nachmittag, Miss Turley, Littleton.«

»Guten Nachmittag.« Das Lächeln auf Elizabeths Gesicht strahlte auf. »Ich hatte nicht erwartet, Sie hier zu sehen.«

»Nicht?« Geoff sah Littleton an, doch der Mann ignorierte ihn, also richtete Geoff seine Aufmerksamkeit auf Elizabeth. »Wie könnte ich nicht hierher kommen, wenn die schönsten Anblicke doch hier anzutreffen sind?«

So, wie sie errötete, konnte er sich sicher sein, dass sie wusste, dass sie damit gemeint war. »Sind sie das wirklich, Mylord?«

Er sah ihr in die Augen. »Ich bin fest davon überzeugt.« Ein paar Minuten lang hielt er mit dem Zweispänner mit, unterhielt sich mit Elizabeth und grüßte Freunde und Bekannte. Als er sich sicher war, dass die Neuigkeit über sein Interesse an ihr in aller Munde sein würde, verabschiedete er sich. »Bis heute Abend.«

Sie hielt ihm die Hand hin und er nahm sie. »Ich freue mich auf unsere Tänze.«

»Nicht mehr als ich.« Geoff presste seine Lippen auf ihre behandschuhten Finger und wünschte sich, sie wären nackt, wünschte sich, er könnte ihre rosigen Lippen küssen, wünschte sich, er hätte sie für sich allein. Wünschte ... er zügelte sein aufkommendes Verlangen. Ein Pferd mit einem steifen Schwanz zu reiten, wäre nicht gerade angenehm.

Littletons Rücken war gerade wie ein Schürhaken und er schenkte Elizabeths und Geoffs Unterhaltung weiterhin keine Beachtung. Mit etwas Glück hatte Seine Lordschaft nun verstanden, dass Miss Elizabeth Turley vergeben war.

»Das lief ja gut.« Elizabeth war überrascht, dass sie Harrington heute im Park angetroffen hatte.

Nicht einmal in ihren Träumen hätte sie gedacht, dass er seine Wünsche derart offen zeigen würde, indem er bei ihrer Kutsche blieb und mit ihr, nicht jedoch mit Lord Littleton sprach. Allerdings hatte Seine Lordschaft genauso wenig mit Harrington gesprochen. Vielleicht hatte er die fragenden Blicke und hochgezogenen Augenbrauen nicht bemerkt, doch sie hatte es. Jeder würde sie heute Nacht beobachten.

Sie sah Lord Littleton an. »Denken Sie nicht, dass Lord Harrington allmählich zur Besinnung kommt?«

»Ja, und zwar schneller, als ich gedacht hatte.« Lord Littleton nuschelte noch etwas, das sie nicht verstand.

»Wie bitte? Ich konnte den letzten Teil nicht verstehen.«

»Ich bin mir nicht sicher, ob ich wollte, dass Sie es hören.« Sie hatten eines der Eingangstore erreicht. Nachdem er durchgefahren war, seufzte er. »Ihr Bruder und ich haben verlangt, dass Sie versprechen, sich nicht in mich zu verlieben. Scheinbar hätte lieber ich ein Versprechen abgeben sollen, dass ich mich nicht in Sie verliebe.«

»Das kann nicht Ihr Ernst sein.« Sie rang nach etwas, das sie sagen konnte, um die plötzliche Spannung zwischen ihnen und den Worten, die aus ihr herausgeplatzt waren, zu lindern. »Sie sind noch nicht bereit zu heiraten.«

»Mit der richtigen Dame bin ich es offenbar doch.« Er hielt vor dem Haus ihres Vaters an. »Ich hätte es Ihnen nicht sagen sollen. Es hat die Dinge zwischen uns unangenehm gemacht. Harrington war immer der Gentleman, den Sie wollten, und es sieht so aus, als könnten Sie ihn nun haben.« Lord Littleton nahm ihre Hand. »Aber wenn es schiefläuft, wenn Sie merken, dass er nicht der Gentleman ist, den Sie wollen, würde ich Sie darum bitten, mich in Erwägung zu ziehen. Ich werde nie mehr als ein Baron sein, aber ich bin wohlhabend. Ich habe einige Anwesen und ich würde mein Bestes geben, um Sie glücklich zu machen.«

Er sah so aufrichtig und traurig aus. Einige Augenblicke lang verschlug es ihr die Sprache. »Sie sind ein wundervoller Mann ...«

Er hob eine Hand und ließ ihre Finger los. »Sie müssen nichts mehr sagen. Ich weiß, für wen Ihr Herz schlägt.«

Ein Bediensteter tauchte auf und half Elizabeth aus dem Zweispänner. »Ich danke Ihnen. Für alles.«

Lord Littleton nickte und fuhr die Straße hinunter.

»Mein Gott, wer hätte das gedacht?«, sagte sie mehr zu sich selbst als zu jemand anderem.

»Haben Sie etwas gesagt, Miss?«, fragte der Butler ihres Vaters.

Sie blickte zum oberen Ende der Treppe, wo Broadwell die Tür aufhielt. »Nichts, Broadwell. Überhaupt nichts.«

Nun, das war ja ein interessanter Tag gewesen. Die ganze Saison lang hatten Gentlemen ihr nur wenig

Beachtung geschenkt und jetzt wollten sie gleich zwei Männer heiraten. Doch nur einer raubte ihr den Atem und ließ ihr Herz höher schlagen. Ihre Lippen kribbelten noch immer dort, wo Harrington sie mit seinen berührt hatte.

Elizabeth hatte Mitleid mit Lord Littleton. Es gab kaum etwas Schlimmeres, als jemanden zu wollen, der einen nicht wollte. Wahrscheinlich würde sie nächste Saison nicht mehr in London sein, aber ihre Freundinnen würden es sein. Sie würde ihnen schreiben und sie um ihre Hilfe bitten, eine Gattin für Lord Littleton zu finden, die des Mannes würdig war.

Den Rest des Nachmittags und den frühen Abend über konnte Elizabeth nicht zur Ruhe kommen. Sie versuchte, sich hinzulegen, zu lesen und zu sticken, doch sie war zu nervös, um sich zu konzentrieren. Nein, das war nicht das richtige Wort. *Aufgeregt* beschrieb ihre Stimmung sehr viel besser. Sie wollte nichts mehr, als Zeit mit Harrington zu verbringen. Wenn dieser Abend doch nur früher kommen würde. Doch es schien, als ob sich die Uhr kein Stück bewegte und sie alle paar Minuten auf die Uhr blickte, anstatt jede Stunde, wie es ihr vorkam.

»Elizabeth«, sagte ihre Tante und platzte in den kleinen Salon herein. »Du wirst dich noch vor heute Abend zu Tode schwitzen, wenn du nicht aufhörst, auf und ab zu gehen.«

»Offenbar kann ich es nicht lassen.« Elizabeth blickte wieder auf die Uhr und ihre Tante seufzte.

»Es ist etwas kurzfristig, aber wenn du möchtest, werde ich Harrington schreiben und fragen, ob er mit uns das Abendessen einnehmen und uns dann auf den Ball begleiten möchte.«

»Oh, das würdest du wirklich tun?« Das wäre wunderbar. Es waren nur noch etwas über zwei Stunden bis zum Abendessen. »Denkst du, er wird die Einladung annehmen?«

»Alles, was ich tun kann, ist die Einladung zu verschicken.« Sie öffnete den Mund, um zu fragen, wann die Einladung verschickt werden würde, doch bevor sie ein Wort sagen konnte, fuhr ihre Tante fort: »Was ich umgehend tun werde. Ich schlage vor, du rufst Vickers und nimmst ein Bad. Das sollte dich zur Ruhe bringen.«

»Dankeschön.« Elizabeth küsste die Wange ihrer Tante und begab sich in ihr Zimmer.

Schneller, als sie erwartet hatte, war ihre Wanne bereit und mit warmem Wasser gefüllt. Sie zwang sich, im Wasser zu bleiben, bis es abkühlte. Sie versuchte, nicht daran zu denken, dass ihre Tante Harrington eine Einladung zum Dinner geschickt hatte, doch es klappte nicht.

Fing er langsam an, sie gern zu haben? Wollte er sie so sehr küssen, wie sie ihn küssen wollte? Sie hatte so viele Fragen und herzlich wenige Antworten.

Wenn ihr doch nur jemand sagen könnte, ob er zum Dinner vorbeikommen würde!

»Miss, es ist Zeit, dass Sie sich abtrocknen und fertig machen.« Vickers' pragmatischer Tonfall half dabei, Elizabeths blankliegende Nerven zu beruhigen.

Ihre Tante hatte recht. All diese Spekulationen und Sorgen taten ihr überhaupt nicht gut. Sie stieg aus der Wanne und nahm das Handtuch, das ihre Zofe ihr reichte. Nachdem sie ihre Bluse, ihre Strümpfe, ihr

Mieder und ihre Unterröcke angezogen hatte, saß sie da, während Vickers ihre Haare kämmte und frisierte.

Elizabeth schenkte ihrer Frisur und dem Kleid, das ihre Zofe auswählte, keine Beachtung. Es war klar, dass Harrington nicht kommen würde. Sie würde ihn auf dem Ball sehen, aber obwohl er sie heute fast geküsst und Zeit mit ihr im Park verbracht hatte, war es ihm offensichtlich nicht wichtig genug, mit ihr zu dinieren.

»Ich habe Sie noch nie so verstimmt gesehen«, sagte Vickers. »In der einen Sekunde auf dem Höhenflug und in der nächsten am Boden zerstört.«

Elizabeth hatte sich noch nie so gefühlt. Und es gefiel ihr überhaupt nicht. Sie würde ihrem Bruder sagen, dass sie nach Hause fahren wollte. Oder, wenn ihr Vater sie nicht aufnehmen wollte, mit ihrer Tante sprechen.

Einige Minuten später, fest entschlossen, die Stadt zu verlassen, schritt sie in den Salon und ihr Herz hörte auf zu schlagen. Harrington stand da, prachtvoll in einer dunkelblauen Jacke und Stiefelhosen. Sein Halstuch war mit derartiger Finesse gebunden, dass es Ewigkeiten gedauert haben und einige Anläufe gebraucht haben musste. Wie viel Zeit hatte es wohl gekostet, solch ein Meisterwerk zu erschaffen? Grundgütiger, sie benahm sich wie eine hohlköpfige Idiotin.

Dann wandte er sich zu ihr. »Guten Abend.«

»Sie sind gekommen.« Sie wollte sich auf die Zunge beißen. Was für eine törichte Aussage. »Ich meine ...«

»Ich konnte nicht wegbleiben.« Er küsste ihre Hände und nahm sie in seine. »Bitte, sagen Sie mir, dass Sie froh sind, mich zu sehen.«

»Das bin ich. Sehr froh, Sie zu sehen.« Ihr Herz fühlte sich an, als würde es gleich aus ihrer Brust platzen, und es fiel ihr schwer, Sätze zu formulieren. »Sie sehen gut aus.«

»Es war nett von Ihrer Tante, mich einzuladen.« Er hielt weiterhin ihre Hände, während er zu ihr hinabblickte.

»Ich freue mich, dass sie es getan hat.« Sie hätte sich noch mehr gefreut, wenn ihr *irgendjemand* gesagt hätte, dass er kommen würde. Um Himmels willen. Sie wusste nicht einmal, was sie gerade trug. Eines ihrer rosa Kleider, aber welches? Nicht, dass es einen Unterschied machte. Es war sowieso zu spät, sich umzuziehen. Trotzdem wollte sie gut für ihn aussehen.

KAPITEL 13

»Sie sind wahrlich ein Anblick.« Von dem Moment an, als Elizabeth förmlich in den Raum geschwebt war, konnte Geoff seinen Blick nicht von ihr abwenden. Ihr blassrosa Kleid schimmerte im Kerzenlicht und unter ihrem Rock zeichneten sich ihre Kurven ab. Anstecknadeln, die mit Aquamarinen bestückt waren, blitzten unter ihren Locken hervor. Dieselben Edelsteine hingen von ihren Ohren herab und ein großer, tränenförmiger Aquamarin schwebte zwischen ihren üppigen Brüsten.

Er wünschte sich sehnlichst, sie zu berühren. Er würde sie in Saphiren, Rubinen, Diamanten und Perlen einkleiden.

Ihren Handrücken zu küssen, würde nicht genügen – er musste sie berühren. Er glaubte nicht, dass er eine Frau jemals so sehr gewollt hatte wie sie. Und das Beste daran war, dass sie ihn auch wollte.

Der Puls an ihrem Hals hatte sich beschleunigt, als er ihre Hand berührt hatte. Ihr Duft, der sich mit ihrem üblichen Duft von Lavendel und Zitronen vermischt hatte, berauschte ihn. Würde sie süß oder säuerlich schmecken? Er konnte sich vorstellen, wie ihre Lippen unter seinen weicher werden und ihr Körper erhitzen würde, wenn er zuerst ihren Hals und dann ihre Brüste küssen würde. Bei Gott! Er war vernarrt in ihre Brüste.

Verdammt. Wenn das so weiterginge, würde er platzen, noch bevor er sie geküsst hatte.

»Ich würde gerne eine Zusammenkunft fürs Theater organisieren. Welche Stücke gefallen Ihnen am meisten?«

Sie blickte mit leicht geöffnetem Mund zu ihm hoch. Ihre Augen waren dunkler geworden. »Ich bevorzuge Komödien.«

»Soll ich es arrangieren?« Geoff wünschte sich, er könnte alleine mit ihr hingehen, ohne Aufsichtspersonen. »Ihre Tante, Ihr Bruder, Sie und ich.«

Elizabeths Mundwinkel zogen sich nach oben. »Das würde ich ungemein begrüßen. Ich war hier in London noch nicht im Theater.«

»Wenn das so ist, müssen wir gehen. Man kann eine Stadt nicht besuchen, ohne eine Aufführung gesehen zu haben.«

Als sie die Unterhaltung zwischen ihrer Tante und ihrem Bruder hören konnten, traten sie auseinander. Elizabeth ging zu einem Beistelltisch, auf dem ein Satz Kristallkaraffen stand. »Möchten Sie ein Glas Rotwein?«

»Ja, bitte.« Er brauchte eher einen Sprung in kaltes Wasser. Er nahm ihr das Glas Wein ab. »*Every Man in His Humour* wird derzeit am *Theater Royal* aufgeführt. Vielleicht könnten wir morgen Abend dorthin gehen.«

»Wir müssen meine Tante fragen. Eigentlich sind wir zu einem Ball eingeladen, aber vielleicht können wir ja absagen.«

Sein Augenmerk war nicht auf den morgigen Ball gerichtet, sondern auf den von heute Abend. Das war der Ball, an dem sie zweimal mit ihm tanzen würde – nicht zum ersten Mal, aber zum ersten Mal, seit er sie fast geküsst hatte – und an dem er sich darum bemühen würde, stets an ihrer Seite zu bleiben. »Das habe ich nicht vergessen. Ich dachte nur, Sie hätten im Theater mehr Vergnügen als auf einem weiteren Ball.«

»Ich würde liebend gerne ins Theater gehen.« Sie warf einen Blick auf die Tür, als Lady Bristow und Gavin Turley den Salon betraten. »Hier seid ihr. Ich dachte schon, ihr hättet uns vergessen.«

»Vielen Dank für die Einladung.« Geoff machte einen Schritt nach vorn und verneigte sich vor Lady Bristow. »Ich bitte um Verzeihung, dass ich etwas zu früh gekommen bin.«

»Das macht nichts, Mylord.« Sie neigte ihren Kopf. »Sie hatten ja meine Nichte, die Ihnen Gesellschaft leistete.«

Elizabeths Wangen erröteten. »Wir haben gerade über das Theater gesprochen. Lord Harrington hat uns eingeladen, ihn zu einer Komödie zu begleiten, die morgen Abend aufgeführt wird.« Sie schenkte ihrer Tante und ihrem Bruder jeweils ein Glas Wein ein, dann sich selbst. »Möchtet ihr hingehen?«

»Das würde ich gerne. Ich hatte vor, dich ins Theater mitzunehmen, aber wir scheinen ja nie einen freien Abend zu haben.« Ihre Tante nahm den Wein und nippte daran. »Gavin, hast du schon Pläne für morgen?«

»Ja, aber das sollte euch nicht davon abhalten, hinzugehen.« Er schüttelte Geoffs Hand. »Ihr braucht mich nicht als Vierten im Bunde.«

»Na gut.« Geoff trank einen Schluck vom vortrefflichen Rotwein. »Ich werde dem Intendanten mitteilen, dass wir kommen werden.«

Kaum hatten sie ihren Wein ausgetrunken, wurde das Abendessen angekündigt. Er hatte gehofft, dass es keine feste Sitzordnung geben würde, doch er wurde enttäuscht. Obwohl der Tisch nur für vier Leute gedeckt worden war, saß er rechts neben Ihrer Ladyschaft und gegenüber von Elizabeth, die rechts neben ihrem Bruder saß.

Schnell wurde ihm klar, dass es ein reichliches Abendessen werden würde. Der erste Gang bestand aus französischer Frühlingssuppe mit zwei Beilagen, gefolgt von Schweinelende und Ragout aus gebackenem Kabeljau in Sahnesoße mit drei Beilagen, darunter Schnittbohnen mit Mandeln und ein grüner Salat. Zum Nachtisch gab es verschiedene Cremes und Pudding. Genau das, was man von einer Familie erwarten würde, die unter sich zu Abend isst. Nichtsdestotrotz war das Essen vorzüglich. Er konnte sich gut vorstellen, wie Elizabeth mit Würdenträgern, Politikern und ausländischen Aristokraten ein Dinner an einem weitaus größeren Tisch führen würde.

»Ich muss Ihnen sagen, Mylord«, sagte Lady Bristow mit hörbarem Stolz in der Stimme. »Seit dem Tod ihrer Mutter vor zwei Jahren hat meine Nichte nicht nur das Stadthaus verwaltet, sondern auch die Anwesen auf dem Land.«

Das würde ihre Reife erklären. Elizabeth war wirklich die perfekte Ehefrau für ihn. Nicht nur erfüllte sie alle Qualifikationen auf seiner Liste, es herrschte obendrein eine gewisse Leidenschaft zwischen ihnen. Das war ein unvorhergesehener Segen.

Er lächelte sie an. »Es ist kaum zu übersehen, dass Sie Ihre Sache außergewöhnlich gut machen.«

»Dankeschön.« Wieder errötete sie. »Ich hatte das Glück, dass meine Mutter mir alles beigebracht hat, was ich wissen musste.«

Geoff würde nicht zulassen, dass Elizabeth ihre Talente herunterspielte. »Ich sage Ihnen ganz ehrlich, meine Mutter hat meiner ältesten Schwester auch alles beigebracht, doch sie hatte höllische Schwierigkeiten dabei, die Anweisungen in die Tat umzusetzen.«

Sie schmunzelte ein wenig und sagte: »Wenn das so ist, werde ich Ihre Anerkennung für meine Leistungen annehmen und mich nochmals bedanken, Mylord.«

»Wir lassen euch Gentlemen mal mit eurem Wein allein«, sagte Lady Bristow und stand auf.

Als er zusah, wie Elizabeth ihrer Tante aus dem Speisesaal folgte, nahm Geoff sich vor, auf dem Ball Zeit für ein privates Gespräch mit ihr zu finden. Es war an der Zeit, ihr Einverständnis zur Heirat einzuholen.

Die Tür schloss sich hinter den Ladies und ließ Geoff und Turley mit ihrem Port zurück. Nachdem der Wein eingeschenkt und die Karaffe auf dem Tisch abgestellt wurde, zogen die Diener sich zurück.

»Weißt du schon, wann dein Vater zurückkommen wird?« Geoff hatte vor, ihr bald den Antrag zu machen, und als Minderjährige würde sie die Erlaubnis ihres Vaters brauchen, um zu heiraten. Ihr Bruder hatte gesagt, ihm sei die Verantwortung für Elizabeth übertragen worden, aber bedeutete das auch, dass Lord Turley seinem Sohn die Bevollmächtigung erteilt hatte, alles Nötige für ihre Heirat in die Wege zu leiten?

»Im Laufe dieser Woche, glaube ich.« Turley schwenkte sein Glas und beobachtete, wie der dunkle Wein es überzog. »Du und meine Schwester scheint euch gut zu verstehen.« Er hielt das Glas hoch, als wolle er die rubinrote Farbe inspizieren. »Du weißt bestimmt, dass die Beachtung, die du ihr heute Nachmittag im Park geschenkt hast, für Gerede gesorgt hat. Man spricht in allen Clubs darüber.«

»Das habe ich schon vermutet.« Geoff trank einen Schluck Portwein. Es war ein ausgezeichneter Jahrgang. »Ich habe vor, deine Schwester zu fragen, ob sie mich heiraten will.«

Er sah Geoff an. »Ich bin voller Hoffnung, dass sie meinen Antrag annehmen wird.«

Turley lehnte sich in seinem Stuhl zurück. »Wenn man die Blicke, die sie dir heute Abend zugeworfen hat, als Anzeichen verstehen darf, dann hast du wohl recht. Ich werde dir nicht im Weg stehen, wenn sie dich will. Aber ich erlaube mir auch, dir zu sagen, dass ich erwarte, dass sie gut behandelt wird.«

»Ich würde niemals eine Frau misshandeln.«

Allein der Gedanke daran widerte Geoff an. Abgesehen davon würde seine Familie ihn enterben.

»Mehr verlange ich nicht.« Turley nahm einen Schluck Wein.

Geoff hatte das Gefühl, ihr Bruder hätte gerne mehr gesagt, und war froh, dass Turley es nicht getan hatte. Was zwischen Geoff und Elizabeth war, würde zwischen ihnen bleiben.

»Wir sollten uns zu den Ladies gesellen.« Turley stand auf und Geoff tat es ihm nach. »Meine Tante wird einen Tee wollen, bevor wir zum Ball aufbrechen.«

Elizabeth wurde von ihrer Tante dazu überredet, auf dem Pianoforte eine Ballade zu spielen und zu singen. Ihr Klavierspiel war eher technisch korrekt als leidenschaftlich, wie es eigentlich sein sollte, aber ihre Singstimme hatte etwas Unbeschwertes an sich. Sie war klar und wonnig, genau wie er es mochte. Er freute sich schon auf die Abende, an denen sie ihn, und später ihre Kinder, unterhalten würde.

Nachdem der Tee serviert wurde, brach ihre kleine Gruppe zum Ball auf. Als sie den Ballsaal betraten, hatten alle bemerkt, dass er zusammen mit ihrer Familie gekommen war. Obwohl er nicht glücklich darüber war, sie an Littleton abgeben zu müssen, der sie zum ersten Tanz hinausführte, war das immerhin der einzige Tanz des anderen Mannes mit ihr.

Statt sich an diesem Abend den Wünschen seiner Gastgeberin zu beugen, blieb Geoff bei Turley und Lady Bristow, während Elizabeth tanzte, und sorgte dafür, dass sie zu ihm zurückkam und an seiner Seite blieb. Wenn sie mit anderen Gentlemen tanzte, beschloss er, seine Aufmerksamkeit nicht abschweifen zu lassen. Am Ende dieses Balls würde der ganze *Ton* wissen, dass er es ernst damit meinte, sie zu seiner Frau zu machen. Er musste sie nur noch davon überzeugen, dass sie ihn heiraten wollte.

»Amüsieren Sie sich?« Der Supper-Tanz war vorbei und Geoff hielt Ausschau nach ihrem Bruder oder ihrer Tante. Zum ersten Mal waren sie beide nicht in Sicht.

»Es war ein wunderbarer Abend.« Ihre himmelblauen Augen schienen zu funkeln. »Denken Sie, wir haben noch Zeit, das Konservatorium zu besuchen, bevor wir zum Supper gehen? Lady Deauville ist ziemlich stolz darauf.«

»Ich wüsste nicht, warum wir es nicht tun sollten.« Es

würde ihm Zeit mit ihr allein verschaffen. Zeit, die er dringend brauchte. »Wissen Sie, wo es ist?«

Sie zeigte auf die andere Seite des Ballsaals. »Durch den Torbogen bei den Glastüren.«

Sie bahnten sich ihren Weg zur anderen Seite des Saales und gingen durch die Torbögen, die ins Konservatorium führten. Andere Gäste hielten sich dort auf, doch die meisten von ihnen waren gerade dabei, zu gehen. Das Glashaus war rechteckig und nahm fast eine ganze Seite des Stadthauses ein. Ein Pfad schlängelte sich an einer Seite entlang und auf der anderen wieder zurück, sodass Geoff und Elizabeth allein waren, als sie ihre Erkundungen begannen. Vom Ende des Raums ertönte das Geräusch von rieselndem Wasser.

»Es ist wunderschön.« Sie sah sich um und die Entzückung in ihrem Gesicht war deutlich zu erkennen. »Die Laternen sehen aus wie kleine Glühwürmchen.«

Dutzende, vielleicht hunderte winzige Glaslaternen hingen an den Bäumen und waren oben aufgereiht. »Oder Sterne.«

Sie begrüßten die anderen Gäste, die von der anderen Seite kamen.

»Fangen Sie auf der rechten Seite an, dann kommen Sie am Ende hier an«, sagte eine der Damen.

»Vielen Dank.« Elizabeth lächelte und sie gingen den Pfad entlang.

Auf halbem Wege blieb Geoff unter einem Baum stehen, der nur ein paar Meter größer war als er, und sah sie an. »Ich wollte schon den ganzen Abend mit Ihnen allein sein.«

Sie blickte unter ihren dunklen Wimpern zu ihm empor. »Das wollten Sie?«

Sie rang nach Luft und der Puls an ihrem Hals pochte wieder schneller. War sie nervös oder aufgeregt? »Willst du mit mir allein sein, Elizabeth?« Ihre Augen weiteten sich, als er ihren Vornamen benutzte. Er strich ihr über die Wange, wie er es schon früher an diesem Tag getan hatte. »Darf ich dich beim Vornamen nennen?«

»Ja. Und ja.« Sie keuchte fast, als sie sich seiner Berührung hingab. »Wie soll ich Sie denn nennen?«

»Geoffrey. Nur die wenigsten Menschen nennen mich bei meinem Vornamen.« Genau genommen tat das niemand. »Es wäre mir eine Ehre, wenn du es tun würdest.«

»Geoffrey.« Sie sprach seinen Namen aus, als ob sie den Klang und das Gefühl beim Aussprechen genießen wollte. »Gefällt mir. Der Name hat Gewicht.«

»Ich will dich küssen.« Besser gesagt, war er verzweifelt, sie zu küssen. »Ich will dich schon seit heute Nachmittag küssen.« Und vorher.

Er wartete, während sie ihn musterte. Nach ein paar Augenblicken stellte sie sich auf die Zehenspitzen und legte ihre Hände um seinen Hals. »Ich will dich auch küssen.«

Bei Gott, sie würde sein Tod sein.

Er umklammerte ihre Taille. Wenn er seine Hände nicht fest verankern würde, wer wusste, wohin sie dann wandern würden? Vermutlich über ihren ganzen Körper, und dafür war es noch zu früh. So sehr er auch ihre Brüste spüren wollte, sie würden warten müssen.

Er streifte mit den Lippen über die ihren, wie er es schon nach dem Tee getan hatte. Sie atmete leise aus und drückte ihren Mund fester gegen seinen. Er drückte weiche Küsse auf ihre Lippen und ihr Kinn, bevor er wieder zu ihrem Mund zurückkehrte und sie zärtlich beanspruchte.

Ihre geschürzten Lippen bewegten sich unschuldig unter den seinen und er wusste, dass sie noch nie einen anderen Mann geküsst hatte. Er war ihr Erster. Er würde bei allem der Erste sein. Der seit langem schlafende primitive Teil von ihm wollte Geoff dazu drängen, ein Zimmer zu finden und sie auf der Stelle zu nehmen.

Bevor er das letzte bisschen Vernunft verlor, das ihm noch geblieben war, hob er den Kopf und brach den Kuss ab. »Du bist perfekt.«

Sie sah ihn zweifelnd an. »Es war mein erstes Mal.«

»Absolut sicher.« Er strich mit seinem Daumen über ihre geschwollenen Lippen. »Ich hätte mir keinen besseren ersten Kuss vorstellen können.«

Er konnte nicht fassen, dass er die ganze Saison damit verschwendet hatte, Lady Charlotte nachzujagen, wenn Elizabeth Turley doch die Dame war, die er wirklich wollte. Nun, da er sie hatte, würde er sie nicht wieder loslassen.

Elizabeth atmete leise aus, als Geoff ihre Lippen wieder berührte. Sein Kuss war weich und fest und wundervoll. Ihre Freundinnen hatten recht gehabt. Die Art, wie ein Gentleman küsste, veränderte einfach alles. Sie konnte sich nicht vorstellen, einen anderen Gentleman zu küssen.

Es war alles, was sie sich je von einem Kuss erträumt hatte. Sie berührte seine weichen Locken und zog seinen Kopf wieder zu sich herunter. Seine Hände lagen auf ihrer Taille, doch seine Daumen glitten nach oben und berührten fast ihre Brüste. Sie wollte mehr. Und wollte nicht, dass das, was sie taten, jemals aufhörte.

Sie waren jedoch immer noch auf einem Ball und andere Leute waren gerade dabei, das Konservatorium zu besichtigen. Eines Tages würden sie an einem Ort sein, wo sie so lange weitermachen konnten, wie sie wollten. Aber leider war dieser Tag nicht heute.

»Wir sollten zum Essen gehen.« Doch ganz gleich, welche Delikatessen angeboten wurden, keine konnte es mit seinem Kuss aufnehmen.

»Ich schätze, das sollten wir.« Geoffrey – sie liebte es, seinen Namen zu benutzen – schien das Konservatorium genauso wenig wie sie verlassen zu wollen. »Obwohl ich viel lieber hier mit dir bleiben würde.«

Wonneschauer überkamen sie. Sie legte ihre Hand langsam auf seinen Arm und sie schlenderten gemächlich den anderen Pfad entlang zurück zum hinteren Ende des Glashauses. Er öffnete die Tür zum Korridor und die kühlere Luft umspülte sie, als sie die heiße Luft verließen, die die Pflanzen gesund hielt.

KAPITEL 14

»Da bist du ja, Harrington.« Zwei ältere Damen, die Elizabeth schon einmal gesehen hatte, denen sie jedoch noch nie vorgestellt worden war, kamen auf sie zu. Sie waren beide in der neuesten Mode gekleidet. Doch die Lady im mohnblütenroten Kleid – eine Farbe, die nur wenige Frauen tragen konnten – hatte etwas Aufsehenerregendes an sich. »Mir ist zu Ohren gekommen, dass ihr das Konservatorium besichtigt habt.« Sie hob eine juwelenbesetzte Brille an einem Stab hoch. »Du darfst mich der jungen Lady auch vorstellen.«
Geoff war neben ihr leicht erstarrt. Elizabeth drückte ihre Finger fester an seinen Arm, um ihn zu beruhigen.

»Grandmamma.« Er verneigte sich. »Darf ich dich mit Miss Turley bekannt machen? Miss Turley, meine Großmutter, die verwitwete Marchioness of Markham.«

Seine Großmutter! Elizabeth war nicht darauf vorbereitet, Geoffreys Familie kennenzulernen. Sie war davon ausgegangen, dass sie alle auf dem Land lebten. Bevor sie vor Überforderung noch den Verstand verlor, straffte sie ihre Miene, sie erinnerte sich an das, was ihr beigebracht worden war, und sank in einen tiefen Knicks. »Mylady, es ist mir eine Ehre, Euch kennenzulernen. Ich wusste gar nicht, dass Lord Harrington Verwandte in der Stadt hat.«

»Wie schön.« Ihre Ladyschaft nickte zustimmend. »Harrington würde sich wahrscheinlich wünschen, dass wir nicht ständig unterwegs wären.«

Ohne auf Geoffreys Antwort zu warten, blickte Lady Markham zur Dame neben ihr. »Miss Turley, das ist meine Cousine und Gefährtin Miss Covenington.«

Elizabeths Knicks war respektvoll, aber flüchtig. »Es ist mir ein Vergnügen, auch Sie zu treffen, Miss Covenington.«

»Habt ihr bereits zu Abend gegessen?«, fragte Geoffrey, als sie sich alle umdrehten, um zurück in den Ballsaal zu gehen.

»Nein«, antwortete seine Großmutter. »Wir haben beschlossen, euch zu suchen und zum Abendessen Gesellschaft zu leisten. Ich nehme an, ihr wart auch noch nicht beim Supper.«

»Nein. Miss Turley und ich wollten das Konservatorium besichtigen, während möglichst wenige Gäste dort waren.«

Elizabeth bewunderte, wie schnell er sich eine Antwort auf die Frage Ihrer Ladyschaft ausgedacht hatte. Er war nicht einmal errötet.

»Und, wie hat Ihnen das Glashaus gefallen, Miss Turley?« Seine Cousine lief neben ihr, während Geoffrey seine Großmutter an den Arm nahm.

»Es war zauberhaft.« Nach dem Kuss hatte Elizabeth kaum noch etwas vom Konservatorium mitbekommen. »Die Bepflanzung ist interessant und es gibt hunderte kleine Laternen, die dem Ganzen eine fast magische Atmosphäre verleihen.« Bitteschön. Das war eine bessere Antwort als erwartet. »Haben Sie es schon gesehen?«

»Leider nur tagsüber. Ihre Beschreibung klingt entzückend. Ich muss es mir unbedingt ansehen, bevor wir heute Abend aufbrechen.«

Zum Glück hatten sie den Speisesaal nun erreicht, denn ihr fiel nichts mehr ein, was sie noch sagen konnte. Geoffrey machte einen Tisch in der Nähe des Eingangs ausfindig und sobald sie und seine Familie Platz genommen hatten, ging er zum Buffet.

»Miss Turley.« Die Witwe richtete ihre eindringlichen grauen Augen auf sie. »Welch angenehme Überraschung. Ich freue mich sehr, dass ich Sie nun kennenlernen darf.«

Elizabeth konnte kaum verhindern, dass ihr die Kinnlade herunterfiel. Was hatte er seiner Großmutter über sie erzählt? Oder hatte Lady Markham selbst bemerkt oder davon gehört, wie viel Aufmerksamkeit Geoffrey ihr schenkte? Sie kämpfte gegen die Hitze an, die in ihrem Nacken aufstieg. Sie würde keine Miene verziehen, nicht gegenüber einer Frau, die sie hoffentlich bald zu ihrer Familie zählen würde und die eine Menge Einfluss auf Geoffrey haben könnte.

»Ganz meinerseits, Mylady. Ich bin froh, Lord Harringtons Familienmitglieder kennenzulernen.« Elizabeth wusste nicht, weshalb es so schwierig war, ein Gesprächsthema zu finden. Sie war jahrelang darin geschult worden, sich zu unterhalten. »Wohnt Ihr das ganze Jahr über in der Stadt?«

»Den Großteil des Jahres. Ich habe ein Haus in Bath und das Dower House auf dem Land.« Lady Markham faltete die Hände auf dem Tisch. »Das ist Ihre erste Ballsaison, nicht wahr?«

»Jawohl. Meine Tante, Lady Bristow, sponsert mich.«

»Ich erinnere mich, als sie und Ihre Mutter ihr Debüt hatten«, sagte Ihre Ladyschaft liebevoll. »Sie sind Ihrer Mutter sehr ähnlich. Sie wäre stolz auf Sie gewesen.«

Mama war eine anerkannte Schönheit gewesen, was Elizabeth nicht war. Aber sie war gut genug. »Ich wünschte, sie hätte hier sein können.«

Miss Covenington lehnte sich vor und tätschelte Elizabeths Hand. »Es ist schwer, die eigene Mutter zu verlieren. Ich bin mir nicht sicher, ob man sich jemals wirklich von dem Verlust erholt.«

Ihre Kehle fing bei der fürsorglichen Berührung der anderen Lady an, sich zuzuschnüren. Mutters Tod konnte sie noch immer zu Tränen rühren und das wollte sie an diesem Abend vermeiden. »Ja, das ist es. Ich hatte nicht genug Zeit mit ihr, aber sie hat mich gut vorbereitet.«

»Da bin ich mir sicher«, sagte Lady Markham. »Wussten Sie, dass ein Herzog um ihre Hand angehalten hat?«

Elizabeth schüttelte den Kopf. Ihre Mutter hatte ihre viele Geschichten von ihrem Debüt erzählt, aber niemals diese. »Ich hatte keine Ahnung.«

»Ihrem Vater gefiel es gar nicht, dass sie ihn ablehnte, aber sie bestand auf Turley. Ich hoffe, sie waren glücklich miteinander.«

»Das waren sie. Mein Vater ist immer noch nicht über ihren Tod hinweg.« Elizabeth bezweifelte, dass er das jemals sein würde. Ihrer Tante zufolge erinnerte Elizabeth ihn zu sehr an Mutter. Dasselbe galt allerdings auch für ihre Tante, obwohl sie und Mutter keine identischen Zwillinge gewesen waren. Das war wohl der Grund, weshalb er ihr gegenüber immer so abweisend war. Elizabeth straffte die Schultern. »Ich möchte auch aus Liebe heiraten.«

»Das sollten wir alle.« Ihre Ladyschaft nickte und tauschte Blicke mit Miss Convenington aus.

Bedeutete das, dass Lady Markham aus Liebe geheiratet hatte oder dass sie es bereute, keine Liebesehe eingegangen zu sein? Noch bevor Elizabeth fragen konnte, kam Geoffrey gefolgt von einem Bediensteten zurück.

Gekonnt leitete er die Platzierung der verschiedenen Delikatessen auf dem Tisch an. Nachdem die Teller auf den Tisch gestellt worden waren und der Champagner eingeschenkt wurde, setzte er sich zwischen sie und seine Großmutter. »Ich habe deiner Tante Bescheid gesagt, dass wir mit meiner Großmutter und meiner Cousine zu Abend essen.«

»Das ist nett von dir.« Ihre Tante und Gavin hatten sich wahrscheinlich schon gewundert, wohin sie verschwunden war. »Hat sie immer noch vor, direkt nach dem Abendessen zu gehen?«

»Ja, das hat sie. Ich werde meine Großmutter und meine Cousine dann ebenfalls zu ihrer Kutsche bringen.« Geoffrey aß etwas Eis. »Das ist wirklich lecker. Schmeckt nach Lavendel.«

Elizabeth probierte ihr Eis. »Es ist vorzüglich. Ich frage mich, ob *Gunter's* es bereitgestellt hat.«

Lady Markham und Miss Covenington waren sich sicher, dass es von *Gunter's* gewesen sein musste. Danach streifte das Gespräch eine Vielzahl von Themen, aber nie Geoffreys zukünftige Anstellung. Es war das erste Mal, dass Elizabeth in seiner Gesellschaft war und er die Anstellung mit keinem Wort erwähnte.

»Miss Turley«, sagte die Witwe. »Ich wäre hocherfreut, wenn Sie uns übermorgen auf einen Tee treffen würden.«

Elizabeth erstickte beinahe an ihrem Schluck Wein, brachte sich jedoch schnell wieder unter Kontrolle und gab die einzige Antwort, die sie geben konnte. »Was für eine wundervolle Idee, Mylady. Ich würde mich freuen, mit Euch Tee zu trinken.«

»Hervorragend.« Ihre Ladyschaft sah Geoffrey an. »Harrington wird Sie begleiten.«

Nun, damit war die Frage beantwortet, ob ihre Tante auch eingeladen war. Offensichtlich nicht.

»Und ich freue mich, mit Ihnen mitkommen zu dürfen«, sagte er und zerstreute schnell den Eindruck, dass er dazu gezwungen würde, indem er fragte: »Wollen wir nach dem Tee eine Runde durch den Park drehen?«

Dann wurde ihr klar, dass seine Großmutter denken könnte, eine Verlobung stehe unmittelbar bevor. Aus unerklärlichen Gründen fühlte sich Elizabeth, als würde sie dazu gedrängt werden, eine Verpflichtung ihm gegenüber einzugehen.

Nicht, dass sie sich nicht wünschte, Geoffrey zu heiraten. Sie war sich ziemlich sicher, dass sie es wollte. Man konnte nicht die Gefühle empfinden, die sie bei ihrem Kuss empfunden hatte, und sich danach nicht wünschen, den Gentleman zu heiraten. Man sollte sowieso keinen Gentleman küssen, den man nicht heiraten wollte. Sie brauchte bloß etwas mehr Zeit.

Diese Zeit konnte er ihr allerdings nicht geben. Obwohl er kein Datum genannt hatte, bis zu dem er auf dem Kontinent angekommen sein sollte, war sie sich sicher, dass es in sehr naher Zukunft geschehen sollte.

Abgesehen davon musste sie eine Entscheidung treffen, bevor ihr Vater innerhalb der nächsten Woche zurückkehren würde.

Ihre Lippen hoben sich zu einem Lächeln, als Geoffrey ihre Hand drückte.

Drei ältere Damen blieben stehen, um mit seiner Großmutter zu sprechen, und er flüsterte: »Ich hoffe nur, dass der Admiral nicht dabei sein wird.«

»Der Admiral?« Hatte Lady Markham einen Verehrer?

»Ihr Papagei«, antwortete Geoff mit leiser Stimme. »Ihn peinlich zu nennen, wäre untertrieben.«

»Ich habe noch nie einen Papagei gesehen.« Und Elizabeth würde das überaus gerne tun.

Geoffrey raunte. »Später ist noch genug Zeit dafür.«

Lady Markham drehte sich um und starrte ihn an. »Verunglimpfst du schon wieder Nelson? Du mochtest ihn immer, als du ein Kind warst.«

»Nein, Mylady«, sagte Miss Covenington. »Das war Edwin. Harrington und Nelson haben sich noch nie gut verstanden.«

Lady Markham runzelte die Stirn. »War das wirklich Edwin? Jetzt, wo ich darüber nachdenke, glaube ich, du hast recht.«

Wer war Edwin? Offenbar würde Elizabeth das nicht an diesem Abend erfahren. Die Ladies erhoben sich und beanspruchten Geoffreys Aufmerksamkeit. Elizabeth würde daran denken müssen, ihn zu fragen, über wen sie gesprochen hatten.

Geoff rief einen Bediensteten und bestellte zwei Kutschen. Als die Ladies ihre Mäntel gefunden hatten und

Elizabeths Familie sich zu ihnen gesellt hatte, warteten die Kutschen bereits am Fuße der Treppe.

Turley hatte beschlossen, noch zu einer anderen Veranstaltung zu gehen, also half Geoff Lady Bristow in die Kutsche, bevor er sich Elizabeth zuwandte und ihre Hand nahm. Er hob sie an seine Lippen und flüsterte: »Ich wünschte, ich könnte dich wieder küssen.«

Sie sah ihm einen Moment lang in die Augen. »Das tue ich auch.«

Er küsste ihre Finger, einen nach dem anderen. »Ich werde heute Nacht von dir träumen. Darf ich hoffen, dass auch du von mir träumst?«

Er wusste, dass er ein Risiko einging, sie vielleicht zu sehr hetzte. Und doch hatte sie ihn geküsst.

Nach einigen Augenblicken umspielte ein kleines Lächeln ihre Lippen. »Ich wüsste nicht, wie ich etwas anderes tun könnte, als von dir zu träumen.«

»Mehr kann ich gerade nicht verlangen.« Er führte sie in die Kutsche und schloss die Tür.

»Lord Harrington«, sagte Lady Bristow. »Ich muss Ihnen leider mitteilen, dass wir es morgen nicht ins Theater schaffen werden. Ich wurde daran erinnert, dass morgen Abend Lady Jerseys Ball stattfindet. Es wäre unvernünftig, eine Absage zu verschicken, nachdem wir bereits zugesagt haben. Man brüskiert keine Patroness *von Almack's.*«

»Ich verstehe, Mylady.« Er war nicht glücklich darüber, aber es musste sein.

Er wies den Kutscher an, loszufahren, bevor er zu Grandmammas Kutsche schritt, um sich ihr und seiner Cousine zu widmen.

Der Abend hätte nicht besser verlaufen können. Er war stolz auf Elizabeths Anmut und Haltung gewesen, als sie seine Großmutter und seine Cousine kennengelernt hatte. Wenn sie nervös gewesen war – und in Anbetracht des Rufs seiner Großmutter konnte man ihr das nicht übel nehmen – dann hatte man es ihr nicht angesehen. Sie schien sich mit beiden Verwandten gut zu verstehen. Sogar Grandmammas Aufforderung an Elizabeth, mit ihr Tee zu trinken, hatte sie nicht im Geringsten aus der Fassung gebracht.

Sein Werben und die Art, wie seine Familie sie aufnahm, konnte nicht besser laufen. Er wusste, dass sie seiner Mutter gefallen würde. Sie war auf der Liste gewesen, die Mama geschickt hatte. Und er nahm an, dass sein Vater Elizabeth ebenfalls willkommen heißen würde. Sie hatte nichts Unsympathisches an sich.

Nun, da sein Leben wieder auf Kurs war, war es Zeit für Veränderungen. »Grandmamma, ich habe beschlossen, aus meinen Zimmern auszuziehen. An dem Tag, an dem ich Miss Turley zum Tee mitbringe, werde ich wieder zurück in meine Gemächer in Markham House ziehen.«

»Das können wir nicht hier auf der Straße besprechen. Steig ein und wir unterhalten uns auf dem Weg nach Hause darüber. Ich sorge dafür, dass mein Kutscher dich danach in die Jermyn Street mitnimmt.«

»Wie du willst.« Er stieg in den Wagen und wählte den rückwärtsgerichteten Sitz, wie immer, wenn er mit ihnen fuhr.

»Nach dem, was ich gerade gesehen habe, nehme ich an, dass sich die Dinge mit Miss Turley gut entwickeln.« Grandmamma fixierte sein Gesicht.

»Ich würde sagen, meine Umwerbung läuft ziemlich gut.« Er fragte sich, ob seine Großmutter ihm etwas zu sagen hatte, und wenn ja, wann sie endlich auf den Punkt kommen würde.

»Im Übrigen mag ich sie sehr.« Grandmamma glättete ihre Röcke. »Sie wird dir eine großartige Ehefrau sein.«

»Sie ist sehr sachkundig«, fügte Cousine Apollonia hinzu.

»Das sehe ich auch so. Ich habe Glück, sie gefunden zu haben.« Inzwischen war er sich sicher, dass sie einwilligen würde, ihn zu heiraten. »In den nächsten paar Tagen werde ich sie fragen, ob sie mich heiraten will.«

Seine Großmutter nickte. »Ich werde die Gemächer herrichten lassen, die dein Vater und deine Mutter bewohnt haben, als sie frisch verheiratet waren. Sie sind größer als deine alten Zimmer und sie reichen für eine Familie aus, wenn ihr in der Stadt seid.«

Geoff war überrascht, dass weder seine Großmutter noch seine Cousine gefragt hatten, ob er Elizabeth mochte. »Danke, dass du daran gedacht hast.« Er hatte nicht bedacht, dass seine Eltern Zimmer in Markham House gehabt hatten, als sein Großvater noch am Leben war. Doch es ergab Sinn. Sein Vater war beim Diplomatischen Corps gewesen, als sie geheiratet hatten, und Mama hatte ihn ins Ausland begleitet. Für die kurzen Zeitspannen, in denen sie zurück in England waren, hätten sie kein eigenes Stadthaus gebraucht.

Er fragte sich, wie lange es her war, seit die Gemächer das letzte Mal renoviert worden waren. Nicht, dass es einen Unterschied machte. Er würde Elizabeth sowieso freie Hand lassen, sie nach ihren Vorstellungen umzugestalten.

»Ich werde Vater schreiben, sobald sie mir zugesagt hat«, sagte Geoff mehr zu sich selbst als zu den Ladies.

»Er wird sich freuen.« Grandmamma verstummte, doch er konnte sie denken hören.

Einige Minuten vergangen, bis sie das Stadthaus erreichten. Er sprang heraus und half den Damen aus der Kutsche. »Wir sehen uns übermorgen, wenn nicht sogar vorher.«

»Harrington.« Grandmamma nahm seine Hand. »Ich hoffe, Miss Turley ist die Lady, die du wirklich heiraten willst.«

»Natürlich ist sie das.« Er küsste ihre Wange. »Mach dir da mal keine Sorgen.«

Kurz darauf war er auf dem Weg in seine Gemächer. Es gab keinen Grund, zu warten. Er würde ihr morgen auf Lady Jerseys Ball einen Antrag machen. Er hätte es lieber im Theater hinter sich gebracht, aber Lady Bristow hatte sich an den Ball erinnert, also würde es auf dem Ball geschehen müssen. Wenigstens konnte er ihn unvergesslich machen, indem er ihre Verlobung verkündete. Lady Jersey würde das sehr begrüßen. Nach Elizabeths Einwilligung würde er sie sobald wie möglich zu seiner Frau machen.

Wie üblich wartete Nettle bei seiner Heimkehr bereits auf ihn. »Wir werden in den nächsten paar Tagen nach Markham House ziehen.«

»Sehr wohl, Mylord.« Sein Leibdiener nahm ihm seinen Mantel, seinen Hut und seine Handschuhe ab. »Soll ich mich gleich um die Vorbereitungen für unsere Abreise kümmern?«

»Ja.« Er fragte sich, wie schnell er und Elizabeth die Zeremonie abhalten könnten. »Richten Sie alles für unsere Abreise in zehn Tagen ein. Und nehmen Sie eine Reservierung für uns im *Three Cups* vor.« Ein Freund aus Eton, der ein Offizier bei den *95th Rifles* war, hatte ihm kürzlich geschrieben, dass es immer schwieriger wurde, eine Beförderungsmöglichkeit von Harwich nach Ostende oder nach Hoek van Holland zu ergattern. Er und seine Soldaten hatten über eine Woche auf ein Schiff gewartet und danach noch eine weitere Woche, bis der Wind aus der richtigen Richtung kam.

Nicht nur hatte Geoff keine Zeit zu verlieren, ihm gefiel auch die Vorstellung nicht, dass Elizabeth auf einem Schiff voller Soldaten, Pferde und wer weiß was noch alles unterwegs war. Es war zu schade, dass sein Vater keine Yacht hatte. »Finden Sie einen Kapitän mit einem Schiff, der bereit ist, bis zum River Stour zu segeln und flussaufwärts von Harwich zu ankern, bis er von mir hört.«

»Ja, Mylord.« Nettle hatte ein Notizbuch und einen Bleistift herausgeholt und machte sich Notizen.

»Ich will das Schiff weit genug weg haben, dass es nicht beschlagnahmt werden kann.« Geoff betete, dass sie nicht lange auf die richtigen Winde für die Überfahrt nach Holland warten mussten.

»Ich werde auch meinem Vater schreiben. Vielleicht kennt er jemanden mit einem Segelschiff.«

»Sehr wohl, Mylord. Ich werde gleich morgen früh damit beginnen.«

Und er würde Elizabeth mehr Blumen – rosa Rosen – schicken und ihr in einer Nachricht mitteilen, wie sehr er sich auf ihre Spazierfahrt am Nachmittag und den Tanz mit ihr am Abend freute.

Morgen Abend konnte nicht schnell genug kommen.

KAPITEL 15

Obwohl Geoff wieder mit Elizabeth und ihrer Familie auf den Ball gekommen war, schien es, als meinte es das Schicksal wieder einmal nicht gut mit ihm. Jedes Mal, wenn er versuchte, mit Elizabeth allein zu sein, beanspruchte jemand ihre Aufmerksamkeit. Um das Ganze noch schlimmer zu machen, war der Übeltäter in der Regel ein Gentleman, der mit ihr tanzen wollte. Er ertappte sich dabei, wie er den Letzten fast anknurrte. Doch solange sie ihm gegenüber keine Verpflichtung eingegangen war, konnte er nicht darauf bestehen, dass sie nur mit ihm tanzte.

Am Ende des ersten Walzers, der seines Erachtens nach viel zu spät stattgefunden hatte, nahm Geoff Elizabeths Hand und zog sie hinter die Topfpflanzen – zum Glück stand eine Reihe von ihnen an der Wand des Ballsaales in der Nähe der Terrassentüren. »Ich muss mit dir reden.«

Nicht die romantischsten Worte, aber er musste sie aus dem Saal bringen, ohne dass jemand sie sah. Nachdem sie es aus der Tür geschafft hatten, eilte er mit ihr zum Ende der Terrasse, wo das einzige Licht von Wandleuchtern in einigen Metern Entfernung kam.

Efeu rankte an der Ziegelwand hoch und ein geschmückter Baum stellte ein Hindernis für jeden dar, der in ihre Richtung blickte. Er zog sie noch tiefer in den Schatten. Gott sei Dank hatte sonst niemand beschlossen, sich hier zu verabreden.

Bevor sie durchatmen konnte, küsste er sie. Es war kein langsamer, verführerischer Kuss, wie er ihn ihr zuvor gegeben hatte, sondern ein besitzergreifender. Sie schnappte überrascht nach Luft, und er steckte seine Zunge in ihren Mund. Zaghaft berührte sie mit ihrer Zunge seine, und er stöhnte auf und drückte sie fest an sich. Den Kopf neigend vertiefte er den Kuss und ein kleiner Seufzer, von dem er hoffte, dass er aus Freude war, entrang sich ihr.

Elizabeths Hände spielten mit dem Haar auf seinem Nacken, und er ließ seine Hände von ihrer Taille zu ihren Brüsten gleiten, befreite ihre verlockenden Wölbungen aus dem Mieder und streichelte jede ihrer Brustwarzen mit dem Daumen, bis sie sich zu kleinen Knospen zusammenzogen.

Geoff wollte, dass sie sich auszog, dass sie sich nackt unter ihm wand. Doch das konnte er nur haben, wenn sie einwilligte, ihn zu heiraten.

Er bewegte eine Hand hinunter zu ihrem Hintern, streichelte sie und dankte Gott für kurze Mieder. »Hast du überhaupt die leiseste Ahnung, was du mit mir machst?«

»Dasselbe, was du mit mir machst? Berühre mich nochmal.« Sie stöhnte auf, als er ihre Brust rieb.

Er hatte seine andere Hand von ihrer Brust genommen, um sie fester an sich zu ziehen, und er wollte, dass sie spürte, wie sehr er sie begehrte. Doch wahrscheinlich wusste sie nicht, was der harte Schaft, den sie vermutlich spürte, bedeutete.

Geoff stöhnte auf, als sein Schwanz gegen seine Hose drückte und freigelassen werden wollte. Allein um seinen Verstand nicht zu verlieren, musste er diesen Antrag hinter sich bringen. Aber als er sich langsam von ihr loslöste, schmiegte sie sich noch fester an ihn.

»Lass mich nicht los.« So, wie er es bei ihr getan hatte, drückte Elizabeth nun sanfte Küsse auf sein Kinn.

»Ich muss dich etwas fragen.«

»Dann hättest du nicht anfangen sollen, mich zu küssen.« Sie strich mit der Hand über seinen Hintern – ahmte das nach, was er mit ihr getan hatte – und er wollte nichts sehnlicher, als sie gegen die Wand zu stemmen und sie sich auf die grundlegendste Art und Weise zu eigen zu machen.

Er hatte eigentlich vorgehabt, für den Antrag auf die Knie zu gehen, doch wenn er das jetzt tun würde, würde er unter ihrem Rock verschwinden und sich ihren Geschmack auf der Zunge zergehen lassen. Bald, versprach er sich.

»Elizabeth«, er küsste ihren Hals und ihre Brust bis zu der verlockenden Vertiefung zwischen ihren Brüsten, »würdest du mir die Ehre erweisen und meine Frau werden?«

Sie erstarrte, als hätte sie die Frage nicht erwartet. Er hielt den Atem an und wartete auf ihre Antwort. Schließlich streckte sie die Hände aus, legte sie auf seine Wangen und flüsterte: »Ja.«

Gedankt sei dem Himmel, den Moiren und allen anderen Wesen, die das Schicksal in ihren Händen trugen. »Du hast mich zum glücklichsten Mann der Welt gemacht.«

Geoff atmete erleichtert aus, als Elizabeth seinen Antrag angenommen hatte. Er hatte noch nie so sehr um die Beachtung einer Frau gekämpft und es hätte ihn vollkommen erschüttert, hätte sie Nein gesagt. Nicht nur, weil er sie wollte, sondern weil dadurch auch seine Anstellung bei Sir Charles gesichert war. Er war dankbar, dass er nun konkrete Pläne machen konnte, um zum Kontinent aufzubrechen. Sie würden so bald wie möglich heiraten und ihre Reise nach Belgien antreten müssen. Doch zu seiner Überraschung war ihm sein zunehmender Wunsch, sie zu seiner Frau zu machen, sogar wichtiger als seine Anstellung. Er hatte noch nie eine Frau so sehr gewollt wie sie. Sein Zwang, Elizabeth zu berühren, überwältigte ihn fast.

Geoff musste gegen sein Verlangen ankämpfen, sie über seine Schulter zu werfen und aus dem Ballsaal zu tragen. Nur mit größter Mühe konnte er sich davon abhalten, sie gegen die Wand zu heben und auf der Stelle zu nehmen. Er musste sie bald in sein Bett kriegen. »Die Musik ist verstummt. Wir sollten zurückgehen und es deiner Tante und deinem Bruder erzählen.«

»Ich schätze, das sollten wir.« Sie küsste ihn zärtlich. »Bevor uns noch jemand findet.« Er machte einen Schritt zurück, warf einen kritischen Blick auf sie und rückte ihr Korsett zurecht. Er streichelte ihre Brüste, als er sie wieder in ihr Mieder steckte, und genoss ihr scharfes Einatmen und den Blick der Begierde in ihren Augen, den seine Aufmerksamkeiten hervorriefen. Wenn er nur ihren Schambereich streicheln könnte, würde sie sicher feucht für ihn werden.

»Sehe ich zerwühlt aus?«, fragte Geoffrey, als hätte er gerade gar nichts getan.

Elizabeths Brüste waren schwer und geschwollen. Ihre Brustwarzen kribbelten noch immer dort, wo Geoffrey sie zwischen seinen Fingern gerieben hatte, als er sie wieder bedeckte. Das Pochen zwischen ihren Beinen war fast unerträglich und ihre Knie waren zu Pudding geworden. Sie kämpfte damit, sich wieder unter Kontrolle zu bringen, während er ihren Rücken und ihren Hintern streichelte. Wann war er so ein Teufel geworden? Sie wünschte, sie wäre mutig genug, ihn auch zu streicheln.

»Elizabeth, Liebling?«, stichelte Geoffrey mit einem verschmitzten Lächeln im Gesicht. Er wusste genau, was er ihr antat.

Sie holte Luft, richtete sein Halstuch und fuhr ihm mit den Fingern durch die Haare. »Jetzt nicht mehr.« Elizabeth legte eine Hand auf Geoffreys Arm. Ihre Beine waren noch immer etwas wacklig. Sie war sich nicht sicher, ob das an seinen Liebkosungen lag oder an der Tatsache, dass sie sich endlich sicher war, dass er sie liebte.

Er hätte die Dinge nicht sagen können, die er gesagt hatte, und sie nicht auf diese Weise küssen können, wenn er sie nicht lieben würde. Er hatte ihr allerdings immer noch nicht *gesagt*, dass er sie liebte. Das hatte sie zögern lassen, bevor sie seinen Heiratsantrag annahm. Ihre Tante hatte gesagt, dass einige Männer sich schwer damit täten, die Worte auszusprechen, aber ihre Liebe durch ihre Taten zeigten. Geoffrey hätte nicht rücksichtsvoller mit ihr umgehen können, und die Art, wie er sie küsste und berührte ... Es gab nichts Besseres.

Sie war froh, dass ihre Freundinnen ihr erzählt hatten, was sie erwartete, vor allem der Teil mit dem Zungenkuss, sonst wäre Elizabeth völlig schockiert gewesen. Aber so hatte sie Geoffreys Geschmack und die Flammen, die von ihren Lippen durch ihre Adern bis zu der Stelle zwischen ihren Beinen strömten, genossen. Sie hatte seine harte Länge an ihr gespürt und freute sich darüber, dass er sie wollte. Und er hatte sie gebeten, von ihm zu träumen, genauso wie er von ihr träumen würde. Er musste sie lieben.

»Bist du bereit, hineinzugehen?«, fragte er und berührte sie weiterhin unauffällig, als könnte er jetzt, wo er einmal angefangen hatte, nicht mehr aufhören.

Elizabeth wollte nicht wieder auf den Ball gehen. Sie wäre viel lieber die ganze Nacht draußen geblieben. »Ich schätze, wir sollten meiner Familie erzählen, dass wir heiraten werden.«

»Und meiner Großmutter und meiner Cousine.« Innerhalb von Minuten würde jeder auf dem Ball es wissen.

»Werden sie sich über unsere Verlobung freuen?« Sie begann, an ihrer Unterlippe zu kauen. Elizabeth hatte die Vermutung, dass sie bereits erwarteten, dass Geoffrey ihr einen Antrag machen würde. Doch das bedeutete nicht, dass sie nicht eine andere Lady bevorzugt hätten.

»Ich verspreche dir, sie werden überglücklich sein.« Er streichelte ihre Wangen und strich ihr mit dem Daumen über die Lippen. »Meine Großmutter war sehr angetan von dir.«

Das gab ihr ein besseres Gefühl. Elizabeth hatte noch nie darüber nachgedacht, wie nervenaufreibend es sein würde, Teil einer Familie zu werden.

Er schob ihre Hand in seine Ellenbeuge und sie spazierten in den Ballsaal. Nachdem sie im Dunkeln gewesen waren, ließen die Wandlampen und Kerzen in den Kronleuchtern den Saal heller erscheinen als vorher. Ein paar Leute drehten sich um, als sie und Geoff den Saal betraten. Zwei Damen mittleren Alters, beide trugen einen Turban mit Federn, flüsterten sich etwas zu. Und Elizabeth bemühte sich darum, nicht zu erröten.

Nicht weit von den Terrassentüren entdeckten sie ihre Tante und Gavin. Wusste jemand von ihnen, oder wussten gar beide, was vor sich ging?

»Habt ihr kurz einen Spaziergang gemacht?«, fragte ihre Tante und sah Elizabeth genau an. Keine Strenge, keine tratschenden Ladies oder der prüfende Blick ihrer Tante konnte ihre Stimmung verderben.

»Ich habe kurz einen Antrag gemacht«, antwortete Geoffrey mit einem Grinsen im Gesicht.

Mit einem Mal war ihre Verlobung plötzlich Wirklichkeit. Elizabeth lächelte ihn an. Noch nie war sie so glücklich gewesen! »Und ich habe ihn kurz angenommen.«

Gavin hob sein Champagner-Glas und verkündete lautstark: »Herzlichen Glückwunsch. Darf ich der Erste sein, der euch gratuliert?«

Alle Zweifel, die sie noch hatte, verschwanden, als ihr Bruder nach mehr Champagner verlangte und andere sich versammelten, um die Neuigkeit zu erfahren. Ein paar Gentlemen klopften Geoffrey auf den Rücken und ein paar der Ladies umarmten Elizabeth.

»Wann ist die Hochzeit?«, fragte Lord Endicott.

Sie blickte Geoffrey an. Sie würde bald stattfinden müssen. Er sah sie an, antwortete jedoch nicht. Jetzt musste sie die Entscheidung treffen. »Sobald eine Sondererlaubnis erworben und ein Datum mit dem Pfarrer vereinbart werden kann.«

Ihr würde keine Zeit bleiben, um neue Kleider schneidern zu lassen. Zum Glück standen ihr die blassen Farben einer Lady, die gerade ihr Debüt hatte. Andere Kleidungsstücke könnten beschafft werden, sobald sie auf dem Kontinent waren.

Elizabeth hatte Hoffnung, dass Wellington siegen würde, und bald darauf würde Napoleon in irgendeiner Art Gefängnis sein. Und sie und Geoffrey würden das Leben führen, das sie wollten.

»Harrington«, hörte sie ihren Bruder mit leiser Stimme sagen, »wir müssen den Ehevertrag bald besprechen. Wenn du meinem Anwalt deine Angaben schickst, bin ich mir sicher, dass er bis morgen oder übermorgen einen ersten Vertrag aufsetzen kann.«

»Mein Vater muss den Vertrag erst genehmigen«, sagte Geoffrey. »Es wäre besser, wenn du mir die Angaben deines Anwalts schickst. Er wusste, dass ich heiraten wollte, und ich glaube, er hat seine Ansprüche schon seinem Anwalt klar gemacht. Sobald ich die Angaben deines Anwalts habe, kümmere ich mich um diese Angelegenheit.«

»Sicher«, stimmte ihr Bruder zu.

Geoffrey richtete seine Aufmerksamkeit wieder auf sie. »Wir müssen meine Großmutter finden und es ihr erzählen, bevor es jemand anderes tut.«

»Ich hatte nicht erwartet, dass mein Bruder so laut sein würde.« Sie zuckte zusammen. »Das war unvernünftig von ihm.«

»Ich kann es ihm nicht übel nehmen.« Er drückte besänftigend ihre Hand.

Als sie sich gerade aus der Menschenmenge zurückziehen wollten, um seiner Familie von der bevorstehenden Heirat zu erzählen, hörte sie Miss Coveningtons trockene Stimme. »Ich kann mir nur einen Grund vorstellen, warum sich so eine Traube um euch bilden würde.«

»Dürfen wir euch gratulieren?«, fragte seine Großmutter.

»Sehr gerne, Ma'am«, sagte Elizabeth und hoffte, Geoff hatte recht.

»Wenn das so ist, wünsche ich euch alles Gute«, sagte Lady Markham. »Wir werden das ausführlicher besprechen können, wenn ihr mich besucht.« Elizabeth knickste und log: »Ich freue mich darauf.«

Sie wusste nicht, was es an der verwitweten Marchioness of Markham war, aber sie jagte ihr eine Todesangst ein.

Am nächsten Tag wechselte Elizabeth ihr Kleid drei Mal, bevor sie beschloss, das erste zu tragen, das sie anprobiert hatte. »Ich weiß nicht, wieso ich so nervös bin.« Sie drückte ihre Handflächen auf ihre erröteten Wangen. »Es ist ja nicht so, als hätte ich Lady Markham noch nie getroffen.«

»Nervosität trifft einen immer unerwartet«, sagte ihre Zofe nüchtern. »Wahrscheinlich liegt es daran, dass Sie bald zu ihrer Familie gehören werden.«

»Ja, das muss es sein.« Oder es war die Tatsache, dass sie ihre Entscheidung getroffen hatte und ihr Leben sich nun in kürzester Zeit dramatisch verändern würde. »Ich glaube, ich nehme die Perlen.« Vorhin hatte ihr Bruder ihrem Vater geschrieben, um ihm mitzuteilen, dass Elizabeth und Geoffrey bald heiraten würden. Vater würde so glücklich sein, dass sie einen guten Ehemann gefunden hatte. Sie rechnete damit, dass er spätestens morgen Nachmittag wieder in der Stadt sein würde.

Heute würde sich Geoffrey an das Büro des Erzbischofs der *Doctor's Commons* wenden, um die Heiratssondererlaubnis zu erwerben, und mit dem Pfarrer in der Saint Georges Kirche das Hochzeitsdatum vereinbaren. Er hatte außerdem vor, seinem Vater zu schreiben, um den Familienanwalt anzuweisen, sich mit Vaters Anwalt wegen des Ehevertrags in Verbindung zu setzen.

Auch sie hatte zu tun. Nachdem sie Lady Worthington geschrieben hatte – Elizabeth wusste nicht genau, wo sich ihre Freundinnen gerade aufhielten – und sie darum gebeten hatte, Charlotte, Louisa und Dotty über die Hochzeit zu informieren, hatte Elizabeth mehrere Stunden mit ihrer Tante bei der Modistin verbracht. Ohne ihr Wissen hatte Tante Bristow die Dame bereits beauftragt, mit der Erstellung ihrer neuen Garderobe zu beginnen.

»Wenn du verheiratet bist«, hatte sie gesagt, »gibt es keinen Grund, dich wie ein Mädchen zu kleiden, das gerade ihr Debüt hatte. Es brauchte nur ein bisschen Hoffnung und Voraussicht, mehr nicht.«

»Aber ich verstehe nicht, wie sie in so kurzer Zeit so viele Kleider genäht haben kann«, hatte Elizabeth geantwortet, nachdem sie ihr fünftes Kleid anprobieren durfte.

»Da dein Vater keine Kosten einer weiteren Saison tragen muss, habe ich beschlossen, dass er das Geld auch in neue Kleidung für dein zukünftiges Eheleben investieren kann.« Ihre Tante wies Elizabeth an, sich umzudrehen. »Abgesehen davon haben wir schon fast das Ende der Saison und es kommen nicht mehr viele Bestellungen rein.«

Sie fragte sich kurz, ob ihr Vater zustimmen würde, dass all diese neuen Kleider nötig waren, doch er war nicht da gewesen, um zu widersprechen, und bis er die Rechnung erhalten würde, hätten sie und ihre Tante bereits die Stadt verlassen.

Während ihr die letzte Nacht noch wie ein Traum erschienen war, fühlte sich Elizabeth an diesem Morgen, als sei sie auf den Rücken eines übermütigen Pferdes geworfen worden.

»Wenn Sie nicht aufhören, zu zappeln«, sagte ihre Zofe, »dann werde ich Ihre Haare nie ordentlich frisieren können.« Sie wollte erwidern, dass sie nicht zappelte, doch das würde nicht stimmen. »Ich versuche es.« Allerdings nicht besonders erfolgreich. »Stecken Sie es einfach zu einem Dutt hoch und vollenden Sie es. Ich kann nicht länger stillsitzen.«

Vickers steckte einen Kamm in Elizabeths Haar und legte ihr die Perlen um den Hals. »So.«

Sie fügte ein Paar Ohrringe hinzu, bevor ihre Zofe eine brandneue Haube auf ihren Kopf setzte. Ein Blick auf die Uhr ließ sie wissen, dass ihr noch ein paar

Minuten blieben, bevor Geoffrey ankommen würde. »Haben Sie dafür gesorgt, dass die Koffer aus dem Keller geholt werden?«

»Gleich heute Morgen. Sie sind im Zimmer nebenan. Sie werden mehr brauchen als nur diese zwei. Möchten Sie, dass ich Mr. Broadwell damit beauftrage, welche zu kaufen?«

»Ja, bitte.« Sie dachte noch einmal darüber nach. »Wenn Sie möchten, dürfen Sie selbst in den Laden gehen und die Koffer und anderen Gepäckstücke auswählen, die wir Ihres Erachtens nach brauchen werden.«

Ein Lächeln erschien auf dem Gesicht ihrer Zofe. »Ja, Miss. Ich würde mich freuen, das zu tun.«

Sie hoffte, dass dieser Blick bedeutete, dass Vickers bei Elizabeth bleiben wollte. Es wäre schön, die eigenen Bediensteten bei sich zu haben. »Sie werden mit mir mitkommen, oder?«

»Wenn Sie das wollen. Es gibt nichts, was mich in England hält, und ich würde gerne etwas von Europa sehen. Auch, wenn es nur ein kleines Bisschen ist.«

»Ich möchte Sie bei mir haben.« Ihr wurde klar, dass sie alles zurückließ, was sie kannte. Sie sollte herausfinden, ob sie auch ihren Diener Kenton und ihren Stallburschen Farley mitnehmen konnte. So würde sie drei Leute haben, die sie kannte und denen sie vertraute.

Irgendwo schlug eine Uhr zur vollen Stunde. Geoffrey würde jeden Moment da sein. »Ich weiß nicht, wann ich zurückkommen werde. Es wird irgendwann vor dem Dinner sein.«

»Ich werde mich während Ihrer Abwesenheit um die zusätzlichen Koffer kümmern.« Vickers reichte Elizabeth ihre Handschuhe.

Es gab in so kurzer Zeit so viel zu erledigen. Elizabeth holte Luft. Sie würde es schaffen.

KAPITEL 16

Elizabeth stand oben an der Treppe, als der Butler ihres Vaters Geoffrey die Tür öffnete. Als hätte er genau gewusst, wo sie sein würde, blickte er zu ihr empor, und sie hatte Schmetterlinge im Bauch, als sein Blick sie traf und er lächelte.

Er musste sie so lieben, wie sie ihn liebte. Wenn er es doch nur aussprechen würde. Andererseits hatte sie ihm auch noch nicht gesagt, was sie für ihn empfand.

Geoffrey nahm ihre Hand, als sie die unterste Stufe erreichte. »Du siehst bezaubernd aus.«

»Danke.« Sein Blick und seine Berührung wärmten sie auf eine Art und Weise, wie es nichts und niemand zuvor getan hatte. »Du siehst auch sehr gut aus.«

»Freut mich, dass ich dir gefalle.« Er führte sie zu Tür. »Ich habe nach dem Tee eine Überraschung für dich.«

»Gibst du mir einen Tipp?« Er hob sie auf das Trittbrett seines Phaetons und seine großen Hände blieben auf ihrer Taille.

»Ich kann dir verraten, dass es sich um eine Tradition in meiner Familie handelt.« Er lehnte sich vor und seine Lippen kamen ihren Wangen nahe. »Ich wünschte, ich könnte dich küssen.«

Ein Kribbeln begann dort, wo er sie festhielt, und durchfuhr ihren Körper. »Ich würde dich auch gerne küssen.«

»Vielleicht später.« Er half ihr noch auf den Sitz, bevor er zur anderen Seite stiefelte und selbst einstieg.

Wo würden sie seiner Meinung nach einen Ort finden, um allein zu sein und ihrer neuen Lieblingsbeschäftigung nachzugehen? Schließlich würden sie erst einmal im Haus seiner Großmutter sein und danach im Park. Zugegeben, manche Leute machten Gebrauch von den Waldwegen, doch sie war sich nicht sicher, ob sie etwas so Gewagtes tun wollte. »Ich muss gestehen, dass ich etwas nervös bin.«

»Du bist nicht allein.« Geoffrey warf ihr einen flüchtigen Blick zu. »Meine Großmutter kann ziemlich respekteinflößend sein, wenn sie will.«

»In gewisser Weise erinnert sie mich an Lady Bellamny.« Obwohl sie eigentlich sehr freundlich war, terrorisierte Lady Bellamny, eine der Anführerinnen des *Ton*, schon seit Jahren die Jüngeren. Elizabeth zeigte sich in ihrer Nähe immer von ihrer besten Seite.

»Ich glaube nicht, dass Lady Bellamny auch nur annähernd so streng mit Ladies ist wie mit Gentlemen«, erwiderte Geoffrey. »Ich lebe in ständiger Angst, von ihr ermahnt zu werden. Der arme Bentley musste sich eine Ermahnung anhören und hat danach eine Woche lang keine Bälle mehr besucht.«

»Ich werde einfach auf meine Manieren achten.« Elizabeth betete, dass sie in Lady Markhams Gegenwart nichts Dummes tun würde.

Geoffrey sah kurz nach seinem Paar Pferde, als zwei junge Damen gefolgt von einer Zofe die Straße überqueren. Elizabeth war nicht die Einzige, die nervös war, was Grandmamma tun würde. Er betete nur, dass sie diesen verdammten Vogel nicht bei sich haben würde und dass sie ihn nicht nach seinen Gefühlen Elizabeth gegenüber fragen würde.

Er mochte sie sehr, mehr als er für möglich gehalten hätte, eine Lady zu mögen, aber das war auch alles, was er wollte. Eine Gattin, mit der er sich über allerlei Themen unterhalten und ein angenehmes Eheleben führen könnte. Natürlich war die Leidenschaft, die er und Elizabeth zu teilen schienen, auch wichtig. Er musste für einen Erben sorgen und er freute sich schon darauf, Kinder mit ihr zu zeugen. Je früher sie anfangen könnten, desto besser.

Der Geschmack und das Gefühl ihrer Brüste gingen ihm nicht mehr aus dem Kopf. Er konnte es kaum erwarten, bis sie nackt unter ihm auf seinem Bett lag. Fast hätte Geoff ihr das vorhin mitgeteilt, aber dann entschied er, dass es besser wäre, vom Küssen zu sprechen. Dass sie gestern Abend so empfänglich für seine Annäherungsversuche gewesen war, gab ihm Hoffnung, dass sie den Ehevollzug genauso genießen würde wie er. Doch er musste aufpassen, dass er ihr keine Angst einjagte. Wenn er wollte, dass es so weiterging, musste er sicherstellen, dass ihr erstes Mal angenehm war.

Während er seine Kutsche durch die Straßen fuhr, beschränkte sich ihre Unterhaltung auf Small Talk über das Wetter und andere belanglose Dinge. Und das war auch gut so. Die Hälfte seiner Gedanken kreiste sowieso um sie. Egal, ob sie bei ihm war oder nicht, Elizabeth ging ihm aus irgendwelchen Gründen einfach nicht aus dem Kopf.

Jedes Mal, wenn Nettle etwas erwähnte, das erledigt werden musste, oder wenn eine Entscheidung anstand, dachte Geoff an sie und daran, was sie sich wohl wünschen würde. Sie hatten eine Menge zu besprechen und zu planen, doch solange sie seine Großmutter noch nicht getroffen hatte, war es noch nicht an der Zeit dazu. Ihre Reise konnten sie danach besprechen.

Einige Minuten später hielt er vor Markham House an. All seine Besitztümer waren heute früh in das Stadthaus seiner Familie gekarrt worden. Nettle hatte sich darum gekümmert, während Geoff damit beschäftigt war, seinem Vater wegen seiner Verlobung und dem Anwalt wegen des Ehevertrags zu schreiben. Er wollte nicht, dass Turley herausfand, dass derselbe Vertrag, den Vater für Lady Charlotte aufgesetzt hatte, auch für Elizabeth benutzt werden würde. Deshalb würde der Anwalt den Vertrag sorgfältig neu schreiben lassen müssen.

Mittlerweile müsste sein Leibdiener die Zimmer, die er und Elizabeth sich teilen würden, bewohnbar gemacht haben. Nach dem Tee wollte Geoff Elizabeth einen Ring geben, den er aus einer Vielzahl von Ringen, die seine Großmutter im Haus hatte, für sie ausgewählt hatte. Dann würde er ihr ihre Wohnung zeigen. Und danach ... hoffte er, sie würden sich noch viel näher kommen, als sie es bereits getan hatten.

Alles lief nach Plan und sein Leben war wieder in Ordnung. Solange ihm nichts einen Strich durch die Rechnung machte, würde alles gut gehen.

»So, da wären wir.« Er war froh, dass seine Stimme nicht widerspiegelte, wie nervös er war. Das Schlimmste war, dass er nicht einmal wusste, warum er überhaupt nervös sein sollte. Es war nicht das erst Mal, dass Elizabeth und seine Großmutter aufeinander trafen.

Geoff gab sich einen Ruck. Es konnte nichts schiefgehen.

Elizabeth lächelte Geoffrey an, als er sie aus dem Phaeton hob. Als ihre Füße den Gehweg berührten, hielt er ihr den Arm hin. Statt ihre Finger einfach darauf zu legen, schob sie ihre Hand in seine Ellenbeuge. »Ich bin bereit.« Sie log. Sie war ganz und gar nicht auf dieses Treffen vorbereitet. Betend, dass sie aus einer Mücke einen Elefanten machte, sagte sie: »Na los. Wir wollen doch nicht zu spät kommen.«

Ein älterer Butler, bei dem Elizabeth sich sicher war, dass er jeden Moment umfallen würde, öffnete die Tür und verbeugte sich. »Mylord, Miss, Ihre Ladyschaft wartet bereits im hinteren Salon auf Sie.«

»Danke, Gibson. Unsere Ankunft muss nicht verkündet werden. Ihre Ladyschaft hat Miss Turley schon kennengelernt und ich wohne inzwischen auch hier.«

»Ja, Mylord. Wenn Sie darauf bestehen.« Obwohl der ältere Herr es geduldet hatte, war er offensichtlich nicht glücklich darüber. Mit einer Stimme, von der sie sicher war, dass der Butler sie für unhörbar hielt, murmelte er: »Ich werde mich nie an diese modernen Umgangsformen gewöhnen.«

Elizabeth musste sich das Lachen verkneifen und drückte ihre Lippen fest zusammen. Wenn Geoffreys Beharren darauf, dass sie nicht angekündigt wurden, Gibson derartig verärgerte, würde ihr Gelächter die Lage nicht besser machen.

»Ich wage zu behaupten, dass niemand das von Ihnen verlangt«, sagte Geoffrey diplomatisch.

Er führte sie den Korridor an der linken Seite der Eingangshalle entlang, und als sie außer Hörweite waren, sagte er: »Eines Tages wird er tot umfallen.«

»Ich schätze, das werden wir alle«, antwortete sie. »Was ich nicht verstehe, ist, warum er noch nicht in den Ruhestand geschickt wurde.«

»Tja, genau das habe ich auch gefragt und mir wurde gesagt, dass das zu seinem verfrühten Dahinscheiden führen würde.«

»Danke für die Information.« Sie würde darauf achten, ihre Meinung über den Butler vor Ihrer Ladyschaft nicht zu erwähnen.

»Wäre mein Vater öfter in der Stadt, würde er wahrscheinlich einen lebend– äh, lebhafteren Butler verlangen. Aber das ist er nicht. Deswegen ist Grandmamma hier die Herrin im Haus und wird es auch noch einige Jahre sein.«

Elizabeth nickte. »Ich verstehe. Es würde keinen Sinn machen, sie grundlos zu verärgern.«

»Richtig.« Er schenkte ihr ein Lächeln, das mit Unterrichtsstunden nichts zu tun hatte, sondern mit Gefühlen. »Lass uns die Bestie bändigen.«

»Geoffrey, du solltest nicht so über deine Großmutter sprechen.«

Er grinste sie kindlich an. »Verpetz mich einfach nicht.«

»Als würde ich das jemals tun.« Sie erwiderte sein Lächeln.

Wann war ihr Leben so wundervoll geworden? Sie hatte sich solche Sorgen gemacht, dass er nicht *sie* wollte und jede Lady ihm genügte, doch sein Verhalten hatte sich drastisch zum Guten gewendet, nachdem

Gavin und Lord Littleton ihr kleines Spielchen gespielt hatten.

Der arme Lord Littleton. Sie hoffte, dass er inzwischen eine andere Lady gefunden hatte. Er war wirklich ein sehr netter Mann.

Sie betraten den hinteren Salon und der Knoten, der sich in ihrem Bauch gebildet hatte, löste sich, als sie Lady Markham lächeln sah.

Sie machte einen Schritt nach vorn, um sie zu begrüßen. »Wie schön, Sie zu sehen, meine Liebe.« Sie küsste Elizabeths Wange. »Danke, dass du sie vorbeigebracht hast, Harrington. Bitte, nehmen Sie Platz. Der Tee sollte sofort da sein.«

»Danke für die Einladung, Ma'am. Dieses Zimmer ist wunderschön.« Die Wände waren mit cremefarbener Seide mit einem großen Blumendruck bedeckt. Laubgrüne Vorhänge schmiegten sich an die langen Fenster und draußen wuchsen gelbe Rosen. Die Möbel waren im neoklassischen Stil gehalten und sahen weder zu überladen noch zu zart aus.

»Sie kennen bereits meine Cousine und Gefährtin, Apollonia«, sagte die Witwe.

»Ja, in der Tat.« Elizabeth streckte die Hand aus. »Wie geht es Ihnen?«

»Sehr gut, vielen Dank.« Apollonia sah Geoffrey an. »Wie ich sehe, geht es euch beiden auch gut.«

Ohne Grund stieg Hitze in Elizabeths Nacken empor und zog sich in ihre Wangen.

»Das tut es.« Geoffrey küsste die Wange seiner Cousine.

Apollonia ließ sich in einen Stuhl neben dem Sofa fallen, auf dem die Witwe beschlossen hatte, zu sitzen.

Elizabeth und Geoffrey saßen auf einem kleinen, mit Chintz bezogenen Sofa gegenüber von den Ladies und achteten darauf, wenigstens ein bisschen Abstand zueinander zu halten.

Kaum hatten sie ihre Plätze eingenommen, öffnete sich die Tür und Gibson trat ein, gefolgt von einem Bediensteten, der ein großes Tablett trug. Zusätzlich zur Teekanne und den Tassen gab es Kekse, Törtchen und Kümmelkuchen. Das Tablett wurde auf dem niedrigen Tisch zwischen den beiden Sofas abgestellt.

»Würden Sie uns einschenken, Liebes?«, fragte die Witwe.

»Natürlich.« Wenn das eine Prüfung war, war sie sich sicher, dass sie sie bestehen würde. Sie konnte schon seit Jahren Tee einschenken. »Nehmt Ihr Zucker oder Milch, Mylady?«

»Ein Stück Zucker und einen Schuss Milch.«

»Ich hätte gerne zwei Stück Zucker und eine großzügige Menge Milch«, sagte Apollonia.

Elizabeth gab Geoffrey die Tassen, damit er sie den Ladies weiterreichen konnte, während sie seinen Tee vorbereitete.

Er legte für sie ein Stück von allem auf einen Teller, dann bediente er sich selbst an mehreren Keksen, einem Zitronentörtchen und einem Stück Kümmelkuchen.

Als sie den ersten Schluck Tee trank, schmeckte sie ein rauchiges Aroma. »Benutzt Ihr Lapsang Souchong in Eurer Mischung, Ma'am?« Ein kleines Lächeln umspielte Lady Markhams Lippen. »Wie aufmerksam von Ihnen, meine Liebe. Das tue ich in der Tat. Ich finde es so interessanter.« Elizabeth fragte sich, ob es noch mehr Prüfungen geben würde, aber offenbar hatte Ihre Ladyschaft herausgefunden, was sie wissen wollte, denn die restliche Stunde wurde mit allgemeinen Gesprächen verbracht.

Schließlich stand Lady Markham auf. »Harrington, du möchtest Elizabeth doch bestimmt zeigen, wo sie wohnen wird, wenn ihr uns besucht.« Die ältere Dame streckte ihr die Hand entgegen. »Willkommen in der Familie, Liebes. Ich bin mir sicher, dass Sie eine Bereicherung für uns sein werden.«

Das kam ihr wie eine seltsame Aussage vor, aber vielleicht bezog sich Ihre Ladyschaft darauf, dass es Geoffrey nun möglich war, die Stelle bei Sir Charles anzutreten.

Elizabeth sank in einen Knicks. »Danke, Ma'am.«

Nachdem die Ladies gegangen waren, wandte sie sich ihrem Verlobten zu. »Was hat es mit den Zimmern auf sich?«

»Man hat uns die Gemächer hergerichtet, in denen mein Vater und meine Mutter gewohnt haben, als sie frisch verheiratet waren. Er hat auch im Ausland als Diplomat gedient, deshalb haben sie wenig Zeit hier verbracht.« Geoffrey nahm ihre Hände und küsste zuerst die eine, dann die andere. »Das ist die Tradition, von der ich gesprochen habe. Würdest du die Zimmer gerne sehen?«

Elizabeths Herz setzte einen Schlag lang aus. Sie war noch nie in so intimen Räumlichkeiten mit einem Mann gewesen, mit dem sie nicht eng verwandt war. Allerdings war sie verlobt. Niemand würde es für unangebracht halten, dass sie unter diesen Umständen ihr neues Zuhause besichtigte. Und seine Großmutter hatte es vorgeschlagen. »Ja, das würde ich sehr gerne.«

Er führte sie zurück in die Eingangshalle, die Treppe hoch und dann den Flur an der rechten Seite entlang. »Meinen Eltern gehören die Zimmer am Ende des Hauses. Meine Großmutter hat auf der anderen Seite Gemächer, die fast identisch mit unseren sind.«

Sie waren nur ein paar Schritte gelaufen, als er eine Tür in einen Raum öffnete, der nach einer kleinen Eingangshalle mit einem runden Marmortisch und Parkettboden aussah. Die Wände waren bedeckt mit einem dunklen Seidenmuster. Das würde sich ändern müssten. Es ließ das Zimmer düster erscheinen.

An der rechten und linken Seite waren Türen. Geoffrey öffnete zuerst die auf der linken Seite. »Das ist dein Schlafzimmer.«

Sie ging in das Zimmer, welches in verschiedenen Hell- und Dunkelgrüntönen eingerichtet war. »Oh je.« Er grinste. »Es steht dir nicht gut.«

»Nein.« Grün war eine Farbe, die sie nicht tragen konnte, und schon gar nicht darin leben. »Darf ich es umgestalten?«

»Selbstverständlich.« Er nahm ihre Hand. »Einer der Gründe, warum ich wollte, dass du die ... unsere Gemächer siehst, war, damit du neue Möbel und Vorhänge bestellten kannst. Ich würde sagen, dass die Renovierung auf der Stelle umgesetzt werden kann, sobald du deine gewünschten Farben ausgewählt hast.«

Doch wahrscheinlich nicht, bevor sie abreisten. An der Vorderseite des Gemachs befanden sich rechts zwei Türen. »Wohin führen diese?«

»Die Erste führt in dein Ankleidezimmer und danach in einen geteilten Salon mit einem kleinen Speisesaal. Die Zweite«, seine Augen wurden warm und er bekam den gleichen Blick, den er hatte, als er sie geküsst und gestreichelt hatte, »führt durch einen Flur in mein Zimmer.«

Hitze stieg plötzlich in ihre Wangen. Ihre Hände flogen ihr förmlich ins Gesicht. Natürlich würde er ein Schlafzimmer in ihren Gemächern haben. Es gab keinen Grund, zu erröten.

»Komm.« Er zog sie in seine Arme. »Ich wollte dich nicht erschrecken.«

»Das hast du nicht ... Ich meine, ich hätte mich nicht erschrecken sollen. Wir werden schließlich verheiratet sein.«

Geoffrey drückte ihr die Lippen auf den Hals und das Kinn. »Ein Ereignis, auf das ich mich schon sehr freue.«

Er eroberte ihren Mund mit seinem und sie stöhnte und schmiegte sich an ihn. Doch viel zu früh hob er den Kopf und brach den Kuss ab. »Ich zeige dir den Salon. Er ist groß genug für zwei Sofas, einige Stühle, einen Sessel, wenn du möchtest, und zwei Schreibtische.«

Er hatte recht. Das Zimmer war viel größer, als sie es sich hätte vorstellen können, und heller. Lange Fenster, die sich zu den Balkonen öffneten, grenzten an den Kamin. Sogar die Farben – hellblau und creme – waren perfekt. »Das ist ein wunderschönes Zimmer.«

»Das fand ich auch immer.« Er lächelte wehmütig, als würde er sich gerade daran erinnern, wie glücklich er in diesem Zimmer gewesen war.

»Hast du als Kind viel Zeit hier verbracht?«

»Immer, wenn ich in den Schulferien nach Hause gefahren bin. Mein Großvater war damals noch am Leben.«

»Standet ihr euch nahe?« Sie hatte ihren Großvater väterlicherseits kaum gekannt. Ihre Eltern hatten immer ihre eigenen Häuser gehabt.

»Das würde ich nicht behaupten, aber er hat es immer geschafft, mir ein Bonbon oder etwas anderes, was ich mochte, zuzustecken, und meine Eltern haben immer so getan, als hätten sie es nicht bemerkt.« Er lief zu einem Schrank und öffnete das mittlere Fach. »Ha! Sie sind immer noch da.« Er zog ein Set *Spilikins* heraus. »Ich hatte gehofft, dass ich sie finde. Spielst du das?«

»Oh, ja. Alle in meiner Familie sind begeisterte *Spilikins*-Spieler.«

Das war seine Familie auch. »Wir sollten mal zusammen spielen.«

Elizabeth spähte in das andere Zimmer. »Der Speisesaal gefällt mir auch.«

Die Wände waren bedeckt mit einer gelb-weiß gestreiften Tapete. »Und die Tapete sieht neu aus. Die einzigen Tapeten, die wir wechseln müssen, sind die in meinem Schlafzimmer und die im Eingangsbereich.«

Er blickte auf die Uhr. »Das letzte Zimmer, das ich dir zeigen will, ist mein Schlafzimmer.«

Sie schluckte und ihr Mund wurde trocken bei dem Gedanken, in sein Schlafzimmer zu gehen. Elizabeth gab sich einen Ruck. Meine Güte, es war ja nicht so, als würde er sie aufs Bett werfen und sich über sie hermachen. Dachte sie zumindest. Andererseits, wenn es nach den Küssen und Liebkosungen auch nur ansatzweise so weitergehen würde, dann wäre das vielleicht gar nicht so übel. Es wäre sogar ziemlich angenehm.

Geoffrey öffnete die Tür und sie trat ein. Das Erste und tatsächlich Einzige, was sie sah, war ein massives Bett aus Walnussholz, auf der eine knallrote Decke mit goldenem Paisleymuster lag.

Sie zwang sich dazu, sich umzusehen. Zwei große Kissen lehnten am Kopfende, während kleinere Zierkissen überall verteilt waren. Ein Nachttisch stand an einer Seite. Die Bettvorhänge in den gleichen Rot- und Goldtönen versperrten ihr die Sicht auf die andere Seite des Betts. Es erinnerte sie an Erzählungen über Harems.

Um nicht sprachlos dazustehen, räusperte sich Elizabeth und sagte: »Es ist ziemlich groß.«

Geoffrey fing an zu lachen. »Ich schätze mal, ich sollte dankbar sein, dass du nicht schreiend zur Tür hinaus gerannt bist.«

»Nein, ich hätte mich niemals so blamiert.« Sie fing an zu schmunzeln. »Ich kann mir nicht vorstellen, dass es schon immer so aussah. Die Vorhänge sehen viel neuer aus als die in meinem Schlafzimmer.«

»Ich habe ehrlich gesagt keine Ahnung. Das ist das erste Mal, dass ich in diesem Zimmer bin. Nettle hat heute Morgen alles hierher gebracht, während ich weg war.« Er legte seinen Arm um sie. »Wir wechseln die Decke und den Vorhang, wenn du willst.«

Sie schüttelte den Kopf. »Ich werde mich daran gewöhnen.«

Es hatte etwas an sich, das ihr ein warmes und etwas kribbelndes Gefühl gab.

Geoff küsste sie sanft und atmete dann auf. »Ich werde Gibson damit beauftragen, Stoffproben für dein Zimmer herschicken zu lassen, aber keine grünen.«

»Vielleicht sollte ich aufschreiben, welche ich bevorzugen würde.« Sie gingen zurück in den Salon und sie setzte sich an den für die Lady vorgesehenen Schreibtisch. Es überraschte sie nicht, dass eine Schreibfeder, Tinte und Papiere bereits gebrauchsfertig vorhanden waren.

Dieser Haushalt wurde äußerst sorgfältig geführt. Das erinnerte sie daran, dass auch sie und Geoffrey ein Haus haben würden. Wie würde es sich wohl in einem ausländischen Haus leben?

Elizabeth freute sich darauf, ihr neues Leben zu beginnen. Sie hoffte, dass sie bald Kinder kriegen würden. Dotty und Louisa erwarteten bereits Nachwuchs und Charlotte würde nicht weit danach folgen.

Sie stellte die Liste fertig und gab sie Geoffrey. Es wäre das erste Mal, dass sie ihre Einrichtungsideen umsetzen könnte, ohne dass jemand sie infrage stellte. »Ich denke, es wäre wohl am vernünftigsten, sie der Haushälterin zu geben.«

»Vielleicht hast du recht, aber Gibson wird es sicher wissen.«

Es war fast fünf Uhr und sie sollten im Park spazieren fahren. Sie wünschte sich, sie wäre nicht ganz so zimperlich bezüglich der Bettdecke und der Vorhänge gewesen. Vielleicht hätten Geoffrey und sie sich dann ein bisschen mehr küssen und berühren können. Das hätte Elizabeth gefallen.

Doch ihr ging nicht aus dem Kopf, dass sie in diesem Bett ihre Hochzeitsnacht verbringen würde.

KAPITEL 17

Nun, das hatte nicht so geklappt, wie Geoff es sich vorgestellt hatte. Er hatte geplant, auf die Kutschenfahrt zu verzichten und Elizabeth einen der Vorteile des Ehelebens näherzubringen. Stattdessen hatte sie diese verdammte Bettdecke dazu gebracht, sich wie ein verschrecktes Fohlen zu verhalten.

Nach der Art und Weise, wie sie gestern Abend auf ihn reagiert hatte, hatte er gedacht, sie sei bereit. Offenbar hatte er sich geirrt, und er war vermutlich selbst Schuld daran. Er hätte sich das Schlafzimmer zuerst ansehen sollen. So wie es gerade aussah, erinnerte es ihn auf den ersten Blick an ein Bordell, und er musste dem Drang widerstehen, zum hölzernen Betthimmel hochzublicken, um nachzusehen, ob dort ein Spiegel angebracht war. Wer zum Teufel hatte diese Stoffe ausgewählt?

Was Elizabeth anging, würde Geoff offensichtlich noch mehr Zeit mit ihr verbringen müssen. Glücklicherweise sollte das nicht allzu schwierig einzurichten sein. Von jetzt an, bis sie den Kontinent erreichten, würde er ihre Zeit für sich beanspruchen.

Wenn sie in ihren Gemächern die neuen Stoffe auswählen würde – der immer wiederkehrende Gedanke an sie, wie sie nackt und mit ihrem hellblonden Haar auf der roten Bettdecke lag, ließ seinen Schwanz anschwellen – dann würde er bei ihr sein, um ihr zu helfen. Es war eine Schande, dass ihr Schlafzimmer eine so triste Farbe hatte. Wer hätte gedacht, dass Farben so großen Einfluss darauf haben konnten, wie man sich fühlte? Er konnte sich nicht vorstellen, Zeit dort zu verbringen. Das Zimmer musste umgehend umgestaltet werden.

Verdammt. Er konnte nicht verstehen, wie er so versessen auf sie sein konnte, dass sie seine Gedanken vollkommen bestimmte und fast alles andere verdrängte. Elizabeth würde ihm gehören, wie keine andere Frau es je getan hatte. Sie würde seine Gattin sein und seine Gehilfin.

Furcht überkam ihm beim Gedanken, sie zu verlieren. Er musste schnell handeln, um sie für sich zu gewinnen. Bis sie heirateten bestand immer noch eine Wahrscheinlichkeit, dass sie ihn sitzen lassen würde. Es sei denn, er ergriff Maßnahmen – vergnügliche Maßnahmen – um sicherzustellen, dass sie ihn nicht verlassen konnte.

»Du solltest wissen, dass ich heute früh einen Brief von meinem Vater erhalten habe. Er und meine Mutter haben beschlossen, für unsere Hochzeit in die Stadt zu kommen. Meine Mutter will nicht verpassen, wie ich heirate.«

»Das überrascht mich nicht.« Sie blickte aus einem der Salonfenster. »Wann kommen sie an?«

»Ich bin mir nicht ganz sicher. Er hat versäumt, mir zu sagen, wann sie aufbrechen oder wann sie ankommen.« Ihr Besuch würde Geoffs Abreise wahrscheinlich um ein paar Tage verzögern. Tage, die er nicht verschwenden konnte – selbst wenn Elizabeth mit einer

eiligen Heirat einverstanden war – wenn er Sir Charles
so bald wie möglich treffen wollte.

»Ist deine Mutter genauso einschüchternd wie deine
Großmutter?«

Als Geoff zu Elizabeth blickte, starrte sie ihn an.

»Den Eindruck hatte ich nie. Obwohl sie es vermutlich sein könnte. Ich hielt sie immer eher für eine Glucke.«

»Eine Glucke?« Sie schmunzelte. »Jetzt hast du meine
Neugier geweckt. Ich freue mich darauf, sie zu treffen.«

Ein Bediensteter stand am oberen Ende der Treppe.
»Lassen Sie meine Kutsche herbringen.«

»Ja, Mylord.«

Als der Bedienstete verschwunden war, legte er seine
Hände auf Elizabeths Taille. »Möchtest du dir morgen
Stoffe ansehen? Wir können hier zusammen zu Mittag
essen und den Nachmittag damit verbringen, deine
Lieblingsstoffe auszuwählen.«

Eine Falte bildete sich zwischen ihren blonden Augenbrauen. »Kann das so schnell arrangiert werden?«

»Dafür werde ich sorgen.« Er spürte, wie ein Beben sie
durchfuhr, als er ihre Ohren mit seinen Lippen streifte,
und sie seufzte. »Wir haben heute Abend einen Ball,
nicht wahr?«

»Lady Haverstocks.« Der Puls unten an ihrem Hals
schlug schneller, als er ihren Nacken streichelte.

»Ich will all deine Walzer, die noch nicht vergeben
sind.« Niemals würde er zulassen, dass ein anderer
Mann sie in seinen Armen hielt.

Sie neigte leicht den Kopf, sah ihm in die Augen und
warf ihm einen koketten Blick zu. »Tun Sie das wirklich, Mylord?«

Biest. Mach, dass kein anderer Mann sie je berühren würde. »Und alle anderen Tänze, die noch nicht besetzt sind.«

Ihre Augen weiteten sich. »Alle? Wozu?« Er berührte ihre Lippen mit seinen und sagte: »Damit alle wissen, dass du mir gehörst.« Geoff schob sie in den Flur und zog sie dabei in seine Arme. Elizabeth ließ ihre Hände seine Jacke hoch gleiten und legte sie dann um seinen Hals. »Denkst du, solche drastischen Maßnahmen sind notwendig? Lord Littleton hat die Stadt verlassen und sonst ist niemand interessiert an mir.«

Geoff dachte nicht, dass Elizabeth ihm den Laufpass geben würde, aber er wollte kein Risiko eingehen. »Ich möchte Zeit mit dir verbringen.« Sie warf ihm einen prüfenden Blick zu, aber in diesem Punkt war er vollkommen ehrlich. Er fuhr ihr mit der Zunge über den Saum ihrer Lippen. »Öffne dich für mich und lass mich dich schmecken.«

Sie presste sich an ihn und erforschte seinen Mund mit ihrem. Ihre Zungen tanzten und berührten sich und er wünschte sich nichts sehnlicher, als sie zurück in sein Bett zu tragen. Er fasste ihr an die Brust, und sie seufzte. »Wir sollten zurück ins Schlafzimmer gehen.«

Bevor er antworten konnte, hallte Gibsons Stimme die Treppe herauf. »Mach Seine Lordschaft ausfindig und sag ihm, dass die Kutsche wartet.«

Geoff wollte sich dafür verfluchen, dass er seinen Phaeton herbestellt hatte, aber es war wahrscheinlich besser so. Nach ihrer Reaktion auf sein Bett musste er Elizabeth langsam heranführen. Ihr den Raum geben, sich an den Gedanken zu gewöhnen, und vielleicht die Bettdecke und die Vorhänge austauschen. »Wir sollten gehen.« Er hakte sich bei ihr ein. »Man sollte die hochrangigen Bediensteten nicht verärgern.«

»Vor allem nicht, wenn sie einem nicht einmal gehören.«

»Ganz genau.« Er hatte schon mit jungen Jahren gelernt, die Bediensteten seiner Eltern oder seiner Mutter nicht zu beunruhigen.

Als sie im Park angekommen waren, war es offensichtlich, dass sich die Neuigkeit über ihre Verlobung verbreitet hatte.

Tom Cotton ritt auf einer kastanienbraunen Stute auf sie zu. Er sah erst Geoff an, dann Elizabeth. »Wie ich sehe, stimmt die Neuigkeit. Herzlichen Glückwunsch zu euer Verlobung.«

»Dankeschön.« Er nahm Elizabeths Hand. »Meine Liebe, darf ich dir einen guten Freund von mir vorstellen, Major Cotton. Er ist auf dem Weg nach Brüssel. Cotton, meine Verlobte, Miss Turley.«

»Major.« Sie lächelte. »Wie schön, Freunde von Harrington kennenzulernen. Wir sehen Sie hoffentlich, wenn wir in Brüssel ankommen.«

»Ich freue mich schon darauf, Miss Turley.« Cotten verneigte sich. »Ich reise morgen ab und werde dann Ausschau nach euch halten.« Er sah Geoff an. »Es gibt von Tag zu Tag weniger Unterkünfte. Habt ihr schon entsprechende Vorkehrungen getroffen? Wenn nicht, werde ich mal sehen, was ich für euch finden kann.«

»Wir haben alles geregelt, aber danke«, beruhigte er seinen Freund.

»Ich freue mich darauf, euch dort zu sehen.« Cotton neigte seinen Kopf. »Miss Turley, Harrington. Ich lasse euch eure Fahrt nun fortführen.«

Er trieb die Pferde wieder an, als sein Freund zu einer Gruppe von Militärs ritt, die nicht weit von ihnen entfernt war.

»Er schien ganz nett«, sagte Elizabeth.

»Ja, das ist er. Jetzt kennen wir dort immerhin schon eine Person.«

»Vielleicht sollten wir ihn zum Dinner einladen.« Ihre Augen begannen zu funkeln und einen Moment lang war er eifersüchtig auf seinen Freund. Dann merkte er, dass sie sich bloß darauf freute, ihr eigenes Zuhause zu haben.

»Das werden wir tun.« Wie würde das Leben mit ihr wohl aussehen?

Sie ritten weiter, drehten eine Runde im Park und nahmen dabei die beglückwünschenden Worte der Bekannten entgegen, die letzte Nacht nicht auf Lady Jerseys Ball gewesen waren. Als er vor Elizabeths Haus anhielt, erinnerte er sich, dass sie seine Einladung zum gemeinsamen Mittagessen noch nicht angenommen hatte. »Soll ich dich morgen um kurz vor ein Uhr abholen?«

Sie strahlte, und er wusste, dass sie sich an das eine Mal erinnerte, als er vergessen hatte, nochmal bei ihr nachzuhaken. »Ja, bitte.«

Wieder zu Hause angekommen wurde er darüber in Kenntnis gesetzt, dass seine Großmutter ihn in ihren Gemächern erwartete und mit ihm sprechen wollte.

Das würde ihm eine Gelegenheit verschaffen, nach dem Schlafzimmer zu fragen. »Danke, Gibson. Ich werde sofort hingehen.«

Sekunden später ließ Apollonia Geoff in Grandmammas Gemächer hinein. »Ich hatte fast erwartet, dass du immer noch hier sein würdest, wenn wir zurückkommen.« Sie zeigte auf den Tisch. »Bitte, trink doch einen Tee mit uns.«

Er gab ihr einen Kuss auf die Wange. »Elizabeth und ich hatten vorgehabt, eine Runde im Park zu drehen.«

»Ja, mein Schatz, das weiß ich doch, aber ich dachte …« Sie verzog das Gesicht. Das war seltsam. »Jetzt habe ich wahrscheinlich zu viel gesagt.«

Zu viel worüber? Was führte sie im Schilde? »Übrigens, ich nehme an, Mama hat das eine Schlafzimmer grün eingerichtet. Grün ist ihre Lieblingsfarbe, aber wer hat sich bei meinem Schlafzimmer für Rot und Gold entschieden?«

Seine Großmutter warf ihm einen derartig unschuldigen Blick zu, dass er wusste, dass etwas im Busch war. »Hat es dir nicht gefallen, Schätzchen?«

»Es ist ziemlich … ziemlich …« Wie sollte er seiner eigenen Großmutter erklären, dass ihn das Schlafzimmer an ein Bordell erinnerte?

»Verlockend?« Ein unartiger Blick erschien in ihren Augen. »Wusstest du, dass es in manchen antiken Kulturen als völlig angebracht galt, gar erwünscht war, die Schlafgemächer so zu dekorieren, dass sie den Geschlechtsakt anregen, inklusive erotischer Wandbemalungen?«

Was zum Teufel? Geoffs spürte, wie sein Gesicht heißer wurde. Er war seit Jahren nicht errötet. »Davon habe ich noch nie gehört.« So ein Gespräch wollte er nun wirklich nicht mit seiner *Großmutter* führen! »Wer würde dir so etwas überhaupt erzählen?«

Sie machte eine vage Handbewegung und sagte: »Dein Großvater hatte einen weiten Freundeskreis.«

Als würde das irgendetwas erklären. »Jedenfalls weiß ich, dass du und Miss Turley euch noch nicht lange kennt.« Grandmamma lächelte wohlwollend. »Und ich dachte, es würde helfen.«

»Tja, das hat es nicht. Es hat sie abgeschreckt.« Das sollte ihr eine Lektion sein, sich nicht mehr einzumischen.

»Ich muss zugeben, das hatte ich nicht bedacht.« Grandmamma runzelte kurz die Stirn, bevor sie wieder lächelte. »Ich bin mir sicher, ihr werdet jegliche Angst, die sie hat, überwinden.«

»*Klingt nach Henry.*« Krächz, Krächz. »*Klingt nach Henry.*«

»Es reicht, Nelson.« Sie richtete ihre Aufmerksamkeit wieder auf Geoff. »Nun, wie ich gerade sagen wollte, es tut mir Leid, dass die arme Miss Turley schockiert war, aber es wundert mich sehr, dass du nicht imstande warst, sie zu beruhigen.«

Henry? Sein Großvater Henry? »Was meinte dieser verdammt Vogel damit, dass ich nach Henry klinge?«

»*Klingt nach Henry.*«

»Apollonia, bitte verdeck den Käfig des Admirals. Ich will nicht, dass er mich unterbricht, wenn er in einer seiner Launen ist.«

»Ich werde die Abdeckung aus dem kleinen Salon holen müssen«, sagte seine Cousine und verließ den Raum.

»*Küss mich hier, Schatz. Küss mich hier. Das fühlt sich gut an.*«

Was zum Teufel? Er lenkte seine Aufmerksamkeit vom Vogel weg und richtete sie auf seine Besitzerin. »Großmutter, bitte, beantworte meine Frage.«

»Nun ja.« Sie zog einen Schmollmund. »Du hast mich schon immer an deinen lieben Großvater erinnert.«

Es steckte mehr dahinter als das. »Ich bin mir sicher, dass Elizabeth und ich den Geschlechtsakt alleine zustande bringen können.«

»Ich wollte euch nur auf die Sprünge helfen.« Seine Großmutter zuckte mit den Schultern. »Bei deinem Großvater hat es funktioniert.«

Funktioniert ... »Ich dachte, ihr hattet eine arrangierte Ehe.«

»Das hatten wir auch.« Sie setzte die Tasse ab. »Jedenfalls dachte er das«, fügte sie mit leiser Stimme hinzu.

Er hätte fast gefragt, was Grandmamma mit dem letzten Satz meinte, doch er beschloss, dass er es nicht wissen wollte.

»Würdest du dich bitte setzen?« Sie blickte zu ihm hoch. »Ich mag es nicht, wie du so über einem stehst und einen finster ansiehst.«

»Du hattest mich noch nicht darum gebeten, mich zu setzen«, protestierte er, während er sich auf einen Stuhl neben ihr sinken ließ.

»Das ist deine Schuld, du hast mich abgelenkt.« Geoff wartete geduldig, während sie eine weitere Tasse Tee einschenkte. »Nun denn, wie schon gesagt. Wir kannten uns überhaupt nicht, als wir geheiratet haben. Dein Großvater war sehr anfällig für bestimmte Farben und unsere Ehe hat sich daraufhin zum Besseren gewendet.«

Der Bettdecke nach zu urteilen, war es nicht schwer, zu erraten, welche Farben die besten Ergebnisse hervorgerufen hatten. Sie hatten auch ihn beeinflusst. »Ich verstehe.«

»Das bezweifle ich«, sagte Großmutter und hielt sich die Tasse vor den Mund. »Aber das wirst du noch. Jetzt lass mich mit meinem Tee allein. Ich bin mir sicher, dass du etwas zu tun hast.«

Wie etwa Elizabeth zurück ins Schlafzimmer zu locken. Er stand auf und verneigte sich. »Werde ich dich beim Abendessen sehen?«

»Nein, ich esse mit Freundinnen zu Abend. Wenn du vorhast, Lady Haverstocks Ball zu besuchen, dann sehen wir uns dort.«

»Elizabeth mag Rosa. Sie hat eine Liste mit Stoffen gemacht, die ich Gibson gegeben habe, als wir gegangen sind«, sagte er, bevor er das Zimmer verließ. »Und sie wird morgen hier zu Mittag essen.«

»Alles soll für sie vorbereitet sein.« Seine Großmutter machte eine scheuchende Geste mit ihren Händen. »*Muss gehen, muss gehen.*« Der Vogel flatterte mit den Flügeln, als Apollonia in den Salon zurückkehrte und die Abdeckung über seinen Käfig stülpte.

Er hatte nie erwartet, eine so peinliche Unterhaltung ausgerechnet mit seiner Großmutter zu führen. Er hätte die Bettdecke und den Vorhang nie erwähnen sollen. Aber wer hätte gedacht, dass sie die Farben ausgesucht hatte?

Geoff musste eine Runde spazieren gehen. Er nahm Gibson seinen Hut ab und verließ das Haus. Was zum Teufel hatte seine Großmutter damit gemeint, dass ihre Ehe sich gewendet hatte? Außer, sie meinte einfach, dass – nein, darüber wollte er nicht nachdenken.

Nichts war heute so gelaufen, wie er es erwartet hatte. Ganz zu schweigen von diesem verdammten Vogel. Er hoffte, dass Elizabeth sich niemals einen anschaffen würde.

KAPITEL 18

Eigentlich hatte Elizabeth vorgehabt, direkt in ihr Zimmer zu gehen, als sie nach Hause kam, aber die Geräusche im Nebenzimmer weckten ihre Neugier. Sie spähte hinein und entdeckte drei neue schwarze und braune lederbezogene Reisekoffer. »Die sehen gut verarbeitet aus.«

»Ich habe mir schon gedacht, dass sie Ihnen gefallen würden«, sagte Vickers und öffnete einen der Koffer. »Dieser hier hat ein Fach für Schuhe, damit sie nicht einzeln eingepackt werden müssen.«

»Wie praktisch.« Sie öffnete den anderen Koffer und sah, dass er mit Seide ausgekleidet war. »Und elegant. Ich bin überrascht, dass Sie sie im vorgefertigten Zustand gefunden haben.« Sie hatte gedacht, ihre Zofe würde mit üblichen Holzkoffern zurückkommen.

»Sie wurden von einer Lady in Auftrag gegeben, die nach Europa reisen sollte, aber in letzter Sekunde beschlossen hat, doch in England zu bleiben. Ich kann Ihnen sagen, der Händler war glücklich, dass ich ihm die Koffer abgenommen habe. Ich werde Kenton anweisen, Ihre Initialen auf die Unterseite zu schreiben.«

Noch etwas, das sich ändern würde. Ihr Name. Bei Gott, es schien, als würde ihr Leben völlig auf den Kopf gestellt werden. Ihr Name, ihr Titel und ihr Status würden sich allesamt ändern, ganz zu schweigen davon, dass sie einen Ehemann haben würde und ein eigenes Zuhause, und dass sie nach Brüssel ziehen würde.

Als ihr all die neuen Kleider einfielen, die ihre Tante für sie bestellt hatte, fragte Elizabeth: »Werden fünf genügen?«

»Das sollten sie.« Vickers zog die Packliste heraus, die sie geschrieben hatten, und reichte sie Elizabeth. »Ich denke, sie werden reichen. Wenn nicht, gehe ich zurück in den Laden.«

»Wie ich sehe, haben Sie einige Punkte bereits abgehakt.«

»Das sind die Dinge, die ich schon eingepackt habe«, sagte ihre Zofe.

»Sehr gut. Ich überarbeite die Liste und gebe sie Ihnen zurück.«

Sie nahm die Liste mit an ihren Schreibtisch und fügte noch ein paar Dinge hinzu. Als sie fertig war, war es an der Zeit, sich für das Dinner und den darauffolgenden Ball bereit zu machen.

Doch trotz der Ablenkung durch die Koffer, der Neuigkeit, dass ihr Vater in der Stadt sein würde, und der aktuellen Meldungen über den Vorstoß des Korsen, konnte sie nicht aufhören, an das Bett zu denken – Geoffreys Bett. Ihre Brüste wurden schwer, fast als würde er sie berühren.

Dank ihrer Freundinnen war ihr bewusst, wie intim sie mit ihm werden würde. Und doch konnte sie sich nicht erklären, warum ihre Haut allein beim Gedanken an ihn und *das* Bett so empfindlich wurde. Was wäre passiert, wenn Gibson nicht nach ihm gerufen hätte?

Als sie und ihre Tante nach dem Abendessen Tee tranken, schweiften ihre Gedanken wieder zum Bett oder eher zu ihr und Geoffrey im Bett.

»Elizabeth, bist du dir sicher, dass du auf den Ball gehen willst?«, fragte ihre Tante. »Du bist ganz rot und du solltest vor deiner Hochzeit nicht krank werden.«

»Nein, mir geht es gut.« Sie fächelte sich Luft zu, in der Hoffnung, es würde helfen. »Es ist etwas warm hier drin.«

Ihre Tante hob eine Braue, sagte aber nichts mehr. Ein paar Minuten später wurde Geoffreys Ankunft verkündet.

Elizabeth stand sofort auf und ging zu ihm. »Guten Abend.«

Nachdem er ihre Finger in die Hand genommen hatte, hob er einen nach dem anderen und küsste sie sanft. »Geht es dir gut?«

»Ja, es ist nur etwas warm hier im Zimmer«, sagte sie laut genug, dass ihre Tante es hören konnte. Als ihre Tante begann, sich ihre Handschuhe überzustreifen, flüsterte Elizabeth: »Ich kann nicht aufhören, über dein Bett nachzudenken.«

Erst sah er überrascht aus, aber bald fingen seine Augen an, zu funkeln. »Ich glaube, ich weiß, warum. Wir können darüber reden, wenn wir etwas Zeit für uns allein haben. Ich glaube, Lady Bristow ist bereit, aufzubrechen.«

Doch als sie auf dem Ball ankamen, blieben so viele Leute bei ihnen stehen, um ihnen zur Verlobung zu gratulieren, dass sie es kaum in den Ballsaal schafften, bevor der erste Tanz anfing.

Als wüssten beide, was die andere Person wollte, begaben sich Geoffrey und Elizabeth langsam in Richtung Terrasse. Sie verloren ihre Tante irgendwo zwischen den Topfpflanzen und dem Orchester. Und als der zweite Tanz anfing, schob er sie durch die Glastüren auf die Steinterrasse.

»Ich dachte schon, wir würden nie entkommen können.« Sie lächelte zu ihm hoch. »Es wundert mich, dass noch so viele Leute in der Stadt sind.« Er legte seinen Arm um ihre Taille. »Hier lang.«

Statt zum anderen Ende der Terrasse zu gehen, führte er sie die Treppe hinunter in den kleinen Garten. Hohe Pfosten, an denen Laternen hingen, markierten die Wege.

Geoff bog vom Hauptweg in einen Seitenweg ab.

»Wohin gehen wir?«

»Das wirst du gleich sehen.« Er zog sie näher zu sich heran und sein Arm legte sich noch enger um ihre Taille. Das Licht wurde schwächer, doch der Duft von Nachtjasmin und nachtblühendem Tabak lag in der Luft. »Es gibt einen Nachtgarten. Zumindest glaube ich, dass man das so nennt. Da hinten.«

Kurz darauf betraten sie einen kleinen, runden Garten mit einem Brunnen in der Mitte und einer Bank an der Seite. Blumen in verschiedenen Größen, allesamt weiß, ragten dem Mond entgegen.

»So etwas habe ich noch nie gesehen. Woher wusstest du davon?«

»Lady Haverstock ist eine Freundin meiner Mutter und hat von dem Garten erzählt, als sie uns dieses Jahr besucht hat. Ich hatte gehofft, er würde dir gefallen.«

Elizabeth blickte zu ihm hoch. Obwohl der Garten beleuchtet schien, lag sein Gesicht im Schatten. »Und das tut er. Sehr sogar. Danke, dass du mich hierher gebracht hast.«

Er legte sein Stofftaschentuch auf die Bank. »Es ist der einzige Ort, von dem ich dachte, dass wir dort für eine Weile allein sein könnten.«

Sie ließ sich auf die Bank sinken und achtete darauf, auf dem Taschentuch zu sitzen und nicht auf dem Stein. Geoffrey nahm neben ihr Platz. Sie waren sich so nah, man hätte nicht einmal ein Blatt Papier zwischen sie schieben können.

Er wickelte eine ihrer Locken um seinen Zeigefinger. »Die Decke und die Vorhänge meines Betts haben dich ziemlich gestört. Soll ich sie wechseln lassen?«

Elizabeth lehnte sich gegen ihn und schwelgte in der Geborgenheit seines großen, starken Körpers. »Nicht gestört, aber ... ich weiß nicht, wie ich es erklären soll. Ich konnte nicht aufhören, daran zu denken, und je mehr ich daran gedacht habe, desto wärmer wurde mein Körper.« Sie versteckte ihr Gesicht in ihren Händen. »Ich weiß, das klingt albern.«

»Überhaupt nicht.« Während er ihren Rücken streichelte, drückte er seine Finger an ihrer Wirbelsäule entlang und sie wollte dahinschmelzen. »Könnte es sein, dass du dir vorgestellt hast, was in diesem Bett passieren wird? Oder hat es dir niemand gesagt?«

»Lady Merton«, plötzlich wurde Elizabeths Mund wieder trocken, »hat mir erzählt, was ich zu erwarten habe.«

Er drehte sich so, dass er ihr gegenüber saß, und legte beide Hände auf ihre Taille. Seine Stimme wurde ernster. »Hat sie dich verunsichert?«

»Nein, nichts dergleichen. Sie hat gesagt, dass es mit dem richtigen Mann sehr angenehm sei.« Elizabeth versuchte, ihm in die Augen zu sehen, doch es war zu dunkel.

»Zweifle nie daran, dass ich der richtige Mann bin, der einzige Mann für dich.« Geoffrey eroberte ihren Mund und sie öffnete sich ihm und ihre Zungen tanzten.

Er neigte seinen Kopf und vertiefte den Kuss, woraufhin sie stöhnte. Das Geräusch kam von irgendwo tief in ihrem Inneren. Ihr Korsett rutschte herunter, dann lösten seine Hände ihre Brüste aus dem Mieder. Er umfasste sie und streichelte sanft die eine, während er die andere in den Mund nahm. Flammen leckten ihre Haut. Sie drückte seinen Kopf an sich und wünschte, er könnte ihre Lippen und ihre Brüste gleichzeitig küssen.

Elizabeth fühlte sich, als würde sie explodieren, wenn nicht irgendetwas die Spannung an dieser einen Stelle zwischen ihren Beinen löste. Das Pochen wurde immer schlimmer und egal, wie sehr sie zappelte, sie konnte es sich nicht bequem machen.

»Was ist los?« Geoffreys Stimme in ihrem Nacken war tief und verführerisch. »Du brauchst keine Angst zu haben, es muss dir nicht peinlich sein. Du kannst mir alles sagen, mich alles fragen. Ich bin für dich da.«

Elizabeths Gesicht glühte vor Scham, aber wenn sie es dem Mann, den sie heiraten würde, nicht sagen konnte, wem dann?

»Zwischen meinen Beinen. Diese Stelle ...«

»Ah, ich verstehe. Lass mich es dir bequemer machen.« Er hob sie auf seinen Schoß. »Kein Grund, sich zu schämen.«

Die Finger der einen Hand streichelten weiter ihre Brust, während seine Zunge die ihre liebkoste. Hätte sie nicht die kühlere Luft gespürt, hätte sie nicht bemerkt, dass ihre Röcke hochrutschten. Plötzlich umfasste seine andere Hand ihren Schambereich, presste sich an sie, lud sie ein, sich an ihn zu pressen. Geoffrey fand den Knoten, von dem Elizabeth erzählt worden war, und begann ihn sanft zu streicheln.

»Du bist so feucht«, flüsterte er. »Lass los. Komm für mich.«

Er ließ seinen Finger in ihren Kanal gleiten, und plötzlich löste sich die Spannung, die sie ergriffen hatte, und ihr Körper fühlte sich an, als würden Wellen über ihn hereinbrechen.

»Elizabeth? Liebling?« Er drückte sie fest an seinen Körper. »Alles in Ordnung?«

»Mir geht's gut. Nein. Mir geht es besser als gut. Viel besser. Mir geht es hervorragend.« Sie warf ihre Arme um seinen Hals und küsste ihn. »Ich finde, die Bettdecke hat genau die richtige Farbe.«

Geoffrey brach in schallendes Gelächter aus und hielt sie sanft, während er ihren Rock herunterzog. Nachdem er ihr Kleid wieder zugeschnürt hatte, saßen sie still da und er hielt sie auf seinem Schoß. Schließlich sagte er: »Wir sollten besser zurückgehen. Willst du nach Hause fahren?«

»Ja.« Nachdem sie ein solches Vergnügen erlebt hatte, konnte sie sich nicht vorstellen, auf dem Ball zu bleiben. Vielleicht würde er ihr morgen mehr zeigen.

Geoffrey wollte nichts mehr, als Elizabeth mit in ihre neuen Gemächer zu nehmen und mit ihr zu schlafen. Wenn er einen Weg gefunden hätte, es zu tun, dann hätte er genau das getan. Aber er könnte wohl kaum sagen: *»Mylady, ich habe beschlossen, Ihre Nichte mit nach Hause zu nehmen, aber ich verspreche, sie vor Tagesanbruch wieder zurückzubringen. Oder auch nicht.«*

Immerhin würden er und Elizabeth morgen den ganzen Nachmittag miteinander haben.

Als sie in den Ballsaal zurückkehrten und Lady Bristow antrafen, war diese auch bereit zum Aufbruch. Mit der Begründung, sie habe Kopfschmerzen, lud sie ihn nicht einmal zum Tee ein, als sie Turley House erreichten.

»Es tut mir wirklich leid«, sagte Ihre Ladyschaft. »Ich habe selten Kopfschmerzen, aber wegen all der Hochzeitsplanung habe ich mich kaum ausgeruht. Ich weiß, ihr beiden wollt heiraten, sobald alles arrangiert werden kann, aber habt ihr euch auf ein festes Datum geeinigt?«

»Ich werde die Sondererlaubnis morgen früh erwerben.«

Geoff hatte das eigentlich schon heute erledigen wollen, aber die Eheverträge hatten all seine Zeit beansprucht. »Meine Eltern sollten übermorgen ankommen.« Er sah Elizabeth an und formte mit den Lippen das Wort *drei.* Sie nickte. »In drei Tagen sollten wir bereit sein.«

»Dann in drei Tagen«, sagte Lady Bristow. »Komm jetzt, Elizabeth. Du bist schon den ganzen Abend so rot.«

Geoff brach bei dem frechen Blick, den ihm seine Verlobte zuwarf, beinahe in Gelächter aus. Doch er nahm einen angemessen nüchternen Gesichtsausdruck an und sagte: »Ja, meine Liebe. Du solltest dich ausruhen.«

»Ja, Liebling.« Ihre Worte waren brav, aber dieses Mal war der Blick, den sie ihm zuwarf, so heißblütig, dass er sie um ein Haar auf den Hintersitz seiner Kutsche gezerrt hätte. »Wenn du darauf bestehst.«

»Biest«, flüsterte er, als er ihre Hand küsste. »Ich habe meine Meinung geändert. Ich hole dich um elf Uhr dreißig ab, wenn du nichts dagegen hast.« Geoff wollte Elizabeth so lange wie möglich mit sich allein haben.

»Ich werde dich erwarten.« Aus irgendeinem Grund konnte er sie nicht loslassen und ließ seine Finger langsam über ihre gleiten, bis er nur noch Luft spürte.

Am nächsten Morgen erreichte Geoff das Büro des Erzbischofs von Canterbury der *Doctor's Commons*, als die Türen um neun Uhr aufgeschlossen wurden.

Davor hatte er die neueste Ausgabe des *Debrett's* ausfindig gemacht, um Elizabeths Geburtsdatum und ihren vollen Namen herauszufinden. Elizabeth Catherine Amelia Turley. Der Name passte zu ihr. Dass sie am 29. Juni Geburtstag hatte, musste er sich merken. Es wäre gar nicht gut, den Geburtstag seiner eigenen Ehefrau zu vergessen. Er zuckte zusammen, als er daran dachte, wie Vater einmal Mamas Geburtstag vergessen hatte. Er hatte Monate damit verbracht, es wiedergutzumachen.

»Guten Morgen«, sagte er zu einem Angestellten, der aussah, als könnte er noch eine Tasse Tee vertragen.

»Ich würde gerne eine Heiratssondererlaubnis beantragen.«

Der junge Mann zog ein Stück Papier heraus. »Dürfte ich Ihren vollen Namen und den Ihrer Lady erfahren?«

»Geoffrey Augustus Charles, Earl of Harrington. Meine Verlobte ist Elizabeth Catherine Amelia Turley ...« Er teilte dem Angestellten auch die Namen ihrer Väter mit.

»Die Lady ist minderjährig«, sagte der Angestellte. »Haben Sie die Erlaubnis ihres Vaters oder Vormundes?«

»Ja. Viscount Turley hat mir seine Erlaubnis gegeben und die Eheverträge sind unterzeichnet.« Was der einzige Grund war, warum Geoff die Sondererlaubnis nicht schon gestern erworben hatte. Er war überrascht und erleichtert darüber, wie großzügig sein Vater gewesen war. Turley hatte die Dokumente, die sein Vater geschickt hatte, gründlich durchgelesen und immer wieder angehalten und um Erläuterung gebeten. Am Ende unterzeichnete er die Verträge, ohne um Änderungen zu bitten.

»Wenn Sie in einer Stunde wiederkommen, sollte ich die Sondererlaubnis für Sie fertiggestellt haben.«

Geoff sah sich um und entdeckte vier Stühle an einer Wand. »Ich warte hier.« Der Angestellte seufzte. Er hätte dem jungen Mann beinahe seine Meinung gesagt, doch er entschied sich dagegen. Wütend zu werden, würde ihm nichts nützen und könnte dazu führen, dass die Erteilung der Erlaubnis noch länger dauerte. »Ich habe in dieser Gegend sonst nichts zu erledigen und die Hochzeit ist schon übermorgen. Ich werde eine Stelle bei Sir Charles Stuart antreten und muss direkt nach der Hochzeit zum Kontinent aufbrechen.« Geoff schluckte seinen Zorn hinunter. »Ich bin dankbar für jede Hilfe, die Sie mir geben können.«

Der Angestellte musterte ihn einen Augenblick lang und sagte dann: »Mein Bruder ist bei der Leibgarde. Wenn Sie in Belgien ankommen ...«

»Wenn Sie mir seinen Namen aufschreiben«, unterbrach er den anderen Mann, »dann werde ich ihn auf jeden Fall aufsuchen und Ihnen eine Nachricht schicken.« Sein jüngerer Bruder Rob, der noch immer in Eton studierte, würde in einem Jahr zur Armee gehen müssen. Geoff war heilfroh, dass sein Bruder bei diesem Feldzug nicht dabei sein musste.

»Ich danke Ihnen. Er schreibt nicht so oft, wie er könnte.« Der Angestellte zog noch ein Blatt Papier heraus und fing an, zu schreiben.

Als der junge Mann fertig war, verschwand er durch eine Tür und Geoff konnte nichts anderes tun als warten. Doch es dauerte nicht lange, bis der Angestellte zurückkam.

»So, bitteschön.« Geoff nahm die Papiere entgegen, die der junge Mann ihm reichte. Erst ging er die Erlaubnis durch und dann las er das zweite Blatt. »Hawksworth. Was zum Teufel sucht der Erbe des Duke of Somerset in der Armee?«

Der Angestellte seufzte wieder. »Sie haben wohl noch nie meinen Vater getroffen.« Der junge Mann streckte seine Hand aus. »Ich bin Septimius Trevor.«

»Lord Septimius, ich verspreche, ich werde Ihnen eine Nachricht schicken.« Selbst wenn er dafür den Kommandeure des Mannes ausfindig machen musste.

»Mehr können wir alle nicht verlangen. Danke nochmals.« Lord Septimius hatte den Anflug eines Lächelns auf seinem Gesicht.

Weniger als eine halbe Stunde später kam Geoff wieder am Markham House an. »Nettle!«, rief Geoff, als er in seine Gemächer spazierte.

»Ich bin gleich da, Mylord.« Kurz darauf tauchte sein Leibdiener auf und sah ziemlich strapaziert aus. »Ich bitte um Verzeihung, Mylord, es gab Schwierigkeiten mit der Wäscherin, aber das sollte nicht Ihre Sorge sein.«

Wenn sie noch länger hier bleiben würden, würde es vielleicht doch seine Sorge werden. Sein Leibdiener war schon seit Jahren an seiner Seite und noch nie verstimmt gewesen. Er nahm die Sondererlaubnis heraus. »Sehen Sie zu, dass das hier irgendwo verstaut wird, wo wir es für die Hochzeit wiederfinden können.«

Nettle sah das Dokument an. »Ich werde es ins Schmuckkästchen legen. Und die Hochzeit, Mylord?«

»Sie soll übermorgen stattfinden, so Gott will. Ich hoffe, am Morgen danach abzureisen.«

»Sehr wohl. Ich werde alles vorbereiten.«

»Ich weiß, dass Sie das werden.« Die Glocken läuteten elf Uhr. »Ich werde Miss Turley abholen, damit sie nach dem Mittagessen die Stoffe auswählen kann. Bitte, sorgen Sie dafür, dass sie im Schlafgemach der Gräfin bereitliegen. Sagen Sie Cook, dass ich zum Mittagessen einen Gast haben werde und wünsche, um zwölf statt um ein Uhr zu essen. Danach dürfen Sie sich den Nachmittag freinehmen.«

Nettle verneigte sich und kehrte in den Salon zurück und Geoff brach zu Elizabeths Haus auf. Vom heutigen

Tag an würden sie nur noch in ihrem eigenen Esszimmer zu Mittag essen. Er konnte es kaum erwarten, bis sie endgültig mit ihm zusammen war.

KAPITEL 19

Elizabeth blickte noch einmal auf die Uhr. Es handelte sich nur noch um Minuten, bis Geoff da sein würde, um sie abzuholen. Leider war ihr Vater vor zwei Stunden zu Hause angekommen und konnte einfach nicht aufhören, zu erwähnen, dass er Lord Harrington noch nicht kennengelernt hatte. Um Himmels willen! Sie konnte sich nicht daran erinnern, dass er Lord Merton kennengelernt hatte, aber ihr Vater war bereit gewesen, sie ihm praktisch hinterherzuwerfen.

Vater hatte ihrem Bruder die Bevollmächtigung erteilt, Entscheidungen bezüglich der Verlobung mit Geoffrey zu treffen, und Gavin hatte genau das getan, was von ihm verlangt wurde. Aber Vater war – aus Gründen, die nur er kannte – äußerst verärgert darüber. Ihr Bruder erinnerte ihren Vater ruhig, aber nachdrücklich an diese Tatsache.

Vater stand mit dem Rücken zu ihr und der Tür. Sie erhob sich langsam und begann, sich Stück für Stück aus dem Zimmer zu bewegen.

Fast war sie draußen, als ihr Vater sich umdrehte. »Elizabeth.« Verdammt! Wenn sie jetzt nicht ging, würde sie zu spät kommen. »Was machst du noch hier? Diese Angelegenheiten gehen dich nichts an.«

Sie ballte ihre Hand zu einer Faust und öffnete den Mund, um zu erwidern, dass ihr Ehevertrag und ihre

Heirat sie sehr wohl betrafen, doch dann merkte sie, dass sie nun gehen durfte.

Nicht, dass es einen Unterschied machte. Gavin hatte ihr den Vertrag erklärt. Und jetzt gab es nichts mehr, was ihr Vater tun könnte, um ihre Hochzeit zu ruinieren. »Natürlich, Papa.«

Sie stürmte aus dem Salon. Vickers stand mit Elizabeths Haube, Handschuhen und Halstuch bereit. Ein paar Augenblicke später war sie in der Eingangshalle. Glücklicherweise war einer der Bediensteten da, statt des Butlers ihres Vaters. »Ich erwarte Lord Harrington. Bitte öffnen Sie sofort die Tür, wenn er da ist. Er wird nicht angekündigt werden müssen und wir werden umgehend aufbrechen.«

»Ja, Miss, aber ich glaube, Seine Lordschaft ist bereits da.«

Sie spähte aus dem Seitenfenster. Er war gerade dabei, seinen Phaeton zum Halten zu bringen. Wenn sie doch nur zu ihm nach draußen rennen könnte. Sie blickte nach hinten und atmete erleichtert auf, dass die Tür zum kleinen Salon noch immer geschlossen war. Mit etwas Glück würde sie es schaffen, aufzubrechen, bevor ihr Vater sie sah. Elizabeth wollte nicht, dass Papa Geoffrey traf, wenn er schlechte Laune hatte.

Wie von ihr befohlen, öffnete der Bedienstete die Tür, als Geoffrey sie erreichte. »Mylord.« Sie lächelte ihn an. »Wer hätte gedacht, dass wir beide so pünktlich sind? Sollen wir gehen?«

Er hielt ihr den Arm entgegen und Elizabeth nahm ihn mit einem strahlenden Lächeln. »Ich freue mich so auf die Stoffproben.«

Geoffrey hob sie in den Phaeton und ging zur anderen Seite hinüber. Als er die Zügel in der Hand hatte, warf er ihr einen Blick zu. »Ich glaube, ich kenne dich gut genug, um festzustellen, dass etwas nicht stimmt. Was ist los?«

Sie spielte einen Moment lang mit den Fransen ihres Halstuchs und überlegte, was sie sagen sollte. »Es ist nichts, worüber du dir Sorgen machen müsstest.«

»Alles, was dich verärgert, macht mir etwas aus.« Er blickte zu seinen Pferden und richtete seine Aufmerksamkeit dann wieder auf sie. »Ich möchte nicht, dass wir unser Leben mit Geheimnissen beginnen.«

Elizabeth schloss für einen Moment die Augen und versuchte sich einzureden, dass ihr Vater ihn nichts anging, doch er würde Papa sowieso irgendwann kennenlernen müssen. Zufälligerweise sogar schon in zwei Tagen. »Mein Vater ist heute Morgen zurückgekommen und hat schlechte Laune. Als ich gegangen bin, hat er gerade mit dem armen Gavin geschimpft.«

»Ist es sonst auch schwierig, mit ihm auszukommen?«

»Seit Mutters Tod«, sie seufzte, »kann ihn fast alles aus der Fassung bringen. Er ist reizbar und mürrisch geworden. Er gibt meinem Bruder Aufgaben und beschwert sich danach darüber, dass er sie ausgeführt hat. Ich weiß nicht mehr, was ich von ihm erwarten soll, und der arme Gavin auch nicht.«

Geoffrey legte seine behandschuhte Hand auf ihre. »Wenn das so ist, sollten wir hoffen, dass er uns nicht allzu oft besucht. Wenn er dich in irgendeiner Form beleidigt hat, bin ich gezwungen, ihn in seine Schranken zu weisen.«

Abgesehen von ihrem Bruder hatte noch nie jemand bedingungslos zu ihr gestanden. »Würdest du das wirklich?«

»Natürlich, ich bin dein Ehemann.« Er drückte ihre Hand fester. »Oder werde es bald sein.«

Seine Loyalität ihr gegenüber überraschte sie. Sie hatte sie nicht erwartet, aber vielleicht hätte sie das tun sollen. Freudentränen stiegen ihr in die Augen und sie blinzelte sie fort.

Sie drehte ihre Hand um und umklammerte damit seine. »Genauso wie ich bald deine Ehefrau sein werde.«

Kurz darauf hielt er die Pferde vor dem Stadthaus seiner Familie an. Wie zuvor hob er sie herunter, aber dieses Mal glitt sie langsam an seinem Körper entlang. Erinnerungen von letzter Nacht kamen plötzlich hoch. Wie würde es wohl in ihren Gemächern zugehen, wo niemand sie störte? Würde er ihr zeigen, wie es sich anfühlte, ihm zu gehören?

»Ich werde meine Kutsche bis nach dem Tee nicht wieder brauchen«, sagte Geoffrey zum Butler. Er führte sie den Flur auf der linken Seite entlang in den kleinen Speisesaal. Der Tisch war für zwei gedeckt. »Wird meine Großmutter noch dazustoßen?«, fragte er den Bediensteten.

»Nein, Mylord. Ihre Ladyschaft und Miss Covenington sind unterwegs und haben vor, erst am späten Nachmittag zurückzukehren.«

Das war eine gute Nachricht. Obwohl Elizabeth die Witwe und ihre Gefährtin mochte, war sie froh, Geoffrey für sich allein zu haben.

Der Raum hatte drei lange Fenster und einen Garten an der Seite. Der Tisch war am Kopfende gedeckt und direkt daneben an der Seite. Er zog den Stuhl an der Seite des Tisches für sie heraus.

Nachdem er seinen Platz eingenommen hatte und Schalen mit weißer Suppe serviert worden waren, fragte sie: »Was hast du heute Morgen gemacht?«

Er grinste. »Ich bin ins Büro des Erzbischofs gegangen und habe unsere Sondererlaubnis beantragt.«

»Ich würde sie mir gerne mal ansehen.« Sie würde ihn also wirklich heiraten. Was für ein alberner Gedanke. Sie würde wohl kaum hier sitzen und alleine mit Geoffrey zu Mittag essen, wenn sie nicht heiraten würden. Die Erlaubnis zu haben, machte es für sie nur noch gewisser.

Elizabeth hatte natürlich schon von Heiratssondererlaubnissen gehört. Ihre drei engsten Freundinnen waren alle durch sie verheiratet worden, aber sie hatte nie einen Grund gehabt, sich eine anzusehen, und sie wollte ihre unbedingt sehen.

»Sie ist in meinem Zimmer. Ich zeige sie dir, wenn wir hoch in unsere Gemächer gehen.«

Sofort kam ihr das Bild des Bettes in den Sinn und ihr Körper fing an, zu kribbeln. »Perfekt.«

Brot, Fleischaufschnitt, verschiedene Käsesorten und ein grüner Salat folgten. Er erzählte ihr von den Vorkehrungen, die er für ihre Reise nach Harwich und danach weiter nach Ostende getroffen hatte. »Wir können Harwich in nur einem Tag erreichen, wenn du nichts dagegen hast, so viel Zeit in der Kutsche zu verbringen.«

»Ganz und gar nicht. Ich reise gerne.« Die zwei Tage, die sie und Gavin auf ihrer Reise nach London verbracht hatten, waren wundervoll gewesen. Sie liebte jeden Teil der Fahrt. Die Gasthäuser, die Postkutschen und sogar die manchmal schlechten Straßen.

»Hervorragend.« Geoffrey strich Senf auf ein Stück Schinken. »Ich werde meinen Leibdiener anweisen, ein Mittagessen für uns in Chelmsford zu arrangieren. Das liegt auf halber Stecke.«

»Wenn du es erlaubst«, während sowohl seine Mutter als auch seine Großmutter in der Stadt waren, wollte sie keine Grenzen überschreiten, »würde ich deinen Koch gerne darum bitten, einen Korb mit einem Imbiss für unterwegs für uns zu packen. Ich nehme an, wir werden recht früh aufbrechen.«

»Du darfst um alles bitten, was du für die Reise, unsere Gemächer und die Häuser, in denen wir wohnen werden, brauchst.« Er aß den Schinken auf und blickte zu ihrem Teller.

Ein Gefühl von Freiheit durchströmte ihre Seele. Obwohl sie verantwortlich für alle Häuser des väterlichen Guts und deren Pächter war, hatte sie nie einen Freibrief erhalten, wie Geoffrey ihn ihr bot.

Als sie zu ihm blickte, ertappte sie ihn dabei, sie anzustarren. Sie wusste nicht, ob er mit dem Essen fertig war oder ob er einfach an ihrer Mahlzeit interessiert war. »Bist du bereit, in unsere Gemächer zu gehen?«

»Nicht, wenn du es nicht bist. Möchtest du ein Stück Rindfleisch? Es schmeckt ausgezeichnet. Ich werde auch noch etwas davon nehmen.«

Zuerst war sie nervös dabei gewesen, alleine mit ihm zu essen, aber jetzt erschien ihr alles so normal. Als wäre es das Gewöhnlichste auf der Welt. »Ja, ich hätte liebend gerne eine Scheibe.« Sie stach ins Fleisch und für ein paar Sekunden aßen sie schweigend. Sie hatten noch nicht über ihre Reise nach Holland gesprochen und Elizabeth wollte mehr über seine Vorhaben erfahren. »Hast du unsere Überfahrt auf dem Schiff schon organisiert oder werden wir warten müssen?«

»Ich habe ein Schiff gefunden, das vor nicht allzu langer Zeit aus der Karibik in England angekommen ist. Es ist in Privatbesitz und hat es bisher geschafft, nicht für den Transport von Truppen oder Ausrüstung eingezogen zu werden.« Geoffrey errötete, als wäre er von sich selbst begeistert, und verzog dann das Gesicht. »Es ist auf dem Weg nach Harwich mit der Anweisung, außer Sichtweite des Hafens auf unsere Ankunft zu warten.«

Sie war froh, dass er etwas dagegen hatte, ein Schiff für ihre alleinige Nutzung aufzuhalten. »Ich finde, das hast du sehr gut gemacht. So können wir immer noch andere mitnehmen, wenn es nötig ist. Und du musst dringend zu Sir Charles.«

Geoffrey seufzte. »Ja, das müssen wir.«

Das »wir« erfreute sie sehr.

Ein paar Minuten später erklommen sie die Treppen zu ihren Gemächern. Als sie die Tür zu ihrem Schlafzimmer öffnete, schreckte sie zusammen. »Ich muss die Farbe dieses Zimmers wirklich ändern. Der Stil der Möbel gefällt mir allerdings sehr.«

Er sah sich um und zeigte dann auf ein Set niedriger Tische zwischen einem Sessel und zwei Stühlen. »Die Musterbücher sind da drüben. Würdest du sie gerne alleine durchgehen oder soll ich helfen?«

»Bitte bleib. Ich will deine Meinung hören.« Sie setzte sich auf den Sessel und er nahm neben ihr Platz.

Die Stoffproben waren so angeordnet, dass sie aus dem Buch herausgenommen und drapiert oder hochgehalten werden konnten. Nach ein paar Minuten hatte sie die Stoffproben, die ihr gefielen, an jedes Möbelstück im Zimmer gehalten.

»Ich denke, diese beiden werde ich ändern.« Sie tauschte das Muster mit den filigranen cremefarbenen und blassrosa Streifen, das sie auf den Sessel gelegt hatte, gegen ein großes, luftiges Muster und legte das Streifenmuster stattdessen auf die Stühle. »Das ist besser. Jetzt sind nur noch die Wände und die Vorhänge übrig.« Sie nahm zwei Stücke Seidentapete in die Hand und hielt sie hoch, aber sie waren zu nah an ihr, um zu sehen, wie sie auf den Wänden aussehen würden. »Würdest du diese an die Wand da drüben halten?« Sie zeigte auf die hintere Wand. »Ja, ich glaube, das Creme und Rosa mit den großen Steifen ist besser.«

Geoffrey ließ die Arme wieder sinken und legte die Stoffprobe, die sie ausgewählt hatte, auf einen Tisch an der Wand. »Das hat nicht so lange gedauert, wie ich dachte.«

»Nein.« Sie hatte seit sie das Schlafzimmer zum ersten Mal gesehen hatte schon darüber nachgedacht, was sie wollte. Elizabeth überflog den Raum noch einmal. Mit den helleren Farben würde er viel größer erscheinen.

Es gab nur noch eine Stelle umzugestalten. Sie hielt ein elegantes goldenes und cremefarbenes Streifenmuster hoch. »Was hältst du davon für den Eingangsbereich?«

»Es gefällt mir.« Das ging schnell.

Sie nahm das Muster mit in die Eingangshalle und legte es auf den Tisch. »Sollen wir jetzt die Hausherrin rufen?«

Er schlenderte langsam zu ihr und hatte ein unartiges Funkeln in seinen blauen Augen. »Ich finde, wir sollten als nächstes mein Schlafzimmer besprechen.« Er zog sie in seine Arme und küsste sie leidenschaftlich. »Ich dachte, wir könnten vielleicht herausfinden, wie sehr dich die Bettdecke beeinflusst.«

»Hmm. Ein wissenschaftliches Experiment?« Sie ließ ihre Hände über seine harte Brust gleiten, dann um seinen Hals, und drückte ihre Brüste gegen ihn. Ihr Körper kribbelte und wollte seine Beachtung.

Er machte sich wieder über ihren Mund her. »Sehr wissenschaftlich. Ich kann jetzt schon feststellen, dass dein Atem schneller wird.«

»Machst du dir keine Sorgen, dass du dein Halstuch ruinierst? Es ist sehr schön gebunden.«

»Ich habe mehr davon.« Er knabberte an ihrem Hals und Kinn. »Hast du Angst?«

»Nein.« Sie war zu aufgeregt für eine Erläuterung, aber sie genoss, wie er sie verführte. Als Elizabeth über die harte Erhebung in seiner Hose strich, stöhnte er auf. Man hatte ihr gesagt, es gäbe dafür viele verschiedene Namen, und sie fragte sich, welchen er am liebsten verwendete. Er hatte gesagt, sie könne ihn alles fragen. »Wie nennst du es?«

Er nahm ihre Hand und bewegte sie über sein Glied. »Das?«

Sie nickte. Es war wirklich hart. Würde es sich wie Holz oder vielleicht wie Stahl anfühlen?

»Ich nenne es Schwanz.« Sein Atem wurde schneller und seine Stimme wurde rauer. »Wie nennst du es?«

»Ich habe nur gehört, dass man es Glied nennt.« Das schien ihr die würdigste Bezeichnung von allen zu sein.

»Dein Begriff gefällt mir besser.« Geoffrey machte sich so stark über ihren Mund her, als würde er zugrunde gehen, wenn er sie nicht besitzen könnte.

Elizabeth spürte, wie er unter ihrer Hand noch mehr anschwoll, und musste fragen: »Darf ich ihn streicheln?«

»Ja.« Er stöhnte auf, als sie ihre Finger sanft hinunter und wieder hinauf gleiten ließ.

Das war der Teil, der sie miteinander verbinden würde. »Es ist ziemlich steif.«

»Du wirst mich noch umbringen.«

Geoffreys Hand umfasste ihre Brust und knetete sie sanft.

»Das will ich nicht hoffen.« Sie bewegte ihre andere Hand über seinen Hintern. »Das würde eine sehr kurze Ehe bedeuten.«

»Biest.« Plötzlich riss er sie in seine Arme. »Du musst jetzt ins Bett, meine Liebe.«

Lachend klammerte sie sich an ihn, während er sie durch die Tür in sein Zimmer manövrierte, wo er sie auf das Bett warf.

Im Handumdrehen waren ihre Schuhe ausgezogen und er zog sie auf die Beine. »Ich will dich sehen. Alles von dir.« Ihr Kleid rutschte hinunter und fiel einen Moment später zu Boden. Sie hob die Hände, um ihre Unterröcke auszuziehen. »Darf ich? Das ist besser, als Weihnachtsgeschenke auszupacken.«

Weil sie nicht stillhalten konnte, löste sie seine Anstecknadel, band sein Halstuch auf und zog das lange Stück Leinen unter seinem Kragen heraus. Als nächstes knöpfte sie seine Weste auf, doch sie konnte ihm die Jacke nicht ausziehen, da er gerade dabei war, ihr Mieder aufzuschnüren. Sie griff nach unten und tastete herum, bis sie die Knöpfe seiner Hose fand, und löste sie, als ihr Mieder zu Boden fiel.

Er zischte, als sein Glied in ihre Hand sprang.

»Ich wusste gar nicht, dass es so weich ist.« Wie feinste Seide.

»Komm, zieh an meinen Jackenärmeln. Ich hätte etwas Lockereres anziehen sollen. Wenigstens muss ich mich nicht mit meinen Stiefeln herumärgern.«

Elizabeth hatte sich schon gefragt, warum er Tanzschuhe getragen hatte. Jetzt wusste sie es. »Du hast das hier geplant?«

»Ich habe dafür gebetet.« Seine Stimme klang heiser, als er sie anstarrte. »Wunderschön. Ich habe noch nie eine Frau gesehen, die so wunderschön ist wie du.«

Sie konnte sich nicht davon abhalten, zu erröten und sich verlegen zu fühlen. Aber sie blieb ruhig, während Geoffrey sie mit seinen Händen und Augen erforschte. Er hob ihre Brüste an und ließ seine Finger langsam zu ihrer Taille und dann über die Rundungen ihrer Hüften gleiten.

Sie schnappte nach Luft, als er seine Hand zwischen ihren Beinen vergrub. »Du bist ja schon feucht für mich.«

Elizabeth hatte keine Zweifel daran, aber sie wollte ihn auch berühren. »Ich bin dran.« Unfähig zu widerstehen, strich sie mit ihren Fingern durch seine wiechen, lockigen Brusthaare. Sie genoss das Gefühl der straffen Haut, die sich über seine harten Muskeln spannte. »Das fühlt sich wundervoll an. Ich wusste gar nicht, dass du Haare auf der Brust hast.«

»Das haben viele Männer.« Sie fuhr ihm mit den Fingern durch die Brusthaare und fand diese flachen Scheiben, die seine Brustwarzen waren. Sie knabberte leicht an einer von ihnen mit den Zähnen und leckte darüber, dann gab sie der anderen die gleiche Behandlung.

Geoffreys Muskeln spannten sich an, als fiele es ihm schwer, ruhig zu bleiben. Elizabeth bewegte ihre Hände über seinen straffen Bauch, erreichte sein Glied und nahm es in die Hände. Wieder stöhnte er auf.

»Gefällt dir das?«

»Ja. Genauso wie es dir gefällt, wenn ich dich zwischen den Beinen streichle.« Sie hatte nicht gewusst, dass sein Glied so empfindlich war.

»Ich brauche dich.« Er hob sie hoch und küsste sie, während er sie auf das Bett legte. »Ich hatte mich schon gefragt, welche Farbe deine Brustwarzen haben. Ich habe sie bisher nur im Dunkeln gesehen.«

»Die gleiche Farbe wie deine.« Sie grinste, als sie ihm mit dem Fingernagel sacht über die Brustwarze fuhr, an die sie gerade herankam.

»Ich versuche, es langsam anzugehen«, stieß er hervor. »Und du machst es mir sehr schwer.«

»Soll ich mich entschuldigen?« Sogar in ihren eigenen Ohren klang sie verrucht.

»Nein. Ich finde es wunderbar, dass du mich berühren willst.«

Geoffrey glitt an ihr hinunter, und sein schlanker, muskulöser Körper entfachte Flammen, wo er sie berührte. Elizabeth hatte das Gefühl, sie würde vor Vergnügen sterben, als er erst die eine ihrer steifen Brustwarzen leckte, dann die andere, bevor er daran saugte. Ein süßer Schmerz setzte zwischen ihren Beinen ein, und sie rieb sich an ihm wie eine Katze.

»Hör nicht auf.« Sie versuchte, ihn wieder nach oben zu ziehen, und er schmunzelte, ließ ihre Brüste los und seine Lippen über ihren Bauch hinabgleiten. Er leckte und knabberte und ging immer tiefer.

Seine breiten Schultern spreizten ihre Beine auseinander. Dann leckte er sie *dort.* Das Gefühl war so großartig, dass sich ihr Körper vom Bett hob, doch Geoffrey hielt sie fest. Die schmerzende Spannung war noch stärker als letzte Nacht. Wenn sie nicht bald kommen würde, war sie sicher, dass sie vor Verlangen sterben würde.

Er drang mit seinem Finger in sie ein. »Komm für mich, mein Liebling.«

Wellen brachen über sie herein und sie zog sich um ihn herum zusammen. Dann spürte sie sein Glied an ihrem Eingang, es stieß sie an, und sie versuchte, nicht zu verkrampfen. Sie wusste, dass dieser Teil wehtun würde, aber nicht lange. Das durfte sie nicht vergessen.

»Bitte verzeih mir.« Geoffrey küsste sie. »Es gibt keinen anderen Weg.«

»Ich weiß.« Sie war bereit.

Er vertiefte den Kuss, und sie versuchte, sich darauf zu konzentrieren, ihn zu schmecken, bis ein stechender Schmerz das Vergnügen durchkreuzte. Seine Hand wanderte zwischen sie und er rieb die Stelle, die er

gestern Abend gerieben hatte. Sie war bald durch-
strömt von Verlangen, als er sich in ihr bewegte, und
sie schlang ihre Beine um ihn. Als sie kam, war es diesmal sogar aus einem noch tieferen Ort in ihr, und sie
wollte ihn nie wieder loslassen.

KAPITEL 20

Elizabeth zog sich um Geoffrey zusammen und brachte ihn zur Vollendung, wissend, dass er gestorben und in den Himmel gekommen war. Die Tatsache, dass sie bald seine Frau sein würde, musste wohl der Grund sein, weshalb er solch eine Befriedigung beim Geschlechtsakt mit ihr verspürte. Oder wohl eher pures Vergnügen. Er konnte sich nicht erinnern, eine Frau jemals so sehr begehrt zu haben wie sie. Seltsamerweise hatte er jetzt ein noch größeres Verlangen nach ihr als zuvor.

Er hatte viel darüber nachgedacht, was er tun konnte, um den Schmerz zu lindern, den sie erfahren würde, und er hoffte, dass es ihm gelungen war.

Er streichelte ihr Haar und fragte: »Geht es dir gut?«

Sie drehte den Kopf und ließ ihre geschwollenen Lippen über seine gleiten. »Es geht mir besser als erwartet. Das nächste Mal tut es nicht weh, oder?«

»Nein. Es wird sich viel besser anfühlen.« Er rollte sich von ihr hinunter, schob sie zur Seite und griff dann nach dem Tuch und der Schüssel mit Wasser, die er auf seinem Nachttisch abgestellt hatte. Er drückte das Tuch sanft auf ihren Unterleib, bevor er sich abwischte und es zurück in die Schüssel tauchte.

Ihre Hand lag auf seiner Brust und Geoff versuchte, etwas zu sagen, ein Gespräch zu beginnen. Er wusste, dass Frauen sich nach dem Beischlaf gerne unterhielten. Aber worüber würde sie sprechen wollen? Auf einmal wurde ihr Atem schwerer.

Verdammt. Sie ist eingeschlafen.

So etwas war Geoff noch nie mit einer Frau passiert. Jetzt war es an ihm, die Uhr im Blick zu behalten. Ihnen blieben noch Stunden miteinander. Es wurde jedoch erwartet, dass sie mit seiner Großmutter den Tee einnahmen. Und die Haushälterin musste auch noch kommen und sich notieren, welche Stoffe Elizabeth haben wollte.

Sie würden sich bald fertig machen müssen. Er könnte die Zofe für sie spielen, aber sie hätte wahrscheinlich keine Ahnung, wie sie ihm beim Anziehen helfen könnte. Obwohl es nicht allzu schwierig sein dürfte. Trotzdem hätte er Nettle nicht den ganzen Nachmittag freigeben dürfen.

Eine ihrer Locken kitzelte sein Kinn. Er hatte sich gewünscht, dass sie ihr Haar offen trug, aber sie waren so sehr in ihr Liebesspiel vertieft gewesen, dass er es vergessen hatte. Vorsichtig zog er das Band heraus, das durch ihre Locken geflochten war. Dann ließ er ihre perlenbesetzten Haarnadeln auf den Nachttisch fallen. Von den gewöhnlichen Haarnadeln zog er so viele heraus, wie er finden konnte, bevor er mit den Fingern durch ihre Haar fuhr und es lockerte. Er nahm eine Locke, zog sie bis zu ihrer Taille hinunter und ließ sie wieder los. Er bestaunte, wie sie wieder zur Mitte ihres Rückens zurückfederte.

Langsam wurde es kühler im Zimmer, doch sie lagen auf der Decke. Er griff über ihre schmalen Schultern und zog die Decke von unten über sie. Als sie sich an ihn kuschelte, nahm Geoff sie fest in den Arm. Er war noch nie so zufrieden in der Nähe einer Frau gewesen. Am liebsten hätte er bloß ein kurzes Schläfchen gemacht und danach sofort mit ihr die Reise angetreten.

Wenn sie doch nur den Rest des Nachmittags hier bleiben könnten. Oder gleich bis in die Nacht und danach den ganzen morgigen Tag.

Einige Zeit später klopfte es an der Schlafzimmertür. Wer zum Teufel konnte das sein? »Ich habe klar ausgedrückt, dass wir nicht gestört werden wollen.«

»Mylord.« Nettles Stimme durchdrang die Tür. »Ihre Eltern werden innerhalb der nächsten Stunde hier sein. Der Leibdiener Seiner Lordschaft und die Zofe Ihrer Ladyschaft sind gerade angekommen.« *Das konnte doch nicht wahr sein!*

Geoff war davon ausgegangen, dass sie erst kurz vor der Hochzeit ankommen würden. »Das ist wirklich ein verdammt schlechter Zeitpunkt.« Dann erinnerte er sich, dass er seinem Leibdiener den Nachmittag freigegeben hatte. »Was machen Sie überhaupt hier?«

»Ich hatte nichts anderes zu tun.« Nettle klang, als müsse er sich rechtfertigen. »Also dachte ich, ich mache mich mit Miss Turleys Zofe bekannt. Sie wollte sich den Salon ansehen. Darf ich hereinkommen, Mylord?«

Die Tür öffnete sich einen Spalt. »Nein! Geben Sie mir einen Moment.«

Immerhin hatte Nettle geklopft. Geoff rüttelte an Elizabeths Schulter. »Schatz, du musst aufwachen.«

Ihre Augenlider flatterten auf. »Gibt es ein Problem?«

Das konnte man so sagen. »Meine Eltern sind kurz davor, hier hereinzuschneien.«

Sie sah sich um, als suchte sie nach einem Versteck. »Was machst du jetzt? Sie dürfen mich nicht so sehen.«

»Rein zufällig ist deine Zofe auch hier.« Sie öffnete den Mund, doch er fuhr eilig fort: »Sie kann dir bestimmt sagen, wie das passiert ist.« Als er vom Bett aufsprang, suchte er nach ihrem Unterkleid und fand es auf der anderen Seite des Zimmers auf dem Boden. »Hier.« Er reichte es ihr. »Zieh das an und ich helfe dir in dein Ankleidezimmer. Wir sollten gerade noch genug Zeit haben, uns anzuziehen und die Haushälterin zu rufen.«

Elizabeth nickte und Geoffrey half ihr mit ihrem Mieder und den Unterröcken und sammelte ihre restlichen Kleidungsstücke auf. Wie versprochen wartete Vickers bereits im Ankleidezimmer. Zum Glück warf sie nur einen Blick auf Elizabeth und fing kommentarlos an, ihr ins Kleid zu helfen.

Erst als sie ihr die Haare frisierte, fing ihre Zofe an, zu sprechen. »Was für ein schönes Ankleidezimmer. Ich bin froh, dass Mr. Nettle sich die Zeit genommen hat, sich vorzustellen, und zugestimmt hat, dass ich komme und es mir ansehe.« Ein Kichern entfuhr Elizabeth und weitere folgten, bis sie so sehr lachte, dass Tränen ihr die Wangen hinunterflossen. »Sie müssen stillsitzen, Miss. Ich werde Ihre Haare nie richtig frisieren können, wenn Sie sich weiter so bewegen.«

Sie hatte Mühe, sich zu beherrschen. »Ich *kann* Ihnen nicht sagen, wie froh ich bin, dass Sie hier sind.«

»Nicht der Rede wert. Sie sind schließlich verlobt und werden bald heiraten.«

Genau, als Elizabeth sich vom Tisch erhob, spazierte Geoffrey ins Zimmer, ging direkt auf sie zu und küsste sie auf die Wange. »Die Haushälterin wird jeden Moment hier sein. Bitte frag mich nicht nach ihrem

Namen, denn ich kenne ich ihn nicht. Sie ist erst seit ein paar Jahren hier angestellt.«

»Wenn das so ist, werden wir sie wohl gleichzeitig kennenlernen.«

Vickers räusperte sich und nahm den Kamm, den sie sich irgendwoher besorgt hatte. »Sie finden mich die nächsten Minuten im Ankleidezimmer, aber ich nehme an, Mr. Nettle wird mich gleich der restlichen Dienerschaft vorstellen wollen.«

Eine Hitzewelle überrollte Elizabeths Wangen. Wusste das ganze Haus, was sie und Geoffrey getan hatten?

»Wenn Sie es schaffen, nicht zu erröten, dann wird es niemanden interessieren, was Sie und Seine Lordschaft getrieben haben.« Mit diesem Ratschlag eilte ihre Zofe aus dem Schlafzimmer.

»Danke«, brachte sie heraus.

Geoffrey drehte sie zu sich und sah sie besorgt an. »Bereust du es, dass wir ...«

»Nein.« Sie legte ihre Finger auf seine Lippen. »Niemals. Ich war einfach schockiert, als ich gehört habe, dass deine Eltern bald kommen würden.«

»Genauso wie ich.« Er neigte seinen Kopf und küsste sie. »Gott sei Dank sind unsere Bediensteten hier. Ich glaube nicht, dass wir angezogen und bereit gewesen wären, sie zu empfangen, wenn sie nicht gewesen wären.«

Es klopfte an der Tür. »Das wird die Haushälterin sein.«

Wenig später machte Mrs. Droughty, die Haushälterin, sich Notizen und lobte Elizabeths Änderungsvorschläge. »Ich wünschte nur, dass Sie die Änderungen sehen könnten, bevor Sie abreisen, Miss. Wenn es sich irgendwie bewerkstelligen lässt, werde ich dafür sorgen. Sie haben mein Wort.«

Kaum war die Haushälterin gegangen, schien es, als würde das Haus plötzlich von geschäftigen Bediensteten belebt werden.

»Sollen wir hinunter gehen?« Geoff hielt ihr den Arm hin. »Ich glaube, meine Eltern sind da.«

Sie glättete ihre Röcke, bevor sie ihre Hand auf seinen Arm legte. »Ich hoffe, sie werden mich mögen.«

»Wie könnten sie dich nicht mögen?« Er schenkte ihr ein beschwichtigendes Lächeln. Trotzdem war Elizabeth nervös.

Es konnte sehr gut sein, dass seine Eltern sie nicht mögen würden. Ihr war äußerst bewusst, dass er zum Anwesen seiner Familie hatte reisen müssen, um die Erlaubnis für die Heirat mit Charlotte einzuholen, die als Tochter eines Earls eine hohe Mitgift hatte. Elizabeths Vater war ein Viscount und ihre Mitgift war im Vergleich dazu bescheiden.

Es war nicht so, dass Lord Markham die Hochzeit verhindern konnte. Kein Gentleman würde eine Hochzeit absagen, solange die Lady kein Fehlverhalten an den Tag gelegt hatte. Und ihr konnte man nichts vorwerfen. Abgesehen davon waren die Eheverträge schon unterzeichnet und Geoffrey hatte eine Heiratssondererlaubnis. Die, die sie die ganze Zeit sehen wollte und noch keine Gelegenheit dazu hatte.

Allerdings könnten seine Eltern trotzdem ein Problem darstellen, wenn sie sie nicht mochten. Niemand wusste so gut wie sie, welchen Kummer ein unglücklicher Elternteil verursachen konnte. Andererseits standen ihnen sowieso mehrere Jahre im Ausland bevor. Und vielleicht würden seine Eltern sie vielleicht doch mögen, wenn sie ihm einen Erben schenken würde.

Elizabeth kaute an ihrer Unterlippe. Koffer aller Art wurden aus dem Eingangssaal getragen. Sie und Geoffrey hatten gerade die unterste Treppenstufe erreicht, als eine modisch gekleidete Lady mit blondem Haar durch den Türrahmen trat, gefolgt von einem gleichsam modisch ausstaffierten Gentleman mit hellbraunem Haar. Geoffrey hatte den Teint seiner Mutter, doch er sah fast genauso aus wie sein Vater.

Lady Markham blickte hoch. »Harrington, und das hier muss Miss Turley sein.« Ihre Ladyschaft streckte Elizabeth die Hand hin. »Ich freue mich, dass Sie hier sind. Lassen Sie mich Sie in der Familie willkommen heißen, meine Liebe.«

Einen Moment lang war sie so schockiert, dass sie erstarrte, doch Geoffrey führte sie nach vorn und legte einen Arm um sie, während sie auf seine Mutter zugingen. »Elizabeth hat die letzten paar Minuten damit verbracht, sich einzureden, dass du von ihr enttäuscht sein würdest.«

Sie hätte ihm wirklich eine verpassen können. »Wie ...«

»Du beißt deine Lippe wund«, flüsterte er.

»Oh mein liebes Kind!« Plötzlich wurde sie von einer warmen, nach Lavendel duftenden Umarmung erdrückt. »Sie hätten sich keine Sorgen machen müssen. Wir sind ganz aus dem Häuschen über Harringtons Brautwahl.« Lady Markham machte einen Schritt zurück. »Wie könnten wir es nicht sein? Meine Schwiegermutter schreibt, dass Sie alles sind, was man sich von einer Tochter nur wünschen kann. Sie war sehr begeistert von Ihnen.« Ihre Ladyschaft umarmte Elizabeth wieder. »Ich hoffe, ich darf Sie Elizabeth nennen.« Ohne auf eine Antwort zu warten, sah sie Geoffrey mit verengten Augen an. »Es war nicht in Ordnung von dir, Elizabeth so bloßzustellen. Mach das nicht noch einmal.«

Elizabeth verkniff sich ein Lachen, als er eine verlegene Miene zog. »Ja, Mutter.«

»Wenigstens bin ich nicht der einzige Mann, der den Zorn deiner Mutter auf sich gezogen hat«, murmelte Lord Markham, als er langsam auf sie zuging. »Willkommen in der Familie, meine Liebe. Wir freuen uns in der Tat, dass Sie sich bereit erklärt haben, unseren nichtsnutzigen Sohn zu heiraten.«

Elizabeth durfte sich aus Lady Markhams Umarmung lösen und knickste vor ihrem zukünftigen Schwiegervater. »Dankeschön, Sir. Ich bin froh, Euch endlich treffen zu dürfen.«

»Nun denn«, sagte Ihre Ladyschaft. »Ich weiß, es ist etwas früh für Tee, aber ich bin am Verdursten und habe Hunger. Wir treffen euch im kleinen Salon, sobald wir uns gewaschen und umgezogen haben. Elizabeth, ich möchte davon hören, wie du dieses furchtbare, dunkelgrüne Zimmer umgestalten willst. Ich weiß nicht, was ich mir dabei gedacht habe, als ich es in so trostlosen Farben habe einrichten lassen. Ich bin mir sicher, du wirst es viel schöner machen.«

Ihre Ladyschaft sprach noch, während sie die Treppe emporstieg, diesmal aber mit ihrer Zofe, die zur Treppe gekommen war. Elizabeth fühlte sich, als wäre sie gerade mitten in einen Wirbelsturm geraten.

»Sie ist sehr lebhaft.«

»Du hast ja keine Ahnung. Sie ist früher immer mit uns durch den heimischen Wald gewandert und nie müde geworden. Einmal haben wir den Lake District besucht und wir alle waren danach erledigt, nur sie nicht.« Geoffrey hielt ihre Hand und führte sie zum Ende des Hauses. »Du siehst, warum ich gesagt habe, dass du dir keine Sorgen machen musst.«

»Scheinbar nicht, aber ich muss deiner Mutter trotzdem recht geben. Ich wollte dir auch eine verpassen, als du ihr gesagt hast, wie nervös ich war.«

»Sie wollte mir eine verpassen?« Er neigte den Kopf, als würde er es sich vorstellen, und sagte dann: »Ich glaube, du könntest recht haben. Zum Glück würde sie so etwas nie tun.« Er lächelte reuevoll. »Sie hat vor ein paar Jahren beschlossen, dass ich zu alt für die Prügelstrafe sei. Allerdings hat sie andere Wege gefunden, mir ein schlechtes Gewissen wegen einiger Situationen zu machen, in die ich mich gebracht habe.«

Das war eine Seite von Geoffrey, die sie noch nie gesehen hatte, und Elizabeth mochte sie. »Sie müssen es mir versprechen, Mylord.«

»Ja, natürlich. Ich werde dich nie wieder blamieren. Zumindest nicht vor anderen.« Er zog sie zu sich. »Wenn wir allein sind, ist es etwas anderes.«

Sie lehnte sich zurück und zog die Augenbrauen hoch. »Wie bitte?«

»Du wirst schon sehen. Ich rede über etwas, was du im Bett noch nicht erlebt hast.« Seine Stimme streichelte sie wie Samt und er nahm ihren Mund in Besitz.

Sie gingen erst wieder auseinander, als Elizabeth Schritte hörte. Dieses Mal war sie nicht die Einzige, die errötete. Ihr Hochzeitstag, oder eher ihre Hochzeitsnacht, konnte nicht schnell genug kommen.

Seine Eltern betraten ihre Gemächer, gefolgt von zwei Bediensteten, die Tablette trugen. Lady Markham tätschelte einen der Plätze auf den kleinen Sofas. »Elizabeth, bitte setz dich neben mich. Ich will alles über deine Pläne hören, das Schlafzimmer zu renovieren, und über deine Hochzeitspläne.«

Nachdem sie ihre Teetassen und Teller mit Kuchen und Törtchen entgegengenommen hatten, nahmen Geoffrey und sein Vater auf Stühlen an einem kleinen Tisch aus Walnussholz Platz.

Elizabeth zeigte Ihrer Ladyschaft die Stoffproben und gab zu, dass sie abgesehen vom Hochzeitsdatum noch nichts zu berichten hatte, woraufhin Lady Markham die Stimme erhob: »Harrington, wie ich gehört habe, hast du schon die Sondererlaubnis, aber hast du auch daran gedacht, mit einem Pfarrer zu sprechen?«

Seine Augen weiteten sich und ihm fiel die Kinnlade hinunter. »Ich wusste, dass ich etwas vergessen hatte. Ich bin wirklich ein Tölpel.«

»Nun ja, darüber können wir später reden. Obwohl ich mir sicher bin, dass Elizabeth und ich dir da nicht widersprechen würden.« Elizabeth presste die Lippen fest zusammen, um einen Anflug von Gelächter zu unterdrücken. Sie hatte heute mehr gelacht, als in der ganzen Zeit, seit ihre Mutter gestorben war. »Mein Bruder Richard«, fuhr Ihre Ladyschaft fort, »ist für ein paar Tage in der Stadt. Ich schicke ihm eine Nachricht und frage ihn, ob er die Trauung vollziehen kann.« Lady

Markham wandte sich wieder Elizabeth zu. »Bitte sag mir, dass du nichts dagegen hast, die Trauung hier stattfinden zu lassen. Wenn schönes Wetter ist, können wir sie im Garten abhalten. Einer der Vorteile, wenn man per Sondererlaubnis heiratet, ist, dass man tun kann, was man will. Es ist eine Schande, dass wir keine Zeit haben, ein großes Hochzeitsfrühstück zu organisieren, aber ich verstehe natürlich, dass ihr zeitlich eingebunden seid.«

Sie hatte die Aussicht auf den Garten bereits bewundert. Die Blumen waren in voller Blüte und der kleine Brunnen befand sich an einer perfekten Stelle. Wie ein Juwel in einer Schatztruhe. Eine Gartenhochzeit klang wunderbar.

Sie fragte sich, was ihre Tante dazu sagen würde. »Nein, ich habe überhaupt nichts dagegen.«

»Prima.« Ihre Ladyschaft lächelte breit. »Ich werde meinem Bruder umgehend schreiben.«

Sie setzte ihre Worte in die Tat um und ging sofort zu einem Schreibtisch aus Kirschholz, nahm ein Stück gepresstes Papier heraus, tauchte eine Schreibfeder in das Tintenfass und fing an, zu schreiben.

Als sie die Nachricht fertiggestellt hatte, sah sie Elizabeth an. »Ich würde dich und deine Tante, die ich seit Jahren nicht gesehen habe, gerne zum Dinner einladen, aber ich glaube, für heute ist es zu spät.« Lady Markham verzog das Gesicht. »Ich habe gelernt, niemals die eigene Köchin zu verärgern. Wäre sie bereit, uns heute zum Tee zu treffen? Natürlich sind dein Bruder und dein Vater auch willkommen, falls sie kommen möchten.«

»Sie haben recht.« Elizabeth schmunzelte. »Unsere Köchin wäre auch nicht erfreut darüber. Ich denke, meine Tante würde liebend gerne mit uns Tee trinken.«

»Hervorragend. Dann werde ich auch ihr schreiben.«

Ein paar Minuten später wurden die Briefe mit einem Eilboten entsandt und sie und Ihre Ladyschaft machten es sich gemütlich. Auch dieses Mal kam wieder die Lage auf dem Kontinent zur Sprache, so wie derzeit in jedem Gespräch. »Hast du gehört, dass unseren Botschaftern die Pässe verweigert wurden und sie daraufhin fliehen mussten?«

»Davon habe ich erst kürzlich gehört. Soweit ich weiß, sind sie alle unversehrt angekommen«, antwortete Elizabeth. »Ich kann mir kaum vorstellen, wie gefährlich das gewesen sein muss.«

»Ich bin heilfroh, dass *ich* mich noch nie aus einem fremden Land stehlen musste«, warf Ihre Ladyschaft ein.

Nach eineinhalb Stunden fuhr Geoffrey Elizabeth nach Hause. »Ich mag deine Eltern wirklich.«

»Ganz offensichtlich denken sie dasselbe über dich.« Er presste die Lippen zusammen und runzelte die Stirn. »Mein Vater will, dass wir nach der Trauung noch zwei Tage in der Stadt bleiben. Außerdem hat er Vorkehrungen getroffen, damit wir auf unserer Reise über Nacht eine Pause einlegen können.« Er seufzte. »Ich weiß nicht, wie ich ihm erklären soll, dass wir lieber sofort aufbrechen würden.«

»Ich glaube nicht, dass du das kannst.« Eigentlich hätte sie auch gerne mehr Zeit mit seiner Mutter verbracht, aber jetzt brauchte er ihren Trost und ihre Unterstützung, also legte sie die Hand auf seinen Arm. »Du hast gesagt, wir müssen erst Mitte Juni ankommen. Natürlich würde ich auch gerne vorher ankommen, aber wir haben Zeit.«

»Ja, das haben wir.« Er sah sie an und grinste. »Und wir werden uns wieder im Bett vergnügen können.«

Bevor er ein Gespräch anstoßen konnte, das sie mit Sicherheit blamieren würde – etwas, das er versprochen hatte, nicht mehr zu tun, es sei denn, sie waren allein, und auch nur bei einem bestimmten Thema – kamen sie zum Glück bei ihrem Haus an.

Als sie die Haustür erreichten, wurde ihr nicht wie erwartet mitgeteilt, dass ihr Vater direkt nach ihrer Rückkehr mit ihr sprechen wollte, sondern, dass er unterwegs sei und nicht vor dem Abendessen zurückkehren würde. Allerdings wartete ihre Tante im kleinen Salon auf sie.

»Wir sehen uns heute Abend«, sagte Geoffrey, bevor er ihr einen Kuss auf die Handfläche drückte und seine Finger darum schmiegte.

»Ich freue mich darauf.« Sie wartete direkt hinter der Tür, bis er davonfuhr, und eilte dann die Treppe hinauf, um ihre Haube und ihre Handschuhe abzulegen, bevor sie sich ihrer Tante widmete. Ihre Heirat mit Geoffrey würde perfekt sein. Wie konnte sie es auch nicht sein?

KAPITEL 21

Kurz darauf betrat Elizabeth den kleinen Salon, wo sie auf ihre Tante traf, die gerade ein Buch las. »Guten Nachmittag. Wie war dein Tag?«

»Dir auch einen guten Nachmittag.« Ihre Tante blickte von ihrem Buch hoch. »Als ich gehört habe, wie dein Vater und dein Bruder sich streiten, sind mir ein paar Dinge eingefallen, die ich noch erledigen musste, und so konnte ich aus dem Haus fliehen. Wie ich sehe, konntest du auch entkommen, und du hattest wohl einen anstrengenden Tag. Lady Markhams Brief nach zu urteilen klingt es, als wäre alles gut gelaufen. Wie fühlst du dich damit?«

»Wunderbar. Es war nicht schwer, die Stoffe und Tapeten für mein Zimmer und den Eingangsbereich auszusuchen. Harrington hat mir freie Hand gelassen, zu tun, was ich will.« Elizabeth hockte sich auf den Stuhl, der ihrer Tante am nächsten stand. »Seine Eltern sind angekommen und haben mir ein sehr willkommenes Gefühl gegeben. Lady Markham ist eine Frau von großer körperlicher und geistiger Kraft. Sie sagt, sie kennt dich.«

»Sie ist ein paar Jahre älter als ich. Deine Mutter und ich wurden ihr vorgestellt, als wir unser Debüt hatten. Sie war sehr nett zu all den jüngeren Ladies. Ich erinnere mich, dass sie nie müde wurde.«

Es überraschte Elizabeth, dass Ihre Ladyschaft älter war als ihre Tante. Lady Markham wirkte irgendwie jünger. »Hast du ihre Einladung zum Tee angenommen?«

»Ja. Da ich weder deinen Bruder noch deinen Vater seit ihrem Zwischenfall heute Morgen gesehen habe, habe ich sie nicht in meine Antwort eingebunden.«

»Wenn Papa in einer seiner Launen ist, ist es auch gut, dass er uns nicht begleitet.« Elizabeth hätte gewollt, dass ihr Bruder mitkommt.

»Ganz genauso sehe ich es auch.« Ihre Tante nickte einmal mit dem Kopf. »Es scheint ihm immer schlechter zu gehen.«

Sie machte sich Sorgen, wer sich um ihren Vater und sein Haus kümmern würde, wenn sie weg war, aber daran konnte sie nun auch nichts ändern. Papa wollte sie nicht mehr zu Hause haben. Es lag nun in Gavins Händen. »Ich glaube, du hast recht. Er hat mich nicht einmal begrüßt.«

Ihre Tante reichte Elizabeth eine Tasse Tee. »Ich schätze, ich sollte mich mal mit dir darüber unterhalten, was zwischen Mann und Frau vor sich geht.«

Sie überlegte, ihrer Tante zu erzählen, dass sie dieses Gespräch schon mit Dotty und Louisa geführt hatte, aber entschied sich dagegen. Elizabeth wollte wissen, was ihre Tante dazu zu sagen hatte, und ob es sich davon unterscheiden würde, was sie gehört und mit Geoffrey erlebt hatte. »Was muss ich wissen?«

»Soweit ich weiß, haben du und Harrington euch zumindest schon geküsst.« Die Augenbrauen ihrer Tante zogen sich leicht zusammen und Elizabeth nickte. »War er behutsam?«

»Ich würde sagen, behutsam und leidenschaftlich.« Nicht, dass sie ihrer Tante erzählen würde, wie leidenschaftlich.

Ihre Tante warf ihr einen rücksichtsvollen Blick zu. »Hat er dich in irgendeiner Weise verschreckt?«

»Nein. Ganz im Gegenteil.« Elizabeths Wangen wurden wärmer.

»Wenn das so ist, bin ich mir sicher, dass ich den Rest ihm überlassen kann.« Während sie aufstand, sagte ihre Tante: »Wir müssen uns fürs Dinner fertig machen.«

Elizabeth starrte ihre Tante an, während sie das Zimmer verließ. Es war gut, dass ihre Freundinnen ihr erklärt hatten, was zwischen Männern und Frauen geschah, und zwar viel früher als nur ein paar Tage vor ihrer Hochzeit.

***

Später an diesem Abend, nachdem der Tee getrunken und die Hochzeit besprochen worden war – Lord Richard hatte seiner Schwester eine charmante Nachricht geschrieben und gemeint, er würde sich freuen, die Trauung zu vollziehen – gingen Elizabeth, ihre Tante und Lady Markham die Treppe zu Elizabeths und Geoffreys Zimmern hinauf.

Sie öffnete die Tür in ihre zukünftigen Gemächer und blieb stehen. Die Tapete war aus beiden Zimmern entfernt worden. In ihrem Schlafzimmer waren die Bettvorhänge und die Fenstervorhänge abgenommen worden. Genau genommen waren nur die Möbel nicht angerührt worden. »Wie um alles auf der Welt haben Sie das angestellt?«

Lady Markham machte eine Wischgeste. »Es war nicht schwierig. Unsere Bediensteten haben den Assistenten der Dekorateurin unter die Arme gegriffen. Die neue Tapete wird morgen fertiggestellt, genauso wie die Vorhänge für das Bett und die Fenster.« Sie runzelte leicht die Stirn. »Ich will hoffen, dass bis dahin auch die Möbel renoviert sein werden.«

»Aber warum?« Elizabeth konnte sich den Aufwand nicht ausmalen, der betrieben worden war.

»Warum?«, fragte Ihre Ladyschaft. »Wir wollen, dass du dich zu Hause fühlst, wenn du hier bist. Du wirst vielleicht nicht viel Zeit hier verbringen, aber das hier wird dein Zuhause sein, wann immer du in der Stadt bist.«

Sie blinzelte und versucht vergeblich, zu verhindern, dass ihr Freudentränen in die Augen schossen. Als sie ihre Augen mit einer Serviette abtupfte, bemühte sich Elizabeth, nicht hemmungslos zu weinen. Doch seit dem Tod ihrer Mutter hatte niemand etwas halb so Wundervolles für sie getan. Nun ja, abgesehen davon, dass ihre Tante ihr Debüt sponserte. »D-danke.«

Als sie gingen, um sich wieder zu den Gentlemen zu gesellen, flüsterte ihre Tante: »Ich könnte mich nicht mehr für dich freuen. Harrington benimmt sich so, wie es sich gehört. Er hat seinen Blick kaum von dir gewendet, und Ihre Ladyschaft behandelt dich jetzt schon wie ihre Tochter. Deine Mutter wäre überaus glücklich gewesen.«

»Hoffentlich. Ich freue mich so sehr.« Nicht in ihren kühnsten Träumen hätte Elizabeth sich eine solche Begrüßung von Geoffreys Eltern ausmalen können.

Ganz zu schweigen von dem Liebesspiel, das sie heute Nachmittag mit Geoffrey genossen hatte. Es war alles genau so, wie man ihr es gesagt hatte. Sie hatte keine Zweifel daran, dass sie ein wunderbares Leben zusammen haben würden.

Als Geoffrey am nächsten Morgen den Frühstückssalon betrat, wurde ihm mitgeteilt, dass er den Tag mit seinem Vater verbringen müsse. Zu seinem Missfallen hatte Mutter beschlossen, dass sie Elizabeth zu ihren Freundinnen mitnehmen würde, darunter die Ehefrauen derzeitiger und ehemaliger Diplomaten und andere einflussreiche Ladies, denn: »Du weißt ja, Schätzchen, dass es immer gut ist, Leute zu kennen, die einem im Notfall behilflich sein können. Ich möchte, dass Elizabeth gewappnet ist, sozusagen. Deine Großmutter hat dasselbe für mich getan.«

Es war ihm davor noch nie aufgefallen, wie angsteinflößend Ladies sein konnten. Natürlich jagte ihm Lady Bellamny, eine der Gorgonen des *Ton*, eine Todesangst ein. So wie jedem anderen vernünftigen Mann. Aber seine eigene Mutter? Ein kalter Schauer lief ihm über den Rücken. Wie konnte er nicht bemerkt haben, wie mächtig sie war?

Obwohl er wusste, dass er nicht alleine mit Elizabeth sein könnte, hatte er gedacht, dass sie heute wenigstens mehr Zeit miteinander verbringen könnten. Er hatte einen Zwang entwickelt, sie zu sehen, ihre weiche Haut zu berühren, in sie hinein zu sinken und sie festzuhalten, während sie schlief.

»Wenn du mit dem Frühstück fertig bist«, sagte Vater, »werden wir nach Whitehall gehen. Es gibt einige Gentlemen, die ich dir vorstellen will.« Geoff spürte den Blick seines Vaters auf ihm. »Hast du schon ein Hochzeitsgeschenk für deine Braut ausgewählt?«

Verdammt. Noch etwas, was er nicht getan hatte. Es war, als ob er, wenn er mit Elizabeth zusammen war, an nichts anderes mehr denken konnte. »Nein. Wir können beim *Rundell and Bridge* Halt machen. Ich bin mir sicher, ich werde etwas finden, das ihr gefällt.«

Er wusste, dass die Damen wahrscheinlich zu Hause zu Mittag essen würden, doch bevor er auch nur erwähnen konnte, sich ihnen anzuschließen, sagte sein Vater: »Wir werden im *White's* zu Mittag essen.«

»Und ich soll meine Verlobte bis morgen nicht sehen?« Er hasste, dass er wie ein verdrossenes Kind klang.

Vaters Lippen zuckten. »Nein. Deine Mutter hat mich wissen lassen, dass Miss Turley eine Menge zu erledigen hat und ihr nur noch wenig Zeit dafür bleibt. Dein Onkel wird uns zum Mittagessen treffen, um die Hochzeitszeremonie zu besprechen. Ich schlage vor, du nimmst die Sondererlaubnis mit.«

Wieder etwas, das er nicht getan hatte. Elizabeth hatte einen Blick auf die Erlaubnis werfen wollen und er wollte ihr den Wunsch erfüllen. So, wie er Onkel Richard kannte, und das tat Geoff sehr gut, würde der Mann sie mitnehmen. Nichts lief so, wie Geoff es geplant hatte. Sein Leben war ihm entglitten und er hatte keine Ahnung, wann er es wieder unter Kontrolle bekommen würde.

Er verbrachte den Tag damit, Gentlemen zu treffen, über deren Bekanntschaft er eines Tages noch froh sein würde, und damit, über seine Verlobte nachzudenken.

Später an diesem Nachmittag, als er und sein Vater endlich nach Hause kamen, erwartete ihn ein Brief von Captain Higgins, dem Kapitän des Schiffes, das Geoff angeheuert hatte.

Lord Harrington,

ich ankere in einer Bucht nördlich von Harwich. Bitte schicken Sie eine Nachricht an das Schiff in Felixstowe, sobald Sie aus London aufbrechen. Dann werde ich ein Treffen mit Ihnen vereinbaren.

Ihr Bediensteter,

J. Higgins

Gott sei Dank lief etwas, das Geoff in Gang gebracht hatte, so, wie er es wollte.

Als Nettle alles arrangiert hatte, hatte er Geoff versichert, dass das Schiff mehr als groß genug war, um die Pferde, sowohl sein Reitpferd als auch das seiner Frau – nun, bis dahin würde sie seine Frau sein –, zwei Kutschen, Elizabeths und seine Bediensteten und all ihr Gepäck mühelos zu transportieren. Trotzdem wünschte er sich, er hätte sich den Segelschoner vorher angesehen. Wenn auch nur, um sicherzugehen, dass das Schiff für seine zukünftige Gattin angemessen war.

Tja, jetzt konnte er nichts mehr daran ändern. Und, um fair zu sein, hatte Nettle Geoff auch nie Grund dafür gegeben, seine Kompetenz infrage zu stellen. Aber offenbar war er trotzdem missmutig gewesen, nachdem ihm verwehrt wurde, in Elizabeths Gesellschaft zu sein.

Da er sonst nichts zu tun hatte, schaute er in ihrem Schlafzimmer vorbei. Obwohl er wusste, dass seine Mutter und Großmutter ihre Hände im Spiel hatten, fiel ihm beinahe die Kinnlade hinunter.

Die blassrosa und weiße Tapete war angebracht worden. Mehrere Dienstmädchen säumten gerade die Fenster- und Bettvorhänge ein und zwei Männer waren dabei, die Möbel neu zu beziehen.

»Oh, Mylord.« Das ältere Dienstmädchen sprang auf. »Es wird so hübsch werden.«

»Ja, das wird es.« Und hell, und genauso wie Elizabeth. Geoff ging zum Bett hinüber. »Sie leisten wirklich gute Arbeit hier.«

»Dankeschön, Mylord.« Die Frau errötete vor Freude, wie auch die vier jüngeren Frauen. »Wir sind schon seit Sonnenaufgang auf den Beinen, um daran zu arbeiten. Wir alle möchten die neue Lady Harrington gebührend in ihrem Zuhause willkommen heißen.«

Die neue Lady Harrington. Seine Brust wurde breit wie die eines Zwerghuhns. Die letzte Lady Harrington war seine Mutter gewesen. Nun würde es Elizabeth sein. »Ich bin mir sicher, die Braut wird sich freuen. Ich lasse Sie jetzt wieder mit Ihrer Arbeit allein.«

»Mylord«, sagte der Under Butler seines Vaters, Preston. »Mr. Turley fragt, ob Sie zu Hause sind.«

Turley hier? Wozu? Sie hatten die Eheverträge doch bereits unterzeichnet. Geoffs Muskeln verkrampften. War Elizabeth etwas zugestoßen? Bestimmt hätte ihn seine Mutter darüber benachrichtigt. »Ich bin sofort unten.«

Ein paar Sekunden später betrat er den Eingangssaal, wo Gavin Turley saß und eine Zeitung las. »Solange du nicht hier bist, um mir zu sagen, dass Elizabeth einen Rückzieher macht, bin ich froh, dich zu sehen. Es war ein höllischer Tag.«

»Rückzieher?« Turley brach in Gelächter aus. »Eher nicht. Deine Mutter und meine Tante haben sie fest im Griff. Aber du wirst sie vor morgen früh nicht zu Gesicht bekommen. Ich wurde hierher geschickt, um sicherzugehen, dass du keine Dummheiten anstellst.«

Es war zwar der Abend vor seiner Hochzeit, aber Geoff hatte weder das Verlangen, bei jemand anderem als Elizabeth zu sein, noch wollte er am nächsten Morgen betrunken sein. Wenn er sein Jawort gab, würde er nüchtern sein. »Solange es nicht beinhaltet, einen über den Durst zu trinken, herumzuhuren oder übermäßig viel Geld zu verspielen: Was schlägst du vor?«

Turley schmunzelte. »Ich wäre in großen Schwierigkeiten, wenn ich dich zu mehr verleiten würde, als bloß im *Boodle's* Essen zu gehen. Solange wir uns von den Spieltischen fernhalten, sollten wir ganz gut davonkommen.«

Bevor sie die Gelegenheit hatten, aufzubrechen, stand Gibson vor der Tür und verkündete: »Der Marquis von Bentley und Earl Endicott.«

Was zum Teufel? War es jedem in den Sinn gekommen, auszugehen, nur Geoff nicht?

»Hab Bentley an der Tür getroffen«, lallte Endicott, während er in den Eingangssaal schlenderte. »Gibt es eine Feier?« Sowohl Geoff als auch Turley mussten verwundert ausgesehen haben. »Ihr wisst schon. Der Abend vor der Hochzeit und so.«

Bentleys Gesicht leuchtete auf. »Ich wusste nicht, dass das hier eine Feier ist. Harrington, du wirst heiraten?

Ich heirate auch. Ich war mit meinem Vater in der Stadt und dachte, ich komm mal vorbei. Ich wünschte, Miss Blackacre wäre hier. Ich würde sie dir vorstellen. Sie ist die Lady, die ich heiraten werde. Wundervolle Lady. Ich wollte mich gar nicht von ihr trennen. Hast du sie schon kennengelernt?«

Geoffrey schüttelte die Hände seiner Freunde und hieß sie willkommen. Zu Bentley sagte er: »Nein, ich hatte noch nicht die Ehre, deine Verlobte kennenzulernen.«

Der Mann war einer von Geoffs engsten Freunden, doch niemand eierte mehr herum als Bentley. Als Geoff die Stadt verlassen hatte, um sich um seinen Vater zu kümmern, war Bentley noch in Lady Louise Vivers – inzwischen die Duchess of Rothwell – verliebt, und zwar schon seit er sie das erste Mal gesehen hatte. Aber irgendwann, nachdem Geoff gegangen war, hatte sich sein Freund mit einer anderen Lady verlobt. »Ich habe von deiner Verlobung gehört. Ich wünsche dir alles Gute.«

»Ja, ja.« Bentleys Brust blähte sich auf. »Du musst sie mal treffen. Miss Oriana Blackacre«, er sprach ihren Namen wie ein Gebet, »und ich heiraten nächsten Monat. Großartige Frau, und sie wird nichts an der Porträtgalerie ändern. Mama würde das nicht wollen.«

Was die Porträtgalerie mit all dem zu tun hatte, wusste Geoff nicht, und er unterdrückte jeglichen Gedanken, nach einer Erläuterung zu fragen. Bentleys Versuche, etwas zu erklären, waren oft langwierige Angelegenheiten, an deren Ende man kaum mehr wusste als am Anfang.

Stattdessen sagte Geoff: »Ich dachte, du würdest bis zur Hochzeit auf dem Land bleiben.«

»Vater musste unerwartet nach London, wegen irgendeiner Sache im Parlament, und ich bin mitgekommen.«

Wahrscheinlich ging es um die Kriegsfinanzierung.

»Heiratest du Lady Charlotte?« Bentleys Wangen blähten sich auf und er runzelte die Stirn. »Kann nicht sein. Hat sie nicht gerade erst einen Kerl namens Kenilworth geheiratet? Ich bin mir ziemlich sicher, dass Oriana mir das erzählt hat.«

»Das hat sie.« Geoff klang abgehackter, als er es gerne hätte. Er wollte nicht an sein Scheitern erinnert werden. Obwohl sich am Ende alles zum Guten gewendet hatte. Er konnte sich keine Frau vorstellen, die besser zu ihm passte als Elizabeth. »Ich habe die Ehre, mit Miss Turley verlobt zu sein.«

»Eine Freundin der Grazien«, betonte Endicott.

»Sie waren Herzoginnen?«, fragte Bentley völlig verwirrt.

Endicott verdrehte die Augen. »Lady Charlotte, Lady Louisa und Miss Stern waren die Drei Grazien. Du warst die ganze Ballsaison hier, Bentley. Wie konntest du das verpassen?«

Plötzlich erhellte sich seine Miene. »Oh, stimmt. Jetzt erinnere ich mich. Nun ja, sie war keine Grazie, aber ich werde Miss Blackacre heiraten. Perfekt für mich.«

»Turley und ich hatten gerade vor, ins *Boodle's* zu gehen«, sagte Geoff. »Würdet ihr zwei uns begleiten?«

»Von mir aus gerne«, sagte Endicott.

»Ja, natürlich.« Bentley nickte. »Man muss einen Freund ja unterstützen.«

Kurz darauf machten sich die vier Männer auf den Weg ins *Boodle's*. Endicott bereute, dass er nicht die Voraussicht gehabt hatte, einer der Ladies den Hof zu machen, bevor sie diese Ballsaison alle vergriffen waren.

Woraufhin Bentley sie alle in Erstaunen versetzte und sagte: »Du hast die richtige Lady noch nicht getroffen. Wenn du es tust, wirst du ihr anständig den Hof machen.« Dann verfiel er schnell wieder in seine üblichen Verhaltensweisen. »Es hilft, sich Notizen zu machen und vom Leibdiener regelmäßig erinnert zu werden.«

Geoff hätte sich fast Endicotts und Turleys Gelächter angeschlossen, doch dann kam ihm die Liste in den Sinn, die seine Großmutter und seine Cousine ihm gegeben hatten. Ohne ihre Hilfe wäre er nicht kurz davor, Elizabeth zu heiraten.

Nach dem Abendessen bildeten sie eine Gruppe zum Kartenspielen und spielten um Penny-Einsätze. Keiner von ihnen war ein Vielspieler. Sie waren alle, abgesehen von Endicott, auf das Einkommen ihrer Väter angewiesen und hatten nicht gerade solche, die ihre Spielschulden freudig bezahlen würden. Geoff hatte seine Lektion während seiner ersten Woche in London gelernt, die bis zum nächsten Quartalstag seine letzte gewesen war.

Er kam vor Mitternacht nach Hause, noch immer relativ nüchtern. Am nächsten Morgen stand er bereits zum Tagesanbruch auf. Es würde sich nur noch um Stunden handeln, bis er ein verheirateter Mann sein würde, und er freute sich mehr darauf, als er es für möglich hielt.

Kapitel 22

Am Tag vor ihrer Hochzeit rief Gavin aus dem Salon nach Elizabeth. »Lizzy, komm her, um Captain Sutton kennenzulernen. Er ist mit General Ross' Truppen nach Amerika gesegelt und jetzt auf dem Weg nach Belgien.«

Ihrem Bruder wurden zurzeit viele Besuche von früheren Schulkameraden abgestattet, die auf ihrem Weg nach Holland, um sich der Armee des Duke of Wellington anzuschließen, durch London fuhren. Sie alle freuten sich darauf, wieder mit Old Hooky, so nannten sie ihn wegen seiner ausgeprägten Hakennase, in die Schlacht zu ziehen. Obwohl es Befürchtungen gab, dass andere erfahrene Offiziere und Soldaten es nicht rechtzeitig dorthin schaffen würden. Sie hatte immer aufmerksam zugehört, als Gavin von seinen Gesprächen mit ihnen erzählte.

Der Kapitän stand auf und verneigte sich. »Es ist mir eine Freude, Miss Turley. Wie ich höre, darf man Ihnen gratulieren.«

Er nahm die Hand, die sie ihm anbot, aber machte keine Anstalten, sie zu küssen. »Ich freue mich auch, Sie kennenzulernen, und vielen Dank.« Sie setzte sich auf ein Sofa gegenüber von ihnen. »Welcher Einheit werden Sie sich anschließen?«

»Dem zweiten Bataillon der *95th Rifles*, meiner alten Einheit.« Man konnte ihm seine Vorfreude förmlich ansehen und mehrere Minuten lang drehten sich die

Gespräche darum, wer welche Kommandos übernehmen würde – und um die neuesten Gerüchte, dass der Oberbefehl über die Kavallerie dem Earl of Uxbridge, statt Cotton, übertragen worden war. »Nun, inzwischen heißt Cotton ja Lord Combermere, aber das hätte wirklich niemand erwartet, nachdem Uxbridge eine Affäre mit der Schwägerin des Dukes hatte.«

»Ich hoffe, das verursacht keine Probleme«, merkte Elizabeth an und fragte sich, wer solch eine Entscheidung getroffen hatte.

»Soviel ich weiß, nicht.« Der Kapitän warf ihrem Bruder einen Blick zu. »Gavin sagte mir, dass wir Sie vielleicht drüben in Belgien treffen werden.«

»Ja, in der Tat. Wir werden kurz nach unserer Hochzeit aufbrechen.« Sie erhob sich. »Apropos, ich habe noch viel zu tun und gehe später noch mit Lady Markham aus. Bitte, bleibt sitzen. Captain, ich hoffe, Sie bald wiederzusehen.«

Als sie die letzte Rücksprache mit ihrer Zofe bezüglich des Reisegepäcks gehalten hatte, die endgültige Liste mit den Gegenständen aus dem Stadthaus, die sie in ihr neues Zuhause mitnehmen wollte, abgesegnet hatte und einige Möbelstücke, die ihre Mutter ihr vererbt hatte und die sich noch auf dem Land befanden, herbestellt hatte, war es an der Zeit, sich für ihren Ausflug mit Lady Markham fertig zu machen.

Elizabeth und ihre Tante waren gerade in der Eingangshalle, als Ihre Ladyschaft ankam.

»Wie reizend du aussiehst.« Lady Markham strahlte Elizabeth an. »Ich freue mich so sehr auf unseren gemeinsamen Tag.«

»Das tue ich auch.« Sie lächelte zurück.

Es verging nicht viel Zeit, bis sich der Ausflug mit ihrer zukünftigen Schwiegermutter als voller Erfolg herausstellte. Elizabeth hatte seit Ewigkeiten nicht so viel Spaß gehabt.

Sie kauften ein, bis sich Verpackungen im Innenraum und auf der Kofferablage der Kutsche türmten, aßen Eis im *Gunter's* und tranken Tee mit mehreren Ladies, die Lady Markham vom Diplomatischen Korps kannte, die Elizabeth einige Ratschläge gaben.

»Bleiben Sie stets diskret. Es wird immer jemanden geben, der versuchen wird, an Informationen zu gelangen, indem er Gesprächen lauscht. Deshalb sollten Sie nie etwas sagen, von dem Sie nicht möchten, dass es die ganze Welt erfährt«, sagte eine der Damen, während sie einen Zitronenkeks vom einem Teller wählte. »Ich bin vollkommen zuversichtlich, dass der Duke über seinen Gegner siegen wird. Dennoch wird die Lage in Paris für eine Weile heikel sein.«

»Hervorragender Ratschlag«, sagte Lady Markham. »Ich möchte hinzufügen, dass du dich nicht zu sehr in Harringtons Angelegenheiten hineinsteigern solltest. Seine Anstellung dient lediglich der Erfahrung. Sie ist nicht seine Berufung.«

»Diesen Eindruck hatte ich auch.« Elizabeth fragte sich, wie lange genau sie und Geoffrey im Ausland bleiben würden.

Tante Bristow lud Lady Markham ein, an diesem Abend im Turley Haus zu Abend zu essen. »Was das Essen betrifft, werden wir uns überraschen lassen müssen, befürchte ich, und wir werden schon früh essen.

Mein Schwager will das Haus schließen und nach der Hochzeit aufs Land zurückkehren.«

»Ich würde mich freuen.« Ihre Ladyschaft lächelte. »Ich wünschte nur, ich könnte mehr Zeit mit Elizabeth verbringen, bevor sie und Harrington abreisen.«

»Können Sie mir sagen, Mylady, wie lange Harrington und ich im Ausland bleiben werden?«

»Bis du einen Sohn auf die Welt bringst.« Lady Markham verzog das Gesicht. »Ich hatte das Glück, zwei Mädchen auf die Welt zu bringen, bevor Harrington geboren wurde. Wenn du schwanger wirst, musst du für einen Sohn beten. Dann bekommst du ganz sicher Töchter.«

»Er hat seine Schwestern noch nie erwähnt.« Genauer gesagt war das einzige Familienmitglied, von dem er je gesprochen hatte, sein Bruder.

»Das wundert mich nicht im Geringsten. Sie sind beide einige Jahre älter als er. Eine hat einen Diplomaten geheiratet und ist in Russland und die andere bevorzugt das Landleben.« Sie seufzte. »Ich erwarte keine von ihnen hier in London, bevor ihre Töchter ihr Debüt haben, und selbst dann nur, wenn sie jemand anderen davon überzeugen können, die Mädchen zu sponsern. Er und sein jüngerer Bruder, Edmond, stehen sich viel näher.«

Nach dem Tee an diesem Abend, kurz nachdem Ihre Ladyschaft aufbrach, setzte sich Elizabeths Vater zu ihr und ihrer Tante in den Salon.

»Ich habe dich in letzter Zeit kaum gesehen«, sagte er in einem mürrischen Ton. »Und mir ist aufgefallen, dass ich dich nach dem heutigen Tag vielleicht für eine lange Zeit nicht sehen werde.« Er tätschelte unbeholfen ihre Schulter. »Ich bin stolz, dass du so einen guten Mann heiratest. Harrington ist vielleicht noch kein Marquis, aber er wird bald einer sein.«

Was für eine Aussage! Elizabeth hoffte, dass es noch Jahre dauern würde, bis er Marquis würde. Langsam wuchsen ihr ihre zukünftigen Schwiegereltern sehr ans Herz. »Danke, Papa.«

»Das ist alles, was ich zu sagen habe. Ich sehe dich morgen früh.«

Sie sah ihre Tante an, nachdem er das Zimmer verlassen hatte. »Das war ja seltsam.«

»Wie wir alle wissen, ist er nicht mehr derselbe, seit deine Mutter gestorben ist.« Ihre Tante zuckte mit den Schultern. »Daran kann niemand von uns etwas ändern.«

»Da hast du wohl recht.« Jedenfalls war Elizabeth nicht imstande gewesen, ihm in irgendeiner Weise zu helfen. Sie unterdrückte ein Gähnen. »Ich gehe ins Bett. Wir sehen uns morgen früh.«

»Schlaf gut. Du hast morgen einen großen Tag vor dir.«

Ihr ganzes Leben würde sich morgen wenden, und zwar zum Guten. Sie war kurz davor, einen Gentleman zu heiraten, den sie liebte und der auch sie liebte.

Als Elizabeth am nächsten Morgen aufwachte, fiel ein leichter Sonnenstrahl durch einen Spalt in den Vorhängen und warf einen Streifen auf den Perserteppich. Sie sah sich in ihrem Schlafzimmer um. Das würde der letzte Morgen sein, an dem sie dort aufwachen würde, aber sie bedauerte es kein bisschen.

Wissend, dass sie womöglich nie wieder zum Anwesen ihres Vaters zurückkehren würde, hatte sie fast all ihre wichtigen Besitztümer nach London bringen lassen. Ihre Bücher und ein paar kleine Gemälde waren nun eingepackt und würden in diesem Zustand bleiben, bis sie und Geoffrey ihr eigenes Zuhause hatten.

In ein paar Stunden würde sie mit dem Mann verheiratet sein, den sie liebte und von dem sie sich sicher war, dass er sie auch liebte, selbst wenn er es noch nicht ausgesprochen hatte. Schließlich hatte sie ihre Gefühle auch nicht verkündet und das machte sie nicht weniger wahr.

Vickers betrat das Zimmer und trug Tee, Toast und ein Ei im Näpfchen herein. »Ich dachte, vielleicht möchten Sie heute Morgen hier oben frühstücken. Wenn Sie fertig sind, werde ich Ihre Haare waschen.«

Ein paar Stunden später saß Elizabeth vor ihrem Spiegel, während Vickers perlenbesetzte Nadeln in ihre Haare steckte.

Ein Klopfen ertönte an der Tür. Doch bevor Vickers sie aufmachen konnte, betraten Charlotte, Louisa und Dotty das Zimmer. Was für eine wundervolle Überraschung!

»Ich hoffe, wir stören dich nicht.« Dotty gab Elizabeth einen Kuss auf die Wange.

»Überhaupt nicht.« Sie machte Anstalten, aufzustehen, aber ihre Zofe drückte sie wieder herunter.

»Sie sind noch nicht fertig.«

Ihr Blick und die lachenden Blicke ihrer Freundinnen trafen sich im Spiegel. »Ich dachte, ihr würdet alle auf dem Land sein. Ich könnte schwören, die Tür am Stanwood House war nicht besetzt.«

»Grace hat die Kinder und die Hunde mit ins Stanwood genommen«, erklärte Charlotte. »Worthington ist für ein paar spontane Angelegenheiten im Parlament hier. Es gab wohl ein paar Streitigkeiten wegen der Finanzierung des bevorstehenden Krieges, die geschlichtet werden müssen. Aus diesem Grund sind wir auch hier. Wir haben herausgefunden, wie wirksam Ladies dabei sein können, die politische Stimmung zu kippen.«

»Wir übernachten in Merton House«, sagte Louisa. »Es hätte keinen Sinn gemacht, Rothwell House für so eine kurze Zeit zu öffnen.«

»Sobald deine Frisierdame fertig ist«, Dottys Augen funkelten vor Freude, »haben wir ein paar Dinge, die wir dir geben möchten.«

Ein paar Sekunden später war es Elizabeth erlaubt, aufzustehen.

Charlotte rümpfte die Nase. »Ich dachte, du würdest vielleicht Rosa tragen, aber du brauchst auch etwas Blaues, also habe ich dir ein Perlenarmband mit Aquamarinsteinen mitgebracht.«

»Oh, Schätzchen.« Louisa verzog das Gesicht. »Ich hätte dir das geben sollen, als du noch am Frisiertisch gesessen hast. Der hier ist schon alt. Meine Schwiegermutter hat ihn gefunden und ich habe sofort an dich gedacht.« Sie reichte Elizabeth einen schweren Silberkamm, der mit Perlen und Diamanten besetzt war.

»Danke. Er ist perfekt! Vickers?«

»Überlassen Sie es nur mir. Es ist kein großer Aufwand, den Kamm in Ihren Haaren zu ersetzen.«

Nachdem das geschafft war, grinste Dotty. »Und die hier ist ausgeliehen.« Sie stach eine kleine rosa Kamee-Brosche durch Elizabeths Korsett.

»Ich kann euch nicht genug danken.« Ihr Blick wurde unscharf, als sie ihre Freundinnen umarmte.

»Nicht weinen.« Louisa reichte Elizabeth ein Taschentuch.

»Du wirst uns alle anstecken. Und ich für meinen Teil bin nicht gerade hübsch, wenn ich weine.«

»Genau das hat sie uns auch schon gesagt.« Dotty und Charlotte lachten.

Die Tür öffnete sich wieder und ihre Tante spazierte herein. »Ich habe gehört, du hast Gesellschaft. Meine Damen.« Ihre Tante neigte den Kopf. »Euer Gnaden.« Ihre Tante machte einen Knicks. »Elizabeth, deine Mutter hat mir die hier gegeben, damit du sie an deinem Hochzeitstag trägst.«

Ihre Tante hielt ihr eine Lederschachtel entgegen. Elizabeth legte sie auf den Tisch und öffnete sie. Vergraben in Samt waren darin zwei hellrosa Perlenketten mit Diamantverschluss. »Sie sind wunderschön! So etwas habe ich noch nie gesehen.«

Ihre Freundinnen lehnten sich über Elizabeths Schultern und nickten zustimmend.

»Sie sind aus dem Fernen Osten und waren das Hochzeitsgeschenk deines Urgroßvaters an deine Großmutter.«

»Vickers?«, sagte Elizabeth wieder.

Die Zofe nahm Elizabeth ihre Perlenkette ab und ersetzte sie mit der rosa Kette. »Es sind auch Ohrringe darin, aber ich denke, die passen besser zu einer Abendgarderobe.«

Sie sah sich die kunstvoll ausgearbeiteten Perlen- und Rubinohrringe an und nickte. »Ich werde sie verstauen.«

»Ich weiß, es ist spät«, sagte Dotty. »Aber wer wird deine Trauzeugin sein?«

»Meine Tante ...«

»Elizabeth, meine Liebe«, erwiderte ihre Tante, »Ich habe dem nur zugestimmt, weil all deine Freundinnen aufs Land gezogen sind, jedenfalls dachten wir das. Ich bin vollkommen einverstanden damit, die Zeremonie von meinem Platz aus zu verfolgen.«

»Wenn das so ist, würde ich es herzlich begrüßen, wenn eine von euch mir Beistand leistet.«

»Oh«, Charlottes Augen funkelten fröhlich, »ich bin mir sicher, wir können dir mehr bieten, als nur uns drei verheiratete Ladies. Oriana Blackacre ist heute Morgen in London angekommen. Sie und ihre Großmutter übernachten im *Pultney*. Ich weiß, sie ist nicht so eng mit dir befreundet wie wir, aber du kennst sie und es ist Tradition, dass eine unverheiratete Frau die Trauzeugin ist.«

»Und«, fügte Louisa hinzu, »früher oder später wirst du sie sowieso besser kennenlernen müssen. Harrington und Bentley, ihr Verlobter, sind beste Freunde. Er ist auch in der Stadt und ich würde wetten, er wird Harringtons Trauzeuge sein.«

»Aber würde sie sich denn bereiterklären?« Vor allem so kurzfristig.

»Ich bin mir sicher, das wird sie«, sagte Charlotte. »Ich werde ihr eine Nachricht schreiben.«

Zum ersten Mal war Elizabeth froh, dass die Hochzeit um elf Uhr und nicht noch früher stattfinden würde.

Geoffrey war für acht Uhr gewesen, aber Lord Richard und seine Großmutter hatten Einspruch dagegen erhoben, vor elf Uhr bereitzustehen. Natürlich hatten sie gewonnen. Elizabeth und Geoffrey könnten die Hochzeit nicht ohne seinen Onkel abhalten.

Oriana wurde nur eine Stunde, nachdem die Nachricht sie durch einen Eilboten erreicht hatte, in Elizabeths Schlafzimmer geführt. »Was für eine Überraschung!« Oriana umarmte alle, inklusive Elizabeth. »Und so eine Ehre. Bentley hat mich heute Morgen besucht und mir von deiner Hochzeit erzählt, aber ich hätte niemals erwartet, dass ich gebeten werde, deine Trauzeugin zu sein.«

»Ich weiß auch nicht, wie du es hättest erwarten können, wenn Harrington doch erst angefangen hat, Elizabeth den Hof zu machen, als du die Stadt bereits verlassen hattest«, entgegnete Louisa.

»Das stimmt«, sagte Oriana reuevoll. »Ich war gar nicht lange in der Stadt.«

»Alles ist so schnell passiert.« Als Geoffrey angefangen hatte, ihr ernsthaft den Hof zu machen, hatte es nicht mehr lange gedauert, bis sie beschlossen hatte, ihn zu heiraten. »Das ist alles etwas spontan. Obwohl ich glaube, wir werden genug Leute fürs Hochzeitsfrühstück zusammenbekommen. Lady Markham hat meine Tante und mich zu all ihren Freundinnen mitgenommen, die gerade in der Stadt sind, und sie darum gebeten, zu kommen.«

Die anderen Ladies fingen an, sich zu unterhalten, und Dotty zog Elizabeth beiseite. »Liebst du ihn und liebt er dich?«

»Ich liebe ihn und ich glaube, er liebt mich auch. Er«, Elizabeth suchte nach Worten, »hat alles getan, was wir besprochen hatten. Auf dem letzten Ball hat er jeden anderen Gentleman böse angestarrt und«, sie würde Dotty bestimmt nicht *alles* erzählen. Manche Dinge blieben zwischen Geoffrey und Elizabeth, »ist den ganzen Abend an meiner Seite geblieben. Er hat es noch nicht ausgesprochen, aber er will die ganze Zeit bei mir sein. Und so, wie er mit mir redet, scheint er meine Bedürfnisse zu respektieren. Klingt das für dich nicht nach Liebe?«

Dotty war einige Augenblicke lang still, bevor sie sagte: »Doch, es klingt, als würde er dich lieben.«

Elizabeth atmete erleichtert auf. Es war zu spät, um noch irgendetwas zu ändern, aber die Bestätigung ihrer Freundin besänftigte den kleinen Teil ihres Herzens, der sich immer noch nicht sicher war.

KAPITEL 23

Geoff blickte zum zwanzigsten Mal innerhalb der letzten fünf Minuten auf die Uhr und ging im kleinen Salon immer wieder auf und ab. Vaters Lippen, genau genommen sein ganzes Gesicht, waren von grimmigen Falten gezeichnet.

»Was zum Teufel könnte sie aufhalten?« Geoff hatte alles in seiner Macht Stehende getan, um sicherzustellen, dass die Hochzeit stattfinden würde. War etwas schiefgegangen? »Sie hätte vor einer halben Stunde hier sein sollen.«

»Sie scheint gewiss keine besonders pünktliche Lady zu sein«, murrte sein Vater.

»Unsinn.« Mama schwebte in den Salon, ihre Seidenröcke schwangen mit jedem Schritt. »Gott bewahre, eine Lady möchte an ihrem Hochzeitstag möglichst gut aussehen.« Sie blickte auf die hölzerne, mit Gold überzogene Uhr. »Es ist doch erst fünfundzwanzig vor elf. Noch nicht einmal Richard ist da und deine Großmutter ist auch noch nicht heruntergekommen.« Mama ballte die Fäuste auf ihren Hüften. »Du kannst nun wirklich nicht erwarten, dass deine Braut früher als um fünf vor elf hier ist.«

Das wären dann weitere zwanzig Minuten, sofern Elizabeth sich nicht noch mehr verspäten würde. Geoff gab ihr keine Antwort, zuckte mit den Schultern und wandte sich wieder seinem auf und ab Gehen zu.

»Ich kann mich nicht erinnern, dass du dich so verspätet hast«, murmelte sein Vater.

»Wenn das so ist, hast du ein sehr schlechtes Gedächtnis.« Mama hob majestätisch eine Augenbraue. »Ich habe dich für eine gute Viertelstunde nach der vereinbarten Zeit warten lassen.«

»Viertelstunde!« Geoff war überzeugt, dass er das niemals überlebt hätte. Er wäre an ihrer Haustür aufgetaucht und hätte sie über die Schulter geworfen und eigenhändig zum Altar getragen.

»Das kann nicht stimmen. Da bin ich mir absolut sicher«, sagte sein Vater.

»Gnädiges Schicksal.« Seine Großmutter kam ins Zimmer, gefolgt von seinem Cousin. »Trink ein Glas Wein, aber hör auf, so ein Theater zu machen. Markham, ich erinnere mich genau daran, wie verärgert du warst, während du auf Catherine gewartet hast. Du hast nach einem Pferd gerufen, als wolltest du zum Haus ihres Vaters reiten und sie in die Kirche schleppen.«

Geoff lächelte in sich hinein. Immerhin war er nicht der Einzige, der seine Lady weggetragen hätte.

»Harrington, schenk mir ein Glas Sherry ein und nimm dir auch eins. Du wirst dich noch zermürben, wenn das so weitergeht.«

Er reichte seiner Großmutter einen Kelch Wein und sagte mit so viel Stolz, wie er aufbringen konnte: »Ich will nicht betrunken sein, wenn ich heirate.«

»Wenn dich ein Glas Wein betrunken macht, hast du mehr Probleme, als du denkst«, sagte seine Großmutter beißend.

Geoff stöhnte auf, schenkte sich ein Glas Wein ein und trank einen Schluck. Um fünf vor elf kamen sein Onkel, Bentley und Gavin Turley an.

War Turley gekommen, um Geoff zu verkünden, dass die Hochzeit abgesagt war? Grundgütiger! Trotz allem, was sie getan hatten, und obwohl Elizabeth glücklich zu sein schien, war er langsam besessen von der Angst, dass sie ihn sitzen lassen würde. »Wo ist Elizabeth?«

»Sie ist gerade die Treppe heruntergegangen, als ich losgefahren bin.« Ihr Bruder zeigte auf Geoffs Glas. »Ist das Sherry?«

»Ja.« Er schenkte allen ein Glas ein.

Der Under Butler, den sein Vater mitgebracht hatte, erschien an der Tür und verneigte sich. »Der Duke und die Duchess of Rothwell, der Marquis und die Marchioness of Kenilworth und der Marquis und die Marchioness of Merton.«

»Elizabeth hat uns zur Trauung eingeladen«, sagte Lady Merton, als die Gruppe in den Salon spazierte. »Sie ist auf dem Weg.« Sie richtete ihre Aufmerksamkeit auf Bentley. »Ihre Verlobte wird ihre Trauzeugin sein.«

»Oriana ist hier?« Der Mann strahlte. »Ich habe mit ihr gefrühstückt, aber sie hat es gar nicht erwähnt. Glaube ich zumindest.« Einen Augenblick später runzelte er die Stirn. »Hätte ich sie begleiten sollen?«

»Auf keinen Fall.« Lady Merton lächelte beschwichtigend. »Sie soll mit der Braut kommen.«

»So«, sagte Onkel Richard. »Es ist Zeit, dass wir unsere Plätze im Garten einnehmen.«

Einige Bedienstete trugen weitere Stühle in den Garten, um den Aufbau für die Hochzeit abzuschließen. Als sie platziert worden waren, band die Haushälterin

Schleifen um sie. Überall auf der Terrasse und im Garten waren Tische aufgestellt, allesamt dekoriert mit Blumen und Schleifen. Auch der Ballsaal war voller Tische. Wie viele Leute hatte seine Mutter eingeladen?

Bald hatten alle Platz genommen. Onkel Richard stand vorne und Geoff und Bentley saßen vor ihm.

»Ah, gerade rechtzeitig.« Er lächelte zufrieden. »Harrington, deine Braut ist da. Perfektes Timing ihrerseits, würde ich sagen.«

Geoff drehte seinen Kopf so schnell, dass er dachte, er hätte sich das Genick gebrochen. Elizabeth war ein traumhafter Anblick in ihrem blassrosa Kleid, das um sie herum zu schweben schien. Ihr Hals war geschmückt mit einer Art von rosa Perlenkette, die er noch nie gesehen hatte. Ihr blondes Haar funkelte, als die Sonne darauf schien. »Sie ist umwerfend.«

»Ja, das ist sie«, sagte Bentley und starrte dabei auf die kleine, dunkelhaarige Dame, die Elizabeth folgte.

Erst dann hatte Geoff auch ihren Vater bemerkt. Der unnahbare Lord Turley. Der Mann wirkte geschrumpft. Obwohl er groß war und breite Schultern hatte, lag sein Jackett locker an, als hätte er in letzter Zeit nicht genug gegessen. Geoff gab sich einen Ruck. Jetzt war nicht die Zeit, sich auf etwas anderes als seine Hochzeit zu konzentrieren, und sein Onkel sprach bereits.

Elizabeths Vater stand neben Geoff, mit Elizabeth an seiner anderen Seite. Onkel Richard fragte: »Wer gibt diese Frau in die Ehe mit diesem Mann?«

»Ich«, sagte Lord Turley.

Sein Onkel nahm ihre Hand aus der ihres Vaters und gab sie Geoff. Er schloss seine Finger um sie und versuchte sich nicht daran zu klammern, als würde er ertrinken.

Als er ihr erhobenes Gesicht fixierte und ihr in die Augen sah, fand er darin kein Zögern oder Zweifeln. Stattdessen hielt ihr Blick eine Wärme inne, die er noch nie zuvor in einer Frau gesehen hatte. Er ähnelte dem seines Freundes, wenn er seine Verlobte ansah, oder dem seiner Mutter, wenn sie seinen Vater ansah, oder …

»Sprich mir nach«, forderte sein Onkel ihn auf.

»… dich zu lieben und zu ehren, bis dass der Tod uns scheidet.« Geoff fiel es schwer, seine Kinnlade nicht fallen zu lassen.

Er wusste, dass er Elizabeth ehrte. Doch aus irgendeinem Grund war ihm nie in den Sinn gekommen, dass von ihm verlangt werden würde, ihr seine Liebe zu schwören.

Wenn er darüber nachgedacht hätte, hätte er vermutet, dass es für arrangierte Ehen und Liebesehen verschiedene Schwüre gab. Seine und Elizabeths Heirat war nicht arrangiert, aber eine Liebesheirat war es auch nicht. Vielleicht hätte er sich bei Onkel Richard vergewissern sollen, dass er die korrekte Trauung vollziehen würde. Wenn er auch nur die leiseste Ahnung gehabt hätte, dass das notwendig sein würde, hätte Geoff es getan.

Nun war es jedoch zu spät. Er hatte ihr sein Wort gegeben und als Gentleman würde er nun einen Weg finden, es zu halten. Wenn er doch nur wüsste, wo er anfangen sollte.

Könnte er sie lieben? Was war Liebe für eine Frau? Er hatte dieses Gefühl noch nie empfunden. Er hatte sich nie verlieben wollen und wusste nicht, ob er überhaupt merken würde, wenn er es tat.

Elizabeth drückte fest seine Hand, als sie ihren Schwur leistete. Sie hatte auch versprochen, ihn zu lieben. Hatte sie ihn bereits geliebt oder hielt sie das auch für eine seltsame Voraussetzung?

Bald stülpte er ihr den Ring über den Finger, versprach, ihren Körper zu verehren – Geoff war sich sicher, dass er dies bereits getan hatte, und wäre mehr als erfreut, es weiterhin zu tun. Kurz darauf ernannte sein Onkel sie zu Mann und Frau.

Danach folgten mehrere Gebete. Aber er bekam kaum etwas von ihnen mit. Aus irgendeinem Grund beanspruchte der Duft der Rosen, vermischt mit Elizabeths Lavendel- und Zitronenaroma, seine ganze Aufmerksamkeit. Er fing an, ihre Handfläche zu streicheln, und sie lehnte sich an ihn.

Geoff wollte nichts lieber, als sie hoch in sein Zimmer zu tragen und in ihr zu versinken. Das ist, was nach einer Trauung passieren sollte. Nicht, an Türen zu stehen und Leute zu begrüßen und dann darauf zu warten, dass die Torte angeschnitten wurde. Sein Schwanz drückte gegen seine Hose. Verdammt, wenn er nicht anfing, über etwas anderes nachzudenken, dann würde er sich noch blamieren.

Elizabeth stupste ihn an und zeigte mit ihrem Kinn auf die schwarz-weiße Katze der Nachbarn, die einen Platz in der Sonne inmitten der Rosen gefunden hatte.

Würde sie ein Haustier wollen? Wenn ja, welcher Art? Einen Hund oder eine Katze? Bloß keinen von diesen Möpsen. Ihm wäre es lieber, sie hätte einen richtigen Hund. Vielleicht könnte er, oder besser sie, die Worthingtons nach einem ihrer Welpen fragen. Wenn sie erst einmal in Paris angekommen waren, würden sie genug Zeit haben, um das Tier zu dressieren.

Onkel Richard hörte genau dann auf zu sprechen, als Geoff hinunterblickte und Elizabeth in die Augen sah. Sie waren verheiratet. Er hatte endlich seine Gattin. Und das war alles, was zählte.

Noch nie hatte Geoff vor Elizabeth so attraktiv ausgesehen. Als er ihre Hand aus der ihres Vaters genommen hatte, hatte er gelächelt. War er genauso glücklich, *sie* zu heiraten – statt irgendeine andere Lady – wie sie es war, ihn zu heiraten?

Es gefiel ihr, wie entschlossen sie klang, als sie ihren Schwur leistete. Als er versprach, ihren Körper zu verehren, wurde seine Stimme tiefer und ihre Knie drohten, einzuknicken. Wie peinlich es gewesen wäre, auf der eigenen Hochzeit zusammenzubrechen.

Bald war die Zeremonie vorbei und der Pfarrer wies sie an, das Heiratsregister zu unterzeichnen. Geoffrey legte seinen Arm um ihre Taille. »Ehefrau.«

»Ehemann«, erwiderte sie, trunken vor Freude. »Obwohl, ich glaube, wir müssen erst unsere Namen eintragen, bevor es wirklich rechtskräftig ist.«

Nachdem die Formalitäten abgeschlossen waren, drückte man ihnen Champagnergläser in die Hände. Es wurde auf ein glückliches und fruchtbares Leben miteinander angestoßen.

»Ich kann dir nicht sagen, wie glücklich ich bin, dich als meine Tochter zu haben.« Lady Markham gab Elizabeth einen Kuss auf die Wange.

»Herzlichen Glückwunsch, Harrington.« Lord Endicott schüttelte Geoffreys Hand. »Und Ihnen auch, Lady Harrington.«

Elizabeth blinzelte beim Gebrauch ihres neuen Namens. Sie war so beschäftigt damit gewesen, sich auf die Hochzeit vorzubereiten, dass sie nur ein paar Mal über ihren Namen nachgedacht hatte. »Dankeschön, Mylord.«

Bedienstete fingen an, mit Tabletts voller Essen herumzuziehen, und sie und Geoff tauschten Blicke aus. »Wir könnten in unseren Salon gehen, bis die Dienerschaft mit dem Aufbau des Hochzeitsfrühstücks fertig ist.«

»Das könnten wir«, stimmte er zu. »Du könntest dir dein neues Schlafzimmer ansehen.«

»Willst du mir damit sagen, dass es fertig ist?« Es wurde noch nie ein Schlafzimmer speziell für sie hergerichtet. Nicht einmal, als sie aus ihrem Kinderzimmer in ein anderes Schlafzimmer gezogen war, hatte sie die Einrichtung selbst auswählen dürfen. Andererseits war das Haus ihres Vaters sowieso nie ihr Zuhause gewesen. Das würde sie erst mit ihrem Ehemann haben.

»Sie sind heute Morgen fertig geworden.« Er streichelte ihren Rücken, woraufhin sie Wonneschauer in ihrem ganzen Körper spürte. Sie wünschte, sie könnten sich einfach in sein Schlafzimmer zurückziehen. »Ich kann es nicht erwarten, zu hören, was du davon hältst.«

Elizabeth ging auf die Zehenspitzen und flüsterte mit einer, wie sie hoffte, sinnlichen Stimme: »Ich glaube, das meiste Vergnügen werde ich in Ihrem Zimmer haben, Mylord.«

»Dafür werde ich sorgen, Mylady.« Er nahm ihre Hand. »Lass uns in unsere Gemächer gehen, bevor das Hochzeitsfrühstück beginnt. Wir *sind* schließlich verheiratet.«

Doch bevor sie sich auf den Weg in den Salon machen konnten, hörten sie die Stimme seiner Mutter.

»Elizabeth und Harrington.« Lady Markham kam aus dem Garten herein. »Unsere Gäste sind bald da. Ihr müsst auf eure Plätze gehen.« Sie blickte über ihre Schulter auf ihren Gatten. »Markham, du auch.«

»Im Garten ist noch gar nicht alles aufgebaut«, erwiderte Geoffrey.

»Das Hochzeitsfrühstück wird im Ballsaal stattfinden. Und die anderen Bereiche sind gleich fertig.«

»Ich hatte gehofft, wir würden Zeit für uns allein haben«, murmelte Geoffrey und streckte Elizabeth den Arm entgegen.

Als sie ihre Hand auf den weichen Wollstoff seiner Jacke legte, murmelte sie: »Ich hatte dieselbe Hoffnung.«

Eine Stunde später entließ ihre Schwiegermutter sie, damit sie sich unter die Gäste mischen konnten, allerdings mit der Ermahnung, nicht gleich zu verschwinden.

Nachdem sie sich langsam ihren Weg durch den Ballsaal gebahnt hatten, entdeckte Elizabeth Dotty, Charlotte und Louisa. »Wenn du nichts dagegen hast, würde ich gerne ein paar Minuten mit meinen Freundinnen sprechen.«

Geoffrey blickte in die Richtung, in die Elizabeth zeigte. »Natürlich nicht.« Er hob ihre Hand und küsste jeden ihrer Finger. »Wir sehen uns später.«

Wie durch Telepathie standen die Ladies auf, als sie auf sie zuging. »Terrasse?«

Sie nickten und begannen, sich durch die Glastüren auf die Terrasse zu begeben. Sie winkte einen Bediensteten heran. »Bitte bringen Sie Champagner und Erfrischungen für vier auf die Terrasse.«

»Ja, Mylady.«

Elizabeth lächelte in sich hinein. Obwohl erst eine Stunde vergangen war, war sie schon so oft als »Mylady« und »Lady Harrington« angesprochen worden, dass ihr neuer Titel ihr nicht mehr fremd war.

Sie eilte zu ihren Freundinnen. »Wo ist Oriana?«

»Bei Bentley«, sagte Charlotte. »Sie haben sich seit einer Woche nicht gesehen.«

»Wisst ihr was«, Dotty sah die anderen drei an, »ich glaube, keine von uns war während ihrer Verlobung mehr als ein oder zwei Tage von ihrem Mann getrennt.«

»Ich glaube, du hast recht.« Louisa runzelte die Stirn. »Ich weiß zumindest, dass ich und Gideon es nicht waren.«

»Constantine und ich auch nicht«, fügte Charlotte hinzu.

»Wir waren es auch nicht.« Elizabeth wies ihre Freundinnen an, sich hinzusetzen, als zwei Bedienstete einen Tisch für sie aufstellten. »Ich kann mir nicht vorstellen, zwei Monate bis zur Hochzeit zu warten.«

Ihre Freundinnen stimmten murmelnd zu.

Sie hob ihr Glas. »Auf uns und unsere Wege.«

»Prost«, sagten Louisa, Dotty und Charlotte einheitlich.

»Wann reist du nach Holland ab?«, fragte Louisa, nachdem sie die ersten Schlucke Champagner getrunken und ihre Teller gefüllt hatten.

»In drei Tagen«, antwortete Elizabeth. »Geoffrey und ich wollten sofort aufbrechen, aber seine Eltern haben uns gebeten, etwas länger zu bleiben, und wir waren einverstanden. Es ist ja nicht so, als würden wir nur kurz in die Flitterwochen fahren und in ein paar Monaten zurückkommen.«

Charlotte schluckte einen Bissen herunter. »Weißt du, wie lange du weg sein wirst?«

»Nach dem, was meine Schwiegermutter gesagt hat«, Elizabeth wandte ihren Blick gen Himmel, »bis ich einen Sohn auf die Welt bringe. Sie hat mir ans Herz gelegt, auf Mädchen zu hoffen.«

Dotty verdeckte hastig ihren Mund mit ihrer Serviette und fing an zu lachen. Es dauerte ein paar Sekunden, bis sie wieder sprechen konnte. »Was hat Harrington dazu gesagt?«

»Ich hatte noch keine Gelegenheit, ihm davon zu erzählen.« Elizabeth trank ihr Glas Wein aus und schenkte sich ein neues ein. »Sie hat es mir erst gestern gesagt und wir hatten heute kaum eine Minute für uns allein.«

»Harrington scheint völlig in dich vernarrt zu sein«, wagte Charlotte zu sagen. »Ich habe darauf geachtet.«

»Ich auch«, sagte Louisa. »Ich bin so froh, dass ihr die Liebe gefunden habt.«

Er hatte ihr zwar noch nicht gesagt, dass er sie liebte, aber … »Das bin ich auch.«

»Apropos Harrington«, sagte Dotty. »Er scheint dich zu vermissen.«

»Und unsere Männer hat er auch im Schlepptau.« Louisa lächelte, als Rothwell auf sie zuging.

Geoffrey lehnte sich vor, legte seine Hände auf Elizabeths Stuhl, streichelte ihr lässig mit den Fingern den Nacken und löste ein angenehmes Kribbeln in ihr aus. »Es ist Zeit, den Kuchen anzuschneiden.«

»Danach«, sagte Kenilworth, »werden wir euch Rückendeckung geben, damit ihr beide euch aus dem Staub machen könnt. Ich weiß noch, wie schwer es für Charlotte und mich war.«

Elizabeth blickte unauffällig zu Geoffrey empor, um zu sehen, ob er irgendwelche Anzeichen von Eifersucht auf Seine Lordschaft zu erkennen gab, doch er grinste bloß zu ihr herab. »Dafür wären wir dir sehr dankbar. Was sagst du, Liebling?«

»Ja, absolut.« Sie legte ihre zierlichen Finger auf seine sehr viel größere Hand. »Ich hatte gehofft, es würde gar kein Hochzeitsfrühstück geben.« Sie erhob sich und der Rest der Ladies tat es ihr gleich. »Ich schätze, wir sollten hineingehen.«

Eine nach der anderen umarmten ihre Freundinnen sie.

Charlotte gab Elizabeth einen Kuss auf die Wange. »Ich wünsche dir und Harrington alles Gute.«

»Das wünsche ich euch beiden auch.« Sie gab Charlotte ebenfalls einen Kuss auf die Wange und flüsterte: »Danke, dass du ihn nicht wolltest.«

»Ich weiß, ihr werdet glücklich sein.« Louisa umarmte Elizabeth.

»Ich denke, das werden wir.« Sie erwiderte die Umarmung.

»Habt eine wundervolle Reise, und bitte passt auf euch auf«, sagte Dotty und nahm dabei Elizabeths Hände.

»Das werde ich, äh, werden wir. Danke für alles.« Sie machte einen Schritt zurück und legte ihre Hand auf Geoffreys Arm. »Ihr müsst uns irgendwann nächsten Frühling in Paris besuchen.«

Gemeinsam spazierten sie zurück in den Ballsaal, mit Elizabeth und Harrington an der Spitze.

KAPITEL 24

Knapp vierzig Minuten später nahm Geoffrey ihre Hand. »Durch die Tür, aus der der Bedienstete gerade kam. Wir gehen durch den Hintereingang.«

In diesem Moment bemerkte sie, dass ihre Freundinnen und deren Gatten einen Schutzwall gebildet hatten, damit niemand sehen konnte, wer zur Tür herein- oder herauskam. »Geh du vor.«

Sie schlichen sich hinter zwei große Topfpflanzen, dann durch die Tür. Der Flur war schmal, aber gut beleuchtet. Sie liefen bis zum Ende. Er öffnete eine weitere Tür, die zu einer schlichten Holztreppe führte. Sie hob ihre Röcke, während sie sich ihren Weg ins nächste Stockwerk bahnten. Ein paar Augenblicke später waren sie in seinem Schlafzimmer und sie war in seinen Armen.

»Ich dachte, wir würden nie allein sein.« Er streifte mit den Lippen über die ihren.

Sie warf die Arme um ihn und animierte ihn dazu, sie innig zu küssen. »Ich bin zu dem Schluss gekommen, dass der Sinn eines Hochzeitsfrühstücks ist, die Braut und den Bräutigam so lange wie möglich voneinander fernzuhalten.«

»Immerhin haben sie die Bettsetzung abgeschafft.« Seine Lippen streiften um ihr Kinn und dann ihren Hals hinunter.

»Obwohl, dann wärst du immerhin schon nackt. Soll ich die Zofe für dich spielen?«

»Ja, bitte. Und ich spiele den Leibdiener für dich.« Es dauerte nicht lange, bis ihr Kleid zu Boden rutschte und sie sein Halstuch über einen Stuhl geworfen hatte. Er legte ihr Kleid vorsichtig auf denselben Stuhl, warf seine Jacke aber auf den Boden. Dann schnappte er sie sich und stieg ins Bett.

Seine Hände glitten über ihren Körper und entfachten Flammen, wo er sie berührte. Elizabeth zappelte und versuchte ihn dazu zu animieren, sich direkt dorthin zu begeben, wo alle ihre Bedürfnisse zusammenflossen, sehnte sich danach, dass er in sie eindrang.

»Geduld, Liebling.« Er umfasste ihre Brüste, leckte und saugte erst an der einen, dann an der anderen, bis sie vor Frust schreien wollte.

Wie zuvor leckte und küsste er seinen Weg hinunter zu der Stelle zwischen ihren Beinen und saugte. Sie krümmte ihren Rücken und versuchte, sich enger an seinen Mund zu drücken.

»Gefällt dir das?« Seine Stimme war tief und kräftig.

»Weiter.« Sie keuchte und schnappte nach Luft, während ihr Körper sich anspannte. »Ich will dich.«

»Zu Ihren Diensten, Mylady.« Im nächsten Moment tauchte er in sie ein.

Ihre inneren Muskeln verkrampften sich um ihn, als sie sich einer Welle an herrlichen Empfindungen nach der anderen hingab.

Geoff sackte neben Elizabeth zusammen und zog sie neben sich. So hart war er noch nie gekommen. Er hätte es sich nicht einmal träumen lassen. In der Sekunde, als er in sie eindrang, hatte sie ihn leer gemolken.

Er strich ihre Haare zurück, wickelte sich ihre dicken, seidenen Locken um die Hand und beobachtete, wie sie versuchten, an seinen Fingern zu bleiben, als er sie losließ. Sie spreizte ihre Hand auf seiner Brust. Und obwohl sie eindeutig schlief, umspielte ein Lächeln ihre Lippen.

Sobald sie aufwachte, hoffte er, sie wieder begatten zu können.

Er zog die Bettdecke über sie – dieses Mal hatte er in weiser Voraussicht seinen Bediensteten angewiesen, das Bett aufzudecken – und schloss die Augen. Jetzt hatten sie alle Zeit der Welt füreinander.

***

Den Rest des Tages und den nächsten schliefen sie miteinander. Gelegentlich wanderten sie in ihren Speisesaal und fanden dort Essen vor. Das erste Mal, als sie sich Hühnerfett von den Fingern abgeleckt hatte, hatte er sie hochgehoben und direkt ins Bett getragen.

»Ich hatte keine Ahnung, dass es so eine Wirkung auf dich hat, wenn ich meine Finger ablecke.« Elizabeth grinste. »Ich werde aufpassen, es nicht in der Öffentlichkeit zu tun.«

Geoff fing an zu glauben, dass ihre bloße Existenz ausreiche, um ihm eine Erektion zu geben. »Sollen wir herausfinden, was sonst noch diese Wirkung hat?«

»Ich glaube, das müssen wir.« Sie ließ ihre Zunge über seinen Hals gleiten. »Ich habe immer noch Hunger.«

Bevor er sie aufhalten konnte, war sie aus dem Bett verschwunden. Er drehte sich um und betrachtete den prallen Hintern seiner Frau, als sie das Schlafzimmer verließ. Dieses Mal zog sie nicht einmal ihre Bluse an.

Aus dem Speisesaal hörte er sie kichern. »Jemand hat uns Eis gebracht.«

Er schwang seine Beine aus dem Bett. »Es gibt viele interessante Verwendungen für Eis.«

Am Morgen des zweiten Tages wachte er auf, als Nettle im Ankleidezimmer herumhämmerte.

Elizabeth öffnete ihre verschlafenen Augen. »Was ist das für ein Lärm?«

»Ich glaube, es ist ein Hinweis, dass wir meine Eltern zum Frühstück treffen sollen.«

Sie rollte sich auf ihn und zuckte zusammen. »Ich sollte baden.«

Angesichts der Tatsache, dass ihr Schlafzimmer wie ein Bordell roch, sollte er wahrscheinlich auch baden. »Du darfst zuerst gehen, wenn du möchtest. Bleib eine Weile liegen. Das sollte deine Muskeln entspannen.«

»Das werde ich.« Sie küsste ihn, bevor sie das Bett verließ, und zog ihre Bluse an, während sie staksig von seinem Zimmer in ihres ging.

Er hätte vorsichtiger mit ihr umgehen sollen. Auch wenn sie viele ihrer Liebesakte initiiert hatte. Letzten Endes war er derjenige mit Erfahrung.

***

Eine Stunde später waren sie angezogen. Geoff nahm ihre Hand.

»Sie wissen alle, was wir getrieben haben, nicht wahr?« Elizabeths Stimme klang mehr als besorgt.

»Wir *sind* verheiratet.« Das einzige Problem war, dass sogar er ein wenig nervös war. Das war wahrscheinlich der Grund, warum die meisten Paare in die Flitterwochen fuhren.

Sie straffte ihre Schultern. »Ja, das sind wir, und ich kann mir nicht vorstellen, dass sie etwas sagen.«

»Nein.« Trotzdem war er erleichtert, dass sie sich als Erste im Frühstückssalon einfanden.

Vaters Under Butler leitete die Verteilung der Speisen an, während Gibson zusah.

»Ich habe das Gefühl, Gibson wird froh sein, wenn Preston weg ist«, flüsterte Elizabeth.

»Ich glaube, du hast recht«, flüsterte Geoff zurück. »Komm, zeig mir, was du essen willst, und ich kümmere mich um deinen Teller.«

»Danke.«

Sie lehnte die Bücklinge ab, aber nahm die Eier im Näpfchen und den Schinken. Er zog in der Mitte des Tisches einen Stuhl für sie heraus und ein Bediensteter stellte eine Teekanne, Zucker und Milch neben den Teller. »Danke. Ich hätte auch gerne Toast, bitte.«

Es gefiel ihm, wie sie mit den Bediensteten sprach. Nicht jeder bedankte sich bei ihnen, aber er hatte festgestellt, dass er besser und loyaler bedient wurde, wenn er es tat.

Ein paar Minuten später traten seine Eltern ein.

»Guten Morgen, meine Lieben«, sagte seine Mutter und nahm ihren Platz am Ende des kleinen Tisches ein. Preston stellte einen Teller mit Eiern und Bücklingen vor sie.

»Tee?«, fragte Elizabeth.

»Ja, bitte.« Noch mehr Toast wurde zum Tisch gebracht. »Ein Stück Zucker und Milch.«

Vater brauchte länger, um seine Speisen von den Tellern auf der Anrichte auszuwählen, bevor er sich zu ihnen gesellte.

Eine frische Kanne Tee wurde auf dem Tisch neben seiner Mutter abgestellt und sie schenkte seinem Vater eine Tasse ein. Nachdem Mutter einen Schluck Tee getrunken hatte, sagte sie: »Elizabeth, deine Stute ist vorgestern angekommen. Und ich habe eine Nachricht von deiner Tante und deinem Bruder erhalten, dass sie dich heute Nachmittag besuchen werden.« Mutter presste missmutig ihre Lippen zusammen. »Dein Vater ist zurück aufs Land gefahren.«

»Bitte haben Sie kein Mitleid«, sagte Elizabeth und spießte noch ein Stück Schinken auf. »Mehr hatte ich nicht erwartet. Ich freue mich, wenn meine Tante und Gavin mich besuchen.«

»Bitte fühl dich frei, sie zum Mittagessen einzuladen, wenn du möchtest.«

»Wir könnten sie in unserem Speisesaal empfangen, wenn du möchtest«, sagte Geoffrey. »Du konntest unsere Zimmer noch niemandem zeigen.« Er glaubte nicht, dass Elizabeth ihr Schlafgemach seit seiner Fertigstellung länger gesehen hatte als die kurze Zeit, die sie heute Morgen zum Anziehen gebraucht hatte.

Ihr Gesicht strahlte auf. »Das ist eine hervorragende Idee.« Sie wandte sich seiner Mutter zu. »Möchten Sie sich uns anschließen?«

»Nein, Liebes. Du wirst etwas Zeit mit ihnen alleine verbringen wollen.« Seine Mutter grinste. »Ich befürchte, du wirst den Großteil des Vormittags mit mir verbringen müssen. Ich habe vor Jahren eine Liste von meiner Schwiegermutter bekommen, aber ich glaube, sie ist noch immer aktuell und enthält Dinge, die du vielleicht brauchen wirst, an die du aber noch nicht gedacht hast.« Geoff öffnete den Mund, um zu erwidern, dass er bereits eine Liste von seinem Vater hatte, doch Mutter hob die Hand. »Sie wird nichts durcheinander bringen oder eure Reise verzögern.«

Später an diesem Vormittag war er überrascht, als er Koffer voller Betttücher und anderer Bettbezüge entdeckte. Sowie einen Satz Geschirr und wer weiß was noch. Und er war überzeugt gewesen, dass er an alles gedacht hatte, was sie brauchten. Offenbar lag er falsch. Er hatte keinerlei Haushaltsgegenstände eingepackt.

Seine Frau schlenderte vorbei, starrte auf eine Liste und runzelte die Stirn in ihrem schönen Gesicht. »Ich bin im Zwiespalt«, sagte Elizabeth und blickte hoch. »Deine Mutter hat angeboten, uns Preston zu überlassen, wenn wir unseren eigenen Butler wollen. Seine Mutter ist Französin und er spricht die Sprache fließend. Er würde gerne mit uns mitkommen. Ich weiß, du bist dafür zuständig, einen Butler einzustellen. Was denkst du?«

»Es wäre hilfreich, einen Bediensteten zu haben, der französisch spricht«, Geoff versuchte zu erahnen, was ihre Meinung dazu war.

Ihr Gesicht leuchtete auf. »Ganz mein Gedanke. Ich werde ihm sagen, dass wir möchten, dass er uns begleitet.«

»Was ist in den Koffern, abgesehen vom Bettzeug?«

»Alles, was wir brauchen, um auf der Stelle unseren Haushalt zu gründen.« Sie nahm einen Bleistift heraus, notierte sich etwas auf dem Zettel und blickte auf ihre

Taschenuhr. »Ich muss das hier fertig machen. Meine Tante und Gavin kommen bald und ich muss noch mit deiner Großmutter sprechen.«

Elizabeth hakte den letzten Punkt auf der Liste ab und machte sich auf den Weg in die Gemächer der Witwe. Cousine Apollonia ging an die Tür. »Kommen Sie herein. Wir hatten noch keine Möglichkeit, Sie anständig in der Familie willkommen zu heißen. Der Salon Ihrer Ladyschaft ist hier entlang.«

Sie gingen in ein Zimmer an der Seite des kleinen Eingangsbereiches. Alle Gemächer mussten wohl so aufgebaut sein wie die von Elizabeth und Geoffrey. Der Salon der Witwe war in Cremefarben und großen Mustern mit Ranken, Vögeln und Blumen dekoriert.

»*Willkommen, willkommen.*« Krächz, krächz. Ein grauer Papagei flatterte in einem geräumigen Käfig mit den Flügeln.

Wie entzückend! Sie schlenderte nach vorn, unsicher, wie sie auf das Tier zugehen sollte. »Dankeschön. Wie heißt du?«

Der Vogel neigte seinen Kopf erst in die eine, dann in die andere Richtung und blinzelte dann. »*Florian, Florian. Hübsches Ding, hübsches Ding.*«

»Dein Name ist Nelson und hör auf, dieses Wort zu benutzen. Sie ist eine Lady«, sagte die Witwe. »Ich habe es dir ein Mal gesagt, ich habe es dir hundert Mal gesagt: Hübsche *Lady*.«

»*Hübsches Ding, Hübsches Ding.*«

»Er scheint überhaupt nicht davon überzeugt zu sein.« Sie grinste und knickste vor ihrer Schwiegeroma.

Die Witwe seufzte. »Seit er den Namen Florian gehört hat, beharrt er darauf, dass es seiner ist.«

Elizabeth verkniff sich ein Kichern. »Wie geht es Euch, Ma'am?«

»Besser, als es mir in meinem Alter gehen sollte.« Der scharfe Blick der älteren Dame fixierte Elizabeth, als würde sie etwas suchen. »Die Frage ist, wie geht es Ihnen? Behandelt Sie mein Taugenichts eines Enkels so, wie er sollte?«

Als sie an gestern und letzte Nacht dachte, wurden ihre Wangen heiß. »Ich glaube schon.« Elizabeth wünschte sich, sie hätte einen Fächer. »Ich kann nicht klagen.«

Die Witwe nickte. »Das freut mich zu hören. Nun, ich nehme an, Sie haben die Liste, die ich Catherine gegeben hatte, als sie in die Familie eintrat. Haben Sie irgendwelche Fragen?«

»Ich mache mir Sorgen wegen all der Gegenstände, die ich mitnehme. Ich habe Angst, dass keine mehr für Euch übrig bleiben.«

»Unsinn.« Die verwitwete Lady Markham winkte Elizabeths Sorgen weg. »Sie brauchen das alles und für uns ist es eine gute Gelegenheit, Neues zu kaufen. Werden Sie Preston mitnehmen?«

»Ja, Ma'am, sowie die zweite Haushälterin, die bei Bedarf kochen kann, ein Dienstmädchen und einen Bediensteten. Darüber hinaus habe ich einen persönlichen Bediensteten. Das macht dann zwei. Damit sollten wir auskommen, bis wir mehr Bedienstete von dort anstellen können.«

»Ja, das sollte reichen. Wie ich hörte, schnappt sich die Regierung derzeit jedes Schiff, das sie kriegen kann, um die Soldaten und die Ausrüstung nach drüben zu transportieren. Ihr werdet fürs Erste vielleicht in Harwich bleiben müssen.«

»Das haben wir auch gehört. In diesem Sinne hat Harrington Vorkehrungen für ein Schiff getroffen, das uns dort erwartet. Natürlich werden wir jeden mit an Bord nehmen, der eine Gelegenheit zur Überfahrt braucht.«

Wieder nickte die Witwe. »Klingt, als hättet ihr alles fest im Griff. Dann habe ich nur noch eines zu sagen. Die Flitterwochen halten nicht für immer an. Vergessen Sie einfach nicht, was Sie zusammengebracht hat, und machen Sie ihm klar, was Sie brauchen. Männer können oft völlig unwissend sein. Meistens können sie nicht einmal erkennen, was direkt vor ihrer Nase ist. Jetzt geben Sie mir einen Kuss und ich lasse Sie Ihre Vorbereitungen abschließen.«

Elizabeth küsste brav die Wangen der Witwe. »Danke. Ich werde daran denken, was Ihr gesagt habt.«

Nicht lange nach ihrem Gespräch mit der Witwe kamen ihre Tante und Gavin an. Bevor sie sich zum Essen setzten, führte Elizabeth sie durch die Gemächer.

»Mir gefällt, was du mit deinem Schlafzimmer und dem Eingangsbereich gemacht hast«, murmelte ihre Tante anerkennend. »Ich stimme zu, dass du den Rest fürs Erste so lassen solltest.«

Sie nahmen ihre Plätze am Tisch ein und Gavin hob ein Weinglas. »Auf dich und Harrington. Ich bin froh, euch zusammengebracht zu haben.«

Ihre Tante blickte zur Decke empor und schüttelte den Kopf, doch Elizabeth hob ebenfalls ihr Glas. »Danke für alles, was du getan hast. Du bist wirklich der beste Bruder aller Zeiten. Vielleicht kann ich dir ja auch helfen, eine Frau zu finden.«

»Nicht in naher Zukunft«, sagte er trocken. »Aber eines Tages.«

Das Mittagessen wurde von Preston und Kenton serviert, ihrem persönlichen Bediensteten, den sie dazu auserkoren hatte, ihren kleinen Haushalt ins Ausland zu begleiten. Jacobs, der neue Diener, stand an der Tür, für den Fall, dass er gebraucht wurde.

»Tut mir Leid, dass ich zu spät bin.« Geoffrey küsste Elizabeths Wangen, bevor er am Kopfende des Tisches Platz nahm. Sie war froh, dass er ihnen Gesellschaft leistete.

»Hast du deine Vorbereitungen abgeschlossen?«, fragte ihre Tante.

»Fast. Ich freue mich so auf die Reise und dank Harrington und Gavin habe ich schon etliche Menschen getroffen, die auch in Brüssel sein werden.«

»Ich hätte fast Lust, mit euch mitzukommen«, sagte Gavin. »Leider muss jemand hier bleiben, um auf das Anwesen aufzupassen.«

So sehr sie ihren Bruder auch liebte, er wäre ihr völlig im Weg gewesen. »Du kannst dir ja vornehmen, uns zu besuchen, wenn wir uns in Paris eingelebt haben.«

Sie aßen ihr Abendessen auf und weilten noch bei Tee, bis ihre Tante aufstand. »Ich kann mir vorstellen, dass du noch viel zu tun hast, bevor du morgen früh abreist.« Ihre Tante umarmte Elizabeth. »Wir werden uns schreiben und vielleicht werde ich dich im Frühling besuchen können.«

»Ich werde dich vermissen.« Sie umarmte ihre Tante ganz fest. »Danke, dass du mich gesponsert hast.«

»Ich bin froh, dass ich es tun konnte.«

Eine Stunde nachdem ihre Tante und ihr Bruder gegangen waren, war Elizabeth besorgt, dass die Zeit nicht reichen würde, um ihre Pläne zu Ende zu bringen, aber sie schaffte es, dass alles für die Reise vorbereitet war, sodass sie am nächsten Morgen wie geplant abreisen konnten.

Das letzte ihrer neuen Kleider war erst vor ein paar Stunden eingetroffen und Vickers hatte die Verpackung noch in der Hand. Elizabeth hatte die Einkäufe für all den anderen Krimskrams erledigt, den sie brauchen würde, bis sie in Paris ankam. Wer wusste, wie lange das noch dauern würde, angesichts des furchtbaren Krieges, der sich anbahnte. Sie schickte ein Stoßgebet gen Himmel, dass er so schnell und erfolgreich wie möglich vorbeigehen würde, ohne allzu viele menschliche Verluste. Sie kannten so viele Männer, die an der Front kämpfen würden.

KAPITEL 25

Elizabeth betrat das Büro von Lord Markhams Sekretär mit einer Kopie der Anstellungsverträge ihres Dienstmädchens, ihres Bediensteten und ihres Stallburschen, sowie einer Liste der Bediensteten ihrer Schwiegereltern, die sie einstellen wollte. »Ich hoffe, ich störe Sie nicht, aber Lady Markham hat gesagt, ich soll mit Ihnen sprechen.«

Mr. Grantham, ein älterer Herr mit silberfarbenem Haar, stand auf und verneigte sich. »Keineswegs, Mylady. Wie kann ich Ihnen behilflich sein?«

»Lord Harrington und ich möchten fünf von Lord und Lady Markhams Bediensteten und drei von den Bediensteten meines Vaters einstellen. Ich brauche für sie neue Anstellungsverträge, die ihre Statusveränderung widerspiegeln.« Elizabeth reichte dem Sekretär die Verträge für ihre Bediensteten. »Die sind für mein Dienstmädchen, meinen Diener und meinen Stallburschen.«

»Überlassen Sie sie mir, Mylady. Ich werde mich vergewissern, dass alles rechtens ist, und sie unterschreiben lassen.«

»Ich danke Ihnen.« Damit konnte sie noch etwas von ihrer Liste abhaken.

Elizabeth machte sich auf den Weg in die Küche, um mit dem Koch über den Essenskorb für die Kutsche zu sprechen. Sie hätte dem Mann eine Nachricht schicken oder ihn zu sich rufen lassen sollen, doch sie hatte es eilig, die Vorbereitungen zu Ende zu bringen.

Nachdem sie den Korb besprochen hatte, gab es noch eine Sache, über die sie sich mit Geoffrey beraten wollte. Doch sie waren sich den ganzen Tag nicht über den Weg gelaufen und sie hatte keine Ahnung, wohin er gegangen war.

Als sie den Saal durchquerte, verneigte der Butler sich. »Gibson, haben Sie Lord Harrington gesehen?«

»Mehrmals, Mylady.« Der arme Gibson war all die Umtriebigkeit im Haus nicht gewohnt und das sah man ihm an. »Sie sollten vielleicht in der Bibliothek nachsehen. Ich glaube, er hat eine Karte gebraucht.«

»Danke, Gibson.« Sie hätte ihm gerne versichert, dass sein Leben bald wieder zum Normalzustand zurückkehren würde, doch Elizabeth glaubte nicht, dass er ihren Trost gerade gut aufnehmen würde.

Als sie auf die Bibliothek zuging, hörte sie Geoffreys Stimme und gleich danach die ihres Schwiegervaters. Da sie die beiden nicht stören wollte, wollte sie umkehren, als Lord Markham sagte: »Gut gemacht, dass du Elizabeth vor die Wahl gestellt hast. Du hättest fast die Stelle bei Sir Charles verloren.«

Die Worte Seiner Lordschaft ließen sie stehenbleiben. Sie hätte weitergehen sollen, doch ihre Beine waren wie versteinert. Sie wartete darauf, zu hören, wie ihr Mann seinem Vater sagte, dass sie geheiratet hätten, weil er sie liebte.

»Danke, Sir«, antwortete Geoffrey. »Es hat ein wenig Anlauf gebraucht, aber ich habe es durchgezogen. Sie war die letzte Wahl und ich wollte sie auf keinen Fall davonkommen lassen.« *Durchgezogen? Letzte Wahl?*

Elizabeths Kehle schnürte sich zu und machte es ihr schwer, zu schlucken.

»Sie scheint ein nettes Mädchen zu sein«, fuhr Lord Markham fort. »Deine Mutter ist der Meinung, sie würde eine hervorragende Gastgeberin für dich abgeben.«

»Ich muss sagen, da stimme ich ihr zu.« Elizabeth hatte Geoffrey noch nie so selbstgefällig reden hören. »Sie kann alle Qualifikationen vorweisen, die wir besprochen hatten, und noch mehr.«

Qualifikationen.

Das war also, was er wirklich wollte. Eine Ehefrau, die den Anforderungen seines diplomatischen Ranges entsprechen würde.

Ihre Sicht wurde vor lauer warmer Tränen unscharf, als sie das Anstoßen der Gläser hörte.

Alles, was er gesagt hatte, alles, was er geschworen hatte ... es war alles eine Lüge!

Jedes Mal, als er sie berührt hatte, hätte sie auch jede andere Frau sein können.

Trotz allem, was er getan hatte, um ihr, wie sie geglaubt hatte, seine Liebe zu zeigen, wollte er nur sicherstellen, dass sie ihn heiraten musste. Sicherstellen, dass sie nicht davonkommen konnte.

Ihre Augen drohten, überzulaufen. Doch sie würde nicht weinen. Nicht seinetwegen. Nach all seinen Betrügereien war er es nicht wert.

Sie bog ab zu der Treppe für die Bediensteten. Sie war steiler und schmaler als die große Treppe, doch Elizabeth rannte sie hoch und schnappte nach Luft, als sie den zweiten Stock erreicht hatte. Sie atmete tief ein und versuchte sich zu beruhigen, bevor sie den Rest des Weges in ihr Zimmer ging.

Wenn sie doch nur in das Haus ihres Vaters fliehen könnte, aber der würde ihr bloß sagen, sie solle zu ihrem Mann zurückgehen. Sogar Gavin und ihre Tante würden ihr sagen, sie müsse versuchen, die Ehe zu retten.

Sie straffte ihre Schultern, betrat den Flur und ging in die Gemächer, die sie und Geoffrey miteinander teilten. Im Eingangsbereich angekommen, wandte sie sich ihrem Zimmer zu.

Seit ihrer Hochzeit hatte sie in seinem Schlafgemach geschlafen. Ab heute Nacht würde sie in ihrem schlafen.

Vickers verschloss gerade einen Koffer, als Elizabeth hereinkam. Sie hatte noch nicht darüber nachgedacht, was sie ihrer Zofe erzählen würde. Vielleicht erstmal nichts.

»Ich fühle mich nicht gut«, sagte sie und vermied den scharfen Blick ihrer Zofe. »Ich werde heute Abend in meinem Zimmer schlafen.«

»Ich wusste, dass diese ganze Hektik Sie erschöpfen würde.« Vickers eilte zu Elizabeth. »Geben Sie mir nur eine Minute, ich werde Ihnen sofort Ihren Morgenrock anziehen.«

Sie blinzelte, um ihre Tränen in Schach zu halten, und stand da, während ihre Zofe die Schnüre ihres Kleides aufband. Trotz ihrer Bemühungen liefen ihr erst eine, dann zwei Tränen über die Wangen. Sie wischte sie weg und hoffte, Vickers würde sie nicht bemerken.

Doch als Elizabeth sich an ihren Frisiertisch setzte, trafen sich der Blick ihrer Zofe und ihrer im Spiegel. »Was ist nun los?«

»Ich kann nicht darüber sprechen.« Sie schüttelte den Kopf. »Noch nicht. Sagen Sie Seiner Lordschaft«, wenn er denn fragen sollte, »dass ich verhindert bin.«

»Ja, Mylady. Ein kühles, in Lavendelwasser getränktes Tuch könnte helfen, und etwas Kamillentee.«

»Ich will mich einfach eine Weile ausruhen.« Elizabeth konnte kaum denken.

Sie wusste nicht, was sie als nächstes tun würde. Alles, was sie wusste, war, dass sie das Bett nicht mit ihm teilen konnte, bis sie es herausfand. Der Gedanke daran, dass sie sich ihm so willentlich überlassen hatte, machte sie krank.

Wie konnte sie sich nur so sehr irren? Immerhin war sie nicht die Einzige. Er hatte auch ihre Freundinnen getäuscht und die hatten ihn genau beobachtet.

Ihre Brust schmerzte, als würde ihr Herz tatsächlich in zwei Teile zerbrechen. Sie fühlte sich, als würde sie in ein schwarzes Loch versinken und nicht wieder herausklettern können. Sie wollte nur noch schlafen, bis der Schmerz verging.

Tränen stiegen ihr wieder in die Augen. Sie blinzelte sie fort. *Ich werde nicht weinen, ich werde nicht weinen, ich werde nicht weinen.*

Einen Moment lang zog sie in Erwägung, ins Arbeitszimmer zu marschieren und ihm ihre Meinung zu sagen. Leider würde sein Vater dabei anwesend sein. Und was würde sie tun, wenn er ihr sagte, dass er sie natürlich nicht liebte und dass sie eine dumme Gans war, weil sie es wirklich geglaubt hatte? Nun, sie würde vielleicht mit ihm verreisen müssen, aber dabei würde sie es auch belassen. Sie würde nichts als seine *qualifizierte* Frau sein.

Wenn das alles ist, was Geoffrey Harrington von mir will, dann soll er auch nur das bekommen!

Wenn sie doch nur gewusst hätte, wie hinterlistig er war. Wenn sie sich doch nur in Luft auflösen könnte.

Geoffrey beendete sein Gespräch mit seinem Vater und machte sich auf den Weg zur großen Treppe.

»Mylord«, sagte Gibson. »Hat Lady Harrington Sie gefunden?«

»Nein, das hat sie nicht. Wissen Sie, wo sie ist?« So, wie sie durch die Gegend eilte, konnte sie überall vom Dachboden bis zur Küche sein.

»Bedauerlicherweise weiß ich es nicht, Mylord.«

»Na gut. Ich werde sie schon finden.« Elizabeth hatte einen Korb mit einem Imbiss für die Reise erwähnt. Vielleicht war sie beim Koch.

Als er in der Küche ankam, stellte er fest, dass sie bereits dort gewesen und wieder gegangen war. Er durchsuchte die wichtigsten Teile des Hauses und schickte einen Bediensteten auf den Dachboden.

Nachdem er die Gemächer seiner Großmutter abgesucht hatte, ging er in seine eigenen. Sie war nicht in seinem Schlafgemach oder in ihrem Salon. Wo zum Teufel konnte sie sein?

Schließlich fiel ihm ein, dass sie ja auch ein eigenes Zimmer hatte. Nicht, dass sie dort jegliche Zeit verbracht hatte. Als er an die Tür klopfte, kam ihre Zofe heraus.

»Vickers, haben Sie Lady Harrington gesehen?«

»Sie ist verhindert, Mylord.« Das Gesicht der Dame war so steif, es hätte eine Maske sein können.

Das durfte nicht wahr sein. Ihr durfte nichts zustoßen. »Verhindert?« Geoff wollte die Zofe seiner Frau anbrüllen. »Vorhin ging es ihr noch ausgezeichnet.«

»Nun, jetzt tut es das nicht, Mylord.« Die Zofe stand vor der Tür, als wolle sie ihn daran hindern, Elizabeths Schlafgemach zu betreten.

Er fuhr sich mit den Fingern durch die Haare. Verdammt. Hatte es an ihm gelegen? War er der Grund, wieso ihre Zofe so aussah, als wolle sie ihm eine verpassen?

Elizabeth war an diesem Morgen vielleicht etwas staksig gelaufen, aber sie wirkte später wieder recht gesund. »Ich werde nur kurz nach ihr sehen.«

»Sie möchte nicht gestört werden, Mylord.« Die Dame verlagerte ihr Gewicht und versperrte ihm damit den Weg.

Was würde Vickers tun, wenn er sie einfach zur Seite schob? Aber wenn Elizabeth allein sein wollte, wäre sie dann sauer auf ihn?

»Wird sie morgen früh abreisen können?«

»Ich denke schon. Zumindest hat sie es vor.« Es war ihm noch nie aufgefallen, wie unerbittlich diese Frau war.

Sie hat es vor? Auf einmal kam ihm in den Sinn, dass sie vielleicht krank war und trotzdem beabsichtigte, morgen abzureisen. Würde es seiner Frau ähnlich sehen, ihm eine ernste Krankheit zu verschweigen? Das schien etwas zu sein, was er wissen sollte. »Soll ich einen Arzt rufen?«

»Nein, Mylord.« Die Zofe legte die Hände in die Hüften. »Ein Arzt ist nicht vonnöten.«

»Was dann?« Irgendetwas musste er tun.

Elizabeth kann nicht einfach so schnell krank geworden sein. Es musste einen Grund geben. Er war ihr Ehemann. Er würde darauf bestehen, sie zu sprechen. Er würde der Zofe befehlen, aus dem Weg zu gehen. Es war schließlich seine Frau, um die es hier ging. Er hatte ein Recht darauf, zu erfahren, was los war.

»Mein Gott, was in aller Welt geht hier vor sich?« Seine Mutter betrat die Gemächer. »Harrington, ich konnte dich vom Flur aus brüllen hören.«

»Elizabeth ist verhindert. Was auch immer das bedeutet«, murrte Geoff. Er wollte einfach nur, dass alle gingen, damit er selbst nachsehen konnte, was seine Frau da drin trieb.

»Wenn das so ist, verschwinde.« Seine Mutter warf ihm einen angewiderten Blick zu. »Du wirst ihr nichts Gutes tun, indem du hier herumtrampelst und grölst. An ihrer Stelle würde ich darauf bestehen, mit der Abreise zu warten.«

»Ich werde einen Arzt rufen lassen.« Er machte Anstalten, die Gemächer zu verlassen, doch der Griff seiner Mutter hielt ihn davon ab.

»Das wirst du nicht.« Mama verdrehte die Augen. »Er wird ihr gar nicht helfen können.« Geoffrey starrte seine Mutter an. Er hatte sie noch nie die Augen verdrehen gesehen. Nicht nur das, er erinnerte sich sogar daran, genau dafür bestraft worden zu sein. »Ich kann nicht fassen, dass du so ... so starrköpfig bist. Verhindertsein ist keine Krankheit.« Sie machte mit den Händen eine Wischgeste. »Weg mit dir.«

So war das alles nicht geplant. Alles war so reibungslos verlaufen und jetzt das. Und niemand würde ihn in die Nähe von Elizabeth lassen, um sicherzustellen, dass sie am Morgen abreisen konnte.

Wie zur Hölle sollte er im Krankheitsfall für sie sorgen – er erinnerte sich daran, dass er geschworen hatte, das zu tun – wenn ihre Zofe und seine Mutter ihn nicht einmal durch die Tür ließen? Geoff ging zurück in sein Schlafgemach und stiefelte dort auf und ab.

Er wollte sein Leid mit jemandem teilen, doch die einzigen zwei Männer, die noch in der Stadt waren und mit denen er reden konnte, waren Bentley, mit dem das Gespräch zu anstrengend wäre, und Turley. Ihr Bruder wiederum wäre mehr mit Elizabeth beschäftigt als damit, Geoff zuzuhören. Vater würde ihm bloß raten, es seiner Mutter zu überlassen.

Er nahm seinen Hut und seinen Gehstock. Es gab einen Ort, an den er gehen konnte und der ihm helfen würde. *Jackson's Boxing Saloon*. Wenn ihm schon nicht erlaubt wurde, seine Frau zu sehen, dann könnte er zumindest auf etwas draufschlagen.

Wie das Glück es wollte, traf er Endicott, als er die Bond Street überquerte, und schloss sich mit ihm zusammen. »Auf dem Weg ins *Jackson's*?«

Endicott neigte grüßend den Kopf. »Ja. Und du?«

»Ich brauche etwas Bewegung vor meiner Reise morgen.«

Sie kamen an der Tür an und Geoff zog sie auf.

»Ich nehme an, deine Braut wird gerade von allen Seiten beansprucht.« Endicott ging nach Geoff durch die Tür. »Das ist das Teuflische an Familien. Sie wollen dich nicht da haben, bis sie es doch wollen. Wir mussten meinen Bruder und seine Frau aus den Händen meiner Mutter loseisen, als sie nach Cumbria gefahren sind, und die wollten nur einen Monat verreisen. Ich kann mir nicht vorstellen, was ihr beide durchmacht.«

Als sie hereinkamen, waren gerade zwei Männer im Ring, aber niemand stand Schlange. »Wir mussten unsere Abreise schon um drei Tage verschieben.«

»Es würde mich nicht wundern, wenn sie sich jetzt mit Kopfschmerzen ins Bett legt. Ich weiß, dass meine Schwägerin gedroht hat, genau das zu tun.«

War es das? Hatte Elizabeth bloß Zeit für sich allein gewollt? Oh Gott. Geoff betete, dass es nur das war. Er würde ihr das nicht einmal übelnehmen. Sie hatte sich um die logistischen Aspekte der Reise gekümmert, als wäre sie dazu geboren worden. Trotzdem musste es wohl an ihren Kräften gezehrt haben, vor allem nach ihrem Liebesspiel.

»Lust, mit mir zu sparren?«

»Ich bitte darum.« Endicott grinste.

Als sie zum Umkleiden gingen, hob sich Geoffs Stimmung. Nichts ging über ein klärendes Gespräch mit einem Freund.

KAPITEL 26

»Nun«, hörte Elizabeth ihre Schwiegermutter zu ihrer Zofe sagen, »sagen Sie mir, ob Ihre Herrin ihre Monatsblutung hat oder ob es etwas anderes ist?«

»Sie … nun … ich … ich bin mir nicht sicher, ob ich etwas sagen soll, Mylady.« Elizabeth konnte praktisch hören, wie Vickers versuchte, eine Ausrede zu finden, die Lady Markham zufriedenstellen würde. Schließlich sagte Vickers: »Es ist nicht ihre Monatsblutung. Ich weiß nicht, was passiert ist, Mylady.«

»Fragen Sie sie, ob sie mich sehen will.«

Es war grauenhaft. Elizabeth konnte nicht ausgerechnet ihrer Schwiegermutter erzählen, was sie gehört hatte. Sie würde bestimmt auf Geoffreys Seite sein. Schließlich war er ihr Sohn.

Sie war versucht, sich die Decke über den Kopf zu ziehen und so zu tun, als ob sie nicht wach wäre.

»Mylady?« Ihre Zofe stand an ihrem Bett. »Wenn Sie sie nicht mit Ihnen sprechen lassen, wird jemand einen Arzt rufen.«

Und dann würde jeder im Haus erfahren, dass sie körperlich nicht krank war. »Na gut. Lassen Sie sie herein.«

Ein paar Augenblicke später zog Lady Markham einen Stuhl an Elizabeths Bett und starrte ihr ins Gesicht. »Du hast geweint. Ich kann mir nur vorstellen, dass es wegen etwas war, was mein schwachsinniger Sohn gesagt oder getan hat.« Elizabeth nickte, als Ihre Ladyschaft sich ans Kinn tippte. »Aber nicht zu dir? Wenn ihr euch gestritten hättet, dann wäre er nicht so ratlos darüber, warum du dich weigerst, mit ihm zu sprechen.« Elizabeth wusste gar nicht, wo sie anfangen sollte, und nickte wieder. »Ich kann versuchen, dir zu helfen, meine Liebe, aber ich bin keine Hellseherin. Du musst mir schon sagen, was passiert ist.«

Wieder stiegen ihr die Tränen in die Augen und sie wischte sie weg. »Ich ... ich dachte, er liebt mich. Er hat es nie gesagt, aber alles, was er getan hat ... und heute habe ich herausgefunden, dass er es nicht tut. E-er hat mich nur wegen seiner Anstellung geheiratet und weil ich qualifiziert bin. Ich hätte ihn nicht geheiratet, hätte ich gewusst, dass er nicht dasselbe empfindet wie ich. Ich wollte eine Liebesheirat. Und ich weiß nicht, was ich tun soll.«

Wieder brach sie in Tränen aus. Aber wenigstens war es jetzt gesagt.

Ihre Ladyschaft lehnte sich in ihrem Stuhl zurück. »Du kommst mir nicht besonders leichtgläubig vor. Er muss ziemlich überzeugend gewesen sein.« Lady Markham ging ein paar Schritte auf die Fenster zu. »Hätte man mich gefragt, hätte ich auch gesagt, dass er in dich verliebt ist.«

»Dieser verfluchte Junge.« Die Witwe betrat das Zimmer und runzelte die Stirn. »Jemand soll mir einen Stuhl holen.«

Vickers besorgte rasch einen Stuhl und stellte ihn neben die jüngere Lady Markham. »Hier bitte, Mylady.«

»Dankeschön«, sagte sie und blickte über ihre Schulter auf die Zofe, bevor sie sich wieder Elizabeth zuwandte. »Ich gebe mir selbst die Schuld. Nun denn, erzählen Sie uns, was passiert ist, und lassen Sie nichts aus. Und Sie, Vickers, richtig? Wir werden etwas Tee brauchen.«

»Ja, Ma'am.«

Als Elizabeths Zofe fortging, um der Forderung der Witwe nachzugehen, rutschte sie in ihrem Bett gegen ihre Kissen und richtete sich auf. »Ich denke, ich sollte euch sagen, dass er nie *gesagt* hat, dass er mich liebt.«

»Vielen Männern fällt es schwer, die Worte auszusprechen.« Lady Markhams nette Augen hatten eine beruhigende Wirkung auf Elizabeth. Sie war dankbar, dass sie jemanden hatte, dem sie sich anvertrauen konnte. »Es ist ratsam, darauf zu achten, wie sie sich verhalten.«

»Das hat nicht geholfen.« Sie rieb sich die Stirn, um ihre Kopfschmerzen zu lindern. »Sogar meine Freundinnen haben ihn beobachtet und gedacht, er wäre verliebt in mich.«

Lady Markham seufzte. »So ein Mist.«

Die Witwe nahm ein Stück Kanzleipapier aus ihrer Handtasche.

»Hat er alles auf dieser Liste getan?«

Elizabeth las sie drei Mal durch. Das Einzige, was nicht darauf stand, war, sie zu küssen. Darauf musste er wohl selbst gekommen sein.

Tanze auf jeder Veranstaltung zwei Mal mit ihr.

Schicke ihr Blumen.

Mache eine Spazierfahrt mit ihr.

*Bleibe den ganzen Abend an ihrer Seite, auch wenn sie
mit anderen tanzt.*

*Frage sie nach ihren Vorlieben. Am Ende des Gesprächs
solltest du ihre Lieblingsfarbe kennen, wissen, welche
Blumen sie am liebsten mag, und welches ihr Lieblingsmusikstück ist.*

*Nimm sie dorthin mit, wo sie gerne hingehen würde.
Eisessen bei Gunter's ist immer nett. Ein Picknick in
Richmond ist auch schön, ebenso wie ein Theaterbe-
such, dazu müsste man aber eine Zusammenkunft organisieren.*

»All das und noch mehr. Warum?«

»Ich wusste, wir hätten es ihn selbst herausfinden lassen sollen«, sagte die ältere Dame, mehr zu sich selbst
als zu Elizabeth oder Ihrer Ladyschaft. »Aber er hat mir
gesagt, dass er Sie mag und Hilfe dabei braucht, Ihnen
den Hof zu machen. Also habe ich ihm diese Liste gegeben und gedacht, dass er, während er all diese Dinge
tut, langsam merken würde, dass er Sie liebt.«

Lady Markham spähte auf das Papier und schüttelte
den Kopf. »Aber woher hast du erfahren, dass er dich
nicht liebt?«

»Ich wollte ihn etwas fragen. Gibson hat mir gesagt,
er sei im Arbeitszimmer. Aber als ich zur Tür ging, habe
ich gehört, wie Seine Lordschaft zu Geoff... Harrington
sagte, dass er stolz auf ihn sei, weil er mich vor die Entscheidung gestellt hat.« Elizabeths Kehle fing wieder
an, sich zuzuschnüren, doch sie zwang sich dazu, fortzufahren. »Seine Lordschaft hat gesagt, es sähe aus, als

würde ich eine gute Gastgeberin abgeben und … und Harrington hat gesagt, dass ich alle Qualifikationen vorweise.«

»Dummer Junge«, sagte die Witwe und blickte finster drein.

»Ich muss zustimmen«, sagte Lady Markham. »Er ist außerordentlich dickköpfig. Ähnlich wie Markham, als ich frisch mit ihm verheiratet war. Wobei, damals hieß er noch Harrington.«

»Genauso wie mein Henry zu Anfang.« Die Witwe sah Elizabeth an. »Tja, Sie können nicht im Bett bleiben und sich die Augen ausweinen. Obwohl ich verstehen kann, warum Sie es gerne tun würden. Was haben Sie jetzt vor?«

»Ich … ich schätze, ich sollte ihm sagen, dass ich dieses Gespräch mit seinem Vater zufällig mitangehört habe und es … es …« Elizabeth versuchte, den Satz zu Ende zu bringen, doch sie konnte nicht.

»Ich kann dir fast versichern, dass das nicht klappen wird.« Lady Markham tätschelte Elizabeths Hand. »Wir werden uns einen Plan einfallen lassen, den du befolgen kannst.«

»Denkt ihr wirklich, dass er mich vielleicht doch liebt?« Die Dinge, die ihre Schwiegermutter und Schwiegergroßmutter gesagt hatten, hatten ihr Hoffnung gemacht. Wenn diese Damen es dachten, dann musste er etwas für sie empfinden.

»Für mich sah es danach aus, aber Harrington war noch nie an einer Liebesheirat interessiert«, sagte Lady Markham. »Er hatte zwei enge Freunde, die sich Hals über Kopf verliebten und die Ladies daraufhin heirateten. Innerhalb von nur einem Jahr sind sich beide Paare an die Kehle gegangen.«

»War Ihre Heirat eine Liebesheirat?«, fragte Elizabeth.

»Nun«, Ihre Ladyschaft lächelte verschmitzt, »von Markham aus anfangs nicht, aber dann hat er herausgefunden, dass es eigentlich gar nicht so schlimm ist, verliebt zu sein.«

»Henry hat sich mit Händen und Füßen dagegen gewehrt, sich zu verlieben, aber am Ende hat er nachgegeben.« Die Witwe blickte zur Tür, als Vickers mit einem Teetablett hereinkam. »Stellen Sie das auf den Nachttisch.«

Lady Markham schenkte Tee ein und verteilte ihn. »Was du nicht willst, ist, dass Harington dir einfach sagt, dass er dich liebt.«

»Würde er das tun?« Zum ersten Mal war Elizabeth froh, dass sie ihn nicht zur Rede gestellt hatte.

»Das würde er«, sagte die Witwe. »Männer werden es sich immer leicht machen, was Gefühle angeht. Und ihr seid verheiratet, daher würde es ihm nicht schwerfallen, Sie zu belügen, wenn es Sie glücklich macht.«

Elizabeth nahm ihre Tasse und nippte am Tee. Sie sah nun alles vor sich. Sie würde ihm sagen, was sie gehört hatte, und er würde sie aus Angst vor einem Streit oder Ähnlichem in die Arme schließen und davon überzeugen, dass sie falschlag. So würde sie nie erfahren, was er wirklich empfand. »Nein. Ich würde nie darauf vertrauen, dass seine Worte seinen Gefühlen entsprechen.«

»Diesem jungen Mann muss gezeigt werden, wie sehr er Sie braucht, damit er zugibt, dass er Sie liebt.« Die

Witwe tippte mit den Fingern auf eine Verzierung in der Lehne ihres Stuhls.

Lady Markham trank ihren Tee und für ein paar Sekunden war es still im Schlafzimmer. Dann sagte sie: »Er war ziemlich verzweifelt, dass deine Zofe ihn nicht ins Zimmer lassen wollte.«

»Oh, ich habe keine Zweifel daran, dass er an Elizabeth ran will.« Die Witwe runzelte die Stirn. »Und das wird helfen. Was Frauen angeht, denken Männer mit dem Unterleib.«

Elizabeth sah zuerst die Witwe an und danach ihre Schwiegermutter. »Das sagt mir immer noch nicht, was ich tun soll.« Sie seufzte. »Wie seid Ihr vorgegangen?«

Ein kleines Lächeln bildete sich auf den Lippen der älteren Lady. »Ich habe Henry an der Nase herumgeführt. Wir waren in Paris und ich habe jedem Franzosen in der Nähe schöne Augen gemacht, einschließlich des Königs. Letzteres hätte mich fast in ein Schlamassel gebracht, aus dem ich nicht mehr herausgekommen wäre. Henry war so eifersüchtig, dass er mir schließlich verboten hat, zu liebäugeln. Da habe ich ihm gesagt, wenn er mich nicht wolle, gäbe es einige Gentlemen, einschließlich des Königs, die es tun würden.«

Elizabeth fiel fast die Kinnlade herunter. Sie konnte sich nicht vorstellen, ihrem Ehemann das zu sagen. Obwohl, Geoffreys Reaktion auf Littleton nach zu urteilen, könnte es funktionieren. Das einzige Problem war, dass sie noch nie viel geliebäugelt hatte.

»In diesem Moment hat er gemerkt, dass ich im Recht war.« Die Witwe schmunzelte. »Dann war es an ihm, zuzugeben, was er empfand, oder er würde mich verlieren.«

»Ich war nicht ganz so wagemutig.« Lady Markham warf ihrer Schwiegermutter einen Blick zu. »Ich habe beschlossen, ihm zu zeigen, wie sich eine Ehe ohne Liebe und Leidenschaft anfühlt. Ich war höflich und sehr viel kühler zu Markham, als er es von mir gewohnt war. Er hat sich den Kopf darüber zerbrochen, wieder meine Aufmerksamkeit zu gewinnen. Aber ich bin standhaft geblieben. Es hat mehrere Monate gedauert, aber am Ende hat er gemerkt, dass er mich liebt.«

»Ich glaube nicht, dass ich so kühn wie Sie sein kann, Ma'am«, sagte Elizabeth zur Witwe. Sie wusste auch nicht, wie lange sie Geoffrey gegenüber abweisend sein konnte. Doch irgendetwas musste sie tun und kalt zu ihm zu sein, war die einzige Option, die funktionieren könnte. »Was, wenn ich ihn wissen lasse, dass ich wütend«, *betrübt* wäre passender gewesen, »auf ihn bin, aber nur Andeutungen mache, was der Grund sein könnte?«

Die Ladies starrten sich ein paar Sekunden lang an, dann sagte Lady Markham in einem skeptischen Tonfall: »Es könnte funktionieren.«

»Das könnte es«, sagte die Witwe. »Obwohl Männer nicht besonders begabt darin sind, Andeutungen zu entschlüsseln.«

»Das ist wahr«, stimmte Lady Markham zu.

Damit war es geklärt. Elizabeth würde versuchen müssen, sich ihm gegenüber kühl zu verhalten. Sie würde außerdem beobachten, ob er ihre Andeutungen verstehen würde.

Beide Ladies standen auf. »Ich schicke Harrington zu dir, wenn er zurückkommt.« Lady Markham lehnte sich vor und strich Elizabeths Haare glatt. »Ich glaube,

Gibson hat gesagt, dass er irgendetwas über das *Jackson's* genuschelt hat.«

»Typisch Mann«, die Witwe schüttelte ihre Röcke aus, »statt hier zu bleiben und dafür zu sorgen, dass Sie mit ihm sprechen, geht er lieber, um sich mit jemandem zu schlagen.« Sie gab Elizabeth einen Kuss auf die Wange. »Manchmal glaube ich, die Amazonen hatten recht, was Männer angeht.«

»Mama!« Lady Markham gab irgendetwas zwischen einem Keuchen und einem Lachen von sich. »Du hast Henry vergöttert!«

»Das war, nachdem ich ihn in seine Schranken gewiesen hatte«, sagte die Witwe lässig.

»Danke Ihnen beiden für Ihre Hilfe.« Die Last, die auf Elizabeths Brust gedrückt hatte, begann sich zu lösen. Wenn sie tatsächlich richtiglagen, dann würde sie Geoffrey klar machen, dass er sie liebte.

Das musste sie, wenn der Rest ihres Lebens nicht ruiniert werden sollte.

»Es war uns ein Vergnügen, meine Liebe.« Lady Markham hatte die Hand auf der Türklinke. »Dass du ihn bei seinem Vornamen nennst, ist ein sehr gutes Zeichen.«

Elizabeth rutschte aus dem Bett und trottete zum Spiegel. Eine Frau mit geschwollenen, roten Augen starrte auf sie zurück. Sogar die Gurken hatten nicht geholfen. Daran ließ sich nun nichts ändern. Sie zuckte zusammen. Das war das Gesicht, das sie Geoffrey und dem Rest des Haushalts präsentieren würde, sie hatte nämlich immer noch ein paar Dinge zu erledigen.

Mr. Grantham schickte ihr eine Nachricht, dass die Verträge bereit für ihre Unterschrift waren, also war das Elizabeths erster Halt.

Auf ihrem Weg zu ihrer neuen Haushälterin suchte ihre Schwiegermutter sie auf. »Ich habe vorhin vergessen, es zu erwähnen, aber wenn Harrington mit dir in der Kutsche fahren will, dann musst du es ihm verweigern. Wenn er auch nur ansatzweise wie sein Vater ist, werden ihm mehrere Wege einfallen, die Fahrt interessanter zu machen.«

Es dauerte zwei oder drei Sekunden, bis sie Lady Markham verstand. »Oh.« Elizabeths Wangen wurden heiß.

»Ganz genau.« Ihre Ladyschaft nickte. »Ich schlage vor, du denkst dir eine Aufrede aus, dass deine Zofe mit dir mitfahren muss oder so ähnlich.«

»Das ist eine gute Idee.« Sie hätte niemals darüber nachgedacht, was sich in einer Kutsche alles zutragen konnte.

»Hier sind Sie, meine Liebe.« Lord Markham trat hervor. »Haben Sie Harrington gesehen?«

Ihre Schwiegermutter schüttelte den Kopf, und Elizabeth sagte: »Ich glaube, er ist für eine Weile ausgegangen.«

»Wenn das so ist, sagen Sie ihm, dass ich Ihre Pferde bereits vorausgeschickt habe. Sie werden meine benutzen. Außerdem habe ich entlang Ihrer Reisestrecke weitere Pferde postieren lassen.«

Als Elizabeth sich fürs Dinner fertigmachte, war sie zuversichtlich, dass alles für die Abreise am nächsten Morgen vorbereitet war.

Nachdem sie ein Kleid aus Musselin angezogen hatte, wählte sie eines der neuen Bücher aus, die sie gekauft hatte, und setzte sich in einen Sessel am Fenster. Leider schien sie es einfach nicht über die erste Seite hinaus zu schaffen.

Als ihr Mann um neunzehn Uhr immer noch nicht nach Hause gekommen war – er hatte sich nicht einmal die Mühe gemacht, ihr eine Nachricht mit der Uhrzeit seiner Rückkehr zu hinterlassen – befahl Elizabeth, dass das Abendessen in ihrem Speisesaal serviert werden solle.

Auch gut. Wenn sie nicht ehrlich mit Geoffrey sein konnte, dann hatte sie sowieso keine Ahnung, worüber sie mit ihm reden sollte. Und seine Großmutter hatte recht. Wenn sie ihm sagen würde, dass sie traurig war, weil er sie nicht liebte, dann würde er es vielleicht einfach behaupten, damit sie sich besser fühlte, und das wollte Elizabeth nicht. Sie wollte, dass er merkte, dass er in sie verliebt war, statt es ihr bloß zu sagen.

Elizabeth verbrachte den Rest des Abends damit, verschiedene Vorgehensweisen in Erwägung zu ziehen und wieder zu verwerfen. Sie erwog kurz, weiterhin das Bett mit ihm zu teilen, aber sie glaubte nicht, dass sie das durchziehen könnte. Nicht, wenn sie nicht wusste, ob ihm der Liebesakt genauso viel bedeutete wie ihr. Obwohl Elizabeth selten an Kopfschmerzen litt, vermutete sie, dass sie eine Reihe von ihnen in Aussicht hatte, wenn sie ihn meiden würde.

Später brachte Vickers Elizabeth eine Tasse warme Milch mit Honig und als die Uhr zehn schlug, ging sie ins Bett, allein und ohne eine gute Idee, wie sie weiter vorgehen sollte. Es war merkwürdig, wie schnell man sich daran gewöhnte, das Bett zu teilen. Tja, Geoffrey würde auch allein sein. Das sollte ihm zu denken geben.

Als sie sich umdrehte, boxte Elizabeth gegen ihr Kissen. Verflucht. Verliebt zu sein sollte nicht so sehr wehtun.

Nachdem er ein paar Runden mit Endicott im *Jackson's* geboxt hatte, hatten die beiden das *Boodle's* aufgesucht. Sie waren nicht einmal nach Hause gegangen, um ihre Abendgarderobe anzuziehen. Sie aßen zu Abend und unterhielten sich über den Fall, dass Wellingtons Truppe nicht ausreichen würde, um über Napoleon zu siegen.

»Die Frage ist, wer ist der bessere General?«, sagte Endicott.

»Ich setze auf Wellington.« Geoff wies den Diener an, mehr Wein zu bringen.

»Das hoffen wir alle.« Sein Freund leerte sein Weinglas. »Ich würde dich ja dorthin begleiten, wenn die Friedenspartei nicht solche Schwierigkeiten mit der Finanzierung machen würde.«

»Viele Kameraden sind deswegen noch in London. Sogar mein Vater. Obwohl er behauptet, dass er hier ist, weil meine Mutter meine Hochzeit nicht verpassen wollte.«

»Wünsch deiner Braut von mir eine sichere Reise.« Endicott sah sich um. »Was hältst du davon, noch ein paar Kerle für eine Partie Whist zu finden?«

»Nur ein oder zwei Runden. Ich muss morgen früh aufstehen.«

Es war bereits nach elf Uhr, als Geoff die Tür in sein Schlafzimmer öffnete und betete, dass Elizabeth dort war. Stattdessen begrüßte ihn ein großes, leeres Bett.

Verdammt. Er wusste, dass er zu ihr hätte gehen sollen, egal, was ihre Zofe und seine Mutter dazu sagten.

Nettle trat aus dem Ankleidezimmer hervor. »Ihre Ladyschaft ist in ihrem eigenen Schlafgemach.«

»Wie geht es ihr?« Geoff saß auf dem Bett, während sein Leibdiener ihm die Stiefel auszog.

»Ihre Mutter und die Witwe haben sie zwischendurch besucht. Danach hat sie die Vorbereitungen für morgen abgeschlossen, dann hat sie gelesen. Als Sie zum Abendessen nicht zurückgekehrt waren, hat sie allein gegessen.« Er konnte den Vorwurf in Nettles Tonfall hören. »Sie haben keine Nachricht hinterlassen, dass Sie auswärts essen würden.«

Verflixt! Geoffrey hatte vergessen, eine Nachricht zu schreiben und sie ihr zukommen zu lassen.

Egal, wie verärgert er darüber gewesen war, dass er aus ihrem Schlafzimmer verbannt worden war, er hätte für sie da sein sollen. Es war seine erste Herausforderung als Ehemann und er war gescheitert. Nun würde sie zusätzlich zu ihrer Überforderung wahrscheinlich auch noch sauer auf ihn sein, weil er nicht mit ihr zu Abend gegessen hatte. Welchen anderen Grund konnte es dafür geben, dass sie nicht in seinem Bett war?

Er schwor sich, alles zu tun, was nötig war, um einen Weg zu finden, was-auch-immer bei ihr wiedergutzumachen. Vielleicht würde die Reise nach Harwich ihm eine Gelegenheit bieten, Elizabeths Gunst zurückzugewinnen. Es konnte doch sicher nicht so schwer sein. Es war doch alles so gut zwischen ihnen gelaufen.

KAPITEL 27

Am nächsten Morgen wachte Geoff vor dem Morgengrauen auf. Ohne Elizabeth an seiner Seite hatte er schlecht geschlafen. Sogar die Tatsache, dass sie endlich nach Belgien aufbrechen würden, machte ihn nicht so glücklich, wie sie es hätte tun sollen.

Er wartete mit dem Aufstehen, bis Nettle seine Rasierausstattung hergerichtet hatte. Als er angezogen worden war, ging er in ihren gemeinsamen Speisesaal, wo er Elizabeth antraf, die einen leeren Teller vor sich hatte und Tee trank.

»Guten Morgen.« Er küsste sie auf die Wange und hoffte, dass daraus mehr werden würde.

»Guten Morgen.« Das Lächeln, das sie ihm schenkte, wirkte aufgesetzt. Er hatte es sich wohl wirklich mit ihr verscherzt. »Möchtest du eine Tasse Tee? Er ist noch heiß.«

»Gerne.« Teller mit Schinken und Rinderbraten waren auf den Tisch gestellt worden, zusammen mit Toast. »So wie es aussieht, bist du bereit zur Abreise?«

»Sobald du es bist.«

Geoff unterdrückte ein Zittern. Ihr Tonfall war so eiskalt, dass er es fast mit Lady Marys aufnehmen konnte.

Durch ihre Stimmung fühlte sich die Temperatur im Raum eher nach März als nach Juni an. Sie schenkte ihm eine Tasse Tee ein und gab nur ein Stück Zucker und zu viel Milch hinzu. Er bemühte sich, das Gesicht nicht zu verziehen.

»Fühlst du dich besser?«, fragte er, als er die Tasse entgegennahm.

»Ich werde es schon überleben.« Sie brach ein Stück Toast in zwei Hälften und biss hinein.

Geoff wusste nicht, was er noch sagen sollte, und widmete sich seinem Frühstück. Er hatte vorgehabt, in ihrer Kutsche mitzufahren, aber vielleicht wäre es besser, wenn er doch auf seinem Pferd ritt. Vielleicht würde die Zeit ohne ihn ihr helfen, ihm zu verzeihen.

Nach ein paar Minuten stand sie vom Tisch auf. »Ich muss mich um die Einteilung der Bediensteten kümmern.«

Bedienstete? Als er gestern das Haus verlassen hatte, wollten sie zwei persönliche Bedienstete, zwei Stallburschen, zwei Kutscher und einen Butler mitnehmen. Gab es mehr? Wann hatte sich das geändert?

Er verschlang den Rest seiner Mahlzeit und eilte ihr nach. Als sie gerade durch die Eingangstür gehuscht war, erreichte er den Flur. Er verlängerte seine Schritte und folgte ihr.

Zwei Reisekutschen, bis zur Decke gefüllt mit Koffern, standen auf der Straße. Zusätzlich zu den Dienern, von denen er wusste, dass sie mitkommen würden, stiegen zwei weitere Frauen in Begleitung von zwei Lakaien in die Kutsche. Ein Diener setzte sich hoch zu William, dem Kutscher, nachdem die Haushälterin und das Dienstmädchen ihre Plätze eingenommen hatten. Der andere ging zu Elizabeths Kutsche und stellte sich daneben.

Sie rief dem Kutscher zu: »Wir sehen uns beim Mittagessen.«

»Ja, Mylady.« Die Kutsche fuhr in zügiger Geschwindigkeit die Straße hinunter.

»Mylady?«, sagte Geoff.

Elizabeth drehte sich um, sah ihn an und antwortete dann in einem entsetzlich höflichen Ton: »Ja, Mylord?«

Ein Stallbursche, den er nicht erkannte, und ihre Zofe standen neben ihr. Verdammt, er wollte nicht vor ihren Bediensteten mit ihr reden. Er hielt ihr den Arm hin. »Würdest du bitte mitkommen?«

»Natürlich.« Sie legte ihm sanft die Hand auf den Arm und gestattete ihm, sie ein kleines Stück von den Kutschen und Dienern wegzuführen. »Hast du die Zahl der Bediensteten erhöht?«

»Sowohl deine Mutter als auch deine Großmutter haben mir nahegelegt, dass ein Diener zusätzlich zu meinem eigenen, ein Dienstmädchen und eine Haushälterin, die auch kochen kann, notwendig seien. Ich war einverstanden.«

Geoff konnte kaum Einspruch erheben. Schließlich hatten beide Frauen mehr Erfahrung damit, einen Haushalt in einem fremden Land aufzubauen, als er. »In Ordnung.« Er blickte zurück zu den Kutschen, als Riddle, sein Stallbursche, seinen Phaeton vorfuhr, und war überrascht, seine beiden Rotschimmel nicht an das Fahrzeug angeschirrt zu sehen. »Ich nehme an, in der anderen Kutsche gab es nicht genug Platz für alle Bediensteten?«

»Nein, den gab es tatsächlich nicht.« Elizabeths Tonfall lag knapp unter dem Gefrierpunkt. Langsam hasste er es, bei ihr auf der schwarzen Liste zu stehen. »Vickers, meine Zofe, wird in unserer Kutsche mitfahren müssen.«

Er wusste nicht, ob Elizabeth keine Zeit mit ihm allein verbringen wollte oder ob die Kutsche des Personals wirklich überfüllt gewesen war. Nicht, dass es einen Unterschied machte. Sie hatte die anderen Diener bereits losgeschickt. »Du weißt nicht zufällig, wo mein Paar Pferde ist, oder?«

»Doch.« Sie schenkte ihm ein weiteres, viel zu höfliches Lächeln. »Alle Pferde, die wir mitnehmen, wurden bereits vorausgeschickt. Dein Vater hat ein paar von seinen Pferden auf der Strecke postieren lassen. Nachdem er uns jetzt so lange hier gehalten hat, wollte er sicherstellen, dass wir eine gute Reise nach Harwich haben. Dadurch werden wir die Pferde nicht schonen müssen.«

Das dürfte für Vater nicht besonders schwer zu bewerkstelligen gewesen sein. Geoff wünschte sich nur, man hätte ihn darüber in Kenntnis gesetzt. »Weißt du zufällig, wann er sie vorausgeschickt hat?«

»Vorgestern. Dein Vater hat es mir gestern vor dem Abendessen gesagt.« Sie zog eine Augenbraue hoch und warf ihm einen Blick zu, der gefühlloser nicht hätte sein können. »Ich nehme an, wenn du dir die Mühe gemacht hättest, nach Hause zu kommen, hättest du es schon vor heute Morgen erfahren.«

Er stellte sich vor, wie seine Mutter reagiert hätte, wenn sein Vater es nicht geschafft hätte, zum Abendessen zu erscheinen, und obendrein keine Nachricht hinterlassen hätte, und kam zu dem Schluss, dass Elizabeth nicht annähernd so streng mit ihm war, wie sie es hätte sein können. Andererseits, wer wusste schon, welche Strafe sie sich für später ausgedacht hatte?

Die Möglichkeit, sein eigenes Pferd zu reiten, war ihm genommen worden. Er räusperte sich. »Hättest du etwas dagegen, wenn ich meinen Phaeton fahre?«

»Du darfst tun, was du willst.« Sie lief zurück zu den Kutschen und drehte sich nach ihm um. »Wir müssen aufbrechen.«

Geoff wusste, dass es reine Feigheit war, die ihn von Elizabeth fernhielt. Sie war verärgert und das zu Recht. Er wusste einfach nur nicht, wie er es wiedergutmachen könnte.

Bevor er ihr in die Kutsche helfen konnte, winkte seine Mutter an der Tür. »Ich wollte euch verabschieden.« Mama umarmte Elizabeth und flüsterte ihr etwas zu. Danach umarmte sie ihn. »Ich wünschte euch viel Freude in der Ehe, aber dafür musst du anfangen, dich anständig um Elizabeth zu kümmern.«

»Das tue ich«, flüsterte er zurück.

»Nein, das tust du nicht.« Mama machte einen Schritt zurück. »Du wirst es selbst herausfinden müssen, aber ich glaube daran, dass du es tun wirst. Jedenfalls haben dein Vater und dein Großvater es getan.«

Geoff war nur noch verwirrter als zuvor. Dass er gestern das Haus verlassen hatte, war offenbar keine seiner besten Ideen gewesen. Oder hätte er einfordern sollen, in Elizabeths Schlafzimmer gelassen zu werden? »Ich hoffe, ihr besucht uns, wenn die Lage sich beruhigt hat.«

»Vielleicht werden wir das ja.« Sie gab ihm einen kleinen Schubs. »Geh und hilf deiner Frau.«

Er kam gerade dann an der Kutsche an, als ein Lakai Anstalten machte, Elizabeth hineinzuhelfen. »Darf ich bitten, meine Liebe.« Wieder sah sie ihn mit ihrem gefühllosen Blick an, aber wenigstens gab sie ihm die Hand. Nachdem sie ihre Röcke zurechtgerückt hatte, half er ihrer Zofe ins Fahrzeug. »Wir sehen uns beim ersten Halt.«

»Bis dann.« Elizabeth wandte nicht einmal den Kopf, um ihn anzusehen, als sie sprach.

Zerrissen zwischen Schuldgefühlen und zunehmender Wut schloss Geoff die Tür und ging zu seinem Phaeton. Er mochte es nicht, so behandelt zu werden. Ihre Laune konnte nicht ewig so bleiben, sagte er zu sich und betete, dass er recht hatte. »Ich werde sie fahren.«

Der andere Stallbursche sprang herunter. »Ich würde gerne beim Kutscher sitzen, Mylord.«

Als er in seine Kutsche stieg, sagte Geoff: »Den habe ich noch nie gesehen.«

»Nein, Mylord. Das ist Farley. Das dürfte der Stallbursche Ihrer Ladyschaft sein.«

Riddle stieg hinten ein und Geoff trieb die Pferde an.

»Geben Sie der Kutsche Ihrer Ladyschaft ein Zeichen, dass sie uns folgen soll. Dann müssen wir uns nicht mit ihrem Staub herumschlagen.«

Obwohl die Bewohner von Mayfair zum größten Teil noch im Bett waren, füllten Dienstboten, Rollwägen und andere Kutschen rasant die Straßen. Er bahnte sich seinen Weg durch den Morgenverkehr und behielt Elizabeths Kutsche im Auge. Als sie die erste Mautstelle auf der anderen Seite der Hauptstadt erreichten, waren sie schon fast zwei Stunden lang unterwegs gewesen.

»Ich hoffe, wir kommen jetzt schneller voran.« Er brauchte Zeit, um darüber nachzudenken, was mit Elizabeth geschehen war und was die Worte seiner Mutter zu bedeuten hatten.

Er dachte, er hätte seine Gattin anständig behandelt. Doch offenbar stimmten dem weder seine Mutter noch seine Gattin zu. Dass er so kurz nach ihrer Hochzeit ausgegangen war, war das Problem. Es wäre besser gewesen, wenn er zu Hause geblieben wäre. Sogar Nettle hatte es Geoff übelgenommen. Jetzt konnte er nichts weiter tun, als denselben Fehler nicht noch einmal zu machen und ihr ein paar Tage Zeit zu geben, ihr Temperament zu zügeln.

Als sie das erste Mal hielten, um die Pferde zu wechseln, wurde er mit der Neuigkeit begrüßt, dass er im *Queen's Head* in Chelmsford zu Mittag essen würde.

Er kam kurz vor Elizabeth an und ging zu dem Fahrzeug, in dem seine Frau mitfuhr, öffnete die Tür und ließ das Treppchen herunter.

»Möchtest du dir die Beine vertreten? Wir können eine Runde auf dem Hof drehen, bis unsere Verpflegung da ist.«

»Ja, danke«, sagte Elizabeth. Sie wirkte besser gelaunt als vorher.

Zum Glück war der Boden weder zu staubig noch zu nass. Sie schafften es, den großen Hof einmal komplett zu umrunden, bevor die Bediensteten des Inns mit Teetassen und Tellern voller Kekse herauseilten. Als sie ihre Mahlzeit zu sich genommen hatten und die neuen Pferde angeschirrt waren, brachen sie umgehend wieder auf. Seine Frau hatte noch immer nicht mehr als unbedingt nötig gesprochen.

Er stieg zurück in den Phaeton, überholte die große Kutsche und wies sie an, ihm zu folgen. Das Wetter blieb trocken und heiter und der Verkehr war leicht. Kurz nach zwölf Uhr nahmen sie ein ausgezeichnetes Mittagessen zu sich.

»Ich weiß, dass dein Vater hier Zimmer für uns reserviert hat«, sagte Elizabeth. »Aber wenn du vorhast, noch vor Anbruch der Dunkelheit in Harwich anzukommen, sollten wir lieber weiterfahren.«

»Ich werde den Gastwirt informieren, und Nettle.« Geoff fragte sich, ob sie versuchte, ihn zu meiden, oder ob sie einfach Harwich erreichen wollte.

Ihrem Verhalten nach zu urteilen vermutlich Ersteres.

Als er den Speisesaal verließ, ließ er zuerst nach seinem Leibdiener rufen und schickte die treue Seele ihres Weges. Um den Gastwirt kümmerte er sich selbst. Zu seiner Freude stellte er fest, dass sein Vater, der Geoffs Bedürfnis, die Reise so schnell wie möglich hinter sich zu bringen, bereits erkannt hatte, dem Inn mitgeteilt hatte, dass die Zimmer nicht benötigt werden würden.

»Viel Glück Ihnen, Mylord«, sagte der Gastwirt. »Hoffentlich sehen wir Sie bald wieder auf gutem, englischem Boden.«

»Ich danke Ihnen.« Er spähte durch die Tür und sah, dass Elizabeth schon fast bei ihrer Kutsche war und ein Bediensteter bereitstand.

Er eilte hinaus und sorgte dafür, dass er da war, um ihr die Stufen hinaufzuhelfen. Nachdem sie und ihre Zofe sich eingefunden hatten, gab Geoff dem Kutscher die Erlaubnis, loszufahren. Ein paar Minuten später holte er die Kutsche mühelos ein und preschte vor.

Bevor die Sonne an diesem Abend unterging, kehrten sie im *Three Cups* in Harwich ein.

Der Wirt des Gasthauses eilte zur Tür, um sie zu begrüßen.

»Willkommen im *Three Cups*, Mylord, Mylady. Ich bin Abraham Hinde, der Besitzer. Alles steht für Sie bereit. Ihr Mann kam vor etwa einer Stunde hier an und sagte, Sie würden den Abend bei uns verbringen.«

»Es war ein langer Tag, aber wir sind sehr dankbar, hier zu sein, Mr. Hinde.« Elizabeth schenkte dem Mann ein freundliches Lächeln. Eines, für das Geoff inzwischen töten würde.

»Danke.«

»Ihre Zofe wartet gleich da drüben, um Sie zu Ihren Gemächern zu führen, Mylady. Sie werden einen privaten Salon haben, der den Garten überblickt. Das Abendessen wird serviert, sobald Sie bereit sind.«

Geoffrey hielt Elizabeth den Arm hin und sie konnte nichts anderes tun, als ihre Hand darauf zu legen und das Kribbeln zu ignorieren, das sie immer verspürte, wenn sie ihn berührte. Den ganzen Tag war er rücksichtsvoll und reuevoll gewesen. Offenbar wusste er, dass sie sauer auf ihn war – *herzzerbrechend* sauer – war das überhaupt ein Wort? Egal. Das war, wie sie sich fühlte – verletzt würde es eher treffen, doch sie bezweifelte, dass er das verstehen würde. Den ganzen Tag hatte sie ihre Verzweiflung verstecken und so tun müssen, als sei sie bloß verärgert. Ihm nicht sagen zu können, womit er sie verletzt hatte, strapazierte ihre Nerven. Sie wollte alles rauslassen, aber Geoffreys Mutter und Großmutter kannten ihn am besten und waren sich einig, dass er ihr bloß sagen würde, was sie hören wollte. Sie fragte sich, was er wohl sagen würde, wenn er herausfand, dass sie nicht miteinander schlafen würden.

Vickers, die seit dem letzten Pferdewechsel mit den anderen Bediensteten mitgefahren war und das Hausmädchen stattdessen mit dem Kutscher mitfahren ließ, wartete am Fuß der Treppe. »Ihr Badewasser steht bereit, Mylady.«

»Dankeschön.« Elizabeth zog nicht einmal in Erwägung, mit Geoffrey zu Abend zu essen. Sie konnte den Schein nicht so lange aufrechterhalten, wie es dazu nötig gewesen wäre. »Ich möchte ein Tablett in mein Zimmer mitnehmen und mich nach dem Abendessen ausruhen.«

»Wie Sie wünschen, Mylady. Ich sage dem Gastwirt Bescheid, während Sie sich waschen.«

Bald darauf traf sie in einem überaus gemütlichen Schlafgemach ein, das groß genug für ein geräumiges Bett war, sowie einen runden Tisch mit vier Stühlen, einen Sessel und zwei weitere, mit Baumwolle bezogene Stühle am angezündeten Kamin. Nachdem sie ihr Kutschenkleid aus- und ein Tageskleid angezogen hatte, wusch sie ihr Gesicht und ihre Hände. Kurz danach wurde das Abendessen serviert.

»Wie hat Ihnen der letzte Teil der Reise gefallen?«, fragte sie ihre Zofe.

Vickers grinste. »Ich glaube nicht, dass ich jemals so schnell gereist bin. Mr. Nettle war entschlossen, hier anzukommen und alles für Sie und Seine Lordschaft vorzubereiten.«

Eine Vase mit frischen Blumen stand auf dem Tisch und der Geruch von Lavendel war eine nette Überraschung. Elizabeths eigene Kissen waren auf dem Bett. »Es freut mich, dass er das getan hat, aber in diesem Zimmer erkenne ich Ihre Handschrift. Dankeschön.«

»Wenn Sie schon hier sind, können Sie es sich auch gleich bequem machen, Mylady.« Trotz ihrer Worte errötete die Zofe. »Ich werde jemanden rufen, der dieses Geschirr wegräumt.«

»Morgen machen wir einen Spaziergang in der Stadt.« Elizabeth versuchte, sich vom Gähnen abzuhalten, doch niemals könnte sie ihrer Zofe etwas vormachen.

Vickers stellte das Geschirr vor die Tür. »Ich mache Sie jetzt bettfertig, sonst sind Sie morgen früh völlig erschöpft. Ich weiß nicht, warum wir Sie überhaupt dazu gebracht haben, dieses Kleid anzuziehen.« Im Handumdrehen war Elizabeth gebettet. »Seine Lordschaft wünscht Ihnen eine gute Nacht.«

Sie wünschte, ihre Zofe hätte ihr das nicht ausgerichtet, und antwortete nicht. Stattdessen rollte sie sich auf die Seite und sehnte sich danach, dass der starke, schlanke Körper ihres Mannes neben ihr lag. Konnte sie diese Scharade lang genug aufrechterhalten, damit er sich in sie verliebte oder merkte, dass er bereits in sie verliebt war?

Nachdem die Kerze ausgepustet war, zog sie ein Kissen hinter sich. Es war nicht er, aber vielleicht würde es ihr beim Schlafen helfen.

Am nächsten Tag wachte Elizabeth lange nach Sonnenaufgang zu der Neuigkeit auf, dass Geoffrey das Hotel verlassen hatte, um eine Nachricht für den Schiffskapitän zu hinterlassen und sich in der mittelalterlichen Marktstadt umzusehen.

Sie traf ihn erst viel später an diesem Morgen, als er in ihren privaten Salon hereinspazierte. »Ich habe mit dem Kapitän des Schiffs gesprochen. Wenn wir es schaffen, bis morgen Nachmittag alles einzuladen, dann können wir mit der Abendflut abfahren und übermorgen früh ankommen.«

Obwohl sie schon eine Menge Zeit auf Schiffen verbracht hatte, war sie noch nie mit einem verreist. Ganz zu schweigen von einem, das groß genug war, um ihre Pferde und Kutschen zu transportieren. Sie war etwas besorgt, dass nicht alles hineinpassen würde.

Sie war sich sicher, dass Geoff dem Kapitän mitgeteilt hatte, wie viele Menschen, Tiere und Kutschen sie dabei hatten, aber dennoch ... »Habt ihr besprochen, wo er alles verstauen wird?«

»Es wird genug Platz für alles und jeden geben.« Sein Grinsen war so kindlich, es brachte ihr Herz fast zum Schmelzen. Warum konnte er sie nicht so lieben, wie sie ihn liebte? »Wäre es nicht so gewesen, dann wäre mein Stallbursche hier geblieben und hätte uns den Rest später gebracht.«

»Wo sind die Pferde?«

»In den Ställen des Hotels. Sie wurden in kleinen Etappen hergebracht und sind gestern früh angekommen. Sie scheinen alle in guter Verfassung zu sein.«

»Ich hoffe, sie werden die Überfahrt gut überstehen.« Ihr fiel ein, dass sie die Gastwirtin nach Mitteln gegen Seekrankheit fragen sollte. Viele Menschen litten daran.

»Das Schiff sollte am Hafen sein. Ich werde mir unsere Kajüten ansehen. Welche Koffer möchtest du zuerst an Bord bringen lassen?«

Elizabeth bemühte sich, um ihm gegenüber kühl zu bleiben, aber sie war so aufgeregt, dass sie bald aufbrechen würden, dass sie es fast vergaß. Doch wenn sie wollte, dass er sie wollte, dann musste sie die Täuschung aufrechterhalten. »Ich werde das mit Mrs. Robins absprechen und dich auf dem Schiff treffen.«

An diesem Nachmittag waren alle Koffer mit Haushaltsgegenständen in einem der Frachträume verstaut worden. Elizabeth war erstaunt, wie viel das Schiff transportieren konnte. In Begleitung ihrer Haushälterin besichtigte sie den Bereich, wo die Pferde untergebracht sein würden. »Wie kriegen Sie sie in den Frachtraum? Ich kann mir nicht vorstellen, dass sie die Treppe heruntergehen.«

Mr. Havers, der Erste Offizier der *Sally Ann*, schmunzelte. »Nein, Mylady, wir lassen eine Schlinge anbringen und heben sie vom Pier ins Schiff. So bekommen wir sie auch wieder heraus.«

»Das ist klug, finden Sie nicht auch, Mylady?«, sagte Vickers und betrachtete das Schiff.

Elizabeth nickte. »Doch. Ausgesprochen klug.«

Er fuhr fort und erzählte ihnen, dass die Kutschen auf dieselbe Art von der Mannschaft eingeladen werden würden. »Was ist mit dem Wind?«, fragte sie. »Mein Mann scheint sich sicher zu sein, dass wir morgen Abend abreisen können, aber ich habe gehört, dass es Tage dauern kann, bis der Wind aus der richtigen Richtung kommt.«

»Wir werden ein paar Tage guten Wind haben, bevor er sich wieder ändert. So kommt es immer, Mylady. Wenn der Kapitän sagt, dass wir in guter See sein werden, dann können Sie ihm vertrauen.«

»Dankeschön.« Als ihre Fragen beantwortet waren, verabschiedeten sie und Mrs. Robins sich von ihm und gingen den Quay hinunter in Richtung Church Street und Gasthaus. Als sie fast am Gasthaus angekommen waren, fragte Elizabeth: »Waren Sie schon einmal auf einem Schiff?«

»Ja, Mylady. Ich bin schon nach Irland und wieder zurück gefahren. Machen Sie sich um mich keine Sorgen. Ich werde nie seekrank. Ich kenne Leute, die es werden, und es macht keinen Spaß, sie zu pflegen.«

Elizabeth konnte sich vorstellen, dass es eine Menge Arbeit sein würde. Aber falls einer ihrer Leute krank würde, würde sie ihren Teil leisten. Als sie im Gasthaus ankamen, versicherte ihr die Gastwirtin, dass alle Gegenmittel, die sie wahrscheinlich brauchen würde, bereitstanden.

Zum Glück waren sie und Geoffrey beide den ganzen Tag so beschäftigt gewesen, dass sie keine Zeit hatten, mehr als ein paar Worte zu wechseln. Elizabeth machte sich fürs Abendessen bereit und fürchtete sich schon davor. Es würde das erste Mal sein, dass sie allein waren, seit sie herausgefunden hatte, dass er sie nicht liebte.

Doch das Schicksal musste wohl auf ihrer Seite gewesen sein. Gerade, als sie zum Salon hinuntergehen wollte, kam Geoffrey die Treppe hochgerannt.

Er sah sie vorsichtig an. »Da sind ein paar Kameraden des *73rd Regiment*, die im *Black Bull* unterkommen. Sie warten schon seit einer Woche darauf, von hier abzureisen, und sie werden mit der Morgenflut abfahren. Wenn es dir nichts ausmacht, würde ich gerne möglichst viel von ihnen erfahren.«

Elizabeth hätte ihn beinahe aufrichtig angelächelt, doch sie erinnerte sich gerade rechtzeitig an ihre Rolle. »Hab einen schönen Abend. Ich komme alleine zurecht.«

Für einen Moment presste er die Lippen zusammen, als ob er unzufrieden wäre. Würde er endlich ihr Verhalten ansprechen? Doch alles, was er sagte, war: »Sehr gut. Das werde ich. Warte nicht auf mich. Ich bin vermutlich erst spät zurück.«

Sie holte tief Luft, als er sich umdrehte und die Treppe hinunterging.

Ich werde nicht weinen, ich werde nicht weinen.

KAPITEL 28

Geoffs Freude darüber, zwei seiner alten Schulkameraden wiederzusehen und andere Mitglieder ihrer Einheit kennenzulernen, zerbrach unter Elizabeths frostigem Empfang.

Irgendwann würde er die Probleme, die sie hatten, zur Sprache bringen müssen. Doch dazu konnte er sich einfach nicht durchringen. Nach der morgigen Überfahrt würde er darauf bestehen, zu klären, was sie bedrückte.

Doch heute Nacht wollte er so viel wie möglich über die aktuelle politische Lage herausfinden, in die er seine Frau und seinen Haushalt bringen würde.

Die Offiziere hatten ein Privatzimmer neben der Schankstube des *Black Bull*, wohingegen ihre Soldaten sich im Gemeinschaftsraum aufhielten.

»Wir sind die Letzten von uns, die ankommen«, sagte Captain Lord Thomas Prendergast, einer von Geoffs Freunden aus Eton. »Ich dachte, wir würden es nicht rechtzeitig schaffen.«

»Ich sage dir ganz offen, ich mache mir Sorgen um unsere neuen Rekruten.« Ein anderer Offizier trank sein Weinglas aus und füllte es wieder auf.

»Wie ich höre, wurde Uxbridge zu Wellington geschickt«, sagte Geoff. »Hast du gehört, wie er ihn empfangen hat?«

Thomas brach in Gelächter aus. »Mein Vater hat einen Brief von einem Freund erhalten. Jemand fragte Wellington, ob Uxbridge mit Wellesleys Frau durchgebrannt sei, und unser glorreicher General sagte: ›Lord Uxbridge hat den Ruf, mit allen möglichen Menschen durchzubrennen. Ich werde schon dafür sorgen, dass er nicht mit mir durchbrennt.‹«

Die anderen schlossen sich dem Gelächter an.

»Verdammt guter Kommandeur«, sagte ein anderer Offizier. »Mein Cousin hat in Spanien unter Paget gedient, so hieß er damals noch.«

Das Gesprächsthema wechselte zu Kommandeuren, die sie dankbar waren, wiederzusehen, und solchen, die sie froh waren, nie wieder zu sehen.

Einer der jüngeren Leutnante sagte: »Ich habe gehört, wir verpassen gerade die besten Veranstaltungen. Ich hoffe, wir werden noch welche besuchen können, wenn wir da sind.«

»Wenn wir nicht unmittelbar in die Schlacht ziehen, was unwahrscheinlich ist, da Napoleon zuerst Paris verlassen muss, kannst du dich, soweit ich weiß, darauf verlassen, dass Wellington einen Ball veranstaltet«, sagte Thomas. »Nach dem, was ich gehört habe, tanzen sie dort mehr als sie marschieren.«

Elizabeth würde es mögen, Bälle und andere Veranstaltungen zu besuchen. Ja, Geoff würde sich definitiv mit ihr vertragen müssen. Die Überfahrt nach Ostende wäre die perfekte Gelegenheit. Er hatte sich bereits vergewissert, dass sie ein Zimmer zu zweit haben würden. Solange sie nicht seekrank würde, wäre es der perfekte Zeitpunkt.

»Denkst du, Wellington wird gegen Napoleon in den Kampf ziehen?«, fragte er.

»Nicht, solange er nicht all seine Brigaden in Stellung gebracht hat«, antwortete sein Freund. »Hast du keine Bedenken dabei, deine Braut mitzunehmen?«

Interessanterweise hat Geoff nie darüber nachgedacht, Elizabeth zurückzulassen. Er war kein Soldat und wenn sie fliehen mussten, dann war es nun einmal so. »Ich werde die Lage genau beobachten.«

»Genauso wie Harry Smith. Ich habe gehört, er und seine Frau Juana sind bereits in Belgien.«

»Harry Smith?« Geoff schüttelte den Kopf.

Thomas verbrachte die nächsten Minuten damit, Geoff von Major Smith und der jungen Dame zu erzählen, die er nach der Belagerung von Badajoz geheiratet hatte. »Sie war erst vierzehn, aber sie haben sich nur einmal angesehen und Harry sagte, er würde sie heiraten, und sie war einverstanden. Der beste kleine Werber, den du je gesehen hast.«

Es war nach Mitternacht, als Geoff schließlich das Inn verließ, nachdem er Thomas und den anderen gesagt hatte, dass er sie in Belgien sehen würde. Geoff fragte sich, ob Elizabeth ein Dinner für sie und einige der anderen Herren, die sie kennengelernt hatten und die dort sein würden, ausrichten wollen würde. Das erinnerte ihn daran, dass er versuchen musste, Colonel Lord Hawksworth zu finden, sobald er angekommen war.

Am nächsten Tag waren Geoff, Elizabeth, ihre Bediensteten, Pferde, Kutschen und ihr Gepäck gerade auf das Schiff verfrachtet worden, als ein Mann mit dem

Abzeichen eines Colonels auf den Kapitän zuging. Sie unterhielten sich für ein paar Minuten, wonach Captain Higgins Geoff herwinkte.

»Mylord«, sagte der Oberst. »Ich bin Colonel Lord John Fitzhenry vom *73rd Regiment of Foot.* Wie ich höre, sind Sie auf dem Weg nach Ostende. Ich muss meine Männer rüberbringen. Der Rest meiner Einheit hat schon angelegt, aber wir wurden aufgehalten. Wir warten schon seit einer Woche und haben es noch nicht geschafft, eine Transportmöglichkeit zu ergattern. Dürfen wir Sie um eine Mitfahrt bitten?«

»Heute Morgen ist ein Schiff abgefahren«, sagte Geoff, wissend, dass der Mann darauf mitgefahren wäre, wenn es ihm möglich gewesen wäre, und dass es jetzt sowieso zu spät war. Selbstsüchtigerweise wollte er seine Zeit, um sich wieder mit Elizabeth zu versöhnen, nicht aufopfern.

»Leider sind wir erst hier angekommen, als das Schiff bereits unterwegs war. Ich habe mich umgehört und uns wurde gesagt, wir könnten vielleicht auf der *Sally Ann* überfahren.«

Ein Teil von ihm wollte die Bitte ablehnen. Geoff hatte lange genug bei seiner Frau auf der schwarzen Liste gestanden und er hatte vor, die Überfahrt zu nutzen und herauszufinden, was er verbrochen hatte, und es wiedergutzumachen. Andererseits war er verpflichtet, seine Unterstützung anzubieten. Er konnte sich verdammt glücklich schätzen, dass das Schiff nicht requiriert wurde. Es konnte sein, dass der Oberst ihn dazu zwingen würde, sie mitzunehmen. Dennoch, wenn es irgendeinen Ausweg gab, würde er ihn nehmen. Vielleicht könnte er ein anderes Schiff ausfindig machen, auf dem die Soldaten mitfahren konnten. Schließlich hatte er durchaus etwas Einfluss.

Doch bevor er sprechen konnte, sagte die weibliche Stimme, die ihn in seinen Träumen heimsuchte: »Natürlich kommen Sie mit uns, Colonel.« Sie knickste flüchtig. »Ich bin mir sicher, es wird Platz für Sie und Ihre Männer geben.«

Hölle und Verdammnis! Geoff hielt den Mund und versuchte, sich nichts anmerken zu lassen. Würde er jemals eine Gelegenheit haben, mit ihr zu sprechen? Doch er konnte nur schwer widersprechen, nachdem sie das Angebot gemacht hatte. Dann wäre sie sehr viel wütender auf ihn, als sie es sowieso schon war. »Meine Frau hat völlig recht. Sie sind herzlich eingeladen, sich uns anzuschließen. Wir segeln mit der Abendflut.«

»Vielen Dank, Mylord, Mylady.« Der Colonel verneigte sich. »Wir werden Sie nicht aufhalten.«

»Machen Sie sich keine Sorgen«, sagte Elizabeth. »Wir sind froh, Ihnen weiterzuhelfen.«

Der Mann ging fort, um, wie Geoff vermutete, seine Truppe zu versammeln.

»Es wird voll auf dem Schiff sein«, grübelte er laut und hoffte, dass Elizabeth ihn beachtete.

»Ja, aber es handelt sich nur um Stunden.« Sie begutachtete das Schiff. »Ich bin mir sicher, wir werden uns wohlfühlen. Die *Sally Ann* hat genug Kabinen, dass wir unsere nicht abgeben müssen. Obwohl ich glaube, wir müssen den Salon mit Lord John und den Offizieren teilen, die er bei sich haben wird.«

Genug Kabinen, dass wir unsere nicht abgeben müssen.

Geoff atmete erleichtert auf. Vielleicht wollte sie ihre Probleme ja auch klären. »Ich sollte mit dem Kapitän über die Planänderung sprechen.«

Elizabeth sah zu, wie Geoffrey auf den Kapitän zuging, der sich wieder einmal mit dem Oberst unterhielt. Sie hätte fragen sollen, wie viele Leute zusätzlich an Bord sein würden. Die Gastwirtin hatte ihr genügend Mittel gegen Seekrankheit für Elizabeths Gruppe zur Verfügung gestellt, aber für die Soldaten, die sie begleiten würden, sollte sie fragen, ob der Koch des Gasthauses mehr zubereiten solle. Selbst, wenn der Koch der *Sally Ann* Gegenmittel hatte, würden diese vielleicht nicht für die neuen Passagiere reichen, und wer wusste, wie viele der Soldaten krank werden würden.

»Vickers, ich muss zurück ins *Three Cups*. Bitte finden Sie einen männlichen Bediensteten, der mich begleiten kann.« Elizabeth ging in Gedanken die Anordnung der Kabinen durch, die ihnen zugewiesen worden waren.

Zum Glück war genug Platz auf dem Schiff, dass der Kapitän sich nicht gezwungen gefühlt hatte, sein Zimmer für sie und ihren Gatten zu opfern. Ihr und Geoffrey war allerdings nur eine gemeinsame Kabine zugewiesen worden. Sie war groß genug für sie beide – falls sie denn ein Bett mit ihm teilen wollte, was sie nicht tat. Ihn zu vermeiden – was zunehmend schwieriger wurde – könnte ein Problem darstellen. »Es könnte sein, dass ich während der Überfahrt krank werde.«

»Mylady«, Vickers Augen weiteten sich vor Erstaunen, »Sie sind noch nie in Ihrem Leben auf einem Schiff krank geworden.«

»Das mag sein«, sagte Elizabeth leise, »aber ich war auch noch nie auf so stürmischen Gewässern unterwegs.« Sie sah ihre Zofe an, welche sie bloß anstarrte, und seufzte. »Vermutlich haben Sie recht. Ich bezweifle, dass es mir gelingen würde, so zu tun, als wäre ich krank. Wenn einer der Männer des Obersts erkrankt, wird es an uns sein, sie zu pflegen. In diesem Fall würde ich keine Zeit für andere Dinge haben. Es könnte eine sehr lange Nacht für uns beide werden.«

»Ich weiß nicht, was er angestellt hat, aber ihn zu meiden, wird das Problem nicht lösen. Das hat meine Mutter immer gesagt.« Vickers sah aus, als wollte sie die Augen verdrehen.

Das konnte Elizabeth ihrer Zofe unter diesen Umständen nicht übelnehmen. Vickers war während des ganzen Gesprächs, das sie mit Lady Markham und der Witwe geführt hatte, nicht in Elizabeths Schlafzimmer gewesen und wusste daher nicht, was Geoffrey gesagt hatte. Elizabeth war sich nicht einmal sicher, ob ihre Zofe zustimmen würde, dass eine Liebesheirat notwendig für ihre Glückseligkeit war. »Sie müssen mir glauben, dass ich den Rat meiner Schwiegermutter und Schwiegergroßmutter befolge, was Seine Lordschaft angeht.«

»Wenn das so ist, halte ich den Mund.« Ihre Zofe ging fort, um zu tun, was von ihr verlangt wurde.

Zum Glück war es egal, auf welche Art sie beschloss, ihn zu meiden, Geoff würde sowieso nicht daraus schlau werden. Er hatte sie nie nach ihren Erfahrungen mit Schiffen gefragt und wäre bestimmt überrascht, herauszufinden, dass sie schon in jungen Jahren mit ihrem Großvater mütterlicherseits gesegelt war.

Einige Stunden später war die *Sally Ann* bereit zur Abfahrt. Elizabeth hatte sich eine Menge Ingwersuppe, Ingwerkekse und Ingwertee beschafft, falls der schlimmste Fall eintrat und die meisten krank wurden. All diese Dinge würden – der Gastwirtin des *Three Cups* zufolge – garantiert Seekrankheit lindern, wenn nicht sogar heilen. Etwas, womit Elizabeth keine Erfahrung hatte, da niemand aus ihrer Familie jemals seekrank wurde.

Man sagte ihr, dass viele erfahrene Seefahrer an Seekrankheit litten, Admiral Nelson war der berühmteste. Heute Nachmittag würde sie einen Mittagsschlaf machen, falls sie in der Nacht nicht genug Schlaf abbekommen würde.

Vier Stunden später stand Elizabeth in einen dicken Wollmantel gehüllt an der Reling. Der Wind wehte stark aus Südwesten, was eine schnelle Überfahrt nach Ostende ermöglichen würde. Doch es bedeutete auch, dass die See stürmisch sein würde.

Die Mannschaft hatte das erste der Segel der *Sally Ann* gehisst und sie fing an, sich ihren Weg aus dem Hafen zu bahnen. Einen Moment lang dachte Elizabeth, sie könnte Holland sehen, doch es handelte sich wohl eher um Wolken am Horizont.

Ihr Nacken begann zu kribbeln und sie wusste, dass Geoffrey hinter ihr stand. »Würdest du dich drinnen nicht wohler fühlen?«

»Nein, aber danke der Nachfrage.« Nicht, dass er sich wirklich für ihr Wohlbefinden interessierte. Sie war lediglich ein Mittel zum Zweck. »Es ist recht trocken und ich sehe mir gerne die anderen Boote und den Hafen an.«

»Nenn es nicht Boot, Liebling.« Er schmunzelte. »Das korrekte Wort ist *Schiff*. Boote sind viel kleiner.«

»Da hast du bestimmt recht.« Sie blickte zum Festland und fragte sich, wie lange es dauern würde, bis sie es nicht mehr sehen konnten. Mindestens eine Stunde. »Hast du jemals eine lange Reise auf dem Meer unternommen?«

»Nein. Meine Erfahrung beschränkt sich auf das Fahren auf der Themse oder in einem Ruderboot auf einem See.« Er legte seine Hände auf ihre Schultern und sie wollte sie abschütteln, bevor sie sich allmählich noch mehr nach seiner Berührung sehnte, als sie es ohnehin schon tat. Sie hatte es genossen, den Geschlechtsakt mit ihm zu vollziehen, und sie vermisste es. Trotzdem musste sie sich in Erinnerung rufen, dass es für ihn nie um mehr als den Ehevollzug ging. Liebe hatte nie eine Rolle gespielt. »Nichtsdestotrotz werde ich bestimmt imstande sein, mich um dich zu kümmern, falls etwas passieren sollte. Nicht, dass ich es erwarte. Higgins scheint überaus kompetent zu sein.«

»Ich bin mir sicher, es wird uns ausgezeichnet gehen.« Das Geräusch des Setzens der übrigen Segel ließ sie aufhorchen. Elizabeth war seit dem Tod ihrer Mutter nicht mehr auf einem Schiff gewesen und hatte vergessen, wie frei sie sich dabei fühlte.

»Der Kapitän hat uns gebeten, mit ihm zu Abend zu essen.« Geoffrey ließ seine Hände ihre Arme hinuntergleiten und sie unterdrückte den Wonneschauer, den sie bei seiner Berührung verspürte.

»Das habe ich gehört.« Die *Sally Ann* passierte die Mündung des Hafens und Elizabeth drehte sich um, um ihren Mann anzusehen. »Ich werde in die Kajüte gehen und mich frischmachen.«

»Ich komme gleich nach.«

Sie hielt die Reling fest, um das Gleichgewicht zu halten, als das Schiff sich nach oben neigte. Der Steuermann musste gerade Kurs aufgenommen haben.

»Vorsicht, Mylady.« Captain Higgins tauchte neben ihr auf. »Brauchen Sie Hilfe, um in die Kajüte zu kommen?«

Elizabeth überlegte, ob sie ihm sagen sollte, dass sie durchaus in der Lage war, es selbst zu tun, doch das wäre ungehobelt gewesen und er hatte sie in keiner Weise verärgert. »Dankeschön.« Sie schenkte dem finsteren Blick ihres Gatten keine Beachtung und legte ihre Hand auf den Arm des Kapitäns. »Wann, glauben Sie, werden wir in Ostende ankommen?«

»Es sind achtzig Seemeilen Luftlinie. Mit diesem Wind sollten wir zum Tagesanbruch da sein.«

Genau das hatte sie auch gedacht. Sie erreichten die Kajüte, die ihr und Geoffrey zugewiesen worden war, und sie neigte den Kopf. »Danke für die Begleitung, Sir.«

»Danke, dass Sie nichts dagegen eingewendet haben, Soldaten und deren Ausrüstung mit an Bord zu nehmen, Mylady. Ich hätte es ihnen nicht verwehren können.«

»Nein, ich kann mir vorstellen, dass sie das Schiff einfach übernommen hätten. Und selbst wenn es uns möglich gewesen wäre, dem Oberst und seinen Männern die Mitfahrt zu verweigern, hätten wir es nicht tun können. Wellington braucht alle Soldaten, die er kriegen kann.«

»Das tut er, Mylady. Das tut er.« Der Kapitän verbeugte sich. »Wir sehen uns beim Dinner.«

»Bis dahin.«

Sie öffnete die Tür und traf auf Vickers, die sie bereits erwartete. »Ich habe Mr. Nettle gefragt, ob er Seine Lordschaft in der Kabine einkleiden kann, die er mit Mr. Preston teilt, und er war einverstanden.« Als sie den Satz beendet hatte, hatte Elizabeth ihr Reisekleid schon ausgezogen und wusch sich. »Was ich wissen will, Mylady, ist, wie Sie erwarten, dass er sich in Sie verliebt, wenn Sie ihn ständig wegstoßen?«

Elizabeth fiel fast die Kinnlade hinunter. Woher wusste ihre Zofe davon? Sie konnte sich nicht daran erinnern, dass Vickers damals im Zimmer gewesen war.

Elizabeth trocknete ihr Gesicht ab und stand da, während ihre Zofe ein blassrosa Kleid über ihren Kopf stülpte. »Ihn nicht wegzustoßen, hat nicht funktioniert.« Sie seufzte. »Ich muss etwas finden, das funktioniert. Meine einzige Hoffnung ist, das hier zu versuchen.«

»Wenn Sie mich fragen, hat er sich verhalten wie ein verliebter Mann.« Vickers steckte Elizabeths Haar wieder zu einem hohen Dutt zusammen.

»Das dachte ich auch.« Das hatte jeder gedacht und sie alle hatten falsch gelegen. Sie wollte die Zofe gerade fragen, wie viel sie mitgehört hatte, als sich die Tür öffnete und Geoffrey in einem frischen Halstuch und einer neuen Jacke die Kajüte betrat.

Gott, war er gutaussehend. Seine Jacke schmiegte sich um seine Schultern, bevor sie zu seiner Taille hin schmaler wurde. Elizabeth wagte nicht, zu seinen Hosen zu blicken. Das wäre ihr Untergang.

Schonungslos schob sie ihr Verlangen nach ihm beiseite. Oder versuchte es wenigstens. Sogar nachdem er sie verraten hatte, reagierten ihr Körper und ihr Geist noch immer überaus begierig auf ihn. Je schneller sie unter Leuten sein würden, desto besser.

Gott steh ihr bei, wenn sie mit ihm im selben Bett schlafen müsste. Sie glaubte nicht, dass sie es schaffen würde, der Versuchung zu widerstehen.

KAPITEL 29

»Du siehst heute Abend besonders schön aus«. Geoffrey hielt ihr den Arm hin. Elizabeth legte ihre Finger auf seine Jacke und versuchte, ihn dabei nicht mehr als nötig zu berühren. »Sollen wir uns zum Kapitän gesellen?«

Als sie den Flur entlanggingen, achtete sie darauf, sich mit der anderen Hand am Schiff festzuhalten. *Eine Hand am Schiff,* hatte ihr Großvater immer gesagt. Das Schiff neigte sich steil nach oben und Elizabeth hielt Geoffrey am Arm, als dieser stolperte.

»Geht es dir gut?«, fragte er, als er sein Gleichgewicht wiedergefunden hatte.

»Ja. Dir?«

»Ja, natürlich.« Seine Stimme war kräftig, doch er schien ein wenig erschüttert. »Ich hatte nicht erwartet, dass das Schiff diese Bewegung macht. Ah, hier sind wir.«

Sie war überrascht, dass der Kapitän eine separate Messe für sich und seine Offiziere hatte. Auf all den Schiffen, auf denen sie gewesen war, befand sich der Esstisch des Kapitäns in seiner Kajüte.

»Mylady, willkommen.« Captain Higgins verbeugte sich.

»Guten Abend, Captain.« Elizabeth lächelte. Der lange Tisch war für acht Leute gedeckt. Er war am Schiffsboden befestigt und so hochpoliert, dass er unter den

Lampen an der Wand und dem Leuchter an der Decke schimmerte. Acht schwere Holzstühle waren entlang der Seiten und an jedem Ende platziert worden. Eine Anrichte mit erhöhten Rändern, damit die Teller nicht herunterrutschten, war mit abgedeckten Gerichten bestückt.

Lord John stand mit einem Glas Wein in der Hand an einem Schränkchen.

»Was für eine schöne Kabine«, sagte Elizabeth.

»Danke, Mylady. Ich hoffe, das Essen wird Ihnen genauso zusagen.« Der Kapitän verneigte sich vor Geoffrey. »Mylord, guten Abend.«

»Captain.« Ihr Ehemann neigte den Kopf ziemlich mechanisch. War Geoffrey ein bisschen eifersüchtig, dass sie dem Kapitän vorhin erlaubt hatte, sie nach unten zu begleiten? Sie erinnerte sich daran, was seine Großmutter gesagt hatte.

Ich habe Henry an der Nase herumgeführt. Wir waren in Paris und ich habe jedem Franzosen in der Nähe schöne Augen gemacht, einschließlich des Königs. Letzteres hätte mich fast in ein Schlamassel gebracht, aus dem ich nicht mehr herausgekommen wäre. Henry war so eifersüchtig, dass er mir schließlich verboten hat, zu liebäugeln. Da habe ich ihm gesagt, wenn er mich nicht wolle, gäbe es einige Gentlemen, einschließlich des Königs, die es taten.

Sie konnte nur hoffen, dass ihr Mann ebenfalls eifersüchtig war.

»Mylord.« Elizabeth knickste vor Lord John und dieser verneigte sich.

»Ihre Beine sind definitiv für die hohe See geschaffen, Mylady«, sagte Lord John. »Ich befürchte, bei mir wird es noch eine Weile dauern.«

Lord John zeigte auf das Schränkchen und sagte: »Ich hoffe, Sie schließen sich uns mit einem Glas Wein an.«

Während Seine Lordschaft einschenkte, betraten Mr. Havers, der Erste Offizier, und Mr. Benchley, der Schiffsführer, zusammen mit Major Dalton, Lord Johns Brigadegeneral, den langen Raum und begrüßten die bereits Versammelten.

Statt stehenzubleiben, nahmen sie ihre Plätze am Tisch ein. Nach mehreren Minuten gezierter Konversation über das Wetter und andere harmlose Themen, beschloss Elizabeth, die Gentlemen dazu anzuregen, sich über den bevorstehenden Krieg zu unterhalten.

»Es ist eine Schande, dass Wellington seine alte Armee nicht zurückhaben kann«, warf Captain Higgins ein.

»Viele seiner alten Einheiten wurden weitergeschickt und manche sind zurückgekehrt, aber andere sind noch immer in Amerika«, sagte Lord John. »Außerdem haben wir immer noch eine zu große Anzahl an blutigen Anfängern. Soweit ich weiß, hat der Herzog vor, seine erfahrenen Soldaten unter die unerfahrenen zu mischen. Das ist eine gute Idee. Wir werden diese Rekruten beisammenhalten. Nicht wahr, Will?«

Major Dalton nickte. »Recht haben Sie, Mylord.«

»Meines Wissens nach ist der Herzog noch nie gegen Napoleon in die Schlacht gezogen«, sagte Mr. Havens, der Erste Offizier.

»Das kann schon sein.« Der General nippte an seinem Wein. »Aber das ist Boney auch nicht gegen den Beau.«

Kurz darauf servierten zwei Seemänner eine deftige Ochsenschwanzsuppe. Elizabeth behielt Geoffrey, Lord John und alle anderen, die nicht an die Seefahrt gewöhnt waren, im Auge und suchte nach Anzeichen für Seekrankheit. Nach dem, was ihr erzählt worden war, würde es einem Menschen umso besser gehen, je früher er behandelt wurde.

Die Suppe wurde abgeräumt und es war gerade ein salziges Fischgericht mit einer cremigen Soße serviert worden, als Major Dalton sich plötzlich die Hand vor den Mund hielt. »Entschuldigen Sie mich. Ich muss weg.«

Gegenüber von ihr nahm Geoffs Gesicht einen interessanten Grünton an. »Ich habe etwas Ingwertee und andere Dinge. Wenn Sie mir erlauben, Captain, werde ich sie Ihrem Koch bringen.«

»Wenn Sie wünschen, Mylady. Normalerweise ist er allerdings vorbereitet und hat alles Nötige auf Lager.« Genau in diesem Moment betrat der Quartiermeister des Schiffs den Raum und flüsterte dem Kapitän etwas zu. »Sag ihm, er soll das zu sich nehmen, was wir für die Soldaten bereitgestellt haben.« Er verzog das Gesicht. »Es scheint, dass alles, was Sie zur Hand haben, willkommen ist, Mylady. Die meisten Soldaten sind krank geworden.«

Der Quartiermeister blieb an ihrem Stuhl stehen. »Kleinen Moment.« Als sie sich umdrehte, um zur Tür zu eilen, hielt sie an. »Harrington, ich glaube, du solltest dich hinlegen, bevor du krank wirst.«

»Unsinn. Mir geht es gut. Ich werde nie krank.« Im nächsten Moment klatschte er die Hand vor den Mund und eilte an ihr vorbei in den Flur.

Sie widerstand dem Drang, die Augen zu verdrehen. »Wenn noch jemand etwas neben der Spur ist, bitte ich Sie, begeben Sie sich in Ihre Kojen. Sie werden sich danach sehr viel besser fühlen. Captain«, Elizabeth neigte den Kopf, »ich und die Mitglieder meines Haushalts, die dazu in der Lage sind, werden Ihnen zur Seite stehen.«

In den nächsten Stunden sorgten sich Elizabeth, Vickers, Nettle, Mrs. Robins und Lord John um diejenigen, die erkrankt waren, einschließlich Lord Johns Offiziersburschen.

Während Elizabeth dabei half, die Gegenmittel an die erkrankten Soldaten zu verteilen, ließ sie Geoffrey mit Nettle zurück, der schwor, sich zu vergewissern, dass sein Herr all die Ingwersuppe zu sich nahm, die sie für Geoffrey bestellt hatte.

Trotz der Beschwichtigungen des Leibdieners fühlte sie sich nicht gut dabei, ihn nicht selbst gepflegt zu haben, und sie beschloss, bei ihm vorbeizuschauen, sobald sie etwas gegessen hatte. Ihr Magen beschwerte sich schon seit einer Stunde und wenn sie weitermachen wollte, brauchte sie Nahrung.

Elizabeth hatte gerade ihre bitter nötige Tasse Tee ausgetrunken und eine Scheibe Rindfleisch zwischen zwei Brotstücken gegessen, als Nettle in die Messe eilte. »Mylady. Bitte, kommen Sie schnell. Ich mache mir Sorgen um Seine Lordschaft. Er kriegt nichts runter.«

»Ich komme sofort.« Der Gedanke, dass er seine Krankheit ein Stück weit verdiente, weil er so arrogant war, verschwand, als sie ihre gemeinsame Kajüte betrat. Sein Gesicht war kreidebleich und er würgte in einen Nachttopf, doch sein Magen war offensichtlich leer. »Was haben Sie versucht, ihm zu Essen zu geben?«

»Etwas Brühe, Mylady. Er mochte den Ingwer nicht sehr.« War es nicht wieder typisch Mann, die Anweisung einer Frau nicht zu befolgen?

»Bringen Sie mir warme Ingwersuppe und ein paar Ingwerkekse.«

»Aber Mylady, er will nicht ...«

»Tun Sie, was ich sagte, und diskutieren Sie nicht mit mir.« Heute Abend hatte sie wirklich genug von aufsässigen Männern gehabt und war nicht daran interessiert, noch einem zuzuhören.

»Ja, Mylady.« Nettle öffnete die Tür.

»Ich will auch etwas warmes Wasser und ein paar Lappen. Er hat kein Fieber, aber vielleicht fühlt er sich dadurch besser.« Sie suchte nach dem Lavendel, den ihre Zofe immer zur Hand hatte.

Geoffrey ächzte und Elizabeth hielt seine Hand, streichelte ihm die Stirn und strich ihm seine feuchten Haare aus dem Gesicht. Er fühlte sich kalt und nass an und ihre Angst um ihn nahm zu, bis sie sich in Erinnerung rief, dass sie noch nie von jemandem gehört hatte, der an Seekrankheit tatsächlich gestorben war. Obwohl sie heute Nacht mehrere Männer getroffen hatte, die sich währenddessen wünschten, zu sterben.

Sie konnte sich nicht davon abhalten, Geoffreys Stirn zu küssen und mit den Lippen über seine zu streichen.

»Elizabeth?« Seine Stimme war nichts als ein trockenes Krächzen. Er schien wirklich sehr zu leiden.

»Ich bin jetzt hier«, sagte sie sanft. »Dir wird es bald bessergehen.«

»Ich bin froh, dass du hier bist. Ich habe dich vermisst.« Er verlor wieder das Bewusstsein und sie konnte nur hoffen, dass es sich um einen heilenden Schlaf handelte.

Es kam ihr wie eine Ewigkeit vor, bis Netttle mit zwei kleinen Eimern, einer Tasse und einem Teller Kekse durch die Tür trat.

Nachdem er einen Eimer auf den Boden gestellt hatte, sagte Nettle: »Der Koch meinte, dass die Suppe Seiner Lordschaft lieber in einer Tasse statt in einer Schale gegeben werden sollte.«

Elizabeth nickte. »Stellen Sie das Essen auf seine Brust, dann können Sie gehen.«

Er öffnete den Mund, als wolle er widersprechen, doch er musste wohl den Blick in ihren Augen gesehen haben. »Ja, Mylady. Ich warte vor der Tür.«

»Sie werden Vickers helfen und sich anderweitig nützlich machen.«

Ohne auf eine Antwort zu warten, streute sie zerriebenen Lavendel in den Eimer, der das Wasser enthielt, und schwenkte ihn umher. Dann nahm sie einen großen Lappen, tauchte ihn ins Wasser, wrang ihn aus und legte ihn auf Geoffreys Kopf. Mrs. Robins hatte ihr gesagt, dass es helfen konnte, den Patienten möglichst warmzuhalten.

Nach ein paar Minuten nuschelte er: »Das fühlt sich gut an.«

Gott, wie sie ihn liebte. »Damit wirst du dich noch besser fühlen.« Sie schob ihren Arm unter ihn und hob ihn genug an, um ihm die Tasse an die Lippen zu halten. »Trink ein bisschen davon.«

Er verzog das Gesicht und versuchte, den Kopf zu schütteln, doch er war schwach wie ein Kätzchen und konnte nicht mehr tun, als zu protestieren.

Trotzdem dauerte es beinahe eine Stunde, bis sie es geschafft hatte, ihm eine ganze Tasse Suppe zu verabreichen. Wenn er diese im Magen behalten konnte, würde sie ihm einen Keks geben. Im Moment schlief er friedlich und seine Gesichtsfarbe besserte sich langsam.

Elizabeth rieb sich die Augen, als die Erschöpfung sie überrollte. Sie sah Geoffrey an. Er lag ganz am Rande des Bettes. So krank wie er war, würde er nicht einmal bemerken, wenn sie neben ihm lag.

Nachdem sie auf die Seite des Bettes neben die Wand geklettert war, streckte sie sich. Man würde sie schon abholen, wenn sie gebraucht wurde.

Geoff öffnete die Augen. Das Schiff schaukelte noch, aber sein Magen rebellierte nicht mehr. Er war noch nie in seinem Leben so krank gewesen. Im Grunde war das die längste Nacht seines Lebens gewesen. Irgendwann hatte er nur noch sterben wollen.

Ohne sich überanstrengen zu wollen, drehte er den Kopf, um aus der Luke zu blicken. Neben ihm bewegte sie ein weicher, warmer Knäuel.

Elizabeth.

Es war das erste Mal seit Tagen, dass sie sich dazu bereit erklärt hatte, mit ihm in einem Bett zu liegen. Obwohl, *bereit erklärt* war vielleicht nicht der richtige Begriff. So überfüllt wie das Schiff war, hatte sie wohl kaum eine andere Wahl gehabt, was das anging.

Als hätte sie gespürt, dass er wach war, öffnete sie die Augen. »Wie fühlst du dich?«

»Besser.« Genau genommen fühlte er sich vollkommen gesund. »Ich glaube, ich kann aufstehen.«

Als er versuchte, aus dem Bett zu steigen, eilte sie auf seine Seite. »Nein, das wirst du nicht.« Sie straffte die Schultern und legte die Fäuste in die Hüften. Ihr Haar rollte an ihrem Rücken herunter. Sie schob eine Locke zurück, die ihr vor die Stirn fiel. Er wollte nichts lieber, als mit den Fingern durch ihre Masse an Locken zu fahren und sie zu küssen, bis sie einverstanden war, wieder mit ihm zu schlafen. »Wir werden erst in etwa einer Stunde am Hafen ankommen«, sagte sie. »Du wirst nicht aufstehen, bis du es tun kannst, ohne wieder krank zu werden.« Sie blickte zur Tür. »Bleib, wo du bist. Ich bin gleich wieder da.«

Ein paar Minuten später kehrte sie mit einer Schale und einem Löffel zurück. »Du darfst dich dieses Mal selbst füttern und wenn alles gutgeht, kannst du etwas Rinderbrühe und Ingwerkekse haben.«

Er roch daran und verzog das Gesicht. »Die schmeckt mir nicht.«

»Sie schmeckt dir vielleicht nicht, wenn du wach bist, aber du hast sie bereitwillig getrunken, als es dir zu schlecht ging, um zu widersprechen.« Ihre Augen funkelten kampfbereit, als sie ihm die Tasse hinhielt.

Eine vage Erinnerung an ihre weiche Hand, die seinen Kopf streichelte, huschte durch seinen Kopf. »Hast du dich die ganze Nacht um mich gekümmert?«

»Ja. Jetzt trink das.« Sie schob ihm die Tasse praktisch in die Hände.

Er trank einen Schluck. Das Zeug war nicht annähernd so schlimm, wie er gedacht hatte. »Wo war Nettle?«

»Er hat den anderen geholfen, genauso wie Vickers und alle anderen, die nicht krank waren. Der einzige

Soldat, der unbeschadet blieb, war der Oberst.« Geoffrey trank die Tasse aus und sie reichte ihm einen Keks. »Kau ihn langsam.«

»Ja, Ma'am.« Er tat, was sie verlangte, und wartete darauf, dass sein Magen rebellierte. Als es danach aussah, als würde er die Suppe im Magen behalten können, fragte er: »Darf ich jetzt die Rinderbrühe haben?«

»Ich hole dir welche.« Sie nahm die Schale. »Steh nicht auf.«

»Ich bleibe genau hier.« *Und fantasiere darüber, wie du nackt neben mir liegst.* Wenn er doch nur wüsste, was er tun könnte, um die Situation zwischen ihnen zu verbessern.

So sehr er sie auch dazu bringen wollte, ihm zu sagen, was los war, jetzt war nicht der richtige Zeitpunkt dafür. Er war vielleicht krank gewesen, aber sie musste völlig erschöpft sein, wenn sie sich die ganze Nacht um ihn gekümmert hatte. Abgesehen davon benahm sie sich gerade ziemlich rechthaberisch und es war unwahrscheinlich, dass sie ihm zuhören würde. Er kannte diese Seite von ihr gar nicht.

Kurz darauf saß er aufrecht im Bett und aß eine Brühe, die so dickflüssig war, dass sie fast einem Eintopf glich. Elizabeth hätte es Nettle überlassen können, sich um ihn zu kümmern, doch das hatte sie nicht. Es war mehr, als er nach der letzten Woche erwartet hatte. Bedeutete das, dass sie nicht mehr sauer auf ihn war? »Woher wusstest du, dass du die Gegenmittel mitnehmen solltest?«

»Viele Leute leiden an Seekrankheit. Es war nur logisch, dass jemand auf dieser Überfahrt erkranken würde. Obwohl ich wirklich nicht gedacht hätte, dass es fast jeden in der Mannschaft treffen würde.«

Dunkle Ringe rahmten ihre Augen. Er fragte sich, wie viel Schlaf sie abbekommen hatte, nachdem sie sich um ihn und möglicherweise andere gekümmert hatte. »Du bist nicht krank geworden.«

»Nein. Ich war mir sicher, dass ich es nicht werden würde.« Sie machte das Bett und schüttelte sein Kissen auf, als ob sie etwas anderes tun musste, als mit ihm zu sprechen. »Ich habe einen Großteil meiner Kindheit auf Schiffen und privaten Yachten verbracht. Ich bin an Bord noch nie krank geworden.«

»Das wusste ich nicht.«

Sie hob eine blonde Augenbraue. Der Zorn war zurück. »Hat es dich überhaupt gekümmert?«

»Natürlich kümmert es mich.« Was zum Teufel war es, worüber sie so wütend war? Es musste etwas anderes sein, als die Tatsache, dass er ausgegangen war und keine Nachricht hinterlassen hatte. »Du bist meine Frau. Warum sollte ich es nicht wissen wollen?«

»Ah, stimmt ja.« Ihre Stimme klang sarkastisch. »Ich bin deine äußerst qualifizierte Frau.« Sie ging zur Tür und öffnete diese. »Ich werde Nettle zu dir schicken.«

»Elizabeth«, rief er. Wenn er sie nur dazu bringen könnte, weiterzureden, dann würde er vielleicht herausfinden, warum sie so aufgebracht war.

Als sie schon halb aus der Tür war, blieb sie stehen. »Hast du einen Wunsch, mein Gatte?«

Ja. Sag mir, warum du so wütend auf mich bist. Doch das sagte er nicht. »Nein. Ich wollte mich bei dir bedanken, dass du dich um mich gekümmert hast.«

»Gern geschehen.« Sie schwang aus der Kabine und ließ ihn wieder mit seinen Gedanken alleine.

Irgendwie musste er sie umstimmen.

Er fragte sich, weshalb sie erwähnt hatte, wie überaus qualifiziert sie war. Dieser Meinung war er schon immer gewesen. Er hatte es sogar sichergestellt. Seine Frau würde Verantwortung tragen und sie sollte wissen, wie sie mit ihr umzugehen hatte. Im Grunde eignete sich Elizabeth noch besser für ihre Rolle, als er gedacht hatte.

Doch die Art und Weise, wie sie es gesagt hatte, hatte etwas an sich. Als würde sie sich nicht über ihre Qualifikationen freuen. Warum sollte das der Fall sein, wenn er doch so begeistert von ihr war? Offenbar gab es ein anderes Problem. Wenn er doch nur wüsste, was es war, dann würde er es wiedergutmachen, ihr alles geben, was sie wollte.

Kurz darauf betrat Nettle das Zimmer und sah so gepflegt wie immer aus – was Geoffrey aus irgendeinem Grund erzürnte – und hielt einen großen Wasserkrug in der Hand. »Der Kapitän sagt, wir werden den Hafen in knapp einer Stunde erreichen.« Sein Leibdiener schenkte Wasser aus dem Krug in eine Schale ein und stellte sie auf einen hölzernen Nachttisch. »Ihre Ladyschaft sagt, dass Sie das Bett verlassen dürfen, wenn Sie aufrecht sitzen, sich waschen und rasieren können. Wenn Sie aber das Gefühl haben, Sie werden wieder krank, sollten Sie sich wieder hinlegen.«

Geoff fragte sich, ob er vortäuschen sollte, krank zu sein, nur damit sie zurück in ihre Kajüte kam. Er setzte sich auf. »Ich werde zuerst meine Zähne putzen.«

Eine Stunde später saß Geoff auf dem Bett und band sich sein Halstuch um. So weit, so gut, und bald würde er auf dem Festland sein. Ein Tag in Ostende, um sich von der Überfahrt zu erholen, und dann würden sie ihre Reise fortführen.

Aus dem letzten Brief, den er erhalten hatte, ging hervor, dass Sir Charles wollte, dass Geoff zu ihm nach Brüssel kam. Die Frage war, ob diese Anweisungen noch immer galten, oder ob Geoff nach Den Haag, Brüssel oder einen anderen Ort geschickt werden würde. Es würde ihm obliegen, einen Boten zu schicken und sich zu erkundigen.

Egal, wo er stationiert werden würde, sein Vater hatte Häuser in Gent – weil sich der König Frankreichs dort aufhielt, Den Haag – was er überhaupt nicht verstand – und Brüssel arrangiert, wo scheinbar alles Wichtige vonstattenging.

Seine einzige Sorge war, dass er vielleicht dazu berufen werden würde, vorzureiten. Bis jetzt hatte Elizabeth bewiesen, dass sie allem gewachsen war, doch in einem fremden Land wollte er sie nicht allein lassen.

Nun ja, es war sinnlos, sich den Kopf darüber zu zerbrechen, was vielleicht geschehen würde, wenn er sich dem widmen sollte, was gerade mit seiner Frau geschah, oder eher nicht geschah.

Die ihn allem Anschein nach wieder einmal mied. Geoff erhob sich langsam. Zum Glück ging es ihm immer noch gut. Er bahnte sich seinen Weg entlang des Flurs zur Kajüttreppe und schließlich aufs Deck. Die Mannschaft war damit beschäftigt, einige der Segel zu bergen. Als er zum Bug blickte, konnte er Ostende sehen.

Vor und neben ihm drängten sich Segelschiffe im Hafen.

»Wir machen uns bereit zum Ankern«, sagte Mr. Benchley, der Schiffsführer.

»Ich hatte nicht erwartet, hier so viele Schiffe zu sehen.«

»Mehr als sonst. Es wird in Antwerpen genauso sein. Wenn wir Pech haben, wird es viele Leute geben, die versuchen, zurück nach England zu kommen.«

Zum ersten Mal verspürte Geoff eine stechende Angst um Elizabeth. Sir Charles hatte seine Frau, Lady Elizabeth, nicht mitgenommen, aber Geoff hatte nicht einmal darüber nachgedacht, seine Frau in England zu lassen. Vielleicht war er selbstsüchtig, weil er Elizabeth an seiner Seite haben wollte. Er könnte anbieten, sie zurück zu schicken, doch da die Situation zwischen ihnen noch nicht geklärt war, könnte ihre Zerrissenheit dadurch noch größer werden. War auch das selbstsüchtig von ihm? Wenn ihr Leben dort in Gefahr wäre ... Er sollte ihr diese Entscheidung erlauben.

»Werden Sie fürs Erste in Ostende bleiben?«

»Davon gehe ich aus.« Der Schiffsführer sah Geoff an. »Lady Harrington ist herzlich eingeladen, wann immer sie will, mit uns zu fahren. Wir hätten es nicht geschafft, alle Kranken wieder gesund zu pflegen, wenn sie nicht gewesen wäre.« Er fragte sich, was genau sie getan hatte, aber er wollte die Schwierigkeiten zwischen ihnen nicht offensichtlich machen, indem er fragte. Doch er hätte sich gar keine Sorgen machen müssen. Benchley war froh, davon zu erzählen. »Sie waren ja selbst krank, also wissen Sie es vielleicht gar nicht. Sie ließ nicht nur Ihre Diener – diejenigen, die sich nicht unwohl fühlten – mit den Soldaten helfen, darüber hinaus glaube ich nicht, dass es in Harwich noch Ingwer in irgendeiner Form gibt, so viel hat sie mit an Bord gebracht. Sie hat sogar selbst dabei geholfen, andere zu pflegen, bis Sie sie gebraucht haben. Wir sind dankbar für ihre Unterstützung.«

»Danke, dass Sie mir das erzählt haben.« Geoff war überrascht, dass sie nicht länger geschlafen hatte. Elizabeth musste erschöpft sein. »Als ich heute Morgen aufgewacht bin, war es ihr wichtiger, dafür zu sorgen, dass ich gesund werde, als mir zu erzählen, was sie getan hat.«

»Schon als ich sie kennengelernt habe, hatte ich das Gefühl, dass sie diese Art von Lady ist. Die anderen hilft, ohne damit zu prahlen. Frauen wie diese gibt es nicht oft.«

»Nein, gibt es nicht.« Er dachte zurück an alles, was sie getan hatte, um ihre Reise vorzubereiten, ohne sich jemals darüber zu beschweren. Sie hatte die Aufgabe einfach in Angriff genommen und sie erledigt. Er fing an, zu glauben, dass es nichts gab, was Elizabeth nicht tun konnte. Sie war definitiv leistungsfähiger, als er noch vor einer Woche gedacht hatte. Welche anderen Talente hatte Elizabeth, von denen Geoff nichts wusste? »Wenn wir Ihre Hilfe brauchen, an wen können wir eine Nachricht schicken?«

»An das *Schip*. Der Gastwirt wird die Nachricht weiterleiten.« Der Schiffsführer machte einen Schritt zurück und verbeugte sich kurz. »Ich gehe besser zurück an meine Arbeit.«

»Danke«, sagte Geoff. »Wissen Sie, wann der Kapitän vorhat, anzudocken?«

»Die Schiffe werden hier ziemlich schnell rein- und rausbefördert«, sagte Benchley und betrachtete dabei den Hafen. »Irgendwann morgen oder vielleicht sogar heute Nachmittag, wenn wir Glück haben.« Das Schiff machte einen Ruck und er stützte sich ab. »Ah, gut, der Anker ist gesetzt. Der Kapitän wird jetzt Befehle erteilen.«

Geoff sah zu, wie der Mann sich dorthin bewegte, wo der Kapitän stand, neben seinem Ersten Offizier. Er überflog das Deck in der Erwartung, Elizabeth zu entdecken, doch er fand keine Spur von ihr. Ihm fiel auf, dass sie meistens einen ruhigen Eindruck erweckte, obwohl sie in Wahrheit ständig in Bewegung war. Das einzige Mal, dass er sie ruhig gesehen hatte, war, als sie schlief. Es war viel zu lange her, dass er sie an sich gedrückt hatte.

Bald, schwor er sich. Bald würden sie sich wieder so verhalten, wie sie es kurz nach ihrer Hochzeit getan hatten.

Kapitel 30

Als das Schiff im Hafen Ostendes ankerte, um auf einen Liegeplatz zu warten, hatte Elizabeth sich bereits in der Kabine ihrer Zofe gewaschen und umgezogen. Sie traute sich nicht, in ihre eigene Kajüte zu gehen. Geoffrey im Bett war, jetzt, wo er sich besser fühlte, eine viel zu große Versuchung, der sie widerstehen musste. Der einzige Weg, den sie gefunden hatte, um sich von ihrem Bedürfnis nach ihm zu befreien, bestand darin, sich in eine streitsüchtige Giftnudel zu verwandeln. Und sie konnte dieses Benehmen nicht lange aufrechterhalten.

Ihre Schwiegermutter war wie sie der Meinung gewesen, dass sie Andeutungen machen sollte, und Elizabeth hatte es versucht, doch sie waren völlig an Geoffrey vorbeigegangen, genau wie die Witwe es vorausgesagt hatte.

Sie rieb sich die Stirn und hoffte, dass sie gerade keine Kopfschmerzen bekam. Das Beste, was sie tun konnte, war weiterhin auf Distanz zu bleiben und zu beten, dass er merken würde, dass er sie liebte. Wenn ihr doch nur ein besserer Plan einfiele.

Sie stieg die Kajüttreppe empor und entdeckte Lord John an der Deckskante. Da seine Soldaten sich noch immer von der Seekrankheit erholten, beschloss der Oberst, seine Männer per Fähre an Land zu befördern, statt darauf zu warten, dass das Schiff andockte.

Er blickte in ihre Richtung, lächelte sie an und verbeugte sich. »Ich wollte Ihnen für Ihre Hilfe und die Ihrer Diener danken, Mylady.«

»Ich habe nur getan, was nötig war, Mylord.« Um ehrlich zu sein, hatte sie nichts getan, was nicht jeder andere auch getan hätte.

Er schenkte ihr ein schiefes Grinsen. »Das mag sein, aber ich kenne nicht viele Ladies, nicht einmal Soldatenfrauen, die einfache Soldaten so gepflegt hätten, wie Sie es getan haben. Ihr Mann hat wirklich Glück.«

Hitze stieg in ihren Wangen auf und sie konnte nichts dagegen tun. »Dankeschön, Mylord. Ich wünsche Ihnen eine sichere Reise und viel Glück danach.«

»Danke, Mylady. Ich glaube, wir werden es brauchen.« Die Falten, die sein Gesicht durchzogen, wurden tiefer.

»Vielleicht sehen wir uns in Brüssel.« Sie warf ihm ein strahlendes Lächeln zu und versuchte, seine Laune zu heben.

»Das will ich hoffen.« Er lächelte und neigte den Kopf, bevor er fortging und seinen General und Offiziersburschen aufs erste Boot schickte, mit der Anweisung, Unterkünfte für die anderen zu finden, bis ihr Proviant abgeladen werden konnte.

»Möchtest du auch an Land gehen?« Geoffrey tauchte neben ihr auf, nahm ihre Hand und schob sie in seine Ellenbeuge, während er den Männern des Obersts zum Abschied winkte.

Normalerweise wäre sie gerne an Bord geblieben, doch dann wäre sie damit konfrontiert gewesen, mit ihrem Mann in einem Bett schlafen zu müssen. »Ja. Wir sollten den Kapitän lieber nicht weiter stören, damit er einen Liegeplatz finden kann und sich nicht mehr mit uns herumschlagen muss. Nettle hat gesagt, dass ein Hotel für uns arrangiert wurde. Wir können ihn und Vickers vorausschicken, um alles vorzubereiten.«

Geoffrey zog sie etwas fester zu sich heran und sie kämpfte gegen ihren Drang, sich an ihn zu schmiegen. »Sehr gut. Ich sage dem Kapitän Bescheid.«

Doch genau in diesem Moment kam Captain Higgins selbst auf sie zu. »Wenn Sie nichts dagegen haben, würde ich Sie an Land bitten, nachdem ich die letzten Soldaten von Bord befördert habe.«

Während sie versuchte und dabei scheiterte, das kribbelnde Gefühl zu ignorieren, das ihr Ehemann verursachte, grinste Elizabeth den Kapitän an. »Genau das haben wir auch gerade beschlossen.«

»Fabelhaft. Wenn Sie mir sagen, wo Sie unterkommen, dann lasse ich Ihnen eine Nachricht schicken, wenn wir bereit zur Abladung Ihrer Tiere und Ihrer Kutsche sind.«

»Im *Princess Henrietta*«, sagte Geoff prompt. »Soweit ich weiß, liegt es innerhalb der Stadtmauern. Wissen Sie, wie lange es noch dauert?«

»Geben Sie mir etwa eine Stunde, um Ihre Koffer aus dem Frachtraum zu holen und diese Kerle«, er nickte den Soldaten zu, »zum Hafen zu bringen, und dann kümmere ich mich um Sie.«

»Dankeschön. Wir sind bereit.« Geoffrey führte Elizabeth zurück zur Kajüttreppe. »Du warst fast die ganze letzte Nacht wach. Willst du dich ausruhen, wenn wir im Hotel ankommen?«

Die Frage überraschte Elizabeth. Sie hatte nicht damit gerechnet, dass es ihm aufgefallen war. »Ich bin müde, aber ich glaube, ich würde gerne etwas von der Stadt sehen. Und besprechen, wohin wir weiterreisen.« Sie ließ seinen matten Gesichtsausdruck auf sich wirken. »Aber, wenn du dich ausruhen willst …? Du warst ziemlich krank.«

»Nein. Ich würde mich freuen, eine Runde in Ostende spazieren zu gehen.« Sie wollte gerade ihre Weiterreise erwähnen, als er sagte: »Ich habe mit dem ersten Schiff, das eingefahren ist, einen Boten zu Sir Charles geschickt, um ihn um Anweisungen zu bitten.«

»Werden wir hier warten, bis wir sie erhalten?« Sie fragte sich, wie lange das wohl dauern würde. Es war schon fast Mitte Juni. Lord Markham hatte Geoffrey versichert, dass Sir Charles zufrieden wäre, solange sie noch vor dem 15. auf dem Kontinent ankamen.

»Es sind noch über hundert Meilen nach Brüssel und wir werden nicht schnell vorankommen können. Ich würde gerne aufbrechen, sobald die Pferde sich erholt haben.«

»Das klingt nach einer guten Idee.« Es bedeutete auch, dass er zu beschäftigt sein würde, um sich darum zu kümmern, dass sie ein gemeinsames Schlafzimmer hatten. Das hoffte sie jedenfalls.

Später an diesem Nachmittag hatten sie sich in ihrem Gasthaus eingefunden und am nächsten Morgen schickte Captain Higgins ihnen eine Nachricht, dass die Pferde und Kutschen in den nächsten zwei Stunden abgeladen werden würden.

Geoff und Elizabeth spazierten zum Hafen hinunter, um dabei zuzusehen. Man hätte meinen können, dass die Einwohner Ostendes solche Anblicke gewohnt waren, doch tatsächlich hatte sich eine kleine Menschenmenge am Pier gebildet. Sogar er musste zugeben, dass es beeindruckend war, wie die Pferde in Schlingen aus dem Frachtraum befördert wurden.

»Sie scheinen sich gar nicht zu fürchten«, sagte Elizabeth verwundert. »Ich hatte gedacht, dass meine Stute entsetzliche Angst haben würde.«

»Sie haben es gut überstanden«, stimmte Geoff zu.

Nachdem sie eingestellt worden waren, hatte er sie inspiziert. Innerhalb kürzester Zeit hatten die Stallburschen die Pferde angeschirrt und ein kleiner Zug ritt zu den Ställen des Gasthauses los.

Jetzt, wo sie in Holland waren, brannte Geoff darauf, sich endlich auf den Weg zu machen, doch die Pferde mussten sich erholen und solange er noch nichts von Sir Charles gehört hatte, hatte er keine Ahnung, in welche Richtung er weiterreisen sollte. Zum Glück musste Geoff nicht lange warten.

Früh am nächsten Morgen, während sie frühstückten, kam für Geoffrey eine Nachricht von Sir Charles an. Er schüttelte den Brief auf und überflog ihn. »Wir fahren nach Brüssel.«

»Darauf hatte ich gehofft.« Elizabeth rief die führende Dienerschaft zu sich her.

Als er den Brief noch einmal las, runzelte Geoff die Stirn. »Hast du etwas dagegen, wenn ich vorreite?«

»Nein. Gibt es ein Problem?«

Er blickte mit einem enttäuschten Blick vom Brief auf. »Vielleicht habe ich die Anzahl der benötigten Vorreiter unterschätzt.«

Sie riss ihm den Brief aus den Fingern.

*Langsam mache ich mir Sorgen über den Zustand auf
den Straßen. Es kursieren zahlreiche Gerüchte über
Napoleon, doch wir wissen immer noch nicht, in welche Richtung er unterwegs ist. Ich bin mir sicher, dass
er auf dem Weg hierher ist. Einige unserer Landsmänner haben bereits die nötigen Vorkehrungen getroffen,
um nach Hause zurückzukehren. Andere warten ab,
wie der Herzog reagiert. Es ist kein Geheimnis, dass
viele Menschen unruhig geworden sind.*

»Elizabeth.« Geoffrey nahm ihre Hand und umfasste
sie mit seiner. »Möchtest du nach England zurückkehren? Das ist vielleicht sicherer.«

»Nein. Ich werde es überstehen.« Es war zu schade,
dass Lord John bereits losgefahren war. Sie und Geoffrey würden ihn niemals einholen können. Aber wie
schlimm konnte es schon sein? Der Krieg hatte noch
nicht begonnen und soweit man wusste, war Napoleon
noch in Paris. »Frag den Gastwirt, ob du einen seiner
Bediensteten einstellen kannst, und sorge dafür, dass
all die Pistolen in der Kutsche geladen sind und genug
Kugeln und Schießpulver bereitstehen.«

Als ihre Dienerschaft versammelt war, begann Elizabeth, Anweisungen zu erteilen. »Wir reisen noch in dieser Stunde ab. Mrs. Robins, Preston, Nettle, Molly und
Kenwood werden in der Gepäckkutsche mitfahren und
aufbrechen, sobald alle Koffer verstaut worden sind.
Vickers, Sie werden mich begleiten. Seine Lordschaft
wird auf Hercules reiten. Wir arbeiten gerade daran, einige der Bediensteten des Gasthauses als Vorreiter zu
gewinnen, aber ich will trotzdem, dass all unsere Pistolen und Gewehre geladen sind.« Die Bediensteten

tauschten Blicke aus. »Wir treffen uns beim Mittagessen. Wenn Sie aus irgendeinem Grund der Meinung sind, dass wir zusammenbleiben sollten, will ich es jetzt hören.«

Riddle presste die Lippen zusammen. »Mal sehen, wie es läuft, Mylady. Wir werden an einem Gasthaus halten, wenn William, der Kutscher, und ich das Gefühl haben, es sei vonnöten.«

»Na gut. Das werde ich Ihnen überlassen.« Elizabeth lächelte sie an. »Je früher wir abreisen, desto früher werden wir an unserem neuen Zuhause ankommen.«

Als die Dienerschaft das Zimmer verlassen hatte, nahm Geoff ihre Hand. »Gut gemacht, Liebling.«

»Deswegen hast du mich doch geheiratet, nicht wahr?« Sie nahm schnell die letzten Bissen Brot und Käse zu sich. »Ich werde mich darum kümmern, dass Vickers unsere Koffer herunterbringen lässt, damit sie schleunigst in die Kutschen geladen werden können. Ich will den Anschluss an die Gepäckkutsche nicht verlieren.«

Er wusste nicht, was er ihr antworten sollte. Ihr Organisationsgeschick war nicht der einzige Grund, weshalb er sie geheiratet hatte. Er wollte sie auch in seinem Bett. Doch bevor er anfangen konnte, sich zu erklären, knallte sie die Tür hinter sich zu.

Ich habe noch eine Gelegenheit verpasst, um herauszufinden, was los mit ihr ist. Dumm war er aber nicht. Offensichtlich hatte es etwas mit ihren Fertigkeiten zu tun. Setzte er sie zu sehr unter Druck?

Als sie in ihrem Schlafgemach ankam, hatte sie ihre Wut wieder unter Kontrolle. Sie hatte ihn anschreien wollen. Ihm sagen wollen, dass er, wenn er doch nur über ihre Fertigkeiten hinaus blicken könnte, vielleicht die Frau erkennen könnte, die sie wirklich war. Eine, die einen Ehemann brauchte, der sie genauso liebte, wie sie ihn liebte.

Wenn sie doch nur einen Weg finden könnte, ihm ihr Anliegen mitzuteilen, ohne dadurch eine überstürzte, falsche Liebeserklärung heraufzubeschwören. Irgendetwas musste sich ändern, denn sie wusste nicht, wie lange sie noch so tun konnte, als ob sie ihn nicht wollte.

Sie zog sich ein Reisekleid an und half ihrer Zofe, die wenigen Dinge einzupacken, die sie aus den Koffern ausgepackt hatten. »Ich glaube, das ist alles.«

»Wie gefährlich wird es sein?«, fragte Vickers.

»Um ehrlich zu sein, wissen wir es nicht. Angesichts dessen habe ich vor, für alles gewappnet zu sein.«

Ein Klopfen erklang an der Tür. Ihre Zofe öffnete sie.

»Wir sind hier, um die Koffer mit nach unten zu nehmen, wenn Sie so weit sind«, sagte Kenton.

Als die letzten Koffer eingeladen wurden, ging Elizabeth in den Innenhof des Gasthauses.

Kurz darauf gesellte sich Geoffrey zu ihr. »Ich kann drei Männer für einen Tag einstellen.«

Sie seufzte frustriert. »Das ist besser als nichts, schätze ich.« Viel war es nicht. Alle würden wachsam bleiben müssen. »Immerhin werden wir ungefähr einschätzen können, womit wir es zu tun haben.«

Zum ersten Mal, seit sie das Gespräch mit seinem Vater mitgehört hatte, nahm er sie in den Arm. Nur mit Mühe konnte sie ihre Arme an ihrer Seite halten, obwohl sie ihn so gerne umarmt hätte. Wenn sie es doch nur nicht gehört hätte.

Doch Vergangenheit war Vergangenheit und sie konnte nichts daran ändern.

Ein paar Sekunden später ließ er sie los und Elizabeth wünschte sich, sie wäre noch immer in seinen Armen.

»Es ist Zeit zum Aufbruch.« Er neigte den Kopf. Ein leichtes Grinsen formte sich auf seinen Lippen und sie wollte sich ihm um den Hals werfen und ihn küssen. »Sag mir, du weißt, wie man mit einer Pistole schießt.«

»Darauf kannst du dich verlassen.« Sie drehte sich um, um zu ihrer Kutsche zu gehen, doch blickte dann über ihre Schulter zurück. »Man munkelt, ich treffe immer ins Schwarze.«

Nach drei großen Schritten war er wieder bei ihr. Sie legte ihre Hand auf seinen Arm und stieg in die Kutsche. »Sei vorsichtig.«

Das Letzte, was sie wollte, war, dass er ermordet wurde, bevor er merkte, dass er sie liebte.

»Das werde ich.«

Die Kutsche fuhr los und eine Weile lang starrte sie auf die flache Landschaft. »Es ist hier ganz anders als in England.«

»Das ist es, Mylady«, antwortete Vickers. »Erinnert mich in gewisser Weise an die *Fens*, aber die Wolken liegen hier höher und ich sehe weit und breit kein Sumpfland.«

»Ich war noch nie im *Fenland*«, sagte Elizabeth. »Wie ist es dort?«

»Flach wie hier, aber voller Sümpfe. Ich hatte immer das Gefühl, die Wolken drücken einem von oben auf den Kopf.«

»Das klingt nicht besonders angenehm.« Sie war froh, dass die Wolken hier nicht tief lagen.

»Sie sind nicht mein Lieblingsteil von England, aber viele Menschen lieben sie.« Vickers blickte aus dem Fenster. »Mir gefällt es hier mehr.«

»Mir wird es hier auch sehr gut gefallen, solange wir keine Probleme haben, nach Brüssel zu kommen.«

Elizabeth legte sich die Pistole in den Schoß und nahm ihr Buch heraus, doch sie konnte es nicht lesen. Es herrschte reger Verkehr mit Bauern und ein paar Kutschen. Doch es schien nichts Ungewöhnliches vor sich zu gehen. Schließlich wurde sie vom Schwanken der Kutsche in den Schlaf gewogen.

Sie wachte auf, als es Zeit war, dass die Pferde sich ausruhten.

Beim Mittagessen verkündete Riddle, dass die Straßen sicher genug waren, damit die Bediensteten Elizabeth und Geoffrey vorausritten.

An diesem Abend übernachteten sie in einer kleinen Stadt etwa zehn Meilen außerhalb von Gent. Es war ein angenehmer Tag gewesen, doch da sich die Pferde mehrmals hatten ausruhen müssen, würde es noch zwei Tage dauern, bis sie in Brüssel ankamen.

Und Elizabeth war kein Stück näher daran, zu wissen, was sie wegen Geoff tun sollte, abgesehen von dem, was sie bereits tat. Wenn er sie häufiger umarmen würde, würde sie ihn früher oder später küssen, und das würde zu anderen Dingen führen und ehe sie sich versah, würde sie wieder mit ihm im Bett liegen, ohne jemals erfahren zu haben, ob er sie lieben könnte.

Daher war sie erleichtert, als sie herausfand, dass Nettle wieder separate Schlafzimmer mit einem gemeinsamen Salon arrangiert hatte.

Nachdem sie sich gewaschen und umgezogen hatten, machten sie und Geoffrey einen Spaziergang in der Stadt. Die Geschäfte waren noch geöffnet und niemand schien wegen des bevorstehenden Krieges nervös zu sein. Mit etwas Glück würde es den Rest ihrer Reise so bleiben.

Als sie zu Abend gegessen hatte, wollte sie nur noch ins Bett. Morgen würde wieder langer Tag bevorstehen.

KAPITEL 31

Früh am nächsten Morgen brachen Geoff, Elizabeth und ihr kleiner Haushalt auf.

Gestern hatten sie gehofft, es bis nach Gent zu schaffen, aber am Ende des Tages waren sie noch immer einige Meilen von ihrem Ziel entfernt gewesen und Geoff hatte beschlossen, die Pferde nicht mehr als nötig anzustrengen, auch wenn sie dadurch später in Brüssel ankommen würden.

Im Laufe des Tages füllte sich der Verkehr allmählich mit Fußgängern und Pferden, Bauernwägen und Kutschen.

Ein paar besorgte Seelen versuchten sogar, ihn davon zu überzeugen, umzukehren, jedes Mal mit derselben Warnung. »Napoleon wird bald nach Norden marschieren. Man munkelt, seine Armee sei groß genug, um Wellingtons Einheiten völlig zu zerstören.«

Geoff bedankte sich für den Rat, doch um kurz nach zwölf fing er langsam an, sich Sorgen zu machen. Irgendwann ritt er zur großen Kutsche und fragte Elizabeth, ob sie sich sicher war, dass sie nicht umkehren wolle. Wie erwartet verlangte sie, dass er weiterritt.

Dennoch schwankte er dazwischen, sie unmittelbar in Sicherheit zu bringen und sie der Möglichkeit auszusetzen, dass sie sich trennen müssten, was sie noch mehr gefährden würde als ohnehin schon.

Schließlich stellte er ihr die Frage etwas anders. »Möchtest du zurück nach Gent?«

Sie sah ihn mit verengten Augen an und war einige Sekunden lang still, bevor sie antwortete: »Warum sollte ich?«

»Das wäre vielleicht sicherer für dich.« Schon während er die Worte sprach, wusste er, dass er sie niemals gehen lassen könnte. Niemand würde sich so sehr um ihre Sicherheit bemühen wie er.

Ihr Gesichtsausdruck entspannte sich. »Nein, ich würde lieber weiterfahren. Bis ich nach Gent zurückgekehrt wäre, würden wir schon in Brüssel sein. Ich würde die Strecke lieber nur einmal zurücklegen.«

Dagegen war kaum etwas einzuwenden. »Na gut.«

Sie hatte daran gedacht, ihm einen Korb mit einem Imbiss packen zu lassen, und er aß auf der Fahrt ein Sandwich. Bei Einbruch der Dunkelheit hatten sie es nur bis nach Asse geschafft, und Geoff verkündete, dass sie für die Nacht eine Pause einlegen würden.

Elizabeth stieg mit steifen Gliedern aus der Kutsche. »Danke fürs Anhalten. Ich weiß, du wolltest noch heute in Brüssel ankommen, aber jetzt werden wir die Bediensteten zum Gasthaus schicken können, damit sie alles vorbereiten, bevor wir da sind.«

»Es beeindruckt mich, wie du in jeder Situation das Gute erkennst.« Er schob ihre Hand in seine Ellenbeuge, um ihr Halt zu geben.

Sie zuckte mit den Schultern. »Es ist sinnlos, sich mit den schlechten Aspekten aufzuhalten, wenn man sowieso nichts dagegen tun kann.«

Sie spazierten durch den Garten auf der Rückseite des Gasthauses, während Nettle und Vickers sich um ihre

Zimmer kümmerten. »Ich wüsste gerne, was gerade vor sich geht. Wir haben nur gehört, dass Napoleon auf dem Weg nach Norden ist. Aber wir haben noch nichts darüber gehört, was Wellington vorhat.«

»Vielleicht wird jemand im Gasthaus es wissen«, sagte Geoff beschwichtigend. Obwohl er bezweifelte, dass der Gastwirt mehr wusste, als all die Menschen, denen sie heute über den Weg gelaufen waren.

Seine Freunde vom Militär hatten ihm erzählt, dass man Kanonen und andere Geschosse aus meilenweiter Entfernung von der tatsächlichen Schlacht hören konnte. Wie viele Meilen es genau waren, wusste er nicht. Bis jetzt hatten sie nichts gehört, was darauf hindeutete, dass die Armeen im Einsatz waren. Es würde eine Erleichterung sein, in Brüssel anzukommen, wo all ihre Fragen beantwortet werden konnten.

Um ihren Tagesrhythmus nicht zu verlieren, standen sie früh auf. Gestern hatte sich Nettle vom Gastwirt den Stadtplan von Brüssel ausgeliehen, um die Adresse des Hauses zu finden, das Geoffs Vater für sie gepachtet hatte.

Leider konnte der Gastwirt Geoff nicht sagen, wo er die Englische Delegation in Brüssel finden könnte.

Der Großteil der Dienerschaft brach kurz vor Sonnenaufgang auf und ließ ihn mit seiner Frau, ihrer Zofe, einem Hausmädchen – niemand hatte sich die Mühe gemacht, zu erklären, warum das Mädchen nicht mit der Haushälterin mitfuhr – dem Stallburschen und einem Bediensteten zurück.

Genau als ihre Gruppe den Stadtrand von Brüssel erreicht hatte, kam ihnen die Nachricht entgegen, dass die Truppen des Korsen Wellington überrumpelt hatten und dass Napoleon nun nach Norden marschierte.

Geoff galoppierte zu Elizabeths Kutsche. »Wenn es dir nichts ausmacht, würde ich in die Stadt reiten. Wenn jemand weiß, wo ich Sir Charles finden kann, dann ist es die Duchess of Richmond, eine Freundin meiner Mutter. Immerhin ihre Adresse kenne ich. Es ist nicht mehr weit. Fühlst du dich wohl damit, den Rest des Weges alleine zu reisen, oder möchtest du einen Ort finden, wo du warten kannst, bis ich zurück bin?«

»Ich werde es verkraften«, antwortete Elizabeth mit einer Gelassenheit, die er inzwischen von ihr erwartete. »Ich bin ziemlich sicher, dass wir, wenn dieser Kampf vorbei wäre, britische Truppen aus dieser Richtung kommen sehen würden.«

»Dann sehen wir uns später.« Er wollte sie in die Arme schließen, sie küssen und ihr sagen, dass sie die mutigste Frau war, die er kannte. Stattdessen ritt er davon und blieb stets am Straßenrand, um dem Andrang an Menschen auszuweichen, der sich nun auf den Straßen tummelte.

Als er das Haus der Duchess erreichte, war sie tatsächlich in der Lage gewesen, ihm den Weg zu Sir Charles Anwesen zu beschreiben. Doch als er dort ankam, wurde er zu Wellingtons Hauptquartier in der Rue Royale weitergeschickt. Zum Glück kam Sir Charles genau dann die Treppe herunter, als Geoff das Gebäude erreichte.

»Guten Tag, Sir Charles«, sagte Geoff und streckte ihm die Hand hin.

»Lord Harrington, willkommen. Ich bin froh, dass Sie da sind.« Der ältere Herr umfasste warm seine Hand.

»Kommen Sie ein Stück mit mir mit, dann erzähle ich Ihnen, was sich alles zugetragen hat. Haben Sie eine Unterkunft?«

»Ja, Sir. Mein Vater hat sie arrangiert. Ich bin meiner Frau vorausgeritten, um Sie zu sprechen, aber unsere Dienerschaft sollten vor ein paar Stunden dort angekommen sein. Sie ist in der Rue Zinner.«

»Ah, ja.« Sir Charles nickte. »Eine gute Lage. Direkt gegenüber des Parks und in einer kleinen Straße. Wie war Ihre Überfahrt?«

»Den Erwartungen entsprechend. Die letzten zwei Tage haben wir einen stetigen Strom von Menschen auf dem Weg nach Ostende und Antwerpen gesehen.«

»Obwohl noch gar nichts passiert ist, wird es immer Menschen geben, die in Panik ausbrechen.« Der ältere Herr schüttelte den Kopf. »Ich freue mich darauf, Lady Harrington kennenzulernen. Doch bis dahin gibt es eine Menge zu tun. Ich gratuliere Ihnen zur Voraussicht, Ihre Bediensteten vorgeschickt zu haben.«

Offenbar würde Geoff nicht viel Zeit mit Elizabeth oder in seinem neuen Zuhause verbringen können. »Ich kann es kaum erwarten, loszulegen.«

Er verbrachte die nächsten Stunden damit, sich Notizen zu machen, Berichte abzuschreiben und Briefe zu verfassen, und fragte sich die ganze Zeit, ob Elizabeth in Sicherheit war. Um fünf Uhr fing er an, sich Sorgen zu machen. Inzwischen hätte er etwas von ihr hören sollen.

Einer von Sir Charles Lakaien fungierte als Bote. Wenn Geoff nicht bald etwas hören würde, dann würde er eine Nachricht in ihr Haus schicken lassen.

Elizabeth beobachtete, wie Geoffrey in Richtung Brüssel galoppierte. Inzwischen wünschte sie sich, dass sie alle den Rest der Strecke reiten könnten. Es wäre einfacher, als sich ihren Weg durch die Masse an Menschen, Kutschen, Karren und Wägen zu bahnen.

Einige der Fahrzeuge waren auf dem Weg zurückgelassen worden, als ob ihre Besitzer mit allem, was sie tragen konnten, geflohen wären. Nach einer Stunde befahl sie, dass sein Phaeton vorausfahren solle. Seine Kutsche würde es schneller durch den Verkehr schaffen als ihre große Reisekutsche.

Nach drei weiteren Stunden, als sie erst ein winziges Stück vorangekommen waren, hatte Elizabeth genug davon, in der Reisekutsche zu fahren. Es gab ein paar Läden in der Gegend und ihre Leute mussten etwas essen.

Sie hämmerte gegen die Decke und rief: »Halten Sie die Kutsche an.« Als sie anhielt, sah sie ihre Zofe und das Hausmädchen, Molly, an. Das arme Mädchen war bei ihnen gelassen worden, weil ihr schlecht gewesen war, und die Gepäckkutsche so schnell fahren musste wie möglich. »Ich werde in diese Bäckerei auf der anderen Straßenseite gehen. Hätte ich gewusst, dass wir in diese Art von Verkehr geraten würden, dann hätte ich dafür gesorgt, dass die Gastwirtin uns einen Korb mit etwas zu Essen packt. Vickers, bitte gehen Sie in die Käserei nebenan und kaufen Sie einen Belag für die Brötchen. Molly, Sie kommen mit mir mit.« Nachdem Kenton, ihr Diener, Elizabeth aus der Kutsche geholfen hatte, schüttelte sie ihre Röcke aus. »Ich bin mir nicht ganz sicher, was hier vor sich geht, aber behalten Sie unsere Kutsche und unsere Pferde gut im Auge. Wenn jemand Ihnen zu nahe kommt, verwarnen Sie ihn. Benutzen Sie eine Pistole, wenn es sein muss.«

Nachdem sie die Straße überquert hatte, betrat Elizabeth die Bäckerei und wurde von der Verkäuferin begrüßt. Der Duft von frisch gebackenen Broten und Brötchen war himmlisch. Und er führte dazu, dass ihr Magen gegen seinen ziemlich leeren Zustand rebellierte.

Sie war gerade dabei, genügend Brötchen zu bestellen, um ihre Mitreisenden zu versorgen, bis sie das Haus erreichten, als Molly kreischte: »Mylady, da versucht ein Mann, unsere Pferde zu stehlen!«

Elizabeth drehte sich sofort um. Wer um alles in der Welt würde etwas so Boshaftes tun?

Der Kutscher nahm seine Pistole heraus und schwenkte sie zwischen einem Gentleman und einem Diener herum, der immer wieder versuchte, an das Pferdegeschirr zu kommen. Dachte dieser Halunke wirklich, dass er ihre Tiere stehlen und damit davonkommen könnte?

Sie nahm ein paar Münzen aus ihrer Handtasche und reichte sie dem Dienstmädchen. »Holen Sie das Brot. Ich kümmere mich um die Pferde.« Sie marschierte aus dem Laden, ging auf ihre Kutsche zu und holte unterdessen ihre Pistole heraus.

Als sie auf der anderen Seite des Gespanns vor dem Gentleman und seinem Handlanger stand, richtete sie die Pistole auf den jungen Herren, der nervös versuchte, ihre Pferde von der Kutsche zu lösen. »Hören Sie bloß auf oder es wird Ihnen noch leidtun.« Der Bursche hob vor Überraschung ruckartig den Kopf und blickte dann zum Kutscher, der seine Pistole herausgeholt hatte und sie auf den Gentleman richtete, von dem Elizabeth vermeinte, er sei Mitte dreißig oder Anfang vierzig. Elizabeth hob eine Braue. »Ist das Ihr Stallbursche?«

»In der Tat.« Der Mann hob das Kinn und sagte mit überheblicher Stimme: »Ich kann Ihnen versichern, dass ich dringend Ihre Pferde brauche.«

»Rein zufällig«, sagte sie in einem Tonfall, von dem sie hoffte, dass er erhabener klang als der des Gentleman, »kann ich sie gerade auch gut gebrauchen. Außerdem glaube ich, ich habe einen größeren Anspruch auf sie, denn sie gehören mir, und ich werde mich nicht von ihnen trennen.« Sie entsicherte ihre Waffe. »Also, wenn Sie nicht dafür verantwortlich sein wollen, dass Ihr Diener verletzt wird, werden Sie beide von meinem Gespann und meiner Kutsche zurücktreten.«

Der Herr seufzte. »Ich befürchte, Sie werden einen von uns erschießen müssen, Ma'am, denn ich bleibe dabei, dass mein Anliegen gegenüber Ihrem Vorrang hat. Ich muss umgehend nach England zurückkehren.«

»William«, sagte Elizabeth zu dem Kutscher, »lehnen Sie sich zurück und halten Sie Ihre Pistole auf den Stallburschen gerichtet.« Als ihr Kutscher ihre Anweisung befolgte, richtete sie, ohne ein weiteres Wort zu sagen, ihre Pistole auf den Gentleman, feuerte einen Schuss ab und fegte ihm damit seinen Kastorhut vom Kopf.

Der Bedienstete und sein Herr schrien gleichzeitig auf und sprangen zurück. Daneben nahm Vickers Elizabeths kleine Waffe und reichte ihr eine der größeren Pistolen aus der Kutsche. »Gehen Sie mit Molly in den Wagen und lassen Sie den Sichtschutz herunter.«

Kurz darauf rief der Gentleman: »Was zum Teufel denken Sie, was Sie hier tun?«

»Ich beschütze meinen Besitztum vor Diebstahl.« Sie richtete die schwere Pistole auf ihn.

»Wissen Sie überhaupt, wer ich bin?« Er klang, als wäre er so bekannt wie der König höchstpersönlich.

»Das ist eine absurde Frage. Wir wurden einander noch nicht vorgestellt. Deshalb kann ich gar nicht wissen, wer Sie sind. Eigentlich interessiert es mich auch nicht. Für mich sind Sie nichts weiter als ein Dieb.« Sie entsicherte die Pistole und machte dem Narren damit klar, dass sie kein Problem damit hatte, wieder auf ihn zu schießen. »Wenn Sie nicht wollen, dass ich etwas Kostbareres verwunde, schlage ich vor, Sie gehen. Sofort.« Elizabeth hielt die Waffe auf ihn gerichtet, bis er und sein Stallbursche die Straße hinunter gelaufen waren und keine Gefahr mehr darstellten. »Lassen Sie uns gehen, aber halten Sie Ausschau nach anderen Leuten, die denken, sie können nach Lust und Laune stehlen.«

»Denken Sie, er wird wiederkommen, Mylady?«, fragte Molly.

»Nicht, wenn er weiß, was gut für ihn ist«, antwortete Vickers.

»Das war ein ziemlich scharfer Schuss, Mylady.« Farley, ihr Stallbursche, schmunzelte. »Ich habe noch nie einen Gentleman kreischen hören.«

»Wie ein kleines Mädchen.« William, der Kutscher, klopfte sich auf die Schenkel. »Warten Sie ab, bis Seine Lordschaft davon erfährt.«

»Das haben Sie wirklich gut gemacht, Mylady«, sagte Kenton, als er ihr in ihre Kutsche half.

Sobald die Tür verschlossen war, setzte er sich zu William und die Pferde bewegten sich vorwärts.

Mindestens eine Stunde lang behielt Elizabeth die Pistole im Schoß, bevor sie sich schließlich sicher genug fühlte, sie wieder in ihren Holster zu stecken. »Ich bin froh, wenn diese Reise überstanden ist.«

»Wer hätte gedacht, dass ein Gentleman versuchen würde, einer Lady die Pferde zu stehlen?« grübelte Vickers.

»Jemand, der verzweifelt ist. Aber ich wollte ihm auf keinen Fall die Möglichkeit geben, uns in die Bredouille zu bringen.« Elizabeth fragte sich, was Geoffrey von dieser Begegnung halten würde. Danach zu urteilen, wie er sich in letzter Zeit verhalten hatte, wäre er vielleicht aufgebracht darüber. Andererseits hatte er sie gefragt, ob sie schießen könne. Vielleicht würde er das als Teil ihrer *Qualifikation* betrachten.

Vickers und Molly begannen, Sandwiches zu machen. Vickers bot Elizabeth das erste an, doch sie schüttelte den Kopf. Sie würde erst essen, wenn die anderen versorgt waren.

Molly reichte sie den Männern durchs Fenster, bevor Elizabeth das Sandwich nahm, das ihr angeboten wurde. Erst, als sie einen Bissen genommen hatte, aßen Vickers und Molly ihre Sandwiches.

Zwei Stunden später hielten sie vor einem mittelgroßen Haus in einer netten Straße hinter einem weitläufigen Park an. In dem Moment, als die Pferde zum Halt kamen, hielt Preston ihnen bereits die Tür auf, und Nettle und Riddle, Geoffreys Stallbursche, kamen heraus, um ihnen mit den Koffern und den Pferden zu helfen.

»Sie werden die Pferde bewachen müssen«, sagte Elizabeth. »Sie wären heute beinahe gestohlen worden.«

»Es gibt hinten einen Stall, der sich verriegeln lässt, Mylady. Ich werde eine Liege von oben holen, und wir werden uns damit abwechseln, bei den Pferden zu schlafen.«

Das sollte ausreichen. »Sorgen Sie dafür, dass die Pistolen allzeit geladen sind, und zögern Sie nicht, den Alarm zu läuten.«

Natürlich dauerte es nicht lange, bevor alle davon gehört hatten, wie Elizabeth den Möchtegern-Pferdedieb fortgejagt hatte.

»Sie hat ihm einen Schuss direkt durch den Hut verpasst und nicht einmal geblinzelt«, erzählte William den anderen.

»Ihr Schlafgemach ist bereit, Mylady.« Mrs. Robins führte Elizabeth und Vickers die Treppe hoch in ein geräumiges Zimmer, das den Garten überblickte.

Der Kamin war angezündet worden. Durch eine Reihe von Glastüren konnte Elizabeth eine kleine Terrasse mit zwei Stühlen und einem Tisch erkennen.

»Das Haus war in guter Verfassung«, sagte die Haushälterin. »Ein belgisches Paar kümmert sich rund um die Uhr darum. Die Dame hatte ein Dienstmädchen, das ihr geholfen hat, aber seit die Armee und alle anderen hier sind, hat sie sich größtenteils allein darum gekümmert.«

Während Elizabeth das Essen für diesen Abend und morgen früh mit ihrer Haushälterin besprach, wurde ihr bewusst, dass sie endlich einen eigenen Haushalt hatte, den sie so führen konnte, wie sie wollte.

»Die Madam kennt einen sehr guten Koch, falls Sie ihn anstellen wollen«, sagte Mrs. Robins.

»Lassen Sie es uns wenigstens mit ihm versuchen«, antwortete Elizabeth. Wenn er aus dieser Gegend kam, dann würde er wissen, wo es die frischsten Zutaten zu kaufen gab.

»Jawohl, Mylady. Ich werde der Madam gleich Bescheid geben.«

Eine kupferne Wanne wurde ins Zimmer getragen und innerhalb kürzester Zeit war sie gefüllt.

Elizabeth ließ sich ins heiße Wasser sinken, welches ihre Zofe mit Lavendel und Zitronenbalsam aufgegossen hatte, und erlaubte sich, sich nach dem Tag, den sie und ihre Bediensteten erlebt hatten, zu entspannen.

Ihre Gedanken schweiften zu ihrem Ehemann. Hatte er Sir Charles gefunden? Höchstwahrscheinlich hatte Geoffrey das. Keiner aus der Dienerschaft hatte ihn gesehen und sie fragte sich, ob er direkt zur Arbeit geschickt worden war oder ob er einen seiner alten Freunde getroffen hatte.

Es gab nur einen Weg, um das herauszufinden. »Vickers, schicken Sie einen der Männer los, um nach Seiner Lordschaft zu suchen. Ich möchte mich vergewissern, dass er sicher angekommen ist, und ich möchte, dass er weiß, dass wir hier sind.«

»Ja, Mylady.«

Elizabeth beschloss, dass sie die kurze Zeit, die sie in dieser Stadt haben würde, genießen würde. Wenn der Krieg gegen Napoleon gut endete, würden sie bald nach Paris ziehen. Wenn nicht, würden sie zurück nach England fliehen.

KAPITEL 32

Elizabeth musste eingeschlafen sein. Das Wasser war erheblich abgekühlt und Vickers rüttelte an ihrer Schulter.

Sie blinzelte. »Wie spät ist es?«

»Etwa fünf Uhr. Stehen Sie auf, ich gebe Ihnen ein Handtuch.«

Sie tat, was von ihr verlangt wurde, und war überrascht, dass das Handtuch warm war. »Sie haben es an das Feuer gelegt.«

»Es gibt eine Stange dafür. Jedenfalls glaube ich, dass sie dafür da ist.«

»Hat Seine Lordschaft etwas von sich hören lassen?« Sie wusste nicht einmal, ob sie damit rechnen sollte, dass er mit ihr zu Abend aß.

»Gerade ist ein Schreiben eingetroffen.« Vickers reichte Elizabeth einen Bademantel. »Deswegen habe ich Sie geweckt. Und weil Sie fast erfroren wären, wenn Sie noch länger hier drin geblieben wären.« Ihre Zofe griff sich in die Taschen. »Hier ist es.«

Meine liebste Elizabeth,

Kenton hat mich aufgesucht. Ich will hoffen, dass der Rest Deiner Fahrt nach Brüssel gut gelaufen ist, und ich bin erleichtert, dass Du sicher angekommen bist. Ich wünschte, ich wäre im Haus gewesen, um Dich zu begrüßen. Leider werde ich heute Abend erst spät wieder zu Hause sein. Kurz nachdem ich Sir Charles getroffen habe, wurde ich zur Arbeit geschickt.

Wir wurden zu einem Dinner mit der Duchess of Richmond eingeladen, direkt vor ihrem Ball morgen, auf den wir auch eingeladen sind.

Wellington wartet darauf, von jemandem in Mons zu hören, bevor er etwas unternimmt.

Dein ergebener Ehemann,

G.

Sie blinzelte die Tränen fort, die ihr in die Augen stiegen. Wenn sie doch nur die Art von Ehe hätten, die sie wollte, dann wäre alles perfekt. Trotzdem durfte sie die Hoffnung nicht verlieren. Die Witwe hatte gesagt, dass es eine Weile gedauert hatte, bis Geoffreys Großvater nachgab. Es musste etwas mit den Männern in dieser Familie auf sich haben.

Eines Tages, hoffte sie, würde er sie lieben.

In der Zwischenzeit würde sie die Rolle seiner qualifizierten Ehefrau spielen. »Er wird heute Abend nicht zu Hause dinieren, aber ich will, dass Suppe, Fleisch, Käse und Brot für ihn bereitstehen, wenn er wieder da ist, falls er Hunger hat.«

Vickers nickte. »Ich sage es Mrs. Robins.«

Als Vickers die Tür schloss, ging Elizabeth zur Terrasse hinaus und setzte sich auf einen der Stühle. Ein Kirchturm ragte in der Ferne auf und man konnte über die Dächer anderer Häuser blicken. Der Garten war ein

Dschungel bunter Farben, durchzogen von kleinen Pfaden.

Sobald das Haus morgen nach ihren Vorstellungen hergerichtet sein würde, würde sie den Garten erkunden und sich vielleicht hinaus in die Stadt wagen. Es war wirklich wunderschön hier.

Dennoch musste sie mehr Wege finden, sich zu beschäftigen, als bloß einen Haushalt zu führen. Vielleicht würde sie ja andere Ladies kennenlernen, die Ideen hätten, wie Elizabeth sich nützlich machen könnte. Sie bezweifelte zwar, dass sie hier irgendjemanden kannte, aber es bestand immer eine Möglichkeit, dass sie es doch tat.

Elizabeth hob die Nachricht von Geoffrey wieder auf und schnappte nach Luft.

Der Ball der Duchess of Richmond. Wie konnte ich das übersehen?

Ihre Freundinnen hatte keine Scherze gemacht, als sie sagten, dass jeder Empfänge veranstaltete.

Ein paar Minuten später kam ihre Zofe zurück ins Zimmer. »Sind Sie bereit, sich anzuziehen, Mylady?«

»Ja. Nur ein Tageskleid. Aber«, sie grinste, »vielleicht kümmern Sie sich besser darum, dass eines meiner neuen Ballkleider bis morgen Abend gebügelt ist. Wir wurden auf den Ball der Duchess of Richmond eingeladen.«

Ein breites Lächeln erschien auf dem Gesicht ihrer Zofe. »Also ist all das, was wir gehört haben, wirklich wahr.«

Nach einem stillen Dinner ohne Gesellschaft war es immer noch hell genug, um einen Blick auf die Gärten zu werfen, und Elizabeth beschloss, doch nicht bis morgen zu warten.

Ligustersträucher rahmten verschiedene Blumenbeete und vor ihnen wuchs eine Mischung aus Wollziest, Bartnelken und Katzenminze. In der Mitte mancher Beete blühten Stockrosen, Rittersporne, Flammenblumen und Gänseblümchen. In anderen Beeten wuchsen Rosen, welche von niedrigen Buchsbäumen umrandet wurden. Unter den Rosen blühte Lavendel.

Mitten im Garten befand sich ein Springbrunnen mit einigen Tischen und Stühlen auf einer Pflastersteineinfassung. Sie ließ sich auf einem der Stühle nieder und lauschte dem Wasser, dem leisen Geräusch von Hufen irgendwo in der Nähe und den Gesprächen der Menschen.

Als die Sonne langsam unterging, ging Elizabeth wieder hinein, schenkte sich ein Glas Wein ein und fand einen gemütlichen Sessel, in dem sie sitzen und ihr Buch lesen konnte, und sie hoffte, auf Geoffrey zu treffen, wenn er nach Hause kam. Doch als die Uhr zehn schlug, ging sie ins Bett.

Später an diesem Abend oder früh am nächsten Morgen hörte sie, wie die Haustür geöffnet wurde und leise Stimmen erklangen. Geoffrey musste zu Hause sein. Elizabeth hoffte, dass er die Mahlzeit wertschätzte, die sie für ihn hatte zubereiten lassen.

Als sie das nächste Mal die Augen öffnete, schien die Sonne durch die Spitzenvorhänge. Ein Vogel saß im Rahmen eines offenen Fensters und zwitscherte. Es war auch für sie an der Zeit, auf den Beinen zu sein. Sie klingelte nach ihrer Zofe. Heute gab es eine Menge zu tun.

Geoff verfluchte den verdammten Vogel. Sogar sein Leibdiener würde ihn nicht so früh aufwecken. Er war erst lange nach Mitternacht zurückgekommen.

Er hatte zwar mit Sir Charles zu Abend gegessen, aber nicht besonders ausgiebig. Er war überrascht und dankbar, dass Elizabeth angeordnet hatte, dass er versorgt werden solle, egal, wann er nach Hause kam.

Bevor er sich hinlegte, nahm er eine deftige Mahlzeit zu sich, bestehend aus einer Schale Zwiebelsuppe, gefolgt von Schinken, einer Art Frischkäse, Brot und Wein.

Ihre Fürsorge erinnerte ihn daran, dass sie ihn durch seine Seekrankheit gepflegt hatte, nachdem er so übermütig behauptet hatte, dass er *nicht* an Seekrankheit litt. Nicht ein einziges Mal hatte sie sich beschwert.

Es war erst, als Nettle Geoff dabei half, sich auszuziehen, dass er herausfand, wie es Elizabeth gelungen war, den Diebstahl ihrer Pferde zu verhindern.

Verdammt, sie entpuppte sich als eine außerordentliche Frau.

»Kenton zufolge ist sie mit der Pistole direkt ins Geschehen gelaufen und hat sie auf den Bediensteten gerichtet, der gerade versucht hat, die Pferde loszumachen, und dann hat sie verlangt, dass er aufhört.«

»Was soll das heißen, *Bediensteter*?« Er konnte sich nicht vorstellen, dass irgendein Herr seinem Bediensteten befehlen würde, etwas zu stehlen, geschweige denn ein Pferdegespann von einer Kutsche.

»Da war ein englischer Gentleman, der sagte, er bräuchte die Pferde, um zurück nach Hause zu kommen.«

»Wissen Sie, wer er ist?« Sobald er den Halunken gefunden hatte, würde er seinem Vater schreiben und ihn festnehmen lassen.

Nettle gab ein seltenes Schmunzeln von sich. »Der Gentleman hat Ihre Ladyschaft gefragt, ob sie wisse, wer er sei, und sie hat ihn bloß angestarrt, als wäre er wahnsinnig, und sie sagte etwas von wegen, wie sie ihn denn kennen könne, wenn sie einander noch gar nicht vorgestellt worden waren, und dass es ihr egal sei, wer er war. Sie hat ihm den Hut vom Kopf geschossen.«

Geschossen? Einen Moment lang konnte Geoff nicht sprechen. »Sie hat *was*?«

»Den Hut des Gentlemans weggeschossen. Und ihm dann gesagt, dass er, wenn er nicht etwas noch Kostbareres verlieren wolle, besser gehen solle.« Sein Leibdiener zog ihm einen seiner Stiefel aus. »Zu diesem Zeitpunkt hatte sie schon eine der Pistolen aus der Kutsche in der Hand.«

Geoff war froh, dass er gerade saß. Andernfalls hätte ihn die Information, dass seine Frau tatsächlich auf einen Dieb geschossen hatte, zu Fall gebracht. Bei Gott, wenn ihr irgendetwas passiert wäre ...

Er hätte sie nie alleine lassen sollen, und sobald er sie wiedersah, würde er sie um Verzeihung dafür bitten, dass er es getan hatte.

Verdammt. Er hatte ein Riesenglück, dass es ihr gut ging.

Als Elizabeth sagte, dass sie mit einer Pistole umgehen könne, hatte er keine Ahnung gehabt, dass sie gezwungen sein würde, solch einem Halunken entgegenzutreten. Die meisten Ladies, die er kannte, wären in Panik ausgebrochen. Doch sie – seine Frau – war ruhig geblieben und hatte die Kontrolle über die Situation behalten.

Außerdem hatte sie ihre Bediensteten vor einer möglichen Festnahme bewahrt, indem sie selbst auf den Gentleman geschossen hatte. Wenn der Mann ein Ebenbürtiger gewesen wäre, und seinem Benehmen nach zu urteilen, hätte er das sehr wohl sein können, dann wäre Geoffs Kutscher in eine heikle Lage geraten, hätte er dem Mann gedroht.

Ihm war nicht klar gewesen, wie viel Glück er hatte, sie gefunden und geheiratet zu haben. Im Grunde genommen wäre sein Leben perfekt, wenn er nur wüsste, wie er sie wieder in sein Bett bekommen konnte, abgesehen davon, in ihr Zimmer zu gehen und sie dorthin zu tragen.

Geoff hatte es vermisst, neben ihr aufzuwachen und mit ihr zu schlafen. Seine Träume hatten sich um sie und die zwei Tage, die sie gemeinsam nach ihrer Hochzeit verbracht hatten, gedreht. Als der verdammte Vogel ihn weckte, hatte er die härteste Erektion seines Lebens.

Es musste einen Weg geben, dass sie ihm gegenüber wieder weich wurde. Sie in all seine Entscheidungen einzubinden, hatte nicht funktioniert. Oder nur begrenzt. Immerhin sprach sie mit ihm. Wenn sein nächster Schritt – noch zuneigungsvoller mit ihr umzugehen – keine Ergebnisse erzielte, dann musste er es vielleicht mit purer Verführung versuchen.

Als er den Frühstückssalon betrat, war er froh, Elizabeth einfach nur am Tisch sitzen zu sehen.

Er lehnte sich vor und küsste ihre Wange. »Guten Morgen. Ich habe gehört, du hattest gestern eine interessante Reise.«

Er setzte sich auf einen Stuhl neben ihr, als wie durch Magie eine frische Kanne Tee in ihren Händen auftauchte. Sie schenkte ihm eine Tasse ein und fügte zwei Stück Zucker und Milch hinzu. Er nahm einen Schluck und ließ sich den malzigen Geschmack ihrer Mischung auf der Zunge zergehen.

»Interessanter, als mir lieb war«, antwortete Elizabeth trocken. »Aber ich glaube, ich habe mich ganz gut aus der Affäre gezogen.«

»Nach dem, was ich gehört habe, warst du überragend.« Ihre Wangen erröteten und er war froh, dass er ihr mit dieser Bemerkung geschmeichelt hatte.

»Dankeschön.« Sie nahm ein Brötchen aus dem Korb auf dem Tisch. »Wie war es, Sir Charles ausfindig zu machen?«

Zum ersten Mal fiel ihm ein, dass es sie womöglich beleidigen würde, wenn er sich bei ihr entschuldigte. Doch irgendetwas musste er sagen. »Das erzähle ich dir gleich, aber zuerst will ich fragen, ob du aufgebracht bist, weil du alleine mit dem versuchten Diebstahl fertig werden musstest.«

Sie senkte die Brauen, machte sich ein paar Sekunden lang Gedanken über seine Frage und sagte schließlich: »Es wäre gar nicht erst dazu gekommen, wenn du da gewesen wärst. Der Mann hat eine Kutsche ohne einen Herren gesehen, der sein Recht, die Pferde mitzunehmen, bestreiten könnte. Ich nehme an, er hat gedacht, ich würde nichts dagegen tun können.« Ein kleines Lächeln umspielte ihre Lippen. »Damit lag er falsch.

Eigentlich hat er mich herausgefordert, auf ihn zu schießen.«

Dann verstand Geoff, wie sie über den Vorfall dachte. »Es war eine Herausforderung. Es hat dir gefallen.«

Ihr Lächeln wurde immer breiter. »Das hat es, mehr oder weniger. Mein Bruder hat mir beigebracht, wie man schießt, und ich war schon immer gut darin, meine Ziele zu treffen. Es war aufregend, meine Schießkünste einmal in einer echten Situation anzuwenden. Und damit auch noch die Pläne des Diebes durchkreuzen zu können, war eine abenteuerliche Erfahrung.« Sie machte eine ausfallende Geste. »Ich habe mich ... mächtig gefühlt.« Sie bediente sich am Toastständer, der auf den Tisch gestellt worden war. »Also, wie war dein Tag?«

So heiter hatte er sie seit langem nicht erlebt. Fing sie an, ihm zu verzeihen? »Unerwartet hektisch.« Er grinste. »Ich konnte ihn ziemlich einfach ausfindig machen. Aber es scheint eine Menge Chaos und Unsicherheit zu herrschen. Tatsache ist, dass wir alle darauf warten, zu sehen, was passiert, wenn Napoleon da ist. Ich habe herausgefunden, warum gestern so viele Menschen unterwegs waren. Es kursierte ein Gerücht, dass die Franzosen Richtung Norden marschieren, und viele Bürger fliehen gerade.«

»Wissen wir, wann er voraussichtlich da sein wird?« Sie nahm einen Bissen und kaute.

Preston stellte einen Teller Fleisch und Eier vor Geoff. »Es gibt also keine Bücklinge?«

»Nicht heute Morgen.« Sie hob eine dunkelblonde Braue. »Napoleon?«

»Das ist alles. Mehr wissen wir nicht. Es konnte nicht einmal bestätigt werden, dass er Paris verlassen hat. König Ludwig ist immer noch in Gent.« Geoff presste die Lippen zusammen. Sie hatte das Haus in kürzester Zeit so schön eingerichtet. Er wollte ihr nur ungern sagen, dass sie vielleicht bald umziehen müssten. Doch es führte kein Weg daran vorbei. »Es kann sein, dass wir gebeten werden, nach Gent zu ziehen, um ihn im Auge zu behalten.«

Elizabeth nickte, als sie in das gekochte Ei stach, das neben den Toast gestellt worden war. »Werden wir dort immer noch ein Haus haben?«

Ihm fiel die Kinnlade herunter, doch er riss sich schnell wieder zusammen. Elizabeth steckte das Ganze überaus gut weg. »Ich glaube schon. Jedenfalls wurde es noch nicht wieder abgegeben.«

»Wenn du nach Gent bestellt wirst, werden wir die Koffer packen und umziehen.« Der Klang von Artillerie ertönte in der Ferne und sie biss sich auf die Unterlippe. »Ich glaube, meine Frage wurde gerade beantwortet.«

Er aß rasch den Rest seiner Mahlzeit auf und stürzte den Tee hinunter. »Ich sollte gehen.«

Auf dem Weg nach draußen küsste er sie wieder. Dieses Mal auf den Mund. »Vergiss den Ball nicht.«

Elizabeth drehte sich überrascht um. »Denkst du, er wird noch stattfinden?«

»Wer weiß das schon. Wenn nicht, gebe ich dir Bescheid. Ansonsten, sei um sieben fertig. Wir werden mit dem Duke und der Duchess zu Abend essen.«

Elizabeth hob zwei Finger an ihre Lippen, während sie beobachtete, wie Geoffrey den Frühstückssalon verließ. Beide Küsse hatten sie überrascht. Der erste, weil sie ihn nicht erwartet hatte.

Geoffrey hatte nicht mehr versucht, ihr so nahe zu kommen, seit sie das Gespräch mit seinem Vater mitgehört hatte. Sie war überhaupt nicht auf seinen Kuss auf die Lippen vorbereitet gewesen. Sie vermisste seine Küsse und Zärtlichkeiten. Doch sie durfte ihr großes Ziel nicht vergessen.

Was genau hatte es zu bedeuten, dass er sie geküsst hatte? Bedeuteten die Küsse, dass ihre kühle Fassade ihm gegenüber funktionierte? Ihr fiel keine andere Erklärung dafür ein, warum er plötzlich so zuneigungsvoll war. Es musste daran liegen. Geoffrey fing endlich an, wirklich etwas für sie zu empfinden.

Elizabeth lächelte in sich hinein. Es würde nicht mehr lange dauern. Sie aß ihr Frühstück auf, ließ sich ihre Haube, ihren Mantel und ihre Handschuhe bringen und sagte zu Preston: »Ich werde Kenton bei mir brauchen.«

Vickers eilte die Treppe herunter. »Möchten Sie, dass ich Sie begleite, Mylady?«

»Dieses Mal nicht. Ich will herausfinden, was vor sich geht, und ich weiß nicht, wie sicher es sein wird.« Nachdem Vickers Elizabeth die Haube auf den Kopf gesetzt hatte, zog sie sich die Handschuhe an. »Welches Kleid haben Sie für den Ball heute Abend ausgewählt?«

»Das neue blassrosa Kleid mit dem silbernen Tüll«, sagte Vickers.

»Perfekt.«

»Werden Sie vorsichtig sein?« Ihre Zofe runzelte die Stirn und schürzte die Lippen.

»Wenn es in irgendeiner Weise gefährlich wird, komme ich sofort zurück«, versprach Elizabeth. »Und ich werde meine Pistole bei mir tragen.«

Elizabeth und ihr Diener gingen durch den Park. Als sie die andere Seite erreicht hatten, war sie schockiert von der Anzahl an Kutschen auf der Straße. »Und ich dachte, gestern wäre es schlimm gewesen. Sind alle in Brüssel dabei, die Stadt zu verlassen?«

»Es scheint so, Mylady«, sagte ihr Begleiter.

»Ich habe genug gesehen.« Binnen weniger Minuten waren sie wieder zu Hause und sie rief nach Mrs. Robins, um im hinteren Salon mit ihr zu sprechen.

»Ja, Mylady.« Die Dame knickste.

»Bitte sagen Sie dem Koch, dass Seine Lordschaft und ich heute Abend auswärts essen werden.« Elizabeth tippte mit den Fingern auf den Schreibtisch und überlegte, was sie ihrer Dienerschaft sagen sollte. »Es besteht eine hohe Wahrscheinlichkeit, dass wir bald wieder abreisen. Ich möchte, dass Sie Preston darüber in Kenntnis setzen. Ich werde Vickers benachrichtigen. Wie viel wurde schon ausgepackt?«

»Nur das, was wir die ersten paar Tage benötigt haben, Mylady. Es wird kein Problem sein, alles wieder für die Abreise vorzubereiten.«

Elizabeth wusste nicht, welche Umstände herrschen würden, wenn sie abreisten, doch es war besser, die Angelegenheit für sich zu behalten. »Kein Wort zu irgendjemandem.«

»Nein, Mylady.«

Als ihre Haushälterin gegangen war, beschloss sie, sich zu verhalten, als würde nichts Unübliches vonstattengehen. Das war jedoch leichter gesagt als getan.

Zum Glück verging der Tag schneller als sie gedacht hatte. Sie schrieb ihrer Tante und ihrem Bruder Briefe, und danach ihrem Vater. Dann schrieb sie Geoffreys Mutter und Großmutter und teilte ihnen dasselbe mit, was sie ihrer Familie mitgeteilt hatte. Sie waren unbeschadet angekommen und er war beschäftigt mit Sir Charles.

Schon bald war es Zeit für Elizabeth, sich für ihren ersten Ball als verheiratete Frau fertig zu machen.

KAPITEL 33

Geoff kam gerade rechtzeitig nach Hause, um sich noch umzuziehen, bevor es Zeit war, aufzubrechen.

Als Elizabeth fertig angekleidet war, schritt sie in sein Schlafgemach und ging einer äußerst ehelichen Tätigkeit nach, nämlich ihm dabei zuzusehen, wie er sein Halstuch band.

Vielleicht würde es ihm auf die Sprünge helfen, wenn sie sich ihm gegenüber etwas freundlicher verhielt.

Es brauchte nur drei Versuche, bis sie seinen Ergebnissen applaudieren konnte. »Das ist sehr elegant. Wie bezeichnet man diesen Stil?«

»Als Throne d'Amour.« Nettle half Geoffrey dabei, eine dunkelblaue Jacke im Bather Schnitt anzuziehen, und reichte ihm seine Uhr und sein Monokel. Das waren die einzigen Schmuckstücke, die er an sich trug. Er bot ihr den Arm an und sagte: »Sollen wir, Liebste?«

Die Zärtlichkeit überraschte sie. Es lag nicht in seiner Natur, Kosenamen zu verwenden, außer »Schatz« und das auch nur, wenn sie im Bett waren.

Sie hatte heute Morgen recht gehabt. Er besserte sich wirklich. Sie hoffte, dass es nicht mehr lange dauern würde, bevor er ihr sagen konnte, dass er sie liebte.

Als sie im Haus der Duchess of Richmond in der Rue de Cendres ankamen, wurden sie und Geoffrey angekündigt und in die Eingangshalle geführt.

»Harrington.« Die Duchess trat hervor, um sie zu begrüßen. »Ich bin so froh, dass ihr es geschafft habt, uns Gesellschaft zu leisten.« Dann sah die Lady Elizabeth an. »Du musst mich deiner Braut vorstellen.«

Geoffrey ließ sie los, sodass sie knicksen konnte. »Euer Gnaden, ich bin stolz, Euch meine Frau vorzustellen, Elizabeth Turley, die Tochter von Lord Turley.«

»Wie bezaubernd und so elegant.« Die Herzogin lächelte sie an. »Harrington kann sich glücklich schätzen, Sie gefunden zu haben, meine Liebe. Willkommen in unserem Zuhause.«

»Danke, Euer Gnaden.« Elizabeth erwiderte das Lächeln. »Ich bin froh, dass wir rechtzeitig auf dem Kontinent angekommen sind, um dabei zu sein.«

Geoffrey hatte schon wieder Elizabeths Arm in Anspruch genommen, doch Ihre Gnaden legte ihre Hand auf seinen anderen Arm. »Ich werde euch den anderen vorstellen. Aber erst, Harrington, musst du mir erzählen, wie es deiner Mutter geht. Ich weiß, sie sagt, alles sei in Ordnung, aber man weiß ja nie.«

»Es geht ihr sehr gut, Ma'am«, antwortete er. » Wir haben meine Eltern eingeladen, uns im Frühjahr in Paris zu besuchen, wenn der Konflikt gelöst ist.«

»Wunderbar. Der Frühling ist die perfekte Jahreszeit, um sich in Paris zu vergnügen.« Ihre Gnaden führte sie in den Salon und stellte sie auf dem Weg dorthin den anderen Besuchern vor.

Mehrere Prinzen aus dem Ausland waren da, einschließlich des Prinzen von Oranien, sowie andere Aristokraten. Sie waren allesamt entweder Grafen, Barone oder andere Ebenbürtige, doch Elizabeth war enttäuscht, dass der Duke of Wellington nicht anwesend war.

Geoffrey reichte ihr ein Glas Wein. »Mit dieser Art von Menschen werden wir es in Paris zu tun haben. Was denkst du?«

Die Frage überraschte sie. Sie hatte erwartet, dass er sie für ihr Benehmen loben würde – das war, was er zuvor getan hatte. »Natürlich sind sie alle höflich. Ich müsste sie besser kennenlernen, um dir zu sagen, was ich von ihnen halte.«

Er salutierte ihr mit seinem Weinglas. »So ist es, meine Liebe. Eine scharfsinnige Beobachtung.«

Elizabeth versuchte, nicht zu schmunzeln, als ein Gentleman in einer ausländischen Uniform sie beäugte und Geoffrey sie daraufhin näher an sich heranzog. Definitiv besser.

Eine Lady, die etwas älter als Elizabeth war, kam auf sie zu. »Harrington, Mama hat mir gesagt, dass du da bist. Ich habe dich nicht mehr gesehen, seit wir Kinder waren.«

Geoffrey starrte die Lady einen Moment lang an. »Georgy! Ich bin froh, dich hier zu sehen.« Er befreite Elizabeths Hand von seinem Arm, sodass sie flüchtig knicksen konnte. »Meine Frau, Elizabeth.«

»Meine Liebe, Lady Georgina Lennox, die dritte Tochter des Dukes und der Duchess of Richmond.«

»Es ist mir eine Freude, Sie kennenzulernen.« Die Lady lächelte warm. »Herzlichen Glückwunsch zur Hochzeit. Ich hoffe, wir werden gute Freunde.«

»Es freut mich auch, Sie kennenzulernen, Mylady.« Elizabeth hoffte ebenfalls, dass sie Freunde werden würden. »Wie gefällt Ihnen Brüssel?«

»Wir sind hier wirklich glücklich. Ich hoffe, es wird dabei bleiben. Aber bitte, nennen Sie mich Georgy.«

»Wenn das so ist, müssen Sie mich Elizabeth nennen.«

Sie gesellten sich zu einer Gruppe Preußen und das Gespräch ging auf Deutsch weiter.

Kurz darauf wurde das Dinner angekündigt. Zu Elizabeths Glück beanspruchte Geoffrey das Recht eines frisch verheirateten Mannes, neben seiner Braut sitzen zu dürfen. Sie hatte noch nie von so einem Recht gehört, doch die Herzogin willigte lachend ein.

Das Dinner war so, wie man es von einem pompösen Ball erwarten würde, und wurde durch die Aufmerksamkeit, die ihr Mann ihr schenkte, indem er die erlesensten Fleisch- und Fischstücke für sie auswählte, noch besonderer. Jedes Mal fragte er vorher nach, was Elizabeth bevorzugte und ob sie Wein oder einen anderen Trunk wollte.

Von Gesprächen über den bevorstehenden Krieg wurde abgesehen und jeder verhielt sich, als würde nichts Unübliches vor sich gehen. Es war surreal.

Als sie in einem der zahlreichen Räume waren, die für den Ball dekoriert worden waren, flüsterte sie Geoffrey zu: »Ich weiß, dass wir den eventuellen Krieg gegen Napoleon nicht beim Dinner besprechen sollten, aber findest du nicht, dass es seltsam ist, dass noch niemand ihn überhaupt erwähnt hat?«

»Vielleicht vermeiden sie es absichtlich, darüber nachzudenken.« Er sah sich um. »Viele der Männer hier kehren vielleicht nie wieder zurück.«

Er hatte recht. Elizabeth hätte selbst darauf kommen sollen. Und in diesem Moment wurde sie zunehmend dankbarer, dass ihr Gatte nicht in der Armee war.

Wenn noch Zeit blieb, würde sie seine Freunde zum Dinner einladen.

Bald begannen die anderen Gäste, einzutreffen, und die Räume füllten sich mit farbenfrohen Seidenstoffen, die die Rot-, Grün- und Blautöne der Offiziersuniformen komplementierten.

Sie tanzte zuerst mit Geoffrey, dann mit Captain Lord Thomas Prendergast und schließlich mit Captain Lord William Toole, einem Freund von Geoffrey, der sie aufgesucht hatte.

Nach dem Tanz bat Geoffrey sie darum, während des nächsten Tanzes bei ihm zu bleiben. Sie tranken Champagner, als ein großer, dunkler Gentleman in der Uniform der *95th Rifles* auf sie zukam.

»Lord Harrington?« Geoffrey nickte. »Ich bin Hawksworth. Wie ich hörte, haben Sie nach mir gesucht.«

»In der Tat, das habe ich.« Geoffrey grinste. »Ich habe eine Nachricht von Ihrem Bruder, Lord Septimus, dass Ihr ihm öfter schreiben sollt.« Er betrachtete die Uniform des Mannes. »Man sagte mir, Ihr wärt bei der Leibgarde.«

»Als ich die Möglichkeit hatte, die Einheit zu wechseln, habe ich es getan«, sagte Lord Hawksworth.

Geoffrey sah sie an. »Ich bitte um Verzeihung. Meine Liebe, darf ich dir den Colonel und Marquis of Hawksworth vorstellen? Mylord, meine Frau, Lady Harrington.«

»Freut mich, Mylady.« Seine Verbeugung war fast zu höflich. »Würden Sie mir die Ehre erweisen, mit mir zu tanzen?«

»Es wäre mir ein Vergnügen, Mylord.« Er führte sie auf die Tanzfläche und Lord John kam auf Geoffrey zu.

Elizabeth fragte sich, ob der Freund ihres Bruders, Captain Sutton, auf dem Ball war, oder der Freund ihres Mannes, Major Cotton.

Als Lord Hawksworth und sie an Georgy vorbeiwirbelten, war diese offenbar in einen Streit mit dem jungen Lord Hay verwickelt. Elizabeth fragte sich, was die alte Freundin ihres Gatten so wütend gemacht hatte.

Später an diesem Abend erbat Lord John einen Tanz. »Man hat uns befohlen, um drei Uhr morgens bereit zum Abmarsch zu sein.«

Elizabeth stolperte fast. »So bald?«

»Der alte Boney hat uns da draußen erwischt.« Er verzog das Gesicht. »Keine Sorge, der Herzog wird uns schon da durchbringen.« Seine Lordschaft wechselte umgehend das Gesprächsthema und Elizabeth verstand endlich, warum niemand sich über den Krieg unterhielt. Ein Gentleman, der zum Freund wurde, würde vielleicht nicht überleben. »Werden Sie in Brüssel bleiben?«

»Bis wir woanders hingeschickt werden, ja«, antwortete sie, doch ihre Gedanken drehten sich bereits darum, wie viele Soldaten es nicht nach Hause schaffen würden.

Die Herzogin hatte einige Mitglieder der *Royal Highlanders* und des *92nd Foot* eingeladen, die tanzten und Dudelsack spielten. Geoff sah sich gemeinsam mit ihr die Vorstellung an.

Als sie endete, fragte er: »Hast du etwas aufgeschnappt?«

»Lord John hat gesagt, dass sie um drei Uhr morgens bereit zum Abmarsch sein sollen.«

Geoffrey sah sie mit besorgtem Blick an. »So bald schon. Wellington ist noch nicht einmal hier angekommen.«

Doch sie mussten nicht lange warten, denn der Herzog kam kurz vor dem Abendessen an. Er schien gut gelaunt zu sein, bis der Prinz von Oranien zu ihm ging und begann, ihm ins Ohr zu flüstern.

Einige der älteren Offiziere sahen besorgt aus, doch die jüngeren waren voller Elan.

»Ich verstehe nicht, warum junge Männer in den Krieg ziehen wollen«, flüsterte Elizabeth Geoffrey zu.

»In der Regel sind es diejenigen, die noch nie im Krieg waren.« Er legte den Arm um ihre Taille und sie war dankbar, dass er sie beruhigte.

Als sie in den Speisesaal gingen, kam Lord John auf sie zu. »Ich verabschiede mich von Ihnen. Es war schön, Sie wiedergesehen zu haben.«

Elizabeth streckte ihm die Hand aus und er verneigte sich vor ihr. »Passen Sie auf sich auf.«

»Ich tue mein Bestes.« Er schenkte ihnen ein klägliches Lächeln. »Leben Sie wohl.«

Geoffrey schüttelte Lord Johns Hand. »Viel Glück und möge Gott Ihnen und Ihren Männern beistehen.«

Elizabeth vergoss leise Tränen. »Ich möchte nach Hause.«

»Das sollte ich auch.« Geoffrey reichte ihr sein Taschentuch und sie nahm es dankbar entgegen.

Auf ihrem Nachhauseweg waren sie überrascht von der Anzahl an Belgiern, die aus ihren Häusern strömten, Soldaten umarmten und ihnen alles Gute wünschten.

Er brachte ihre Kutsche zum Halten und sie sahen zu. Der Park war voller Männer mit Ausrüstung. Paukenschläge ertönten in der Luft. Und Wägen aller Art fuhren vorbei, auf dem Weg nach Süden.

Der nächste Tag brach an und an die Stelle des Lärms, der den Abmarsch der Armee aus Brüssel begleitet hatte, war Stille getreten.

Geoffrey tauchte hinter Vickers auf, die Elizabeth Tee brachte. Er war bereits angezogen und roch nach frischer Luft. »Warst du schon draußen?«

»Ja.« Ihr Bett sank ein, als er sich daraufsetzte. »Darf ich einen Schluck haben?«

Sie reichte ihm die Tasse. »Du darfst die ganze Kanne haben, wenn du möchtest. Was hast du getrieben?«

»Ich nehme die Kanne, wenn wir frühstücken. Dann werde ich ein bisschen schlafen, bis mir jemand sagt, dass ich gebraucht werde.« Er trank einen Schluck vom Tee und gab ihr die Tasse zurück. »Was ich getrieben habe? Ich habe mich angezogen und bin wieder hinausgegangen, um mir anzusehen, wie die Truppen aufbrechen.«

Heute würde es eine Schlacht geben und sie konnte nichts tun. »Ich fühle mich so nutzlos. Es muss etwas geben, was ich tun kann.«

Er zog sie in seine Arme. »Wenn jemand einen Weg finden kann, sich nützlich zu machen, dann bist du es.«

Zum ersten Mal seit langem schmiegte sie sich an ihn, legte die Arme um ihn und für ein paar lange Momente verblieben sie so. »Wir sehen uns beim Frühstück.«

Geoffrey roch an ihren Haaren und küsste sie. Kein unbändiger Kuss, aber einer, der süß und zärtlich war. Vielleicht war es an der Zeit, ihrer Scharade ein Ende zu setzen und ihm zu sagen, dass sie ihn liebte. Seit ihrer Ankunft in Brüssel hatte er sich geändert. Er würde ihre Gefühle doch bestimmt erwidern. »Wir sehen uns unten.«

Wie der Zufall es wollte, kam etwa eine Stunde später, gerade als Elizabeth ihrer Dienerschaft die Anweisungen für den Tag gegeben hatte und nach einer Beschäftigung suchte, eine Nachricht von Georgy Lennox, einer der Töchter der Duchess of Richmond, für sie.

Liebe Elizabeth,

ich habe festgestellt, dass Du noch nicht viele Leute hier kennst, und ich dachte, Du wärst vielleicht daran interessiert, Teil einer Gruppe von Ladies zu werden, die Verbände für die Verwundeten anfertigt. Wir treffen uns im Haus der Gräfin von Beaufort auf der Rue de la Blanchisserie, diesen Morgen um zehn Uhr.

Deine Freundin,

G. Lennox

Gott sei Dank. »Genau das habe ich gebraucht«, sprach sie in die Leere.

Bevor sie nach Vickers rief, schrieb sie Geoffrey eine Nachricht, um ihm mitzuteilen, wohin sie gehen würde und was sie dort tun würde. »Möchten Sie mitkommen oder soll ich mich von Kenton zum Haus der Gräfin begleiten lassen?«

»Ich komme mit, Mylady«, sagte Vickers fest entschlossen. »Ich würde auch gerne helfen.«

»Ich schätze, sie werden dort Materialien brauchen.«
Sie hatten nicht viel, aber … »Wir können einige unserer Laken mitbringen.«

»Ich hole sie sofort.« Ihre Zofe ging fort.

Als sie im Haus der Gräfin eintrafen, war bereits eine Gruppe von Ladies anwesend, einschließlich Georgy, die Elizabeth mit einem warmen Lächeln begrüßte. »Ich bin so froh, dass du gekommen bist.«

»Danke für deine Nachricht. Ich habe mir schon den Kopf darüber zerbrochen, wie ich helfen könnte.« Sie sah sich um. »Wo soll ich die Laken hinbringen lassen?«

»Lady Harrington?« Die Gräfin ging auf Elizabeth zu.

»Ja.«

»Ich bin froh, dass Sie hier sind. Wir haben uns gestern kurz kennengelernt. Aber Sie sind neu in unserer kleinen Gemeinschaft und es ist unmöglich, so viele Leute auf einmal kennenzulernen und sich danach an alle zu erinnern.«

»Danke für Ihr Verständnis.« Elizabeth hatte eine vage Erinnerung an sie und ihren Ehemann vor Augen. »Stimmt, man hat uns gestern bekanntgemacht.«

Sie wurde den anderen Ladies, die da waren, vorgestellt. Einige von ihnen hatten ebenfalls ihre Zofen mitgebracht und Vickers schloss sich diesen an. Schon bald schnitt Elizabeth Streifen aus Leinen, während andere die Fussel abkratzten, um sicherzustellen, dass kein Stoff in die Wunden geraten und eine Infektion auslösen würde.

Irgendwann nach zwölf Uhr ertönte ein leises Rumpeln in der Ferne. Elizabeth stoppte mitten in der Bewegung. »Artillerie.«

»Jetzt schon?«, sagte eine Lady mit bebender Stimme. »Mein Mann hat mir gesagt, dass die Schlacht erst morgen stattfinden würde.«

Die nächste Stunde arbeiteten sie größtenteils schweigend, bevor sie sich trennten, um nach Hause zu gehen. Georgy begleitete sie in die Rue Royale. »Wir sehen uns vermutlich morgen früh.«

»Ich bete nur, dass die Verbände, die wir heute angefertigt haben, nicht vonnöten sein werden.« Ein nutzloses Gebet, doch es war das einzige, das Elizabeth einfiel.

»Ich auch.«

Geoffrey war immer noch nicht nach Hause gekommen, als sie und Vickers eintraten.

Da ihr Ausgehkleid voller Fussel war, zog Elizabeth sich ein Tageskleid an und wartete auf seine Rückkehr. Zum Glück war er ein paar Minuten später da.

Er kam in den Salon am Ende des Hauses, den Elizabeth zum Morgenzimmer ernannt hatte, und küsste sie. »Lass mich kurz meinen Schmutz abwaschen, ich bin gleich unten. Wann essen wir? Ich sterbe vor Hunger.«

Zum ersten Mal an diesem Tag lachte sie. »Du hast noch genug Zeit, um zu baden und ein Glas Wein zu trinken. Gibt es Neuigkeiten?«

»Ja. Ich erzähle dir, was ich weiß, wenn ich mich gewaschen und umgezogen habe.«

Einige Minuten später war er zurück und sie reichte ihm ein Glas Sherry. »Wir haben heute die Geschütze gehört.«

»Das haben wir alle.« Er zog sie aufs Sofa und setzte sich zu ihr. »Napoleon hat Wellington überrumpelt und Charleroi attackiert. Davon hatten wir bereits gehört, aber heute war eine Schlacht an einem Ort namens Quatre-Bras. Dort wurde ziemlich heftig gekämpft.« Er stürzte sein halbes Glas hinunter. »Der König ist in A-lost. Wir werden in den nächsten paar Tagen abreisen. Sobald Napoleon besiegt ist, will Sir Charles ihn so schnell wie möglich nach Paris befördern.«

Elizabeth trank einen Schluck Wein und wünschte sich, sie könnte ihn so herunterschlingen wie ihr Mann. »Ziehen wir nach Alost?«

»Ich bin mir nicht sicher, aber ich glaube schon. Außer natürlich, der König kommt nach Brüssel.« Er stellte seinen Wein ab und nahm ihre Hände. »Stört dich all diese Ungewissheit?«

»Überhaupt nicht.« Oder nur ein bisschen, aber nicht genug, dass es von Bedeutung war. »Ich habe unsere führende Dienerschaft informiert, dass sie jederzeit bereit zur Abreise sein müssen.«

Zum zweiten Mal an diesem Tag zog er sie in seine Arme und sie vergaß, dass sie sich eigentlich abweisend verhalten sollte. »Du bist die beste Frau, die ein Mann nur haben kann.«

Elizabeths Herz sprang förmlich vor Freude, doch ihr Kopf war weniger zuversichtlich. Was bedeutete ihm das? Sie war sich zuvor so sicher gewesen, dass er begonnen hatte, sie zu lieben, dass sie jetzt Angst hatte, sich selbst zu vertrauen.

Sie konnte nicht widerstehen und umarmte ihn.

Verflucht sei dieser Mann.

KAPITEL 34

Geoff zog sich zügig an und öffnete die Tür zu Elizabeths Zimmer. Die Vorhänge waren noch immer zugezogen und sie schlief tief und fest. Er überlegte, ob er sie aufwecken sollte, doch gab sich damit zufrieden, sie auf die Lippen zu küssen. Einen Augenblick lang erstarrte sie und er wartete ab, doch dann drehte sie sich um und sein Versuch lief ins Leere.

Bald würde sie zurück in seinem Bett sein, wo sie hingehörte.

Letzten Abend war er sich sicher gewesen, dass sie ihm fast vergeben hatte. Leider konnte er der Sache momentan nicht nachgehen.

Er verließ das Haus und als er in die Rue Royal einbog, begegnete ihm der Anblick blutender Soldaten, die vom Schlachtfeld zurückstreiften. Er bemühte sich, ein paar Männern zu helfen, doch er musste zu Sir Charles.

Er strich sich mit der Hand durchs Gesicht und dachte an Elizabeth. Die Gedanken an sie waren nie weit. Er hatte keine Zweifel, dass seine Frau helfen würde, wo sie konnte, sobald sie auf den Beinen war. Vielleicht sollte er ihr eine Nachricht schicken und ihr sagen, dass sie zu Hause bleiben sollte.

Aus dem Augenwinkel sah er, wie eine Lady sich hinkniete, um einem der Soldaten Wasser zu geben, und er wusste, dass er seine Frau nicht davon abhalten könnte, denjenigen beizustehen, die es brauchten.

Als er bei der Arbeit ankam, teilte man ihm mit, dass Wellington Sir Charles eine Depesche geschickt hatte, die heute Morgen um kurz nach sieben Uhr eingetroffen war und einen Schlachtbericht enthielt, sowie darüber informierte, dass die Alliierten nach wie vor standhaft blieben.

»Die nächsten paar Tage werden es weisen«, sagte Sir Charles ominös. »Halten Sie sich bereit, jeden Moment aus Brüssel abzureisen.«

»Meine Frau hat unseren Bediensteten bereits genau diese Anweisung gegeben.« Geoff war mehr als dankbar, dass Elizabeth ihren Haushalt fest im Griff hatte.

»Bemerkenswerte junge Frau, die Sie da geheiratet haben, Harrington. Ich gratuliere Ihnen zu solch einem guten Gespür.«

»Danke, Sir. Ich finde auch, dass sie außerordentlich ist.« Er sah sich um und suchte nach einer Beschäftigung, doch er war sich nicht sicher, was er tun sollte. Seit seiner Ankunft war alles völlig durcheinander gewesen. »Ich warte auf Ihre Anweisungen, Sir.«

Sir Charles Bemerkungen über Elizabeth erinnerten Geoff daran, was sein Vater gesagt hatte, kurz bevor er und sie hierher gefahren waren. Es war ihm nie in den Sinn gekommen, seinem Vater zu sagen, dass sie ihm wirklich am Herzen lag. Inzwischen war sie ihm sogar noch mehr ans Herz gewachsen, doch er hatte keine Worte, um zu beschreiben, was er für sie empfand. Er wusste nur, dass er den Weg, den sie eingeschlagen hatten, weitergehen wollte, um zu sehen, wohin er führen würde.

»Anweisungen?« Sir Charles schnaubte. »Ich wurde angewiesen, die Engländer ruhig zu halten. Wellington will nicht, dass alle in Panik ausbrechen.«

»Nach dem, was ich gesehen habe«, erwiderte Geoff, »waren unsere Ladies geradezu seelenruhig. Gestern hat meine Frau Leinen für Verbände zurechtgeschnitten und ich würde wetten, dass sie rausgehen und alles in ihrer Macht Stehende tun wird, um Beistand zu leisten, sobald sie das Blutbad auf den Straßen sieht.«

»Ich wollte meine Frau nicht dabei haben, aber ich weiß, wie es sich anfühlt, nicht voneinander getrennt sein zu wollen.« Sir Charles starrte ein paar Sekunden lang aus dem Fenster.

»Harrington, wenn das Unmögliche eintritt und die Franzosen anfangen, in unsere Richtung zu marschieren, dann schicken Sie sie auf direktem Wege nach Antwerpen. Denken Sie gar nicht erst darüber nach, etwas anderes zu tun. Bei jedem Krieg trifft es die Frauen am härtesten.«

Angst stieg in Geoff empor und für ein paar Sekunden konnte er nicht atmen. Elizabeth durfte nichts zustoßen.

Er weigerte sich immer noch, zu glauben, dass Wellington verlieren würde, aber wenn es doch passierte, würde er sich nur noch darauf konzentrieren, seine Frau zu beschützen. Geoff würde und konnte nicht erlauben, dass sie verletzt würde. »Sie wird darauf gefasst sein, Sir.«

»Guter Mann. Kümmern Sie sich um Ihre Liebsten. Das ist alles, was wir tun können.« Den Rest des Tages verbrachte er damit, auf Depeschen zu warten und nervösen Landsmännern zu versichern, dass alles nach

Plan lief. Es erreichte sie ein Bericht über eine Horde flämischer Kavalleristen, die durch Brüssel ritten, Unruhe stifteten und behaupteten, dass die Franzosen ihnen auf den Fersen waren.

Es stellte sich heraus, dass das nicht stimmte, doch wieder einmal belagerten Engländer ihr Büro und wollten wissen, ob sie ihre Familien mitnehmen und fliehen sollten.

Als Geoff Feierabend machte und die Rue Royale hinauftrottete, hatte er genug davon, panische Gentlemen zu beschwichtigen.

In der Ferne kniete seine Frau auf der Straße und gab einem verwundeten Soldaten etwas aus einem Flachmann zu trinken. Der Mann hatte einen frischen Verband am Kopf und sein Arm lag in einer Schlinge.

Elizabeths Kleid war schmutzig und sowohl auf ihrem Korsett als auch auf ihren Röcken waren Blutspuren. Ihr Gesicht sah erschöpft aus und ihre Haare ringelten sich in alle möglichen Richtungen unter ihrer Haube hervor. Ihr Kinn warf einen grimmigen Schatten und sie blickte einen Gentleman, der auf dem Gehsteig stand, finster an.

Offensichtlich stritt sie sich mit diesem Mann und weigerte sich, zu gehen, bis der Soldat irgendwo hingebracht wurde, wo er versorgt werden würde. Vickers, die noch schlapper aussah, ging auf Elizabeth zu und zeigte einer einheimischen Frau den Soldaten. Als die Frau ihn erkannte, kniete sie sich hin und rief einen jungen Mann zu sich, der ihnen gefolgt war. Inzwischen war Geoff nah genug am Geschehen, um zu hören, was die Frau sagte.

»Er wohnt bei uns.« Zum jungen Mann sagte sie: »Geh schnell und hol den Karren. Der Feldwebel muss ins Bett gebracht werden, und jemand muss einen Arzt rufen.«

»Ich kann laufen, Madam«, beharrte der Soldat. »Ich bräuchte nur etwas Hilfe.«

»Danke, Mylady.« Die belgische Dame knickste. »Wir werden uns um ihn kümmern.«

Der englische Gentleman zuckte mit den Schultern und ging fort.

Geoff half Elizabeth auf die Beine und legte ihr den Arm um die Taille. »Geht es dir gut? Wann hast du das letzte Mal etwas gegessen?«

Er begleitete sie den Rest des Weges ins Haus. »Ja«, antwortete sie gedankenverloren. »Ich wusste, es würde schrecklich sein, mir war nur nicht bewusst, wie fürchterlich es tatsächlich hier zugehen würde.« Als sie versuchte, sich die Haare zurück in ihren Hut zu stecken, lachte sie abgelenkt. »Hat das gerade Sinn ergeben?«

Beim Barte des Jupiter, sie holte ihn wirklich zurück auf den Boden. Er hatte den ganzen Tag nur Leute beschwichtigt und allein das hatte ihm schon den Rest gegeben. Doch sie verband klaffende Wunden und machte die Brüsseler ausfindig, die den verletzten Soldaten vorher Unterschlupf geboten hatten.

Ein plötzliches Bedürfnis, sich um sie zu kümmern, überkam ihn. Er verstand diesen Zwang nicht, aber da war er. »Du kannst nichts als schockiert über so ein Blutbad und so einen Menschenverlust gewesen sein.«

Als sie die paar Blocks zu ihrem Haus gelaufen waren, lehnte ihr Kopf an seiner Schulter.

Als sie den Eingangssaal betraten, ordnete Vickers an, dass ein Bad für Elizabeth gefüllt werden solle. Geoff sorgte dafür, dass die Zofe auch eines für sich selbst befüllen ließ.

Es wäre ironisch, wenn dieser Krieg sie wieder zusammenführen würde. Doch seltsamerweise war es genau das, was scheinbar passierte. Zumindest aus seiner Sicht.

Geoff hatte sich nie über mehr Gedanken gemacht als ihre Qualifikationen als Ehefrau und darüber, wie sie ein komfortables Eheleben führen könnten. Es war ihm nie in den Sinn gekommen, dass er sich um sie sorgen würde.

Später an diesem Abend, als er sie in den Armen hielt, hob Elizabeth den Kopf und küsste ihn. Geoff war so schockiert, dass er fast vergaß, die Geste zu erwidern. Der Kuss war warm und süß und voller Verlangen, das stärker war als je zuvor.

»Bring mich ins Bett.« Sie küsste ihn noch einmal.

»Deins oder meins?«, fragte er, um vollkommen sicherzugehen, dass er sie richtig verstand.

»Dein Bett.« Ihre Stimme klang entschlossen.

»Bist du sicher?« Er hatte noch immer keine Ahnung, was zwischen ihnen geschehen war, und er hatte Angst, dass sie den Geschlechtsakt bereuen würde.

Sie starrte zu ihm hoch und sah ihm in seine blauen Augen. »Absolut sicher.«

Geoff trug sie hoch in sein Schlafzimmer. Sie zogen sich langsam gegenseitig aus, küssten und schmeckten sich, während jedes einzelne Kleidungsstück entfernt wurde. Das hatte nichts von dem fieberhaften Liebesspiel, das sie davor betrieben hatten, doch es war umso fesselnder, weil es nicht so gehetzt und lüstern war, dass sie die Hände nicht voneinander lassen konnten.

Elizabeth schrie auf, als sie den Höhepunkt erreichte, und brachte ihn damit auch zum Kommen. Danach lag sie schweigend in seinen Armen. Sie hatte es sowieso nie nötig gehabt, sich mit ihm zu unterhalten, nachdem sie miteinander verkehrten.

Doch aus Gründen, die er nicht weiter verfolgen wollte, hatte er es nötig. »Warum jetzt, wenn du es so lange hinausgezögert hast?«

Sie drehte sich um, richtete sich auf seiner Brust auf und sah ihm in die Augen. »Ich habe gehört, was dein Vater an dem Tag, bevor wir London verlassen haben, gesagt hat. Wie er dir gratuliert hat, dass du mich vor den Altar bekommen hast. Wie qualifiziert ich doch als deine Ehefrau sein würde.« Sie schüttelte den Kopf, als wollte sie ihn ausleeren. »Und ich habe deine Antworten gehört. Sie haben mich bis ins Mark getroffen. In diesem Moment wurde mir klar, dass ich mich zwar in dich verliebt hatte, du mich aber nicht liebtest.« Ihr Blick wurde dunkler. »Ich war entschlossen, nicht das Bett mit dir zu teilen, bis du mich auch liebtest. Doch nach dem, was ich heute gesehen habe ... Das Leid der Verletzten und Sterbenden, die Frauen, die ihre Männer und Söhne verloren haben«, Tränen funkelten in ihren Augen und er wusste nicht, wie er sie trösten konnte, »Ich ... ich konnte nicht länger von dir weg bleiben. Es ist egal, dass du mich nicht liebst. Was zählt, ist, dass ich dich liebe. Und wenn dir irgendetwas zustoßen sollte und ich dir nicht gesagt hätte, was ich empfinde, dann würde ich es für immer bereuen.«

Sie tätschelte seine Brust, drehte sich um und fiel in einen tiefen Schlaf. Und ließ ihn damit mit mehr Fragen zurück, als er in seinem ganzen Leben gehabt hatte.

Die ganze Zeit hatte er gedacht, dass sie sauer auf ihn war, weil er ausgegangen war, ohne ihr Bescheid zu sagen, wo er war oder wann er zurückkommen würde. Er hatte keine Ahnung, dass sie in ihn verliebt war. Wenn das, was sie empfand, Liebe war – und er hatte keinen Grund, daran zu zweifeln – dann war es nicht die Art von Liebe, die er seine Freunde hatte durchleben sehen. Voller Eifersucht, Streit und dann feuriger Versöhnung in einer immer wiederkehrenden Schleife, bis die Leidenschaft und Freude nicht mehr da waren.

Hatten sie sich damit geirrt, was Liebe war? Hatte er es? Und wenn ja – wenn das, was Elizabeth für ihn empfand, eine beständige Gefährtenschaft, voller kleiner Freuden und ehrlicher Diskussionen darüber, wie sie ihr gemeinsames Leben zu einem Zuhause machen konnten, wahre Liebe war – was empfand er dann?

Wenn sie einen Liebesakt mit ihm vollführt hatte, hieß das nicht, dass auch er einen Liebesakt mit ihr vollführt hatte?

Geoff hatte so darauf geachtet, nichts von dem, was sie taten, mit dem Wort *Liebe* zu beschreiben. Doch vielleicht war er im Irrtum gewesen. Hatte er absichtlich den Liebesschwur vernachlässigt, den er bei ihrer Hochzeit geleistet hatte?

Die Frage war nur, woher würde er wissen, ob er verliebt war?

***

Am nächsten Nachmittag regnete es.

Geoff meldete sich an diesem Morgen bei Sir Charles und fand heraus, dass die Alliierten die Nacht über standhaft geblieben waren. Weiterhin traf er auf seine Landsleute und versuchte, sie zu beschwichtigen. Und jedes Mal, als er ihnen sagen wollte, dass sie aufhören sollten, sich wie kleine Kinder zu benehmen, rief er sich ins Gedächtnis, was seine Frau vermutlich gerade tat. Er wäre lieber bei ihr gewesen.

Als an jenem Nachmittag ein großer Blitz, gefolgt von Donner, die Luft zerriss und der Himmel sich öffnete, um eimerweise Wasser auf die Stadt herabzuschütten, fingen alle um ihn herum an zu lachen.

»Ich komme mir vor wie ein Narr, aber was ist so verdammt lustig an Regen?«

Sir Charles klopfte Geoff auf die Schulter. »Das, mein Junge, ist Wellington-Wetter. Fast alle seine Siege erfolgten in strömendem Regen.«

Das war eine gute Nachricht. Geoffs Gedanken schweifen sofort wieder zu Elizabeth. »Ich bin gleich wieder da.« Sir Charles hob eine Augenbraue. »Meine Frau, Sir. Sie hilft dabei, die Verwundeten zu versorgen. Ich will sichergehen, dass sie aus diesem Platzregen herauskommt.«

»Kommen Sie so schnell wie möglich wieder. Wir sollten bald mehr Neuigkeiten erhalten.«

Geoff eilte auf die Straße hinaus und genau, wie er erwartet hatte, war Elizabeth gerade dabei, einem Soldaten zu helfen, der mindestens einen Fuß größer war als sie, und ihr Musselin-Kleid klebte an ihr. »Hier, lass mich.« Er befreite sie von ihrer Bürde. »Wo ist deine Zofe?«

Sie schob sich die tropfnasse Haube aus den Augen. »Sie sucht das Haus. Das Haus dieses Soldaten.«

Sie liefen noch ein paar Blocks hinunter, bevor Vickers mit einem Brüsseler Paar im mittleren Alter auftauchte und zu ihnen eilte. »Iesch kümmere miesch um ihn, Monsieur«, sagte der Mann und stützte den Soldaten. »Danke. Er ist wie ein Sohn für miesch geworden.«

»Geoffrey«, sagte Elizabeth, als der Mann verschwand. »Was machst du hier draußen? Du wirst noch pitschnass.«

»Ich glaube, das bin ich schon. Aber was ich mache? Ich gehe sicher, dass du dich nicht erkältest. Komm, mein Schatz. Ich bringe dich nach Hause.«

Elizabeths Herz schlug schneller, als er sie »Schatz« nannte. Lag es daran, was sie letzte Nacht gesagt hatte? Es war sowieso egal. Sie hatte das Spielchen satt und konnte sich nicht dazu bewegen, es weiter zu spielen. Nicht, wenn es so viele Menschen gab, die ihre Liebsten niemals wieder lebend sehen würden.

»Na gut.« Sie schlang ihren Arm um seine Taille. »Du musst dich auch umziehen. Ich glaube nicht, dass Sir Charles es begrüßen wird, wenn du Pfützen auf seinem Boden hinterlässt.«

Geoffreys Schmunzeln wärmte sie von innen heraus. »Nein, das wird er vermutlich nicht.« Sie waren bereits in der Tür ihres Hauses angekommen, als er sagte: »Wusstest du, dass man dieses Wetter Wellington-Wetter nennt?«

»Platzregen?« Wenn sich der General nicht gerade in eine Ente verwandelt hatte, dann ergab das überhaupt keinen Sinn. »Warum sollte man das Wellington-Wetter nennen?«

Geoffrey grinste. »Laut Sir Charles siegt der Herzog immer, wenn es regnet.«

Es machte immer noch keinen Sinn, aber die Menschen mussten sich an jede Hoffnung klammern, die ihnen noch blieb. »Ich nehme an, dass sich dadurch alle besser fühlen.«

»Dadurch, und durch die Nachricht, dass die Alliierten sich letzte Nacht behauptet haben.« Er gab ihr schnell einen Kuss.

»Na, das ist mal gut zu hören.« Und etwas Solides, an dem man sich festhalten konnte.

Vickers half Elizabeth dabei, ihre nassen Kleider auszuziehen. »Sieht aus, als hätten Sie und Seine Lordschaft sich vertragen.«

»Ja.« Gewissermaßen, und auch nur, weil sie gezwungen war, zu erkennen, wie vergänglich und wertvoll das Leben war. Doch trotz dem, was seine Mutter und seine Großmutter dachten, war es klar, dass er ihre Liebe nicht erwiderte. Sie gab sich einen Ruck. Nach dem Krieg würde sie genügend Zeit haben, über ihre Ehe nachzudenken. »Danke für Ihre Hilfe.«

»Ich wollte helfen«, sagte Vickers schroff. »Das sind unsere Soldaten, die für uns kämpfen. Wir sollten ihnen den Gefallen erwidern, wenn wir können.«

»Das sehe ich auch so.« Elizabeth wischte einen Tropfen Wasser aus dem Gesicht. »Ich bin nicht froh über diesen Krieg, aber ich bin dankbar, dass wir hier sind, um so viel Unterstützung anzubieten, wie wir können.«

Ihre Zofe nickte. »Es wird Zeit, Ihnen das Kleid auszuziehen, bevor Sie sich noch erkälten.«

Elizabeth ging in den Eingangssaal, als Geoffrey aufbrach, um sicherzugehen, dass er seinen wasserfesten Mantel dabei hatte.

»Ich weiß nicht, wann ich heute Abend zu Hause sein werde.« Er umarmte sie zärtlich.

Sie umfasste seine Wangen und küsste ihn. »Sag Bescheid, wenn es spät wird. Ich werde bis sieben Uhr mit dem Abendessen warten. Und selbst, wenn du es verpasst, sorge ich dafür, dass du etwas zu Essen haben wirst.«

»Ich kann dir nicht sagen, wie dankbar ich bin, dass du dich darum kümmerst, dass ich satt werde, egal, um wie viel Uhr ich nach Hause komme.«

Gestern hätte sie eine wütende Bemerkung über ihre Qualifikationen gemacht, aber heute konnte sie seine Wertschätzung einfach annehmen. »Ich will sicherstellen, dass du versorgt bist. Ich weiß, dass du mit Sir Charles zu Abend gegessen hast, aber dein Mangel an Vorfreude über die Mahlzeiten mit ihm lässt mich vermuten, dass sie nicht besonders gut sind.«

Geoffrey brach in Gelächter aus. »Ich bin froh, dass du eine sehr viel bessere Gastgeberin bist als er.«

In dieser Nacht zog er sie fest an sich. Er liebte sie vielleicht nicht, aber er hatte sie ins Herz geschlossen und kümmerte sich um sie. Sie wünschte, sie könnte sich damit zufriedengeben. Doch leider kannte sie sich selbst zu gut. Es musste sich etwas ändern, sonst wäre diese Ehe dem Untergang geweiht.

KAPITEL 35

Die nächsten paar Tage verschwammen ineinander. Das, wofür Elizabeth gebetet, was sie gehofft und geglaubt hatte, trat ein. Napoleon wurde besiegt, aber zu einem hohen Preis. Sie konnte sich nicht vorstellen, dass es irgendeine Familie in England gab, oder zumindest im *Ton*, die nun kein verstorbenes oder verwundetes Familienmitglied hatte. Die Zahl der Todesopfer war grauenhaft.

Doch Geoffreys und ihre Aufgabe fing in gewisser Weise gerade erst an. Sir Charles wurde beauftragt, den französischen König zurück auf seinen Thron zu bringen, und dafür mussten sie nach Paris fahren.

Es bereitete ihr Schmerzen, dass sie ihre Freundinnen zurücklassen musste, von denen einige noch immer nicht wussten, ob ihre Geliebten tot oder lebendig waren. Bevor sie abreiste, traf sie Vorkehrungen, dass das Haus in eine Art Krankenhaus umgewandelt werden sollte. Colonel Hawksworth versprach, dass er sich um die Umsetzung kümmern würde.

Von den Freunden, die sie und Geoffrey bereits vor ihrer Ankunft hatten, waren Lord John und Major Cotton verwundet. Solange sich ihre Wunden nicht infizierten, würden sie überleben. Lord Johns Brigadegeneral hatte nicht überlebt. Weder Geoffrey noch Elizabeth hatten herausgefunden, was mit dem Rest passiert war, bevor sie abreisen mussten, doch die anderen sagten, sie würden Bescheid geben, wenn es ihnen möglich sei.

Wie bereits vor ihrer Abreise aus England, überwachte Elizabeth das Packen. Glücklicherweise erklärte sich der Koch, welcher überaus begabt war, bereit, bei ihnen zu bleiben. Unter Tränen verabschiedeten sie sich von den belgischen Hausverwaltern, die ihrer Dienerschaft erlaubt hatten, das Haus zu übernehmen, während sie dort wohnten, und damit einverstanden waren, die Verwundeten im Haus unterkommen zu lassen.

Wellington und die Soldaten, die ihm noch zur Verfügung standen und reisen konnten, begleiteten König Ludwig, sein Gefolge und Sir Charles' Angestellte, als sie Brüssel verließen.

Bald wurde klar, dass viele französischen Städte die alliierte Armee als Feind ansahen und ihre Pforten nur für König Ludwig XVIII. öffneten, was Wellington wütend machte.

Als sie in Cambrai ankamen, gab der König bekannt, dass nur die Anstifter der Krieges bestraft werden würden. Er musste auch zugeben, dass seine Regierung einige Fehler gemacht hatte, versprach aber, diese zu korrigieren.

Geoffrey hielt davon nicht viel. »Er wird von denselben Schleimern und anderen Ministern umgeben sein, also sag mir, wie soll er sich da ändern?«

Sie musste ihrem Gatten zustimmen, dass sich vermutlich nichts ändern würde, es sei denn, jemand brachte den König unter seine Kontrolle.

Ende Juni forderte eine fünfköpfige Delegation aus der Abgeordnetenkammer und dem Oberhaus des französischen Parlaments Wellington auf, König Ludwig durch einen ausländischen Prinzen zu ersetzen, doch er weigerte sich und behauptete, dass mit Ludwig die Integrität Frankreichs am besten zu wahren sei.

Elizabeth, Geoffrey und der Rest der Prozession bereiteten sich darauf vor, endlich in Paris anzukommen, als eines ihrer Pferde vor einem kleinen Dorf, das nur ein Gasthaus und einen Hufschmied hatte, das Hufeisen verlor.

Obwohl es noch früh am Tag war, brachten Preston und Farley, Elizabeths Stallbursche, das Pferd zum Hufschmied, nur um festzustellen, dass der Mann sich erst am nächsten Tag darum kümmern konnte.

»Ich schwöre, Mylord«, sagte Farley, »es ist, weil wir Engländer sind.«

Elizabeth verzog das Gesicht. »Aber Prestons Französisch ist ausgezeichnet.«

»Oh, gewiss, er hat ihn auf Französisch angesprochen und der Franzosenschmied hat jedes Wort verstanden, aber in der Sekunde, als er den Namen Seiner Lordschaft erwähnte, sagte der Mann, dass er es heute nicht einrichten könne.«

Sie sah Geoffrey an. »Fahr weiter. Ich kann warten, bis das Pferd neu beschlagen ist.«

»Nach dem, was das letzte Mal passiert ist, als ich dich zurückgelassen habe?« Er hob eine Braue. »Nein. Ich werde mit dir warten. Auf dem Land ist es nicht sicher. Wenn wir den Schutz der Truppen nicht haben, wäre es mir lieber, wir bleiben zusammen.« Er lehnte sich vor und küsste sie. »Ich bin mir sicher, Sir Charles würde mir da zustimmen. Was ich allerdings tun werde, ist, Farley mit einer Nachricht an ihn vorauszuschicken.«

Um ehrlich zu sein, war sie froh, dass Geoffrey beschlossen hatte, bei ihnen zu bleiben. »Wenn du wünschst.«

Der Butler organisierte für sie Zimmer im einzigen Gasthaus des Dorfes. Aus Gründen, die sie nicht verstand, war die Gastwirtin nicht sonderlich glücklicher als der Hufschmied, sie bei sich aufzunehmen. Und Preston und ihr Koch mussten geringschätzige Blicke ertragen.

Die Zimmer waren klein, mit schäbigen Wänden und Vorhängen, die eine Wäsche vertragen konnten. Mrs. Robins, Vickers und Molly taten alles, was sie konnten, um ihre Gemächer bequemer zu machen, als Preston auf sie zukam.

»Mylady«, sagte er mit leiser Stimme, »ich sage es Ihnen nur ungern, aber sie sind Anhänger von Napoleon und wollen uns nicht hier haben.«

Daraus ergaben sich allerlei interessante Möglichkeiten. »Wie sehr will sie uns denn loswerden? Würde sie beispielsweise versuchen, uns zu vergiften?«

»Ich glaube nicht, dass sie es so weit treiben wird, aber ich habe vor, mich in der Küche aufzuhalten und sie zu beobachten, wenn sie Ihr Abendessen zubereitet. Sie weigert sich, unserem Koch zu erlauben, die Küche zu benutzen.«

Leider reichte der Korb mit Speisen, den sie dabei hatte, nicht aus, um ihren gesamten Haushalt bis zum nächsten Tag zu versorgen. »Nehmen Sie Kenton mit. Er spricht vielleicht kein Französisch, aber er hat Augen wie ein Adler.«

»Cook wird schon ausreichen, er kennt die Kräuter und Gewürze hier besser als wir.«

»Na gut.« Es war ihr noch nie in den Sinn gekommen, dass jemand sie vielleicht ermorden wollen würde, weil sie Engländer waren.

Geoffrey kam auf sie zu, als ihr Butler sich auf den Weg in die Küche machte. »Ärger?«

»Nichts, womit wir nicht fertig werden.« Sie verzog das Gesicht. »Sie wollen uns nicht hier haben und Preston erwartet, dass es Probleme geben könnte.«

»Wenn das so ist«, sagte Geoffrey in einem grimmigen Tonfall, »werden sie den Dorfschmied vielleicht hetzen, nur um uns loszuwerden.«

»Das kann man nur hoffen.« Es fühlte sich im Flur kälter an als zuvor. »Ich sehe mal nach, ob unsere Zimmer schon fertig sind. Vickers hat darauf bestanden, dass wir unsere Bettbezüge verwenden. Sie hat gesagt, die anderen riechen nach Schimmel.«

»Ich komme bald nach. Ich will mich nur vergewissern, dass unsere Pferde versorgt sind.« Er presste einen Moment lang die Lippen zusammen. »Ich glaube, Riddle und Farley, wenn er zurückkommt, werden im Stall schlafen. Unter diesen Umständen. Ich bin froh, dass wir unser eigenes Futter für die Pferde mitgebracht haben.«

Nachdem sie sich ihre Zimmer angesehen hatte, fand Elizabeth sie viel besser. Sie war froh, dass sie ihre eigenen Bettbezüge dabei hatten. Als sie sich aufs Bett setzte, sank es ein und das Gestell knarzte. »Tja, das wird wohl eine ungemütliche Nacht.«

Ihre Mahlzeit war weder reichlich noch besonders appetitlich. Das Bett erwies sich als so schlimm, dass

Geoffrey den Bettrahmen umdrehte und das Gestell festzog.

»Ich wusste gar nicht, dass du so handwerklich begabt bist«, sagte Elizabeth, als sie das Bett machte, nachdem er es wieder zurechtgerückt hatte.

»Auch wir zukünftigen Würdenträger können uns handwerklich weiterbilden. Ich habe mein Bett in Oxford oft festgezogen.« Er beobachtete, wie sie die Laken einsteckte. »Wie ich sehe, hast du dir auch ein paar Fertigkeiten angeeignet.«

»Meine Mutter hat darauf bestanden, dass ich weiß, wie das alles gemacht wird.«

Als sie fertig war, hockte sie sich auf die Bettkante, stützte ihr Kinn auf die Faust und lächelte. »Es ist wirklich faszinierend, was ich alles über dich lerne.«

»Biest.« Er grinste, sprang aufs Bett und rollte sie mit sich mit. »Ich zeig dir faszinierend.«

Nur eine Stunde, nachdem sie das Gasthaus am nächsten Tag verlassen hatten, stellte sich bei Geoff ein ungutes Gefühl ein. Es begann mit einem Kribbeln im Nacken, als würde er beobachtet werden. Das erinnerte ihn an das Gespräch, das er mit Teilen seiner Dienerschaft geführt hatte.

Es waren nicht nur die Gastwirtin und der Hufschmied, die sie nicht gern da hatten. Seine männlichen Bediensteten berichteten, dass auch die Dorfbewohner sie lieber von hinten sehen wollten.

Er versuchte, sein Unbehagen abzuschütteln, als ein Pistolenschuss die Luft zerriss. »Deckung!«

»Sie kommen von links«, rief Farley.

Geoffrey ritt auf seinem Pferd zur rechten Seite der Kutsche. Es überraschte ihn kein Bisschen, dass seine

Frau ihre Pistole herausgeholt hatte und Vickers die große Pistole im Schoß hielt. Er wusste nicht, wie viele von diesen Schurken es gab, doch er würde wetten, dass er wusste, woher sie kamen.

Er ritt zu seinem Kutscher. »Halten Sie nicht an, außer es ist dringend nötig.«

»Ja, Mylord.«

Ein Mann befahl ihnen, anzuhalten, aber William, der Kutscher, fuhr weiter.

Eine Kugel traf die Seite der Kutsche, doch prallte an der Metallverkleidung ab. Dann sah Geoff einen großen Ast auf der Straße liegen. Verdammt, diese Halunken hatten ihnen eine Falle gestellt. Es war unmöglich, dass seine Kutsche es über den Ast schaffen würde.

Riddle, der mit dem Kutscher mitgefahren war, stieg auf das Dach der Kutsche. Farley ritt mit seinem Gewehr vor sich auf dem Sattel zu Geoff. »Ich habe fünf gesehen. Zwei auf jeder Seite und einen auf dem Pferd.«

»Sagen Sie Kenton, er soll aufs Dach steigen und in die von Riddle entgegensetzte Richtung schauen. Sie nehmen die linke Seite und ich die rechte.«

»Jawohl, Mylord.«

Immerhin war die große Kutsche, in der die anderen Bediensteten mitfuhren, der Falle schon voraus. Trotzdem machte es ihm Angst, dass Elizabeth in der kleinen Kutsche war.

Als die Kutsche langsamer wurde, rannten Männer mit Flinten in der Hand und zerlumpten französischen Uniformen am Leib von beiden Seiten aus dem Wald heraus. Mehr, als sie erwartet hatten.

Ein weiterer Halunke ritt auf einem schönen Pferd hervor. »Sie müssen wohl sehr viel Wertvolles bei sich tragen.«

Ein Mann auf einem Pferd spähte durch das Fenster auf Elizabeths Seite. »Ich mag hübsche Dinge. Wie viel würden Sie bezahlen, um sie zu behalten?«

Bevor Geoff antworten konnte, ertönte ein Schuss aus der Kutsche und der Halunke auf dem Pferd kreischte und fasste sich in den Schritt, während Blut aus einer Wunde strömte. Vier weitere Schüsse wurden abgefeuert und seine Stallburschen pflückten jeweils zwei Halunken von beiden Seiten der Kutsche. Geoff tötete einen der Angreifer, doch erst, nachdem er einen Schuss danebengesetzt und die Kutsche erwischt hatte.

»Ich habe den Letzten gekriegt«, sagte Kenton.

»Mylord, kommen Sie schnell«, schrie Vickers aus der Kutsche. »Ihre Ladyschaft wurde getroffen.«

Geoff erinnerte sich nicht einmal daran, von seinem Pferd gesprungen zu sein, als er die Kutschentür aufriss. Elizabeth lag auf der Seite und blutete heftig aus dem Kopf.

Nein! Nein, das durfte nicht passieren! Er fing an, zu beten.

»Riddle, Farley, einer von Ihnen soll vorreiten. Wir müssen einen Arzt rufen.« Farley ritt los, bevor Geoff zu Ende sprechen konnte. »Vickers, holen Sie ein Kissen und legen Sie es auf die Wunde. Drücken Sie es fest herunter, um die Blutung zu stoppen.« Er sah sich um. »Alle anderen, wir müssen diesen Baum von der Straße schaffen.«

Schon bald fuhren sie die Straße hinunter. Irgendwann danach trafen sie auf Farley, der auf sie zu galoppierte. »Ein Arzt wartet in einem Gasthaus auf uns. Folgen Sie mir.«

Die Zeit schien sich für Geoff zu verlangsamen, als er Elizabeth in das Schlafzimmer trug, wo der Arzt bereits wartete.

»Ich bin Dr. Benoit.« Er verneigte sich.

»Harrington.« Geoff legte sie aufs Bett. »Meiner Frau wurde in den Kopf geschossen.«

»Das weiß ich.« Der Arzt beugte sich über ihren Kopf und fuhr ihr durch die Haare. Schließlich stand er auf. »Der Schädel ist nicht zertrümmert, was gut ist. Die Wunde ist allerdings tief und es gibt eine Schwellung. Zu diesem Zeitpunkt kann ich Ihnen nicht sagen, wie ernst es ist. Sie werden eine kalte Kompresse brauchen. Eis, falls Sie welches auftreiben können, wäre noch besser.«

Geoff blickte auf ihr bleiches Gesicht hinab und sein Magen verkrampfte sich. Ihr Atem schien flacher, als er eigentlich sein sollte. Er konnte sie nicht verlieren. Nicht jetzt. Elizabeth war ihm zu wichtig. »Wird sie überleben?«

Der Arzt packte seine Tasche. »Es liegt nun in Gottes Hand, Monsieur. Die Madame liegt im Koma. Wenn sie nicht zu lange schläft, könnte sie überleben.«

Das war nicht die Antwort, die er wollte. Was nützte dieser verdammte Arzt, wenn er Elizabeth nicht heilen konnte? Um Himmels willen, sie atmete doch noch. Abgesehen von der Beule an ihrem Kopf gab es keine inneren Verletzungen, soweit sie es erkennen konnten. Sie musste überleben.

Geoffrey fuhr sich mit den Fingern durch die Haare. »Es muss etwas geben, was ich tun kann, damit es ihr bessergeht. Sie müssen doch ein Gegenmittel kennen, eine Medizin, die ihr helfen wird.«

»Versuchen Sie, dafür zu sorgen, dass sie Nahrung zu sich nimmt, damit sie bei Kräften bleibt.« Der Arzt zog einen Schmollmund. »Sprechen Sie mit ihr. Ich habe gehört, das kann helfen.«

Er drehte sich um, um seiner Dienerschaft entgegenzutreten, doch er traf nur auf Nettle. »Ich brauche Brühe für Ihre Ladyschaft. Sie muss nahrhaft sein.«

»Mrs. Robins ist bereits losgegangen, um welche zubereiten zu lassen, Mylord.«

Geoff nickte, weil ihm nichts anderes einfiel, was er tun konnte. Sein Kopf war leer. Seine Sorge um sie drohte, ihn zu überwältigen. Aber sie würde nicht so reagieren. Elizabeth würde herausfinden, was zu tun war, und sich nicht erlauben, untätig zu erstarren.

Mit ihr sprechen. Er musste sich etwas einfallen lassen, worüber er mit Elizabeth sprechen konnte. Das sollte nicht allzu schwierig sein. Sie hatten sich immer eine Menge zu sagen. Bestimmt würde er ein Thema finden können, das keine Antwort von ihr erforderte. Oder vielleicht sollte er sie fragen, was sie dachte. Vielleicht würde sie es ihm so dringend sagen müssen, dass sie aufwachen würde.

»Mylord?«

»Was ist, Nettle?«

»Sie sollten auch etwas essen. Ich kann Ihnen ein Tablett hierher bringen lassen.«

»Ja, ja, wie Sie wollen.« Geoff fing an, im kleinen Zimmer auf und ab zu gehen. Bücher. Es kam ihm vor, als würde sie ständig lesen. »Fragen Sie Vickers, was Ihre Ladyschaft gerade liest.«

»Sofort, Mylord.«

Er hatte nicht einmal bemerkt, dass sein Leibdiener gegangen war, als Vickers hereinkam und ihm ein Buch gab. »Sie liest gerade *Guy Mannering*, Mylord.«

»Danke, Vickers.«

»Dürfte ich einen Vorschlag machen?« Die Frage schien in der Luft zu hängen. Als könnte man sie anfassen.

Er wusste nicht, ob der Vorschlag ihm gefallen würde, aber die Zofe war bereits sehr viel länger an Elizabeths Seite als er. »Sie dürfen.«

»Das Buch ist eine nette Idee, aber sie mag es, wenn Sie mit ihr sprechen.« Als ihm keine Antwort darauf einfiel, fuhr ihre Zofe fort. »Ich weiß, Sie werden heute hier essen, aber Sie werden sich früher oder später ausruhen müssen, sonst werden Sie noch selbst krank. Mrs. Robins und ich werden helfen, auf sie aufzupassen.«

Geoffs erste Reaktion war, der Frau zu sagen, dass er bei seiner Frau bleiben würde, bis sie aufwachte. Er wollte nicht einmal in Erwägung ziehen, dass sie sich nicht erholen würde. Aber Vickers hatte recht. Er konnte nicht den ganzen Tag und die ganze Nacht wach bleiben, und das womöglich tagelang. Das Bett war groß genug für sie beide, aber solange die Schwellung an Elizabeths Kopf nicht zurückgegangen war, wollte er nicht riskieren, sie zu verletzen, indem er sich im Schlaf falsch bewegte.

»Na gut.«

»Ich danke Ihnen, Mylord.« Die Zofe knickste und ließ ihn mit seiner Frau allein.

Mit dem Buch in der Hand zog er einen Stuhl ans Bett und fing an zu sprechen. »Es tut mir so leid. Ich wünschte, ich hätte verhindern können, dass du verletzt wirst. Wenn ich doch nur gewusst hätte, wie gefährlich es ist, sich von der Gruppe zu trennen. Du musst zu mir zurückkommen. Zu uns allen ...«

Er wusste nicht, wie lange er redete und dabei stets ihren Arm streichelte oder ihr Gesicht berührte und betete, dass sie ihn hören und aufwachen würde.

Seine Stimme wurde kratzig und er ließ sich Tee bringen. Das Essen kam und er aß es. Doch er konnte sich nicht daran erinnern, überhaupt geschmeckt zu haben, was er zu sich genommen hatte. Er richtete Elizabeth auf und versuchte, sie mit der Brühe zu füttern, doch schließlich musste er Vickers zu Hilfe rufen.

»Wenn Sie sie hochhalten, kann ich ihr den Löffel in den Mund stecken«, sagte die Frau.

Es war ein langsamer Prozess, doch sie schafften es, die Schüssel zu leeren.

»Wenn Sie mir helfen, Mylord, dann werde ich ihr dieses Kleid aus- und einen Morgenrock anziehen.«

Er dachte, sie würde dabei bestimmt zu sich kommen, doch der einzige Ton, den sie von sich gab, war ein leises Raunen, als er vergaß, ihren Kopf abzustützen, und er daraufhin gegen das Kissen federte.

Am nächsten Tag schrieb er Sir Charles einen Brief und erzählte ihm von der Attacke und Elizabeths Verletzung und schickte Riddle los, um ihn ausfindig zu machen.

Und jeden Tag betete er. Geoff glaubte nicht, dass er jemals in seinem Leben so viel gebetet hatte, aber ihm war auch noch nie jemand so wichtig gewesen.

Und da wusste er, dass er sie liebte. Sobald sie aufwachte, würde er es ihr sagen.

KAPITEL 36

Am nächsten Tag lag Elizabeth immer noch im Koma, obwohl die Schwellung nachgelassen hatte.

»Du musst aufwachen, Schatz. Ich bete für dich. Wir alle tun es. Die Gastwirtin ist in die Kirche gegangen und hat alle Kerzen angezündet, damit es dir besser geht.« Er nahm einen Schluck vom inzwischen allzeit vorhandenen Tee. »Du musst aufwachen, damit ich dir sagen kann, dass ich dich liebe. Ich war so schwachsinnig, dass ich es nicht erkannt habe. Aber ich war nun mal noch nie verliebt.« Seine Ansprache endete mit einem Schluchzen und er kämpfte mit den Tränen. »Bitte, lass es nicht zu spät sein. Ich kann dich nicht verlieren. Wir können einander nicht verlieren.«

Elizabeth war durch eine Wolke geschwebt. Alles war so weiß. Sie dachte, sie würde in den Himmel kommen. Sie konnte sogar den Baum sehen, unter dem sie und ihre Mutter immer gesessen hatten, und Mama war da und wartete auf sie.

»Elizabeth, geh zurück. Du kannst noch nicht hierher kommen.« Ihre Mutter machte die ausladende Geste, an die sie sich noch so gut erinnern konnte. »Alles, was du willst, dein Mann und dein Kind, ist dort. Geh zu ihm. Hör, was er dir zu sagen hat.«

Sie blickte hinab und Geoffrey war da, hielt ihre Hand und sagte ihr, dass er sie liebte. Und dann weinte er. Sie hatte noch nie einen Mann weinen sehen. Sie versuchte, ihre Hand zu bewegen, um seine zu halten, doch nichts passierte.

Tja, wie konnte es auch, wenn sie über ihm schwebte? Das musste ihre Mutter gemeint haben, als sie ihr sagte, sie solle wieder zurückgehen.

»Elizabeth, du musst jetzt zurückkehren. Bevor es zu spät ist.« Mamas Stimme klang fast verzweifelt.

»Ja, Mama. Ich gehe.«

Sie verspürte einen dumpfen Schmerz im Kopf, aber Geoffrey war da, um sie festzuhalten. »Verlass mich jetzt nicht, Schatz. Nicht, wenn ich dich so sehr liebe.«

Sie hielt seine Hand. »Ich weiß, dass du das tust.«

»Du bist wach!« Er hielt sie hoch und drückte sie fest an sich.

»Geoffrey, mein Kopf!«

»Verzeih mir.« Er legte sie vorsichtig zurück, als wäre sie aus feinem Porzellan und würde jeden Moment zerbrechen. »Ich hatte solche Angst. Ich hatte noch nie in meinem Leben solche Angst, aber du bist du mir zurückgekommen.«

»Zu uns.« Sie umfasste seine Wangen.

»Du hast mich gehört?« Er starrte sie an, als könnte er nicht glauben, was sie gesagt hatte. »Der Arzt hat gesagt, dass du es vielleicht tun würdest, aber nach so vielen Tagen …« Geoffrey streifte mit den Lippen über ihre. »Ich liebe dich.«

»Ich liebe dich auch.« Elizabeth schlang die Arme um seinen Hals. Sie hatte so viele Fragen, aber gerade wollte sie ihn nur halten. »Ich hatte schon befürchtet, du würdest mich nie lieben.«

Geoffrey zuckte zusammen. »Alles, was ich von der Liebe zwischen einem Mann und einer Frau gesehen hatte, waren Freunde, die entweder glücklich in den Wolken schwebten oder in sich zusammengesunken waren, als ob sie ertrinken würden.« Er drückte ihre Hand noch fester und küsste sie wieder. »Ich wusste nicht, dass Liebe sich so anfühlen kann, beständig und wohlig.« Er grunzte. »Bis du angeschossen wurdest. Dann dachte ich, ich würde sterben, wenn du es tun würdest. Es würde keinen Grund für mich geben, weiterzuleben.«

Es stimmte wirklich, dass Männer nicht sahen, was direkt vor ihrer Nase war. Wie konnte er die Art von Liebe, die seine Eltern hatten, nicht sehen?

Egal, nichts davon spielte nun eine Rolle. »Ich verstehe es nicht, aber ich habe die Stimme meiner Mutter gehört, die mir sagte, ich solle zurückgehen.«

»Gott sei Dank hat sie das getan.« Er strich ihre Haare im Nacken beiseite, bevor er sie wieder auf ihr Kissen niederließ. »Ich werde den Arzt rufen.«

Kurz nachdem er das Schlafzimmer verlassen hatte, platzte Vickers herein. »Mylady! Gott sei Dank sind Sie zu uns zurückgekommen.« Sie stand für eine Sekunde da und starrte Elizabeth an. »Haben Sie Hunger? Brauchen Sie ein Bad?«

»Beides.« Sie lachte. »Sie glauben nicht, wie sehr ich am Verhungern bin. Und Sie müssen mir auf den Nachttopf helfen. Man sollte meinen, dass ich, nachdem ich so lange keine Nahrung und Flüssigkeit zu mir genommen habe, nichts in mir hätte.«

»Seine Lordschaft und ich haben Sie mehrmals am Tag mit Brühe versorgt. So viel, wie wir Ihnen einflößen konnten. Er hat auch Ihre Glieder massiert. Sein Stallbursche hat ihm das empfohlen. Er meinte, er kannte mal einen Mann, der lange Zeit nicht laufen konnte, doch sie haben ihm die Beine massiert und schließlich konnte er es doch.«

So etwas hatte sie noch nie gehört. »Hat Seine Lordschaft viel Zeit mit mir verbracht?«

»Jede freie Minute, Mylady. Mrs. Robins und ich mussten ihn praktisch von Ihnen wegzerren. Wir haben ihn immer wieder daran erinnert, dass es Ihnen nicht helfen würde, wenn er krank wird, weil er sich nicht ausruht. Sogar sein Abendessen hat er hier auf einem Tablett zu sich genommen. Und das ist nicht alles ...«

Als die Geschichte weiterging, war Elizabeth erstaunt, aber auch stolz darauf, wie ihr kleiner Haushalt zusammengehalten hatte, um Geoffrey zu helfen, sich um sie zu kümmern. Sein Leibdiener bestand jeden Tag darauf, dass er sich anständig anzog. Sein Stallbursche drängte ihn, sich in irgendeiner Form körperlich zu betätigen, sei es durchs Reiten oder Laufen. Sogar die Gastwirtin leistete ihren Teil, indem sie sicherstellte, dass das Essen stets frisch und schmackhaft war, um Geoffreys Appetit anzuregen.

Doch am überraschendsten von allem war die Art, wie er sich um sie gekümmert hatte. Sie hätte niemals erwartet, von ihm gepflegt zu werden. Wenn sie darüber nachgedacht hätte, wäre sie davon ausgegangen, dass er vorausgeritten wäre und sie mit den Bediensteten allein gelassen hätte. Offenbar hatte sie falsch eingeschätzt, wie sehr er sie wirklich liebte.

Vielleicht war er sogar schon seit sehr viel längerer Zeit in sie verliebt gewesen, als er dachte.

Ihre Zofe ließ eine Wanne für Elizabeths Bad hereintragen. Das Einzige, was sie bedauerte, war, dass sie ihre Haare nicht waschen konnte. Der Rest von ihr fühlte sich sauber schon viel besser an.

Als sie gebadet und einen frischen Morgenrock angezogen hatte, trug Mrs. Robins ein Tablett mit gebratenem Hähnchen, einem frischen grünen Salat und Brot herein. Geoffrey ließ sich auch ein Tablett bringen und sie konnten sich beim Essen unterhalten.

Kaum waren ihre Essensreste weggeräumt, wurde Dr. Benoit angekündigt.

»Ich bin froh, dass Sie aufgewacht sind«, sagte er. »Darf ich, Mylady?«

Geoffrey trat vom Bett zurück und verschaffte dem Arzt Zugang zu ihr. Dr. Benoit untersuchte ihren Kopf. »Die Wunde ist genug verheilt, dass Sie Ihre Haare waschen können, wenn Sie wünschen. Sie dürfen sich auch leicht bewegen. Ein Spaziergang im Garten oder innerhalb des Gasthauses, aber übertreiben Sie es nicht. Wenn Sie sich müde fühlen, ruhen Sie sich aus. Sie dürfen auf keinen Fall reisen. Verletzungen wie die, die Sie erlitten haben, müssen mit Vorsicht behandelt werden.« Er verneigte sich. »Ich werde Sie in zwei Tagen wieder untersuchen.« Er wandte sich ihrem Ehemann zu und sagte: »Rufen Sie mich sofort, wenn sie bewusstlos wird oder schwächelt.«

Mit jedem weiteren Tag fühlte sie sich stärker, aber Geoffrey weigerte sich, den Liebesakt mit ihr zu vollführen, bis der Arzt sie für gesund genug erklärte, zu reisen. »Ich werde nicht riskieren, dich zu verletzen, Liebling.«

Er nannte sie oft »Liebling« und sie wurde nie müde, es zu hören. »Tu, was tu willst, aber wundere dich nicht über das Resultat.«

Er schenkte ihr ein böses Grinsen und tat nicht einmal so, als ob er sie nicht verstehen würde. »Das werde ich nicht.«

Am nächsten Tag kehrte Riddle mit vier Soldaten und einer Nachricht von Sir Charles zurück, die Geoffrey dazu anhielt, bei seiner Frau zu bleiben, bis es ihr wieder gut genug ging, um zu reisen. Außerdem entschuldigte sich der ältere Herr noch dafür, nicht die Voraussicht gehabt zu haben, ihnen eine Eskorte zur Verfügung zu stellen, als ihr Pferd das Hufeisen verlor.

Eine Woche später sagte der Arzt, sie sei gesund genug, um zu reisen. Das kam ihr sehr gelegen. Sie hatte es satt, wie eine Invalide behandelt zu werden.

Geoff war entschlossen, mit Elizabeth einen romantischen Abend zu verbringen und im Anschluss sein Bestes zu geben, um ihr Liebesspiel sachte anzugehen. Ihm fiel auf, dass er zum ersten Mal diesen Begriff für den Geschlechtsakt verwendet hatte. Doch er war passend und das hätte er vorher merken sollen.

Er organisierte ein gemeinsames Dinner im Garten. Er hatte Kerzen gewollt, doch die Sonne stand immer noch hoch am Himmel und ging erst um etwa neun Uhr unter.

Er ging zu ihrem Schlafzimmer, klopfte an die Tür und sie machte auf. Elizabeth war reizend wie immer und trug ein blassrosa Abendkleid, das mit einer hellen

Spitzenbordüre versehen war, die ihren Busen perfekt in Szene setzte. Was ihn jedoch überraschte, war, dass ihre hellen, goldenen Locken nicht kunstvoll frisiert waren, sondern nur durch ein dünnes Band gebändigt über ihren Rücken fielen. »Denk jetzt nicht, ich beschwere mich, aber tut dein Kopf noch weh?«

»Nein.« Sie grinste. »Ich dachte nur, du magst es vielleicht so.«

Er trat hervor, streckte die Hand aus und fuhr damit durch die seidige Fülle. »Du hattest recht. Ich liebe deine Haare fast so sehr, wie ich dich liebe.«

Elizabeth schmunzelte und ließ ihre Hände über seine Brust und Schultern gleiten, bis ihre Finger sich in seinen Haaren verfingen. »Ich liebe dich.«

»Ich liebe dich. Ich werde nie müde werden, es zu sagen.«
Er hatte gedacht, dass es, Liebe, ihm nie passieren würde. Er zog sie an sich und sah ihre Lippen an. »Ich liebe deine Küsse und die Art, wie dein Körper zu meinem passt.«

»Ich liebe, wie du mich berührst.« Ihre Augen funkelten verführerisch. »Vielleicht können wir wieder hier drin dinieren.«

»Das ist ein verlockendes Angebot, aber ich glaube, dir wird gefallen, was ich geplant habe.« Er legte ihre Hand auf seinen Arm. »Komm, Liebling.«

Geoff führte sie in den Garten, wo der Tisch gedeckt war und auf sie wartete.

Ihr Gesicht strahlte vor Freude. »Es ist wunderschön! Oh Geoffrey, was für eine wundervolle Idee!«

»Ich hatte gehofft, dass du das sagen würdest.« Er gab ein Zeichen und ihr Butler trug ein Tablett mit zwei

Gläsern und einer Flasche Champagner heraus. Er reichte ihr eines davon und sagte: »Auf deine Genesung.«

»Auf unser gemeinsames Leben«, sagte sie und trank einen Schluck.

»Auf unser sehr langes gemeinsames Leben.« Sobald sie in Paris angekommen waren, würde er dafür sorgen, dass sie niemals wieder in Gefahr war.

Nach dem Abendessen spazierten sie durch den Garten und küssten sich, ohne sich darum zu sorgen, wer sie sah. Elizabeth war endlich in jeder Hinsicht sein. Wenn man bedachte, dass er sie erst beinahe hatte verlieren müssen ... Wie dumm er doch gewesen war.

Später schienen sie sich beide zurückzuhalten, damit ihr Liebesspiel länger anhielt, doch als sie endlich kamen, taten sie es gemeinsam und es war besser als je zuvor.

Ihre Gruppe holte Sir Charles' Gruppe einen Tag, bevor diese mit König Ludwig XVIII. nach Paris einritt, ein. Zu ihrer Erleichterung jubelten die Massen, obwohl sie riesig waren, über die Rückkehr ihres Monarchen. Sofort wurden große Dinner und Bälle organisiert, um den Anlass zu feiern.

Geoff und Elizabeth verschwendeten keine Zeit damit, ihr Haus zu finden, ein großes, altes Gebäude, nicht weit von der Britischen Botschaft. In erstaunlich kurzer Zeit verwandelte Elizabeth das Haus in ein Zuhause und sie planten ihren eigenen Empfang. Erst einige Tage später, nachdem er mit dem Makler gesprochen hatte, fand Geoffrey heraus, dass das Haus seinem Vater gehörte.

»Es ist seit drei Generationen im Besitz Ihrer Familie, Mylord«, sagte der Makler. »Ihr Urgroßvater wollte ein Anwesen in Paris haben. Ihre Großeltern und Ihre Eltern haben ebenfalls hier gewohnt.«

»Es wundert mich, dass es nicht beschlagnahmt wurde.« So viele Leute hatten ihre Häuser verloren.

»Die Bediensteten haben es beschützt und es wurde an einen Händler vermietet, der Geschäfte mit Napoleon gemacht hat. Als er den Krieg verlor, hatte der Mann keinen Grund mehr, in diesem Haus zu bleiben.«

»Waren Sie dafür verantwortlich?«

Der Mann verneigte sich. »Ihre Mutter war sehr traurig, dass sie gehen musste. Ich hoffe, Sie und Ihre Lady werden hier genauso glücklich sein, wie sie es war.«

Später an diesem Abend, als er und Elizabeth Tee tranken, erinnerte er sich, dass er ihr noch davon erzählen wollte.

»Und das wäre dann der Grund für das grüne Schlafzimmer.« Sie presste die Lippen zusammen und schüttelte den Kopf. »So sehr ich deine Mutter auch gern habe, ich mache mir wirklich Sorgen über ihren Geschmack, was die Einrichtung angeht.«

»Was um alles auf der Welt hat ihre Abreise aus Paris mit ihrem Schlafzimmer in London zu tun?«

»Hat es dir niemand erzählt?«, fragte sie.

»Was erzählt?« Er sah sie an und wartete darauf, aufgeklärt zu werden.

»Deine Mutter hat mir gesagt, dass sie, sobald ein Junge geboren würde, zurück nach England ziehen mussten. Es ist eine Tradition in deiner Familie, dass der Erbe mit seinem ersten Sohn nicht im Ausland bleibt. Sie hat Paris geliebt und war unfassbar traurig, dass sie abreisen musste, als du geboren wurdest.«

Geoff schüttelte den Kopf. »Du willst mir sagen, dass ich hier geboren wurde?«

Elizabeth nickte. »Hat es dir niemand erzählt? Anscheinend wurde dein Vater auch hier geboren.«

»Niemand hat ein Wort gesagt.« Die Vorstellung, dass Geoff und sein Vater beide in Paris geboren wurden und niemand daran gedacht hatte, es ihm zu sagen. »Du willst mir also sagen, dass wir, wenn wir ein männliches Kind bekommen, nach England zurückkehren müssen, aber wenn wir Mädchen haben, bleiben wir hier?«

»Ganz genau.« Sie stellte ihre Tasse ab.

»Bitte versprich mir, dass du unser Schlafzimmer nicht in so trostlosen Farben einrichtest, wenn wir nach London zurückkehren.«

Sie schmunzelte. »Ich verspreche es.« Sie stand auf und warf ihm einen Blick zu. »Du musst es auch versprechen.«

»Natürlich, ich ... warte mal. Ich bin nicht einmal zuständig dafür, irgendetwas einzurichten.«

»Vielleicht wirst du ja beim Kinderzimmer helfen.«

»Du bist schwanger?« Geoff hätte nicht gedacht, dass er noch glücklicher sein konnte, als mit der Frau zusammen zu sein, die die Liebe seines Lebens war, aber das?

»Ich glaube schon.« Sie biss sich auf ihre pralle Unterlippe. »Ich habe meine Monatsblutung seit unserer Hochzeit nicht mehr gehabt. Das ist noch nie passiert.«

Er packte sie, hob sie hoch und schwang sie durch die Luft.

»Wir werden Eltern sein!«

EPILOG

Acht Monate später

»Mama, was zum Teufel ist das für ein Ding?« Geoff hob sein Monokel, als ein besonders hässliches Möbelstück, zumindest glaubte er, dass es ein Möbelstück war, durch die Tür getragen wurde.

Weniger als zwei Wochen, nachdem er seine Eltern über Elizabeths Schwangerschaft benachrichtigt hatte, planten seine Mutter und seine Großmutter zusammen mit Elizabeths Tante, zur Geburt anzureisen.

»Ein Geburtsstuhl«, sagte seine Großmutter. »Er wird Elizabeth die Geburt sehr viel leichter machen. Ich wünschte, ich hätte einen gehabt.«

Das machte überhaupt keinen Sinn. »Wenn es nicht deiner ist, woher hast du ihn dann?«

»Lady Kenilworth hat ihn geschickt.« Seine Großmutter beobachtete, wie Kenton den Stuhl die Treppe hinauf beförderte. »Elizabeth hat ihr erzählt, dass wir nach Paris kommen. Sie hat ihn empfohlen.«

»Ich hoffe, dass du für einen Sohn gebetet hast«, sagte Mama.

Geoff hatte fast seine Augen verdreht, als seine Frau ihm von der Methode erzählt hatte, mit der seine Mutter ein Mädchen heraufbeschworen hatte. Beim dritten Mal hatte es allerdings nicht geklappt.

Zum Glück wurde er davor bewahrt, zu antworten, als Elizabeth in den Salon watschelte.

»Ich habe den Aufruhr gehört und ich wusste, dass du es bist.« Sie umarmte seine Mutter. »Egal, was ich sage, momentan herrscht in diesem Haus die Ansicht, dass ich nicht gestört werden solle.« Sie sah Geoff an und hob eine Augenbraue. »Ich frage mich, wer diese Ansicht wohl in die Welt gesetzt hat, hmm?«

Vielleicht war er ein bisschen übervorsichtig. Aber als sie ihm erzählt hatte, dass sie ihr erstes Kind erwartete, rechnete er zurück und merkte, dass sie bereits schwanger gewesen war, als sie angeschossen wurde. Es war ein Wunder, dass Elizabeth das Kind nicht verloren hatte.

Seine Mutter betrachtete sie. »Du siehst aus, als stündest du kurz vor der Geburt.«

»Es könnte jeden Tag soweit sein.« Sie lächelte. »Ich bin so bereit, dieses Baby zu bekommen.«

»Ich erinnere mich an diese Tage«, sagte Mama. »Mir kam es damals vor, es würde die Gastfreundschaft etwas überstrapazieren.«

»Ich will sie nur in den Händen halten.« Elizabeth streichelte sich am Bauch.

Geoff war versucht, wieder die Augen zu verdrehen. Von Beginn an hatte Elizabeth das Baby als Mädchen adressiert – genau das Gegenteil von dem, was seine Mutter getan hatte.

Es war ihm egal, ob sein Kind ein Junge oder ein Mädchen sein würde. Ja, er mochte Paris und seine Anstellung, aber er wäre überall glücklich, wo Elizabeth und sein Kind sein würden.

»Wenn du meinen Rat hören willst«, murmelte sein Vater. »Bete, dass sie glücklich ist. Deine Mutter erinnert sich vielleicht nicht daran, ihr Schlafzimmer in so trostlosen Farben eingerichtet zu haben, aber ich tue es. Das war, nachdem sie dich zur Welt gebracht hatte. Nicht, dass sie dich deshalb weniger mochte, aber sie wollte nun mal in Paris bleiben.«

Später in dieser Nacht oder früh am nächsten Morgen, je nachdem, wie man es sah, riss Elizabeth die Augen auf. Durch das nach Osten gerichtete Fenster fiel kein Licht und zwischen ihren Beinen war das Bett nass. Als sie überlegte, ob sie Geoffrey aufwecken sollte, traten ihre ersten Wehen ein. Es war nicht schlimm, aber sie bezweifelte, dass sie noch viel Schlaf abbekommen würde. Abgesehen davon mussten die Laken gewechselt werden.

Fast hätte sie ihn weiterschlafen lassen, doch er hatte seit Monaten über ihr gewacht und sie wollte ihm keine Angst einjagen, indem sie verschwand. »Geoffrey, Liebling. Wir sollten in mein Zimmer umziehen. Auch wenn wir nicht schlafen, können wir uns dort ausruhen. Ich will nicht das ganze Haus aufwecken, wenn es noch Stunden dauert, bis etwas Wichtiges passiert.«

Im Halbschlaf drehte er sich um und zog sie an sich. Dann, als hätte er gespürt, dass etwas nicht stimmte, riss er die Augen auf. »Es hat angefangen, oder?«

»Ich glaube schon. Meine Fruchtblase ist geplatzt und ich hatte meine ersten Wehen. Es wird ein langer Tag. Ich schlage vor, wir ziehen in mein Zimmer um und versuchen zu schlafen.«

Ein paar Stunden später ging die Sonne langsam über dem Horizont auf. Nachdem sie ins Bett gestiegen waren, drückte Geoffrey ihren Rücken an seine Brust und legte seine Hand auf ihren aufgeblähten Bauch. Elizabeth hatte gerade eine weitere Wehe erlebt.

»Sie kommen in immer kleineren Zeitabständen. Ich habe auf die Uhr geschaut.« Er streichelte wieder ihren Bauch. »Was kann ich tun, um dir zu helfen?«

Sie hatte Briefe von Dotty, Louisa und Charlotte erhalten, die allesamt vor kurzem Kinder zur Welt gebracht und etliche Ratschläge parat hatten. Manche von ihnen widersprachen sich. Elizabeth hatte noch nicht verstanden, wie man auf den Beinen bleiben und gleichzeitig eine Fußmassage bekommen konnte.

Als sie es vor Geoffrey erwähnt hatte, hatte er geschmunzelt. »Ich glaube, du wirst lange genug sitzen bleiben können, damit ich dir die Füße massieren kann.«

Der peinlichste Ratschlag kam allerdings von Dotty – sie musste wohl eine Menge Zeit mit ihren Hofleuten verbringen, denn keine Lady würde ihr solch einen Ratschlag geben. Elizabeth errötete schon bei dem Gedanken daran. »Ich habe gehört, dass der Liebesakt den Prozess beschleunigen kann.«

Einen Moment lang sah Geoff sie an, als hätte sie den Verstand verloren. Dann brach er in Gelächter aus. »Wenn das so ist, Mylady, wäre jetzt die beste Gelegenheit dafür. Lass dir niemals gesagt sein, dass ich nicht alles in meiner Macht Stehende getan habe, um unsere Tochter auf die Welt zu bringen.«

Drei Stunden später hockte sich Geoff auf einen Stuhl neben Elizabeth und sah erstaunt dabei zu, wie die kleine Person, die sie kreiert hatten, in die Arme ihrer Mutter gelegt wurde und saugte. Flaumige Strähnchen blonder Locken bedeckten den Kopf ihrer Tochter und eine kleine Hand griff nach Elizabeths Morgenrock und drückte auf ihre Brust. Ihre Hebamme war genau dann angekommen, als Elizabeth anfing zu pressen.

Er war heilfroh über Mrs. Robins – welche die älteste Tochter einer Großfamilie war und sich schon mehrmals um ihre Mutter gekümmert hatte – mit ihrem Wissen und Vickers mit ihrer Seelenruhe und ihrem gesunden Menschenverstand. Zu seiner Überraschung schien der Geburtsstuhl tatsächlich zu helfen.

In den ersten zwei Stunden nach der Geburt kam es ihm vor, als hätte jeder Bedienstete im Haus eine Ausrede gefunden, um das Zimmer zu betreten und das Baby zu sehen. Er war fast überrascht, dass ihre Stallburschen und Kutscher nicht ebenfalls hochgekommen waren.

Laut Nettle, der die Neuigkeit in den Ställen verbreitet hatte, stritten sich Riddle und Farley darüber, wer der Erste sein würde, der das Baby auf sein Pony setzen würde, wenn es alt genug sei.

Geoff seufzte. Er hätte seine Tochter mit nach unten nehmen sollen, aber er wollte nicht, dass sie sich erkältete.

»Hast du dich für einen Namen entschieden?« Sie hatten mehrere Namen und Namenskombinationen erwogen und er hatte Elizabeth schließlich gesagt, dass sie entscheiden solle.

Sie strich mit der Hand über den Kopf des Babys und lächelte. »Das habe ich. Theodosia Unity Jane.«

»Ich weiß, wo Jane herkommt, von meiner Mutter. Ich nehme an Theodosia ist deine Mutter.« Elizabeth nickte. »Aber Unity?«

Elizabeth legte ihre Hand auf seine. »Um uns daran zu erinnern, wie glücklich wir uns schätzen können, dass wir unsere Einigkeit gemeinsam erreicht haben.«

Er hob ihre Hand und presste seine Lippen auf ihre Finger.

»Perfekt.«

ANMERKUNG DER AUTORIN

Diejenigen von euch, die sich mit Waterloo und den Ereignissen, die darauf hinführten, befasst haben, und ich hoffe, das haben einige von euch, werden bemerkt haben, dass ich den Zeitstrahl verdichtet habe. Das habe ich getan, weil das hier kein Buch über Waterloo ist. Stattdessen wurden die Ereignisse zu einer Nebenrolle im Buch. An die Leser, die frustriert darüber waren, dass ich nicht tiefer auf die Schlacht bei Waterloo eingegangen bin: Bitte, denkt daran, dass Harrington kein Soldat war und nur das wissen konnte, was er in Wellingtons Depeschen an Sir Charles gelesen hat. Davon gab es nicht einmal annähernd genug, soweit ich weiß. Wie in der Geschichte sind Sir Charles und Wellington innerhalb von etwa einem Tag aufgebrochen – soweit ich es herausfinden konnte –, um König Ludwig XVIII. schnell nach Paris zu bringen.
Aufgrund der Verwicklung meines Sohnes und meines Mannes in gegenwärtige Kriege, ist das Schreiben über eine Schlacht nichts, womit ich mich lange aufhalten wollte. Ganz ehrlich gesagt, habe ich während der Passagen, die in Brüssel spielten, geweint und die Stewardessen verärgert, weil ich auf dem Weg zu einer Konferenz war, als ich sie schrieb.

Ich kann euch nicht sagen, wie froh ich war, als Geoffrey und Elizabeth auf dem Weg nach Paris waren. Diejenigen, die meine Reihe *The Marriage Game* gelesen haben, haben vielleicht den Charakter Lord Colonel Hawksworth als den Helden aus *Miss Featherstone's Christmas Prince* wiedererkannt. Ihr Bruder, Lord Septimus Trevor, trat zum ersten Mal in *Lady Beresford's Lover* auf.